TUDO QUE É

A marca FSC® é a garantia de que a madeira utilizada na fabricação do papel deste livro provém de florestas que foram gerenciadas de maneira ambientalmente correta, socialmente justa e economicamente viável, além de outras fontes de origem controlada.

JAMES SALTER

Tudo que é
Um romance

Tradução
José Rubens Siqueira

Copyright © 2013 by James Salter

Proibida a venda em Portugal.

Grafia atualizada segundo o Acordo Ortográfico da Língua Portuguesa de 1990, que entrou em vigor no Brasil em 2009.

Título original
All that is — A novel

Capa
Daniel Trench

Foto de capa
Walt Woron/ The Enthusiast Network/ Getty Images

Preparação
Ciça Caropreso

Revisão
Thaís Totino Richter
Márcia Moura

Os personagens e as situações desta obra são reais apenas no universo da ficção; não se referem a pessoas e fatos concretos, e não emitem opinião sobre eles.

Dados Internacionais de Catalogação na Publicação (CIP)
(Câmara Brasileira do Livro, SP, Brasil)

Salter, James
    Tudo que é : um romance / James Salter ; tradução José
Rubens Siqueira. — 1ª ed. — São Paulo : Companhia das Letras,
2015.

    Título original: All that is — A novel.
    ISBN 978-85-359-2557-9

    1. Ficção norte-americana I. Título.

15-02022   CDD-813

Índice para catálogo sistemático:
1. Ficção : Literatura norte-americana 813

[2015]
Todos os direitos desta edição reservados à
EDITORA SCHWARCZ S.A.
Rua Bandeira Paulista, 702, cj. 32
04532-002 — São Paulo — SP
Telefone: (11) 3707-3500
Fax: (11) 3707-3501
www.companhiadasletras.com.br
www.blogdacompanhia.com.br

Para Kay

*Chega uma hora em que
você se dá conta de que tudo é um sonho
e de que só as coisas preservadas por escrito
têm alguma possibilidade de serem reais.*

TUDO O QUE É

1. Raiar do dia

Durante toda a noite na escuridão a água passou depressa.

Em fileiras e fileiras de catres de ferro debaixo do convés, silenciosos, dois metros abaixo, centenas de homens deitados de costas, de olhos abertos, embora fosse quase de manhã. As luzes baixas, os motores pulsando sem parar, os ventiladores puxando ar úmido para dentro, mil e quinhentos homens com suas mochilas e armas prontos para irem até o fundo, como uma cunha jogada no mar, parte de um vasto exército rumando para Okinawa, a grande ilha ao sul do Japão. Na verdade, Okinawa *era* o Japão, parte da terra mãe, estranha e desconhecida. A guerra que se desenrolava havia três anos e meio vivia seu ato final. Em meia hora, os primeiros grupos de homens formariam fila para tomar o café da manhã de pé, ombro a ombro, solenes, mudos. O navio movia-se suavemente, com pouco barulho. O aço da estrutura rangia.

A guerra no Pacífico não era como o restante da guerra. Só as distâncias já eram enormes. Não havia nada além de dias sem fim de um mar vazio e nomes estranhos de lugares, com milhares de quilômetros entre eles. Tinha sido uma guerra de muitas ilhas, de arrancá-las dos japoneses, uma a uma. Ghadalcanal, que era uma lenda. As Salomão e a Slot. Tarawa, onde o navio-transporte parava em recifes longe da costa e os homens eram dizimados pelo fogo inimigo denso como um enxame de abelhas, o horror das praias, corpos inchados boiando na água, os filhos da pátria, alguns deles bonitos.

No começo, com velocidade assustadora, os japoneses haviam derrubado tudo; tudo nas Índias Orientais holandesas, Malaia, Filipinas. Grandes baluartes, fortificações sólidas, sabidamente impenetráveis, foram arrasadas em questão de dias. Tinha havido apenas um contra-ataque, a primeira grande batalha de porta-aviões do Pacífico, perto de Midway, onde quatro porta-aviões japoneses, insubstituíveis, afundaram com todos os seus aviões e tripulação de veteranos. Um golpe assustador, mas ainda assim os japoneses continuaram implacáveis. Suas garras de ferro sobre o Pacífico teriam de ser quebradas dedo a dedo.

As batalhas eram infindáveis e impiedosas, na selva densa e no calor. Perto da costa, depois, as palmeiras ficavam nuas, como estacas altas, as folhas todas arrancadas a tiros. Os inimigos eram guerreiros selvagens, as estranhas estruturas em forma de pagode de seus navios de guerra, sua sibilante língua secreta, sua corpulência e ferocidade. Não se rendiam. Lutavam até a morte. Executavam os prisioneiros com espadas afiadas, espadas que erguiam com as mãos acima da cabeça, e eram impiedosos na vitória, braços erguidos em maciço triunfo.

Em 1944, começaram os grandes estágios finais. O objetivo era pôr a terra mãe japonesa ao alcance dos bombardeiros pesados. A chave era Saipan. Ela era extensa e pesadamente defendida. O exército japonês não perdia uma batalha fazia mais de trezentos e cinquenta anos, sem contar postos avançados (Nova Guiné, as Gilberts, lugares assim). Havia vinte e cinco mil soldados japoneses na ilha de Saipan, com ordens de não ceder nada, nem um centímetro de chão. Em termos de coisas terrenas, a defesa de Saipan era considerada uma questão de vida ou morte.

Em junho, começou a invasão. Os japoneses tinham forças navais perigosas na área, cruzadores pesados e navios de combate. Duas divisões da Marinha foram a terra e em seguida uma divisão do Exército.

Para os japoneses, isso se transformou no desastre de Saipan. Vinte dias depois, quase todos tinham perecido. O general japonês, também almirante, Nagumo, que comandara em Midway, cometeu suicídio, e centenas de civis, homens e mulheres, algumas mães com bebês nos braços, morrendo de medo de serem chacinados, saltaram dos altos penhascos para a morte nas rochas pontiagudas lá embaixo.

Foi o toque de silêncio. O bombardeio das principais ilhas do Japão era possível agora, e no raide mais maciço de todos, um ataque de bombas incendiárias a Tóquio, mais de oitenta mil pessoas morreram num inferno imenso de uma única noite.

Em seguida, Iwo Jima caiu. Os japoneses emitiram sua ameaça final: a morte de cem milhões de pessoas, a população inteira, mas jamais a rendição.

No caminho, estava Okinawa.

O dia estava raiando, o pálido amanhecer do Pacífico que não tinha um horizonte real e o alto das primeiras nuvens colhendo a luz. O mar estava deserto. O sol apareceu lentamente, inundando a água e a deixando branca. Um primeiro-tenente chamado Bowman tinha subido para o convés e estava parado à amurada, olhando para fora. Seu colega de cabine, Kimmel, juntou-se a ele em silêncio. Bowman nunca esqueceria esse dia. Nenhum deles esqueceria.

"Alguma coisa lá fora?"

"Nada."

"Nada que dê para ver", disse Kimmel.

Ele olhou para a proa, depois para a popa.

"Está quieto demais", disse.

Bowman era oficial de navegação e também observador, como ficara sabendo apenas dois dias antes.

"Quais as funções disso, senhor?", perguntou.

"Aqui está o manual", disse o superior. "Leia."

Ele começou a ler naquela noite, dobrando os cantos de algumas páginas enquanto lia.

"O que você está fazendo?", Kimmel perguntou.

"Não me amole agora."

"O que você está estudando?"

"Um manual."

"Nossa, a gente no meio de águas inimigas e você aí sentado lendo um manual? Não é hora para isso. Você já devia saber o que fazer."

Bowman o ignorou. Estavam juntos desde o começo, desde a escola de aspirantes navais, onde o comandante, um capitão da Marinha cuja carreira acabara quando seu destróier encalhou, mandou pôr no catre de cada homem um exemplar de *Uma mensagem a Garcia*, um texto inspirador sobre a guerra espanhola-americana. O capitão McCreary não tinha futuro, porém permanecia fiel aos padrões do passado. Bebia até o estupor todas as noites, mas de manhã estava alerta e bem barbeado. Sabia de cor o livro de regulamentos da Marinha e comprara os exemplares de *Uma mensagem a Garcia* com dinheiro do próprio bolso. Bowman lera cuidadosamente o *Mensagem* e anos depois ainda era capaz de recitar trechos dele. *Garcia estava em algum lugar na vastidão montanhosa de Cuba, ninguém sabia onde...* A questão era simples: cumpra com seu dever total e absolutamente, sem perguntas desnecessárias nem desculpas. Kimmel tinha caído na gargalhada ao ler isso.

"Sim, senhor, sim. Homens às armas!"

Tinha cabelo escuro, era magro e andava com um passo largado que dava a impressão de que suas pernas eram compridas. Sempre parecia ter dormido com a farda. O pescoço era fino demais para o colarinho. A tripulação o chamava de Camel, mas tinha banca de playboy e as mulheres gostavam dele. Em San Diego, se animara com uma garota muito viva chamada Vicky, cujo pai era dono de uma loja de carros, Palmetto Ford. Vicky tinha cabelo loiro puxado para trás e um toque de ousadia. Sentiu-se atraída por Kimmel imediatamente, por causa do glamour indolente dele. No quarto de hotel que dividia com outros dois oficiais e onde, ele explicou, poderiam fugir do barulho do bar, os dois ficaram sentados bebendo Canadian Club e Coca-Cola.

"Como é que isto foi acontecer?", ele perguntou.

"Isto o quê?"

"Eu encontrar alguém como você."

"Merecer você não merece mesmo", ela disse.

Ele riu.

Ela tomou um golinho da bebida.

"Destino. Então, vou casar com você?"

"Nossa, já chegamos a esse ponto? Não tenho idade para casar."

"O mais provável é que você me enganasse pelo menos umas dez vezes no primeiro ano", ela disse.

"Eu nunca vou te enganar."

"Ha ha."

Ela sabia exatamente como ele era, mas iria mudar isso. Gostava da risada dele. Ia ter de conhecer o pai dela primeiro, ela comentou.

"Eu adoraria conhecer o seu pai", Kimmel respondeu com uma aparente seriedade. "Já contou para ele sobre nós?"

"Acha que eu sou louca? Ele me mataria."

"Como assim? Por quê?"

"Por ficar grávida."

"Você está grávida?", Kimmel perguntou, alarmado.

"Quem sabe?"

Vicky Rollins com seu vestido de seda, olhares se pendurando nela quando ela passava. De salto não ficava tão baixa. Gostava de chamar a si mesma pelo sobrenome. Aqui é Hollins, dizia ao atender o telefone.

Estavam partindo, isso era o que tornava a coisa toda real, ou com um certo tipo de realidade.

"Quem sabe se eu vou voltar", ele disse de um jeito vago.

As cartas dela haviam chegado em dois pacotes que Bowman trouxera de Leyte. Seu superior o mandara até lá para tentar encontrar a correspondência do navio na Central de Correio da Frota — não tinham recebido nada durante dez dias — e ele voara de volta com aquilo, triunfante, em um TBM. Kimmel leu em voz alta partes das cartas dela, principalmente por causa de Brownell, o terceiro homem da cabine. Brownell era intenso e moralmente puro, com um queixo encaroçado com marcas de acne. Kimmel gostava de provocá-lo. Cheirou uma página da carta. É, era o perfume dela, disse, ele reconheceria em qualquer lugar.

"E talvez mais alguma coisa", especulou. "Não sei. Você acha que ela esfregou a carta na... Sinta", disse, oferecendo a Brownell, "me diga o que você acha."

"Eu não saberia", Brownell respondeu, inquieto. Os caroços de seu queixo apareceram.

"Ah, claro que sabe, um perdigueiro de xoxota como você."

"Não tente me envolver na sua devassidão", disse Brownell.

"Não é devassidão, ela está me escrevendo porque a gente se apaixonou. É uma coisa bonita e pura."

"Como você ia saber?"

Brownell estava lendo *O profeta*.

"*O profeta*. O que é isso?", Kimmel perguntou. "Deixe eu ver. O que ele faz? Conte para a gente o que acontece."

Brownell não respondeu.

As cartas eram menos excitantes do que uma página coberta de caligrafia feminina podia sugerir. Vicky era falante e suas cartas eram um relato detalhado e um tanto repetitivo de sua vida, que, em parte, consistia em voltar a todos os lugares onde ela e Kimmel tinham estado, geralmente na companhia de Susu, sua melhor amiga e também na companhia de outros jovens oficiais da Marinha, mas sempre pensando em Kimmel. O atendente do bar lembrava deles, disse ela, um casal fabuloso. O fecho das cartas era sempre um verso de uma canção popular. *I didn't want to do it*, ela escreveu.

Bowman não tinha namorada, nem fiel nem outra coisa. Ele nunca tivera uma experiência amorosa, mas relutava em admitir isso. Simplesmente deixava passar o assunto quando discutiam mulheres e agia como se o ousado caso de Kimmel fosse um território mais ou menos familiar para ele. Sua vida era o navio e seus deveres a bordo. Sentia-se leal a isso e a uma tradição que respeitava, tinha certo orgulho quando o capitão ou o superior chamava: "Sr. Bowman!". Ele gostava da confiança que depositavam nele, mesmo que de última hora.

Era diligente. Tinha olhos azuis e cabelo castanho penteado para trás. Aplicara-se na escola. Miss Crowley o havia puxado de lado depois da aula e dito que ele tinha tudo para ser um bom latinista, mas, se ela o visse agora de uniforme e com sua insígnia oxidada pelo mar, ela ficaria muito impressionada. Desde o momento em que ele e Kimmel haviam se juntado ao navio em Ulithi, sentia que seu desempenho tinha sido bom.

Como iria se comportar em ação era o que estava pesando

em sua cabeça nessa manhã, os dois ali parados, olhando o mar misterioso, estrangeiro, e depois o céu que já ficava mais claro. Coragem e medo e como se agiria debaixo de fogo não estavam entre as coisas que se conversava. Todo mundo esperava ser capaz de fazer o que era devido quando chegasse a hora. Ele tinha fé, mesmo que não total, em si mesmo, e na liderança, nos nomes veteranos que comandavam a frota. Uma vez, à distância, ele tinha visto, baixa e deslizando depressa, a nau capitânia camuflada, a *New Jersey*, com Halsey a bordo. Era como ver de longe o imperador em Ratisbona. Ele sentiu uma espécie de orgulho e até de realização. Aquilo bastava.

O perigo real viria do céu, dos ataques suicidas, dos kamikaze — a palavra queria dizer "vento divino", a tempestade enviada pelo céu que salvara o Japão da invasão de Kublai Khan séculos antes. Era a mesma intervenção do alto, mas dessa vez com aviões carregados de bombas voando para cair diretamente sobre os navios inimigos, seus pilotos morrendo no ato.

O primeiro desses ataques tinha sido nas Filipinas meses antes. O avião japonês mergulhou num pesado cruzador e explodiu, matando o capitão e muitos mais. Desde então os ataques haviam se multiplicado. Os japoneses vinham em grupos irregulares, aparecendo de repente. Os homens olhavam com fascinação e medo quase hipnóticos quando vinham diretamente na direção deles através da densa artilharia antiaérea ou mergulhavam, roçando a água. Para defender Okinawa, os japoneses planejaram lançar o maior de todos os ataques kamikaze. A perda de navios seria tão grande que a invasão teria de recuar, destruída. Não era um mero sonho. O resultado de grandes batalhas podia depender de determinação.

Ao longo de toda a manhã, porém, nada aconteceu. As marés subiram e passaram, algumas ondas explodindo, brancas, rolando para a frente e quebrando para trás. Havia um banco de nuvens. Abaixo delas, o céu estava claro.

O primeiro alerta de aviões inimigos veio num chamado da ponte, e Bowman estava correndo à sua cabine para pegar o colete salva-vidas, quando o alarme de alerta geral soou, sobrepondo-se a tudo. Ele passou por Kimmel, que usava um capacete que parecia grande demais para ele e subia correndo a escada de aço, gritando: "É agora! É agora!". O fogo havia começado e cada arma do navio e dos navios próximos acompanhou. O som era ensurdecedor. Enxames de fogo antiaéreo flutuavam para o alto em meio a tufos escuros. Na ponte, o capitão batia no braço do piloto para que escutasse. Homens ainda corriam para seus postos. Tudo acontecia em duas velocidades, a do alarido e a da desesperada urgência da ação, e também, numa menor, na velocidade da destruição, com manchas escuras no céu deslizando pelo tiroteio. Estavam longe e parecia que o fogo não conseguia atingi-los, quando de repente alguma outra coisa começou, no meio do estrondo um avião escuro vinha descendo e como um inseto cego, certeiro, virava na direção deles, insígnias vermelhas nas asas e uma cobertura preta brilhante. Todas as armas do navio atiravam e os segundos iam se extinguindo um depois do outro. Então, com uma grande explosão e um gêiser de água, o navio adernou sob os pés deles — tinham sido atingidos pelo avião, ou este apenas caíra ao lado deles. Na fumaça e na confusão, ninguém sabia.

"Homem ao mar!"

"Onde?"

"Na popa, senhor!"

Era Kimmel, que, achando que o depósito de explosivos do meio do navio havia sido atingido, saltara na água. O barulho ainda era terrível, estavam atirando em tudo. Na esteira do navio, tentando nadar em meio a destroços e ondas enormes, Kimmel ia desaparecendo. Não podiam parar nem voltar por causa dele. Ele teria se afogado se, milagrosamente, não tivesse sido visto e recolhido por um destróier que, quase na mesma hora, foi afundado por outro kamikaze e sua tripulação resgatada por um segundo destróier que, pouco mais de uma hora depois, estava destruído na água. Kimmel acabou no hospital naval. Tornou-se uma espécie de lenda. Tinha saltado de seu navio por engano e em um dia tinha visto mais ação do que todos os outros veriam na guerra inteira. Depois Bowman perdeu contato com ele. Várias vezes, ao longo dos anos, tentou localizá-lo em Chicago, mas sem sorte. Mais de trinta navios foram afundados nesse dia. Foi a maior provação da frota durante a guerra.

Perto do mesmo lugar, poucos dias depois, soou o toque de morte da Marinha imperial. Durante mais de quarenta anos, desde sua incrível vitória sobre os russos em Tsushima, os japoneses vinham aumentando seu poderio militar. Um império que era uma ilha exigia uma frota poderosa, e os navios japoneses foram projetados para ser superiores. Como suas tripulações eram formadas por homens de baixa estatura, não era preciso tanto espaço entre os conveses nem tanto conforto, e isso permitia armamento mais pesado, armas maiores e maior velocidade. O maior desses navios, invencível, com um aço mais espesso que qualquer outro existente e design avançado, tinha o poético nome da própria nação, *Yamato*. Com ordens para atacar a vasta frota invasora na costa de Okinawa, ele partiu, escoltado por nove navios, de um porto no mar Interior, onde ele havia estado a postos.

Era uma partida cheia de presságios, como o silêncio arrepiante que precede uma tempestade. Pela água verde do porto, o *Yamato* rumava para o mar no fim do dia, longo, escuro e poderoso, deslizando devagar e com imponência a princípio, uma onda de proa se formando, ganhando velocidade, quase silencioso, a silhueta dos guindastes escuros das docas passando, a costa oculta por uma névoa noturna, deixando redemoinhos de espuma branca em sua esteira. Os sons que se escutavam eram abafados, havia uma sensação de despedida. O capitão dirigiu-se a toda a tripulação aglomerada no convés. Havia muita munição, armários cheios de grandes bombas do tamanho de ataúdes, mas nenhum combustível para a volta, ele disse aos homens. Três mil homens e um vice-almirante estavam a bordo. Tinham escrito cartas de despedida a seus pais e esposas em casa e navegavam para a morte. *Busque a felicidade com outro*, escreveram. *Tenha orgulho de seu filho.* A vida era preciosa para eles. Estavam sombrios e temerosos. Muitos rezavam. Sabia-se que o navio devia perecer como um emblema da vontade imorredoura da nação de não se render.

Com o cair da noite, passaram pelo litoral de Kyushu, uma das principais ilhas japonesas que ficava mais ao sul, onde o contorno de um navio de guerra americano havia sido desenhado na praia para que os pilotos que iam atacar Pearl Harbor pudessem praticar o bombardeio. As ondas batiam e passavam. O espírito da tripulação estava estranho, era quase de alegria. Sob o luar, cantaram e gritaram *banzai!* Muitos notaram um brilho estranho no mar.

Foram descobertos ao amanhecer, ainda longe de qualquer navio americano. Um navio de patrulha enviara por rádio um aviso claro e urgente: *Força tarefa inimiga indo para o sul. Ao menos um navio de guerra, muitos destróieres. Velocidade vinte e cinco nós.* O vento tinha aumentado de manhã. O mar estava agitado, com nuvens baixas e pancadas de chuva. Grandes ondas rugiam na lateral do navio. Depois, como previsto, os primeiros aviões apareceram no radar. Não era uma única formação, mas muitas, um enxame cobrindo o céu, duzentos e cinquenta aviões de bombardeio.

Eles saíam das nuvens, mergulhavam e despejavam torpedos, mais de uma centena cada vez. O *Yamato* tinha sido construído para ser invulnerável a ataques aéreos. Todos os seus canhões estavam disparando quando as primeiras bombas o atingiram. Um dos destróieres da escolta adernou, mortalmente atingido e, mostrando sua barriga vermelho-escura, afundou. Através da água, vinte torpedos corriam na direção do *Yamato*, deixando trilhas brancas como cordões. O convés invencível se rasgara, aço de quase meio metro de espessura, homens esmagados ou cortados em dois. "Não percam a coragem!", gritou o capitão. Oficiais haviam se amarrado a seus postos na ponte, enquanto mais bombas atingiam o navio. Outras passavam perto, levantando altas colunas de água, muralhas de água que caíam sobre o convés, sólidas como rocha. Não era uma batalha, era um ritual, como a morte de uma fera imensa abatida por golpes repetidos.

Uma hora se passou e os aviões continuavam chegando, uma quarta leva deles, depois uma quinta e uma sexta. A destruição era inimaginável. O leme foi atingido, o navio girava desesperadamente. Tinha começado a adernar, o mar invadia o convés. *Minha vida inteira foi a bênção do seu amor*, eles tinham escrito a suas mães. Os livros de códigos eram encadernados com chumbo, portanto afundariam com o navio, e sua tinta era do tipo que se dissolve na água. Quase três horas depois, com aproximadamente oitenta graus de inclinação, centenas de mortos e mais feridos, cegos e arruinados, o gigantesco navio começou a afundar. As ondas varriam sobre ele e os homens que se agarravam ao convés eram levados pelo mar em todas as direções. Quando afundou, formou-se um imenso redemoinho em torno dele, uma corrente feroz na qual os homens não conseguiam sobreviver, eram sugados para baixo como se despencassem no ar. A seguir, um desastre pior. A munição estocada, as grandes bombas, toneladas e toneladas delas, deslizaram de seus suportes e bateram de nariz nas laterais elevadas da embarcação. Do fundo do mar, subiu uma imensa explosão, emitindo uma luz tão intensa que foi avistada até mesmo em Kyushu, quando os depósitos cheios de explosivos estouraram. Ergueu-se uma coluna de fogo de um quilômetro e meio, uma coluna bíblica, e o céu se encheu de pedaços de metal em brasa que caíam como chuva. Como um eco, veio do fundo uma segunda explosão, culminante, e uma densa fumaça se levantou.

Os tripulantes que não tinham sido sugados para o fundo ainda nadavam. Negros de óleo e sufocando nas vagas. Uns poucos cantavam.

Foram os únicos sobreviventes. Nem o capitão, nem o almirante estavam entre eles. O restante dos três mil homens estava no corpo sem vida do navio que havia assentado no fundo do mar.

A notícia do afundamento do *Yamato* espalhou-se rapidamente. Foi o fim da guerra no mar.

O navio de Bowman era um dos muitos ancorados na baía de Tóquio quando a guerra terminou. Depois, dirigiu-se a Okinawa para pegar tropas que voltavam para casa, mas Bowman teve a oportunidade de ir a terra em Yokohama e caminhar pela parte que restara da cidade. Caminhou por quarteirões vazios, com nada além de alicerces. O cheiro de entulho queimado, acre e impregnado de morte pairava no ar. Entre as únicas coisas não destruídas, estavam os cofres maciços dos bancos, de aço sólido, embora os edifícios que os abrigavam não existissem mais. Nas sarjetas havia papéis queimados, notas de dinheiro, tudo o que restava do sonho imperial.

2. A grande cidade

"O herói!", tio Frank exclamou, estendendo os braços para abraçá-lo.

Era um jantar de boas-vindas.

"Não exatamente um herói", disse Bowman.

"Claro que é. Nós lemos sobre você."

"Leram sobre mim? Onde?"

"Nas suas cartas!", respondeu o tio.

"Frank, deixe eu falar!", exclamou a tia.

Tinham vindo do Fiori, restaurante deles perto de Fort Lee, decorado com plush vermelho ralo e onde tocava *Rigoletto* e *Il trovatore* até o último casal de conversa mansa ir embora, os últimos casais melancólicos e os poucos homens ainda no bar. Frank era o tio de sua infância. Moreno, tinha um nariz redondo e o cabelo já ia rareando. Sólido e bem-humorado, havia entrado na escola de direito em Jersey City, mas desistiu, com a ideia de se tornar um chef, e no restaurante, quando estava disposto, voltava ao fogão às vezes para cozinhar, embora sua verdadeira paixão fosse a música. Tinha aprendido a tocar piano sozinho e sentava, feliz, muito perto do teclado com os dedos grossos, de dorso coberto de pelos, e ágeis sobre as teclas.

A noite foi toda de calor e conversa. Sua mãe, Beatrice, a tia e o tio ouviram as histórias dos lugares a que Bowman tinha ido — onde ficava San Pedro? Comeu comida japonesa? — e beberam o champanhe que Frank havia guardado desde antes da guerra.

"Não imagina como ficamos preocupados o tempo todo que você passou lá", disse tia Dorothy — que chamavam de Dot. "Pensávamos em você todo dia".

"É mesmo?"

"Rezávamos por você", ela disse.

Ela e Frank não tinham filhos, era como se ele fosse o filho deles. Agora seus medos tinham acabado, o mundo era como devia ser, e também, pensou Bowman, muito como era antes, familiar e trivial, as mesmas casas, lojas, ruas, tudo como ele lembrava e conhecera desde criança, nada de especial, mas dele apenas. Em algumas janelas viam-se estrelas douradas de filhos ou maridos que haviam sido mortos, mas isso e as muitas bandeiras eram quase os únicos sinais de tudo que ocorrera. O próprio ar, intocado e imutável, era familiar, a escola secundária, a escola primária com suas sóbrias fachadas. Ele se sentia, de certa forma, superior a tudo aquilo e ao mesmo tempo devedor.

A farda estava pendurada no armário e o quepe na prateleira de cima. Ele os usara quando era o sr. Bowman, um oficial júnior, mas respeitado e até admirado. Muito depois de a farda perder autenticidade e glamour, o quepe, estranhamente, retinha sua força.

Em sonhos que foram frequentes durante um longo tempo, ele estava lá de novo. Estavam no mar, sob ataque. O navio tinha sido atingido, estava adernando, caindo de joelhos como um cavalo moribundo. Os corredores inundados, ele lutando para chegar ao convés, onde havia uma multidão de homens. O navio estava quase de lado, ele perto das caldeiras que podiam explodir a qualquer instante, precisava encontrar um lugar mais seguro. Estava na amurada, teria de pular e voltar a bordo mais à popa. No sonho ele pulava, mas o navio ia depressa demais. Passava por ele, a popa roncando, deixando-o a nadar em sua esteira, lá atrás.

"O Douglas", disse a mãe, mencionando um rapaz ligeiramente mais velho que tinha estudado com Bowman, "perguntou de você."

"Como está o Douglas?"

"Ele está cursando direito."

"O pai dele é advogado."

"O seu também", disse a mãe.

"Vocês não estão preocupados com o meu futuro, estão? Eu vou voltar para a escola. Estou me inscrevendo em Harvard."

"Ah, que maravilha!", exclamou o tio.

"Por que tão longe?", perguntou a mãe.

"Mãe, eu estive no Pacífico. Você não reclamou de ser tão longe."

"Ah, não?"

"Bom, estou contente de voltar para casa."

O tio passou o braço por seus ombros.

"Rapaz, como a gente está contente", disse.

Harvard não o aceitou. Era sua primeira escolha, mas sua ficha foi recusada, não aceitavam transferências de alunos, informou a carta da escola. Ele se sentou e escreveu uma resposta cuidadosamente pensada, mencionando o nome dos professores famosos com quem esperava estudar, cujo conhecimento e autoridade eram incomparáveis e, ao mesmo tempo, pintando a si mesmo como um jovem que não devia ser penalizado por ter ido para a guerra. Mesmo atrevida como era, a carta funcionou.

No outono de 1946, ele era um forasteiro em Harvard, um ou dois anos mais velho que seus colegas de classe, mas visto como alguém com força de caráter — tinha estado na guerra, sua vida era mais real por causa disso. Era respeitado e também afortunado sob vários aspectos, o principal deles o colega de quarto com quem se deu bem imediatamente. Malcolm Pearson era de uma família rica. Alto, inteligente e resmungão, só de vez em quando Bowman conseguia entender o que ele dizia, mas aos poucos foi se acostumando e conseguindo ouvir. Pearson tratava suas roupas caras com o desprezo de um lorde e raramente comparecia às refeições. Estava estudando história com a vaga ideia de se tornar professor, qualquer coisa para desagradar seu pai e afastá-lo da empresa de materiais de construção.

Por fim, depois de formado, ele deu aulas durante algum tempo numa escola para meninos em Connecticut, depois fez um mestrado e se casou com uma moça chamada Anthea Epick, embora ninguém na cerimônia na casa da noiva, perto de New London, inclusive o pastor e Bowman, que era padrinho, tenha entendido se ele disse "sim". Anthea também era alta, com sobrancelhas escuras e pernas ligeiramente em X, coisa que não se percebia com o vestido branco de casamento, mas na véspera todos tinham ido para a piscina. Ela andava de um jeito estranho, meio largada, mas tinha os mesmos gostos de Malcolm e os dois se davam bem.

Depois do casamento, Malcolm fez muito pouco. Vestido como um boêmio dos anos 1920, com sobretudo largo, cachecol, calça de ginástica e um velho chapéu de feltro, ele usava uma bengala quebrada, passeava com seu collie nas vizinhanças de sua casa perto de Rhinebeck e se dedicava a seus interesses, bastante limitados à história da Idade Média. Ele e Anthea tinham uma filha, Alix, de quem Bowman era padrinho. Ela também era excêntrica. Silenciosa quando criança, mais tarde falava com sotaque inglês. Morava na casa dos pais, o que eles aceitavam como se fosse o que sempre quiseram, e nunca se casou. Não era nem promíscua, seu pai reclamava.

Os anos em Harvard tiveram efeito tão duradouro em Bowman quanto o tempo que passara no mar. Ele parava nos degraus de Widener, olhos ao nível das árvores, observando os grandes edifícios de tijolos vermelhos e os carvalhos do Yard. No fim do dia, os sinos profundos e ressonantes começavam a soar, solenes e grandiosos, tocando sem parar quase sem razão nenhuma e finalmente silenciando com toques calmos, sem fim, macios como carícias.

Ele começara pensando em estudar biologia, mas no segundo semestre, como surgida do nada diante dele, topou com a grande era elisabetana — Londres, a cidade de Shakespeare ainda cheia de árvores, o legendário Globe, a eloquência das pessoas de categoria, a língua e as roupas suntuosas, o Tâmisa e sua dissoluta margem sul com terras pertencentes ao bispo de Winchester e as moças que lá se ofereciam, conhecidas como gansos de Winchester, o fim de um século tumultuado e o começo de outro — tudo o interessava.

No curso de drama jacobino, o famoso professor, na realidade um ator que aperfeiçoara sua performance durante décadas, começou a dizer divinamente, com voz empostada: "Kyd era o El Greco do teatro inglês".

Bowman lembrava palavra por palavra.

"Contra o fundo de paisagens enevoadas e relâmpagos intermitentes, podemos discernir essas figuras curiosamente angulares, vestidas com roupas de inesperada riqueza e animadas por convulsões de uma paixão sombria."

Relâmpagos intermitentes, roupas luxuosas. Os aristocratas

que eram escritores — o conde de Oxford, a condessa de Pembroke —, os cortesãos, Raleigh e Sidney. Os muitos dramaturgos que não tinham iguais, Kyd, preso e torturado por convicções irregulares, Webster, Dekker, o incomparável Ben Johnson, Marlowe cuja *Tambourine* foi apresentada quando ele tinha vinte e três anos, e o ator desconhecido cujo pai era um fabricante de luvas e a mãe analfabeta, o próprio Shakespeare. Foi uma era de fluência e prosa elevada. A rainha Elizabeth sabia latim, adorava música, tocava lira. Grande monarca, grande cidade.

Bowman também tinha nascido numa grande cidade, no French Hospital em Manhattan, no calor tórrido de agosto e numa manhã bem cedinho, na hora em que todos os gênios nasciam, Pearson lhe disse um dia. Tinha havido uma calma irrespirável e, perto do amanhecer, trovões distantes, tênues. Eles foram ficando mais altos, depois rajadas de ar fresco antes de uma tremenda tempestade irromper com raios e cortinas de chuva e, quando terminou, um gigantesco sol de verão surgindo no horizonte. Agarrado ao cobertor ao pé da cama, um gafanhoto com uma perna só que, de alguma forma, encontrara abrigo no quarto. A enfermeira estendeu a mão para pegá-lo, mas sua mãe, ainda tonta do parto, disse que não, que era um sinal. O ano era 1925.

Seu pai os deixou dois anos depois. Era um advogado da Vernon, Wells, e o escritório o enviara para trabalhar com um cliente em Baltimore, onde conheceu uma mulher da sociedade chamada Alicia Scott, apaixonou-se por ela e abandonou sua esposa e seu filho pequeno. Mais tarde, casaram-se e ele teve uma filha. Ele se casou mais duas vezes, sempre com uma mulher mais rica que a anterior, que conhecia em clubes de campo. Eram as madrastas de Bowman, embora ele nunca tenha conhecido nenhuma delas, nem sua meia-irmã.

Ele nunca mais viu o pai, mas teve a sorte de contar com

um tio amoroso, Frank, que era compreensivo, engraçado, dado a escrever canções e estudar revistas de nudismo. O Fiori ia bastante bem e Bowman e sua mãe jantavam lá muitas vezes quando ele era menino, às vezes jogavam cassino com o tio, que era um bom jogador e sabia truques com cartas, fazendo aparecer quatro reis onde antes havia quatro damas, e coisas assim.

Ao longo dos anos, Beatrice Bowman passou a agir como se seu marido estivesse simplesmente viajando, como se ele fosse voltar, mesmo depois do divórcio e do casamento dele com a mulher de Baltimore, que de alguma forma parecia insubstancial, embora quisesse muito saber como era a mulher que o tinha tirado dela e finalmente viu uma fotografia em um jornal de Baltimore. Ela foi menos curiosa sobre as duas esposas seguintes, elas representavam apenas algo digno de pena. Era como se ele estivesse sendo levado para mais e mais baixo e para longe, e ela estava decidida a não olhar. Ela mesma teve vários homens que a cortejaram, mas não deu em nada, talvez por eles sentirem o que havia de equivocado nela. Os homens mais importantes da vida dela, o pai e o marido, ambos a abandonaram. Ela tinha o filho e seu trabalho nas escolas. Ganhavam pouco, mas possuía uma casa própria. Eram felizes.

Por fim, Bowman se decidiu por jornalismo. Havia o romantismo de repórteres como Murrow e Quentin Reynolds, na máquina de escrever até tarde da noite, terminando suas matérias, as luzes da cidade em volta, teatros se esvaziando, o bar do Costello cheio e ruidoso. A inexperiência sexual seria superada. Ele não tinha sido tímido em Harvard, mas simplesmente não acontecera, a coisa que iria completar sua vida. Ele sabia o que eram os *ignudi*, mas não um simples nu. Permaneceu inocente e pulsante de desejo. Houve Susan Hallet, a garota de Boston por quem tinha se interessado, esguia, de rosto claro, com seios pequenos que ele associava a privilégio social. Ele queria que ela fosse viajar um fim de semana com ele, para Gloucester, onde haveria fogs e sirenes de barcos, e cheiro de mar.

"Gloucester?"

"Qualquer lugar", ele disse.

Como ela poderia fazer isso, protestou, como iria explicar?

"Você pode dizer que vai ficar com uma amiga."

"Não seria verdade."

"Claro que não. É essa a ideia."

Ela estava olhando para o chão, os braços cruzados na frente do corpo como se de alguma forma estivesse se abraçando. Teria de dizer não, embora gostasse de vê-lo insistindo. Para ele era quase intolerável a presença dela e sua recusa insensível. Eu poderia ter dito sim, ela pensou, se houvesse algum jeito de fazer isso. De viajar e... imaginava o resto apenas vagamente. Tinha sentido a ereção dele algumas vezes ao dançarem. Sabia mais ou menos o que era tudo aquilo.

"Eu não saberia guardar segredo", ela disse.

"Eu guardaria segredo", ele prometeu. "Claro que você saberia."

Ela sorriu um pouco.

"Sério", ele disse. "Você sabe o que eu sinto por você."

Ele não conseguia deixar de pensar em Kimmel e na facilidade com que os outros faziam aquilo.

"Também estou falando sério", ela disse. "Tem mais coisas em jogo para mim."

"Está tudo em jogo."

"Não para o homem."

Ele entendeu, mas aquilo não significava nada. Seu pai, que sempre tinha sido um sucesso com as mulheres, podia ter lhe ensinado alguma coisa inestimável ali, mas nunca houve nada entre pai e filho.

"Eu gostaria que a gente fizesse", ela disse simplesmente. "Fizesse tudo, eu quero dizer. Você sabe como eu gosto de você."

"Sei. Claro."

"Vocês, homens, são todos iguais."

"Que coisa chata de dizer."

No clima de euforia que havia em toda parte depois da guerra, ainda era preciso encontrar um lugar para si mesmo. Ele se candidatou ao *Times*, mas não havia nada, e foi a mesma coisa nos outros jornais. Por sorte, tinha um contato, o pai de um colega de classe que era relações-públicas e que praticamente havia inventado a área. Ele conseguia arranjar qualquer coisa em jornais e revistas — por dez mil dólares, diziam, ele era capaz de pôr alguém na capa da *Time*. Pegava o telefone, ligava para qualquer um, as secretárias transferiam a ligação imediatamente.

Bowman iria vê-lo na casa dele, de manhã. Ele sempre tomava café da manhã às nove.

"Ele vai estar aí?"

"Vai, sim. Ele sabe que você vem."

Bowman mal dormiu na noite anterior e às oito e meia estava na rua, em frente à casa. Era uma manhã amena de outono. A casa ficava na rua Sessenta, saindo do Central Park. Era grande e imponente, com janelas altas e a fachada quase completamente coberta por uma capa profunda de hera. Às quinze para as nove, tocou a campainha da porta, que era de vidro e com uma grade pesada de ferro.

Foi levado a uma sala ensolarada que dava para o jardim. Ao longo de uma parede, havia um comprido bufê de estilo inglês com duas bandejas de prata, uma jarra de cristal com suco de laranja e um grande bule de café de prata coberto com um pano, além de manteiga, pães e geleia. O mordomo perguntou como ele ia querer os ovos. Bowman recusou os ovos. Tomou uma xícara de café e esperou, nervoso. Sabia que aspecto tinha o sr. Kindrigen, um homem bem-apessoado com o rosto um tanto seco e cabelo grisalho.

Tudo silencioso. Da cozinha, vinham vozes ocasionais, baixas. Ele tomou o café e foi pegar mais uma xícara. As portas que davam para o jardim desapareciam na luz.

Às nove e quinze, Kindrigen entrou na sala. Bowman deu bom-dia. Kindrigen não respondeu, pareceu nem notar sua presença. Estava em mangas de camisa, uma camisa cara com punhos franceses, largos. O mordomo trouxe café e um prato com torradas. Kindrigen mexeu o café, abriu o jornal e começou a ler, sentado de lado à mesa. Bowman tinha visto vilões do Oeste sentados assim. Não disse nada e esperou. Por fim, Kindrigen falou:

"Você é...?"

"Philip Bowman", disse Bowman. "Kevin deve ter falado de mim..."

"Você é amigo do Kevin?"

"Sou. Da escola."

Kindrigen não havia olhado para ele ainda.

"Você é de...?"

"Nova Jersey, moro em Summit."

"O que você quer?", Kindrigen perguntou.

"Eu gostaria de trabalhar no *New York Times*", Bowman disse, no mesmo tom direto.

Kindrigen olhou-o por um breve momento.

"Volte para casa", disse.

Ele encontrou trabalho numa pequena empresa que publicava uma revista de teatro e começou vendendo anúncios. Não era difícil, mas era chato. O mundo teatral estava crescendo. Havia muitos teatros na rua Quarenta Oeste, um depois do outro, e multidões passeavam em frente resolvendo para qual deles comprar ingressos. Você gostaria de ver um musical ou esse negócio de Noel Coward?

Pouco depois, ele ouviu falar de outro trabalho, o de leitura de manuscritos para uma editora. O salário, no final das contas, era menos do que ele estava ganhando, mas editar era outra história, era uma ocupação para cavalheiros, a origem do silêncio e da elegância das livrarias e do frescor das páginas novas, embora isso não ficasse evidente no escritório localizado na Quinta Avenida, nos fundos de um último andar. Era um prédio velho, com um elevador que subia devagar, passando por portas de grade de ferro e corredores de ladrilhos brancos irregulares pelos anos de uso. Na sala da editora, estavam bebendo champanhe: um dos editores acabara de ter um filho. Robert Baum, o editor, dono da companhia junto com um sócio financiador, estava em mangas de camisa, um homem de cerca de trinta anos, estatura mediana e rosto sorridente, um rosto alerta e um tanto doméstico, com um princípio de bolsas debaixo dos olhos. Conversou gentilmente com Bowman durante alguns minutos, deu-se por satisfeito e contratou-o na hora.

"O salário é modesto", explicou. "Você não é casado?"

"Não. Qual é o salário?"

"Cento e sessenta por mês. O que você acha?"

"Bom, é menos do que eu preciso, mais do que eu esperava", Bowman respondeu.

"Mais do que você esperava? Então errei."

Baum tinha segurança e charme, nenhum dos dois falsos. Salários de editor eram tradicionalmente baixos e o salário que ele ofereceu era apenas um pouco abaixo. Era preciso manter a cabeça fora d'água num negócio incerto por natureza, além de concorrer com editoras maiores e mais estabelecidas. Eram uma editora literária, Baum gostava de dizer, mas só por necessidade. Não iam recusar um best-seller só por princípios. A ideia, disse ele, era pagar pouco e vender um monte. Na parede de sua sala, havia uma carta emoldurada de um colega e amigo a quem fora pedido que lesse um manuscrito. A carta tinha duas marcas de dobra e era muito objetiva. *Trata-se de um livro muito óbvio com personagens rasos descritos num estilo que dá nos nervos. O caso amoroso é de mau gosto e de pouco interesse, e o leitor acaba sentindo aversão a ele. Nada mais que uma total obscenidade é deixada para a imaginação. É absolutamente inútil.*

"Vendeu trezentos mil exemplares", disse Baum, "e vai virar filme. O maior livro que fizemos até agora. Guardo a carta aqui como lembrete."

Ele não acrescentou que ele próprio não tinha gostado do livro e que só fora convencido a editá-lo por sua mulher, que disse que alguma coisa nele iria tocar as pessoas. Diana Baum tinha uma influência importante sobre o marido, embora raramente aparecesse no escritório. Ela se dedicava ao filho deles, um menino chamado Julian, e à crítica literária, com uma coluna em uma pequena revista liberal, mais influente que conhecida, e, consequentemente, era uma figura.

Baum tinha dinheiro, não se sabe quanto. O pai, um banqueiro que imigrara para os Estados Unidos, se dera bem. A família era judia e alemã e sentia uma espécie de superioridade. A cidade estava cheia de judeus, a maioria deles pobre no Lower East Side e nos distritos, mas por toda parte ficavam em seu próprio círculo, mais ou menos excluídos do mundo geral. Baum conhecera a experiência de ser um estranho num colégio interno, onde, apesar de sua natureza aberta, fizera poucos amigos. Quando veio a guerra, em vez de procurar um posto, ele servira nas fileiras, na inteligência, mas em combate. Teve uma experiência em que viu a morte de perto. Estavam nas planícies da Holanda à noite. Dormiam num edifício cujo teto tinha sido derrubado por uma explosão. Alguém entrou com uma lanterna e começou a se deslocar entre os homens adormecidos. Ele tocou o braço de um homem.

"Você é sargento?", Baum o ouviu perguntar.

O homem pigarreou.

"Isso mesmo", disse.

"Levante. Vamos embora."

"Sou sargento de suprimentos. Substituto."

"Eu sei. Você precisa levar vinte e três homens até o fronte."

"Quais?"

"Venha. Não temos tempo."

Ele os conduziu por uma estrada, no escuro. Havia um som doentio de tiroteio adiante e o bater pesado da artilharia. Num ligeiro declive, um capitão dava ordens.

"Quem é você?", o capitão perguntou.

"Estou com vinte e três homens", o sargento respondeu.

Na verdade havia apenas vinte e um, dois tinham escapado ou se perdido no escuro. Havia tiroteio não muito longe.

"Ainda não entrou em combate, sargento?"

"Não, senhor."

"Vai entrar esta noite."

Tinham de atravessar o rio em barcos de borracha. Quase de quatro, arrastaram os barcos até a margem. Todo mundo sussurrava, mas Baum sentia que estavam fazendo muito barulho.

Ele foi no primeiro barco. Não estava morrendo de medo; estava paralisado de medo. Segurava o rifle, com o qual nunca tinha atirado, na frente do corpo como se fosse um escudo. Estavam cometendo uma transgressão fatal. Ele sabia que ia ser morto. Ouvia o bater dos remos que ia ser sufocado por uma súbita eclosão de metralhadora, os sussurros que ele tinha certeza de que os outros também ouviam. Reme com a mão, alguém disse. Os alemães estavam esperando para abrir fogo quando eles estivessem na metade da travessia, mas por alguma razão nada aconteceu. A onda seguinte é que foi pega no meio do caminho. Baum estava então na margem, e todo o barranco acima de sua cabeça e mais para dentro explodiu em tiros. Homens gritavam e caíam na água. Nenhum dos outros barcos atravessou.

Ficaram retidos ali por três dias. Depois ele viu o capitão que tinha dado as ordens morto em uma ravina, o corpo seminu com o peito exposto e mamilos escuros e inchados como de mulher. Baum fez um juramento a si mesmo, não naquela hora, mas quando a guerra terminou. Jurou que nunca mais teria medo de nada.

Baum não parecia o tipo de homem que tinha visto essas coisas, passado por isso. Era doméstico e urbano, trabalhava aos sábados e por deferência aos pais comparecia à sinagoga nos dias mais sagrados e em deferência também àqueles mais distantes, em aldeias destruídas ou em fossas coletivas, mas ao mesmo tempo ele não representava o judaísmo de chapéu preto e sofrimento, o jeito antigo. A guerra, ele imaginava, da qual saíra inteiro e intocado, lhe dera suas credenciais. Ele era quase indistinguível de outros cidadãos, exceto em conhecimento interno. Conduzia sua empresa à maneira inglesa. Em seu escritório parcamente mobiliado havia apenas uma escrivaninha, um sofá velho, uma mesa e algumas cadeiras. Ele mesmo lia tudo e depois de algum acordo com a mulher tomava todas as decisões. Ia almoçar com agentes que durante longo tempo o julgaram com leviandade, tinha jantares, e no escritório tornou uma prática comum circular e conversar com todo mundo todos os dias. Sentava-se a um canto da mesa da pessoa e batia papo, o que ela achava disso ou daquilo, o que tinha lido ou ouvido. Seu jeito era aberto, e conversar com ele era fácil. Às vezes, parecia mais o funcionário encarregado da correspondência do que o editor e sempre tinha alguma coisa para contar, histórias que tinha ouvido, mexericos, notícias, horror fingido diante do tamanho dos adiantamentos — como era possível publicar bons livros se a empresa falia no processo? Ele parecia nunca ter pressa, embora as visitas nunca fossem demoradas. Repetia piadas que tinha ouvido e chamava todo mundo pelo primeiro nome, até o ascensorista, Raymont.

Bowman não ficou como leitor crítico durante muito tempo. O editor que tinha tido filho foi trabalhar na Scribner, e Bowman, dando um jeito de descobrir qual tinha sido o salário dele, assumiu seu lugar. E gostou. O escritório era um mundo todo próprio. Não era regido por horários, às vezes Bowman ficava lá até nove, dez da noite, outras vezes estava tomando um drinque às seis da tarde. Gostava de ler os manuscritos, de conversar com os escritores, de ser responsável por dar vida a um livro, das discussões, da editoração, das provas de composição, das provas de página, das capas. Antes de começar, não fazia uma ideia clara do que era aquilo, mas achou gratificante.

Voltar para casa nos fins de semana era um prazer, sentar para jantar com sua mãe — vamos tomar um coquetel antes?, ela sempre dizia —, contar a ela o que estava fazendo. A mãe faria cinquenta e dois anos naquele ano e não aparentava a idade, mas de alguma forma abandonara a ideia de casar de novo. Seu amor e toda sua atenção ficavam com a família. Durante a semana, Bowman morava em um quarto de solteiro, sem banheiro, perto do Central Park West, que, por comparação, contrastava com o relativo luxo de sua velha casa.

A mãe gostava tanto de conversar com ele que, se pudesse, faria isso todos os dias. Só com dificuldade resistia ao impulso de abraçá-lo e beijá-lo. Ela o criara desde o dia que nasceu, e agora, que ele estava no auge de sua beleza, só podia alisar seu cabelo. E mesmo isso era estranho. O amor que ela tinha lhe dado, ele daria a outra pessoa. Ao mesmo tempo, ele ainda era, de alguma forma, a criança maravilhosa que tinha sido nos anos em que eram apenas os dois, quando iam visitar Dot e Frank e jantar no restaurante. Ela nunca esqueceria a mulher bem vestida que, ao ver o menininho manejando um garfo grande demais para sua mão, tentando enrolar o espaguete, disse com admiração:

"É a criança mais linda que eu já vi!"

Com papel dobrado e costurado, ela fazia caderninhos de palavras e figuras, escrevia com ele suas primeiras palavras, as muitas noites que agora pareciam uma única noite, o punha na cama e o ouvia pedir: "Deixe a porta aberta".

Todos os dias, todos.

Ela lembrava quando a penugem apareceu no rosto dele, uma penugem tênue, macia que ela fingiu não ver, e então ele começou a se barbear, o cabelo foi escurecendo aos poucos, os traços pareciam lembrar mais os do pai. Olhando para trás, ela lembrava cada instante, a maior parte com felicidade, de fato com nada além de felicidade. Eram sempre próximos, mãe e filho, sem fim.

Beatrice, a mais nova de duas irmãs, nascera em Rochester, no último mês e ano do século, 1899. O pai era um professor que morreu da gripe, da chamada gripe espanhola que surgira na Espanha e se espalhara pelos Estados Unidos no outono de 1918, no final da guerra. Mais de meio milhão de pessoas morreram em cenas que lembravam a peste. O pai dela apresentou os sintomas quando caminhava pela avenida Clifford numa tarde amena, e dois dias depois, com o rosto descolorido, queimando de febre e incapaz de respirar, morreu. Depois, elas foram viver com os avós, que administravam um pequeno hotel em Irondequoit Bay, um hotel de madeira com bar, uma grande cozinha branca e quartos que ficavam vazios no inverno. Com vinte anos, ela foi para New York City. Tinha parentes distantes na cidade, os Gradow, primos de sua mãe, que eram ricos, e esteve na casa deles inúmeras vezes.

Uma das imagens perdidas da infância de Bowman era da mansão — ele fora levado lá, para conhecê-la, quando tinha cinco ou seis anos —, lembrava-se dela como uma casa enorme de granito cinzento, toda enfeitada, com um fosso e janelas de treliça, perto de um parque em algum lugar que ele nunca mais encontrou, como as ruas de uma cidade conhecida que aparecem insistentemente nos sonhos. Ele nunca se preocupou em perguntar a sua mãe sobre ela, se havia sido demolida, mas havia lugares na Quinta Avenida onde a casa parecia ter estado.

Beatrice, talvez por causa da morte do pai, de quem ela lembrava com clareza, tinha certo desagrado permanente com o outono. Havia um momento, geralmente no final de agosto, em que o verão atacava as árvores com uma força incrível, elas estavam ricas de folhas, mas de repente, um dia, ficavam estranhamente paradas, como se à espera e, naquele momento, alertas. Elas sabiam. Tudo sabia, os insetos, os sapos, os corvos caminhando solenes pelo gramado. O sol estava no zênite e abraçava o mundo, mas estava terminando, tudo o que se amava corria risco.

Neil Eddins, o outro editor, era sulista, cara limpa, polido, usava camisas listadas e fazia amigos com facilidade.

"Você esteve na Marinha", disse ele.

"Estive. E você?"

"Não me aceitaram. Não consegui entrar no programa. Fui para a Marinha Mercante."

"Onde?"

"No rio East principalmente. A tripulação era italiana. Não conseguiam fazer navegar."

"Não tinha muito perigo de ser afundado."

"Não pelo inimigo", disse Eddins. "Você afundou alguma vez?"

"Tem gente que acha que sim."

"Como assim?"

"É uma longa história."

Gretchen, que era a secretária, passou enquanto eles conversavam. Tinha um belo corpo e o rosto atraente marcado por três ou quatro grandes pontos inflamados, algum problema de pele sem nome, nas faces e na testa, que a deixava arrasada, embora ela nunca revelasse isso. Eddins deu um ligeiro gemido quando ela passou.

"A Gretchen é?"

Todos sabiam que ela tinha um namorado.

"Ah, meu Deus", Eddins disse. "Esqueça a acne ou seja lá o que for aquilo, dá para eliminar aquilo. Na verdade, eu gosto de mulher que parece um pouco boxeador, maçãs altas, lábios meio grossos. Que sonho eu tive outra noite! Três garotas lindas, uma atrás da outra. Eu estava num quartinho, quase um armário, começando com a quarta, quando alguém tentou entrar. Não, não, droga, agora não!, eu gritava. A bunda dessa quarta bem apertada em mim quando ela abaixou para tirar o sapato. Estou sendo desagradável?"

"Não, não mesmo."

"Você tem sonhos assim?"

"Geralmente eu sonho só com uma de cada vez", disse Bowman.

"Alguém em particular?", Eddins perguntou. "O que eu gosto mesmo é de uma voz, uma voz grave. Quando eu casar, a primeira coisa que eu vou dizer é para ela falar com voz grave."

Gretchen passou de volta. Deu um ligeiro sorriso.

"Nossa", disse Eddins, "elas sabem o que fazem, não é? Elas adoram isso."

Depois do trabalho, eles às vezes iam tomar um drinque no Clarke. A Terceira Avenida era uma rua de bebedores e de muitos bares, sempre à sombra do elevado, com o barulho do trem passando lá em cima, sacudindo os pardieiros, a luz do dia atravessando os trilhos depois que ele passava.

Falavam sobre livros e sobre escrever. Eddins tinha feito apenas um ano de faculdade, mas havia lido tudo, era membro da Sociedade Joyce e Joyce era seu herói.

"Mas normalmente não gosto que um escritor me dê muito dos pensamentos e dos sentimentos de um personagem", disse. "Gosto de ver o personagem, ouvir o que ele diz e concluir por mim mesmo. A aparência das coisas. Gosto de diálogos. Eles falam e você entende tudo. Você gosta de John O'Hara?

"Um pouco", Bowman respondeu. "Gosto de alguma coisa de O'Hara."

"Qual o problema?"

"Ele pode ser bem sórdido."

"Ele escreve sobre esse tipo de gente. *Encontro em Samarra* é um grande livro. Me pegou com força. Ele tinha vinte e oito anos quando escreveu."

"Tolstói era mais novo. Tolstói tinha vinte e três."

"Quando escreveu o quê?"

"*Infância, adolescência e juventude.*"

Eddins não tinha lido. Na verdade, nunca tinha ouvido falar do livro, admitiu.

"Ele ficou famoso da noite para o dia por causa desse livro", disse Bowman. "Todos ficaram famosos da noite para o dia, é uma coisa interessante. Fitzgerald, Maupassant, Faulkner, quando escreveu *Santuário*, eu digo. Você devia ler *Infância*. Tem um capítulo fantástico em que Tolstói descreve o pai, alto e careca, com apenas duas grandes paixões na vida, você acha que são a família e as terras, mas são o jogo e as mulheres. Um capítulo incrível."

"Sabe o que ela me disse hoje?"

"Quem?"

"Gretchen. Ela me disse que o Bolshoi está na cidade."

"Não sabia que ela se interessava por balé."

"Ela também me disse o que Bolshoi quer dizer. Quer dizer grande, bacana."

"É?"

Eddins estendeu as mãos em concha.

"Por que ela está fazendo isso comigo?", perguntou. "Eu escrevi um poeminha para ela, como aquele que o Byron escreveu para a Caroline Lamb, uma das muitas mulheres, inclusive condessas, que ele comeu, se é que posso usar essa palavra."

"Ele estava num fluxo dionisíaco", disse Bowman.

"Fluxo. O que é isso, uma palavra chinesa? De qualquer forma, o poema é assim: '*Bolshoi, oh boy*'."

"Qual a referência?"

"Está brincando? Ela fica falando toda hora do balé."

"O poema de Byron", disse Bowman. "Eu não conheço."

"Dizem que é o poema mais curto da língua inglesa, mas o meu é mais curto ainda. '*Caro Lamb, God damn*'."*

"Foi com essa que ele se casou?"

"Não, ela era casada. Era uma condessa. Se eu conhecesse uma ou duas condessas, seria uma pessoa melhor. Principalmente se ela tendesse um pouco para a beleza, a condessa, eu quero dizer. Na verdade, ela não precisa nem ser condessa. Essa palavra convida à vulgarização, não é? No colegial eu tive uma namorada — claro que nunca fizemos tudo — chamada Ava. De

---

* *Bolshoi, oh boy* seria algo como "Bolshoi, ai ai". *Caro Lamb, God damn* usa o começo do nome de Caroline com o sentido de "cara", "querida"; *lamb* é "carneiro", *God damn* é "droga": *Caro Lamb, God damn* = "Querido carneirinho, que droga".

qualquer modo, um nome bonito. Ela também tinha um corpão. Fico imaginando onde ela estará agora, agora que somos adultos. Eu devia tentar achar o endereço dela de algum jeito, a menos que ela esteja casada, o que é um pensamento horrível. Por outro lado, não tão horrível sob certo aspecto."

"Onde você fez o colegial?"

"No último ano fui para um colégio interno perto de Charlottesville. Todo mundo fazia as refeições junto, no salão. O diretor costumava acender notas de um dólar para mostrar a atitude correta com dinheiro. Ele comia um ovo cozido toda manhã, com casca e tudo. Eu nunca consegui fazer isso, embora estivesse sempre com fome. Morrendo de fome. Eu talvez estivesse lá por causa de Ava e do que eles temiam que pudesse acontecer. Meus pais não acreditavam em sexo."

"Que pai acredita?"

Estavam sentados no meio do bar lotado. As portas que davam para a rua, abertas, e o barulho do trem, alto como o estrondo de uma onda, de quando em quando abafavam o que eles diziam.

"Você conhece aquela do conde húngaro?", Eddins perguntou. "Bom, tinha esse conde, e a mulher dele um dia falou para ele que o filho estava crescendo e se não era hora dele saber sobre os pássaros e as abelhas. Tudo bem, o conde disse, e levou o rapaz para dar uma volta. Passaram num regato e pararam na ponte, olhando as camponesas que lavavam roupa. O conde falou: sua mãe quer que eu converse com você sobre certas coisas que os pássaros e as abelhas fazem. Fale, pai, disse o filho. Bom, está vendo aquelas moças lá embaixo? Estou vendo, pai. Lembra o que a gente fez com elas uns dias atrás? Lembro, pai. Bom, é isso que os pássaros e as abelhas fazem."

Ele era estiloso, o Eddins, de terno claro de verão ligeiramente amassado, embora fosse um pouco tarde para aquilo. Ao mesmo tempo, conseguia ser displicente consigo mesmo, os bolsos do paletó cheios de diversas coisas, o cabelo precisando de um corte atrás. Gastava mais do que podia em roupas, a Casa Anglo Americana era sua favorita.

"Sabe, na minha cidade tinha uma garota lá no meu bairro, bem bonita, que era meio retardada...

"Retardada", Bowman repetiu.

"Não sei o que ela tinha, era meio lerda."

"Não me conte nada criminoso."

"Você é tão cavalheiro", disse Eddins. "Do tipo que existia antes."

"Antes quando?"

"Antes de nós. Meu pai teria gostado de você. Se eu tivesse a sua aparência..."

"O quê?"

"Eu causaria o maior furor nesta cidade."

Bowman também estava alto com os drinques. Entre as garrafas brilhantes no espelho atrás do balcão, via a si mesmo de terno e gravata, a noite de Nova York, as pessoas em torno, os rostos. Ele parecia limpo, calmo, de alguma forma integrado ao oficial naval que tinha sido. Lembrava claramente daquela época, embora ela tivesse se tornado apenas uma sombra em sua vida. A época do mar. Sr. Bowman! Sim, senhor! O orgulho que ele sempre teria.

Nesse momento, na porta, entrando, estava a garota que Eddins tentara descrever, com cara de boxeador, rosto plano com um nariz um tanto largo. Viu a parte de cima dela no espelho, quando ela passou, estava com o namorado ou o marido, usando um vestido leve com flores de laranjeira. Ela chamava a atenção, mas Eddins não a viu, ele estava conversando com alguém. Não tinha importância, a cidade estava cheia de mulheres assim, não exatamente cheia, mas à noite elas apareciam.

Eddins voltou-se e a viu.

"Ah, meu Deus", disse ele, "eu sabia. Essa é uma garota com quem eu gostaria de fazer amor."

"Você nem a conhece."

"Não quero conhecer, eu quero trepar com ela."

"Como você é romântico."

No trabalho, porém, ele era um coroinha e até parecia, ou tentava fazer parecer, que nem notava Gretchen. Um tanto inesperadamente, ele entregou um papel dobrado a Bowman e olhou para o outro lado. Era outro poema, datilografado no centro da página:

In the Plaza Hotel, to his sorrow,
Said the love of his life, Gretchen caro,
It may be infra dig,
But, my God, you are big,
*Could we possibly wait till tomorrow?**

"Não devia ser *cara*?, Bowman perguntou.

"Como assim?"

"No feminino."

"Devolva", disse Eddins, "me dê aqui, não quero que caia em mãos erradas."

---

* No Plaza Hotel, para sua tristeza,
disse o amor de sua vida, Gretchen beleza,
pode ser humilhante,
mas, meu Deus, você é gigante,
deixar pra amanhã seria indelicadeza?

3. Vivian

O Dia de São Patrício estava ensolarado e inesperadamente ameno, os homens em mangas de camisa, e tudo parecia indicar que o trabalho terminava ao meio-dia. Os bares estavam cheios. Ao entrar num deles, vindo do sol da rua, Bowman, com os olhos cegos, mal distinguia os rostos no balcão, mas encontrou um lugar para ficar em pé nos fundos, onde todos estavam gritando e chamando uns aos outros. O atendente trouxe sua bebida, ele pegou o copo e olhou em torno. Havia homens e mulheres bebendo, mulheres jovens em geral, duas delas — ele nunca esqueceu esse momento — paradas à sua direita, uma de cabelo escuro e sobrancelhas escuras, e, quando ele conseguiu enxergar melhor, com uma tênue penugem ao longo do maxilar. A outra era loira, com uma testa nua e brilhante, olhos separados, atraente de imediato, mesmo que um pouco rústica. Ele ficou tão impressionado com seu rosto que era difícil ficar olhando para ela, de tanto que se destacava — por outro lado, não conseguia deixar de olhar. Dava medo, quase, olhar para ela.

Ele ergueu o copo para as duas.

"Feliz Dia de São Patrício", conseguiu dizer.

"Não dá para ouvir", uma delas gritou.

Ele tentou se apresentar. O lugar era barulhento demais. Era como se estivessem no meio de uma grande festa.

"Como é seu nome?", ele bradou.

"Vivian", disse a loira.

Ele chegou um passo mais perto. Louise era a de cabelo escuro. Ela já tinha um papel secundário, mas Bowman, tentando não ser direto demais, a incluiu.

"Você mora por aqui?", ele perguntou.

Louise respondeu. Morava na rua Cinquenta e Três. Vivian morava na Virginia.

"Virginia?", Bowman exclamou, de um modo idiota, ele sentiu, como se fosse na China.

"Moro em Washington", Vivian disse.

Ele não conseguia tirar os olhos dela. Era como se, de alguma forma, seu rosto não estivesse terminado, com traços que se dissolviam, uma boca pouco disposta a sorrir, um rosto muito interessante que Deus havia marcado com a resposta simples da vida. De perfil era ainda mais bonita.

Quando perguntaram o que ele fazia — o barulho havia diminuído um pouco —, ele respondeu que era editor.

"Editor?"

"É."

"De quê? Revistas?"

"Livros", ele disse. "Trabalho na Braden e Baum."

Elas nunca tinham ouvido falar.

"Eu estava pensando em ir ao Clarke", ele disse, "mas o barulho aqui era tão grande que resolvi entrar para ver como estava. Preciso voltar para o trabalho. O que... o que vocês vão fazer mais tarde?"

Elas iam a um cinema.

"Quer ir?", Louise perguntou.

De repente, ele gostou dela, adorou.

"Não posso. A gente pode se encontrar depois? Encontro vocês aqui."

"A que horas?"

"Depois do trabalho. A qualquer hora."

Combinaram de se encontrar às seis.

Durante a tarde toda, ele ficou meio tonto e achou difícil se concentrar nas coisas. O tempo corria com uma lentidão horrível, mas às quinze para as seis, caminhando depressa, quase correndo, ele voltou. Estava uns minutos adiantado, elas não estavam lá. Ele esperou impacientemente até seis e quinze, depois seis e meia. Elas não apareceram. Com um sentimento desagradável, se deu conta do que tinha feito — deixara que fossem embora sem pedir um telefone ou um endereço, rua Cinquenta e Três era só o que sabia e nunca mais veria as duas, ela, de novo. Com ódio da própria inépcia, ficou ali por quase uma hora, no fim da qual puxou conversa com o homem sentado a seu lado, assim, se por acaso elas acabassem chegando, ele não parecesse um bobo ou um cãozinho obediente esperando ali.

O que será, pensou, que o havia traído e feito com que elas resolvessem não voltar? Será que outro homem as tinha abordado depois que ele saiu? Estava arrasado. Sentia o vazio terrível de homens que estão arruinados, que viram tudo entrar em colapso num único dia.

Foi trabalhar no dia seguinte ainda angustiado. Não podia falar sobre isso com Eddins. Aquilo estava dentro dele como uma farpa profunda, com uma sensação de fracasso. Gretchen estava em sua mesa. Eddins cheirava a talco e colônia, algo suspeito. Bowman estava sentado, lendo em silêncio, quando Baum entrou.

"Tudo bem com você?", Baum perguntou, tranquilo, com a abertura de sempre quando não tinha nada específico em mente.

Conversaram um pouco e haviam acabado de falar quando Gretchen entrou.

"Alguém no telefone para você."

Bowman pegou o fone e disse um tanto seco:

"Alô."

Era ela. Por um momento ele sentiu uma felicidade louca. Ela estava se desculpando. Tinham voltado à seis horas no dia anterior, mas não conseguiram encontrar o bar, não se lembravam da rua.

"Claro", disse Bowman. "Que pena, mas tudo bem."

"Até fomos ao Clarke", disse ela. "Lembrei que você falou desse."

"Estou contente de você ter ligado."

"Só queria que você soubesse. Que nós tentamos voltar e te encontrar."

"Não, não, tudo bem, ótimo. Olhe, deixe eu anotar seu endereço, o.k.?"

"Em Washington?"

"É, em qualquer lugar."

Ela deu o endereço e o de Louise também. Ia voltar para Washington naquela tarde, disse.

"Que pena. Quem sabe da próxima vez", ele disse, como um idiota.

"Bom, tchau", ela disse depois de uma pausa.

Mas ele tinha o endereço dela, que ficou olhando depois de desligar. Era precioso, estava sem palavras. Não sabia o sobrenome dela.

Na grande cúpula da Penn Station, com grandes blocos de luz descendo pelo vidro sobre a multidão sempre à espera, Bowman abriu caminho. Estava nervoso, mas então a viu parada, desprevenida.

"Vivian!"

Ela se virou e o viu.

"Ah, é você. Que surpresa. O que está fazendo aqui?"

"Queria me despedir", ele disse, e acrescentou: "Trouxe um livro, achei que você podia gostar."

Vivian tivera livros quando criança, ela e a irmã, livros infantis, tinham até brigado por eles. Lera Nancy Drew e alguns outros, mas para falar a verdade, disse, não lia muito. *Para sempre âmbar.* A pele dela era luminosa.

"Bom, obrigada."

"É um dos nossos", ele disse.

Ela leu o título. Era muita gentileza dele. Uma coisa que ela jamais esperaria ou que os rapazes, ou mesmo os adultos que ela conhecia, costumavam fazer. Tinha vinte anos, mas ainda não estava pronta para pensar em si mesma como mulher, talvez porque ainda fosse em grande parte sustentada pelo pai e por causa da devoção a ele. Tinha frequentado o curso preparatório para a faculdade e arrumado um emprego. As mulheres que conhecia eram famosas por seu estilo, por sua habilidade como amazonas, e pelos maridos. Também pela audácia. Uma tia havia sido assaltada em casa por dois negros com revólveres e dissera a eles com toda a calma: "Nós somos bons demais com gente como vocês".

A Virginia de Vivian Amussen era anglo, privilegiada e gregária. Era toda feita de campos ondulantes, lindos, com florestas, extremamente rica, com muros de pedra baixos e estradas estreitas que a preservavam. As casas antigas eram de pedra e muitas vezes da largura de um cômodo, de forma que as janelas de ambos os lados podiam ser abertas para permitir que a brisa entrasse nos verões muito quentes. Originalmente, a terra havia sido distribuída por dotação real, grandes áreas, antes da Revolução, e usadas como fazendas primeiro de tabaco, depois de gado. Nos anos 1920 e 30, Paul Mellon, que gostava de caçar, veio, adquiriu grandes porções de terra, amigos se juntaram a ele e compraram áreas para si. Tornou-se um campo para cavalos e caça, os cachorros latindo em tumulto ao correr, enquanto atrás deles, em meio às árvores, vinham os cavalos galopantes e seus cavaleiros, saltando muros de pedra e valas, subindo e descendo colinas, diminuindo o passo em certos lugares, galopando de novo.

Era um lugar de ordem e estilo, o Reino, de Middleburg a Upperville, um lugar e uma vida à parte, quase todo intensamente bonito, os vastos campos macios na chuva ou suaves e luminosos no verão. Na primavera, havia corridas, a Taça de Ouro em maio, pelas barreiras das colinas, a multidão assistindo distraída das fileiras de carros estacionados, com comida e bebida servidos ao ar livre. No outono, eram a caçadas que avançavam inverno adentro, até fevereiro, quando o solo estava duro e os riachos congelados. Todo mundo tinha cachorros. Se você tivesse dado nome a um cachorro, ele seria seu quando não fosse mais necessário nas caçadas, na verdade o cachorro seria largado na sua porta.

As belas casas pertenciam aos ricos, aos doutores, e as propriedades — fazendas, como eram chamadas — conservavam seu nomes antigos. As pessoas se conheciam, as que elas não conheciam eram vistas com desconfiança. Eram brancos, protestantes, com uma tolerância não declarada por uns poucos católicos. Nas casas, a mobília era inglesa e quase sempre antiga, herdada da família. Era cavalos e golfe: os melhores amigos se faziam no esporte.

Pela rua reta de duas pistas asfaltadas, era menos de uma hora até Washington e o centro da cidade, onde Vivian trabalhava. Seu emprego era mais ou menos uma formalidade, recepcionista num cartório de escrituras, e nos fins de semana ela voltava para casa, para as corridas, para as vendas de puros-sangues ou caçadas pelo campo. As caçadas eram como clubes, para participar da melhor, da que ela e o pai eram membros, era preciso possuir ao menos cinquenta acres. O mestre da caçada era um juiz, John Stump, uma figura saída de Dickens, atarracado e colérico, com um fraco incurável por mulheres que uma vez o levara a tentar o suicídio por ter sido rejeitado por uma mulher que ele amava. Ele se jogou pela janela num arrebatamento e caiu em cima de uns arbustos. Tinha se casado três vezes e a cada vez, notava-se, com uma mulher de seios maiores. Os divórcios ocorreram porque ele bebia, o que combinava com sua imagem de cavalheiro, mas como mestre da caçada ele era resoluto e exigia uma etiqueta perfeita, tendo suspendido a atividade uma vez, quando fizeram alguma coisa errada, e passou um sermão feroz em todos, até alguém dizer:

"Escute aqui, eu não levantei às seis da manhã para ouvir uma palestra."

"Desmonte!", Stump gritou. "Desmonte imediatamente e volte para o estábulo!"

Depois ele se desculpou.

O juiz Stump era amigo do pai de Vivian, George Amussen, que tinha bons modos e era sempre polido, mas também particularmente exigente quanto a quem podia chamar de amigo. O juiz era seu advogado e Anna Wayne, a primeira esposa do juiz, que tinha um peito estreito mas era excelente amazona, andara com Amussen antes do casamento, e era uma crença geral que ela havia aceitado o juiz ao se convencer de que Amussen não ia se casar com ela.

O juiz Stump andava atrás de mulheres, mas George Amussen não — elas é que andavam atrás dele. Era elegante, reservado e muito admirado por ter se dado bem comprando e vendendo propriedades em Washington e no campo. Sempre tranquilo e paciente, percebera, antes dos outros, como Washington estava

53

mudando e ao longo dos anos comprara, às vezes em sociedade, prédios de apartamentos na região nordeste da cidade e um prédio de escritórios na avenida Wisconsin. Era discreto sobre o que possuía e evitava falar a respeito. Dirigia um carro comum e se vestia de maneira informal, sem ostentação, geralmente com um paletó esporte e uma calça bem cortada, e um terno quando a ocasião exigia.

Tinha cabelo loiro que se misturava com o grisalho e um passo fácil que parecia encarnar força e mesmo uma espécie de princípio de aceitar as coisas como elas deviam ser. Um cavalheiro e uma presença em clubes de campo, conhecia todos os garçons negros pelo nome e eles o conheciam. Todo ano, no Natal, dava a eles gorjeta em dobro.

Washington era uma cidade sulina, letárgica e não realmente grande. Tinha um clima atroz, úmido e frio no inverno e nos verões era ferozmente quente, o calor do Delta. Tinha suas instituições à parte das instituições do governo, hotéis velhos e queridos, inclusive o Wardman, chamado familiarmente de academia de montaria por causa das muitas amantes que eram mantidas ali; o banco Riggs, que era o banco preferido; as lojas de departamentos bem estabelecidas no centro da cidade. Howard Breen, dono da agência de seguros na qual, em princípio, George Amussen trabalhava, um dia herdaria as muitas propriedades que seu pai acumulara, inclusive o melhor edifício de apartamentos da cidade, onde o velho, com um chapéu de feltro na cabeça e uma escarradeira aos pés, muitas vezes ficava sentado no saguão observando as coisas com olhos de lagarto. Só aceitavam como inquilinos pessoas do tipo certo, e mesmo elas eram tratadas com indiferença. Se, como não era nem um pouco usual, ele fizesse um ligeiro aceno com a cabeça a uma delas ao entrar ou sair, isso era considerado cordial. Os apartamentos, porém, eram amplos, com belas lareiras e tetos altos, e os empregados, a exemplo do patrão, eram calados, beirando a insolência.

A guerra mudou tudo isso. Hordas de pessoal militar e naval, funcionários do governo, mulheres jovens atraídas à cidade pela demanda de secretárias — em dois ou três anos, a cidade sonolenta, provinciana, havia desaparecido. Sob certos aspectos, continuava apegada a seus hábitos, mas os velhos tempos estavam desaparecendo. Vivian atingira a maioridade nessa época. Embora aparecesse no clube com shorts que, na opinião de seu pai, eram curtos demais e usasse salto alto cedo demais, todas as suas ideias eram realmente do mundo em que havia crescido.

Bowman escreveu para ela e quase não acreditou quando ela respondeu. Suas cartas eram amistosas e espontâneas. Ela foi a Nova York várias vezes naquela primavera e começo de verão, ficou com Louise, chegando a dormir na mesma cama que ela, rindo, de pijama. Ainda não tinha contado ao pai sobre o namorado. Os que ela tivera em Washington trabalhavam no Estado ou no departamento financeiro da Riggs e eram, sob muitos aspectos, réplicas de seus pais. Ela não se via como uma réplica. Na verdade, era ousada, pegando o trem para ir ver um homem que conhecera num bar, cujo passado não conhecia, mas que dava a impressão de ter profundidade e originalidade. Foram ao Luchow, onde o garçom falou *guten Abend* e Bowman conversou com ele um pouco em alemão.

"Não sabia que você falava alemão."

"Bom, até há pouco tempo isso não era grande coisa", disse Bowman.

Tinha estudado alemão em Harvard, explicou, porque era a língua da ciência.

"Na época achei que eu queria ser cientista. Fiquei para lá e para cá entre várias coisas. Durante algum tempo, achei que podia ser professor. Ainda tenho certa vontade de ensinar. Depois resolvi ser jornalista, mas não consegui arrumar um emprego. Então, fiquei sabendo de um trabalho como leitor crítico. Foi pura sorte, ou talvez destino. O que você acha da ideia de destino?"

"Nunca pensei a respeito", ela respondeu descontraidamente.

Ele gostava de conversar com ela, do sorriso ocasional que fazia sua testa brilhar. Estava usando um vestido sem mangas que deixava vislumbrar seus pequenos ombros redondos. O dedo mínimo se dobrava e ficava separado ao comer um pedaço de pão. Gestos, expressões faciais, modo de se vestir — coisas reveladoras. Ele estava imaginando lugares a que poderiam ir juntos, onde ninguém os conhecesse e ele a tivesse só para si dias inteiros, embora não soubesse como isso poderia acontecer.

"Nova York é um lugar maravilhoso, não é?", ele perguntou.

"É. Adoro vir para cá."

"Como conheceu Louise?"

"Estávamos na mesma classe no colégio interno. A primeira coisa que ela me falou foi uma piada suja, bom, não exatamente suja, mas sabe…"

Ele contou a ela da época em que as letras *ES* na grande placa acima da Essex House haviam sumido e lá estavam elas agora, quarenta andares acima, brilhando na noite. Não disse mais nada. Não quis parecer grosseiro.

No fim da noite, na porta de entrada, ele estava preparado para se despedir, mas ela agiu como se ele não estivesse ali, destrancou a porta e não disse nada. Louise tinha ido passar o fim de semana com os pais. Vivian estava nervosa, embora não quisesse demonstrar. Ele subiu com ela.

"Quer uma xícara de café?", ela perguntou.

"Quero, seria… Não", disse ele, "não quero, não."

Ficaram sentados em silêncio por alguns momentos, depois ela simplesmente se inclinou e o beijou. Um beijo leve, mas ardente.

"Você quer?", ela perguntou.

Ela não tirou tudo — sapato, meia e saia, só isso. Não estava preparada para mais. Beijaram-se e sussurraram. Quando ele tirou sua calcinha branca, de um branco que parecia sagrado, ele mal respirava. A finura dela, os pelos alourados. Ele nem acreditava que estava fazendo aquilo.

"Eu... não tenho nada", ele sussurrou.

Não houve resposta.

Ele era inexperiente, mas foi natural e arrebatador. Rápido demais também, ele não conseguiu evitar. Ficou envergonhado. O rosto dela estava próximo ao dele.

"Desculpe", ele disse. "Não consegui segurar."

Ela não disse nada, quase não tinha como avaliar.

Ela foi ao banheiro e Bowman deitou-se, assombrado com o que acontecera, inebriado com um mundo que se abrira de repente ao maior prazer, prazer além do entendimento. Sabia da alegria que podia haver adiante.

Vivian estava pensando de um jeito menos racional. Havia uma possibilidade de ela ficar grávida, embora tivesse, de fato, apenas uma ideia imprecisa do quanto. Na escola, houve muita conversa, mas só conversa, e vaga. Porém havia histórias de garotas que tinham ficado assim na primeira vez. Sorte sua, pensou. Claro, não era bem a sua primeira vez.

"Você me faz pensar num pônei", ele disse, amoroso.

"Num pônei? Por quê?"

"Simplesmente porque você é linda. E livre."

"Não sei como isso pode parecer um pônei", disse ela. "Além do mais, os pôneis mordem. O meu mordeu."

Ela se aninhou nele e ele tentou pensar no que ela dissera. Acontecesse o que acontecesse, tinham feito. Ele só sentia exaltação.

Passaram a noite juntos, quando ele foi a Washington naquele mês, e no dia seguinte foram de carro para o campo, almoçar com o pai dela. Ele tinha uma fazenda de quatrocentos acres chamada Gallops, dedicada sobretudo a pastagem. A casa principal era de pedra rústica e ficava numa elevação. Vivian o levou para conhecer a casa, o andar térreo e o primeiro andar, como se o apresentasse a todo aquele espaço e, de certa forma, a ela. A casa era mobiliada de um jeito leve, sem preocupações com estilos. Atrás de um sofá na sala, Bowman notou que, como nos palácios do século XVII, havia uns pedaços secos de cocô de cachorro.

O almoço foi servido por uma criada negra com a qual Amussen se comportava com total familiaridade. Seu nome era Mattie e o prato principal veio em uma bandeja de prata.

"Vivian disse que você trabalha com edição de livros", Amussen falou.

"Sim, senhor. Sou editor."

"Sei."

"Numa editora pequena", Bowman continuou, "mas com boa reputação literária."

Com o dedo mínimo, Amussen palitava alguma coisa junto ao incisivo e perguntou:

"Como assim literária?"

"Bom, livros de qualidade, basicamente. Livros que podem ter uma longa vida. Claro, os de categoria. Publicamos também outros livros, para ganhar dinheiro, ou tentar ganhar."

"Você pode trazer o café, Mattie?", Amussen perguntou à criada. "Gostaria de um café, sr. Bowman?"

"Obrigado."

"Viv, você?"

"Quero, pai."

A breve conversa sobre editoração não tivera ressonância. Foi tão desinteressante como se estivessem falando do tempo.

Bowman havia notado apenas títulos populares na estante da sala, Livros do Mês com capas que pareciam intocadas. Havia outros, escuros, encadernados em couro, do tipo que é dado de presente e que ninguém lê, numa estante de mogno, atrás de uma porta de vidro.

Enquanto tomavam o café, Bowman fez uma última tentativa de se mostrar favoravelmente como editor, mas Amussen virou o assunto para a Marinha, Bowman estivera na Marinha, certo? Havia um vizinho mais adiante na estrada, Royce Cromwell, que estivera em Annapolis e na mesma classe de Charlie McVeigh, capitão do Indianapolis. Bowman por acaso não havia cruzado com ele na Marinha?

"Não, creio que não. Eu era só um oficial júnior. Ele esteve no Pacífico?"

"Não sei."

"Bom, havia uma grande frota atlântica também, para os comboios, a invasão e tudo mais. Centenas de navios."

"Eu não saberia dizer. Você vai ter de perguntar a ele."

Quase sem nenhum esforço, fazia Bowman sentir como se ele estivesse à espreita. O almoço tinha sido uma daquelas refeições em que o som de uma faca ou de um garfo num prato, ou de um copo pousado na mesa, apenas marca o silêncio.

Lá fora, ao caminharem para o carro, Bowman viu alguma coisa se mexer devagar, em curvas ondulantes, para dentro da cama de hera ao longo do caminho.

"Acho que tem uma cobra ali."

"Onde?"

"Ali. Entrando na hera."

"Droga", Vivian disse, "justamente onde o cachorro gosta de dormir. Era grande?"

Não parecia uma cobra pequena, era da grossura de uma mangueira.

"De bom tamanho", Bowman disse.

Olhando em torno, Vivian encontrou um rastelo e começou a passar furiosamente o cabo dele pela hera. A cobra, porém, tinha ido embora.

"O que era? Uma cascavel?"

"Não sei. Era grande. Tem cascavel por aqui?"

"Claro que sim."

"Melhor você sair daí."

Ela não tinha medo. Passou o cabo do rastelo pelas folhas escuras, brilhantes, uma última vez.

"Maldita", disse.

Foi contar ao pai. Bowman ficou olhando a hera densa, observando algum movimento. Ela havia entrado bem ali.

Quando voltavam de carro naquele dia, Bowman sentiu que estavam deixando um lugar onde nem mesmo sua linguagem era entendida. Estava a ponto de dizer isso, quando Vivian comentou:

"Não ligue para o papai. Ele é assim às vezes. Não foi por sua causa."

"Acho que não causei muito boa impressão."

"Ah, você devia ver como ele é com o Bryan, o marido da minha irmã. Papai chama ele de Whyan, por que diabos ela foi escolher aquele? Não sabe nem andar a cavalo, ele diz."

"Você não está me fazendo sentir muito melhor. Eu sei velejar", ele acrescentou. "Seu pai sabe velejar?"

"Ele foi até as Bahamas."

Ela parecia pronta a defendê-lo e Bowman sentiu que não devia continuar. Ela ficou olhando pela janela do seu lado, um tanto distante, mas com a saia de couro, o cabelo puxado para trás, o rosto largo, uma corrente de ouro fina no pescoço, a própria imagem do desejo. Olhou para ele.

"Meu pai é assim", comentou. "Você meio que precisa atravessar a poça de lama primeiro."

"Sua mãe também é assim?"

"Minha mãe? Não."

"Como ela é?"

"Ela é uma bêbada", disse Vivian. "Por isso eles se divorciaram."

"Onde ela mora? Em Middleburgh?"

"Não, ela tem um apartamento em Washington, perto do Dupont Circle. Você vai conhecer."

A mãe dela tinha sido linda, mas agora nem se notava isso, Vivian acrescentou. Ela começava de manhã com vodca e raramente se aprontava antes da tarde.

"Foi papai quem criou a gente. Nós somos as duas meninas dele. Ele precisava nos proteger."

Rodaram um pouco em silêncio e perto de Centerville, em algum momento, ele olhou e viu que ela estava dormindo. A cabeça pendia suavemente para o lado e os lábios estavam um pouco separados. Ideais sensuais passaram pela cabeça dele. As pernas macias na meia fina, por alguma razão ele pensou nelas separadamente — o comprimento e a forma. Se deu conta do quanto estava apaixonado. Quando se despediram na estação, ele sentiu que alguma coisa definitiva havia acontecido entre eles. Apesar da incerteza, ele tinha segurança, uma segurança que nunca desapareceria.

4. Como um só

Com liberdade, sentados quietos, comendo, caminhando, ele repartia com ela seus pensamentos e ideias sobre a vida, a história, a arte. Falava tudo para ela. Sabia que ela não pensava nessas coisas, mas ela entendia e podia aprender. Ele a amava não só pelo que ela era, mas pelo que podia ser, a ideia de que ela podia ser de outro jeito não lhe ocorria ou não importava. Por que ocorreria? Quando a gente ama, vê o futuro de acordo com os sonhos.

Em Summit, onde ele queria que sua mãe conhecesse Vivian, para vê-la e aprová-la, ele primeiro a levou a um restaurante em frente à prefeitura, que existia havia anos. Na verdade, era um trem com janelas em todo o lado que dava para a avenida. Dentro, o piso era de ladrilhos e o teto de madeira clara se curvava sobre as paredes. Um balcão onde os clientes se sentavam — havia sempre dois ou três — ocupava todo o comprimento do local. Era mais cheio de manhã; a estação de trem, a linha Morris e Essex que ia para a cidade, ficava logo adiante. Os trilhos eram baixos e invisíveis. À noite, as luzes do restaurante eram as únicas luzes da rua. Entrava-se por uma porta de frente para o balcão, e na extremidade havia outra porta.

Foi aqui que Hemingway situou seu conto "Os assassinos", Bowman falou.

"Bem aqui, neste restaurante. O balcão, tudo. Conhece esse conto? É maravilhoso. Fabulosamente bem escrito. Mesmo que você nunca tenha lido nenhuma palavra escrita por ele, vai perceber na hora o grande escritor que ele é. É de noite. Não tem ninguém no lugar, nenhum cliente, está vazio, e dois homens de sobretudo preto justo entram e sentam ao balcão. Olham o cardápio, pedem e um deles diz ao balconista: Esta aqui é uma cidade e tanto, qual é o nome deste lugar? E o balconista, que estava com medo, claro, diz: Summit. Está lá, no conto, Summit, e aí a comida chega e eles comem sem tirar as luvas. Eles estão lá para matar um sueco, dizem ao balconista. Sabem que o sueco sempre vai lá. É um ex-boxeador chamado Ole Andreson, que de algum jeito fez jogo duplo com a máfia. Um deles tira de dentro do sobretudo uma espingarda de cano serrado e vai se esconder na cozinha e esperar."

"Isso aconteceu de verdade?"

"Não, não. Ele escreveu na Espanha."

"Simplesmente inventou."

"Não dá para acreditar que ele inventou, quando a gente lê. Isso é que é incrível, a gente acredita piamente."

"E eles matam o sueco?"

"Melhor que isso. Não matam porque ele não aparece, mas ele sabe que estão atrás dele, que vão voltar. Ele é grande, era boxeador, mas, faça o que fizer, vai ser morto. Ele simplesmente fica na cama, na pensão, olhando a parede."

Eles começam a ler o cardápio.

"O que você vai comer?", Vivian perguntou.

"Acho que vou comer ovos com presunto Taylor."

"O que é presunto Taylor?", ela perguntou.

"É um tipo de presunto que tem por aqui. Eu nunca pedi isso, na verdade."

"Tudo bem, vou pedir isso também."

Ele gostava de estar com ela. Gostava de tê-la com ele. Havia outras pessoas no restaurante, mas como elas pareciam sem cor perto dela. Todos notavam a presença dela. Impossível não notar.

"Eu gostaria de conhecer Hemingway", ele disse. "De ir a Cuba para vê-lo. Quem sabe podemos ir juntos?"

"Bom, não sei", disse ela. "Talvez."

"Você precisa ler Hemingway", ele disse.

Beatrice estava ansiosa para conhecê-la e também ficou assombrada com a aparência dela, embora de um jeito diferente, com seu frescor e exuberância. Quanto dá para se perceber logo de cara! Ela comprara flores e arrumara a mesa na sala, onde eles quase nunca comiam, usando normalmente a mesa da cozinha, com um lado dela encostado na parede. A cozinha, com prateleiras mas sem armários, era o verdadeiro coração da casa junto com a sala onde eles sempre se sentavam diante da lareira para conversar e tomar um drinque. Agora, ali estava aquela moça com maneiras um tanto formais. Era da Virginia, e Beatrice perguntou de que parte, Middleburg?

"Moramos mais perto mesmo é de Upperville", Vivian respondeu.

Upperville. Parecia rural e pequeno. *Era*, de fato, pequeno, havia um lugar para comer, mas não tinha água canalizada nem esgoto. Nada mudava havia cem anos e as pessoas gostavam assim, quer morassem numa casa velha sem aquecimento ou em mil acres. Upperville, no condado e além, era um nome celebrado, o emblema de uma classe orgulhosa, provinciana, da qual Vivian fazia parte. Não era um lugar para visitar, era para morar.

"É campestre e bonito", disse Bowman.

Beatrice falou: "Eu adoraria conhecer. O que sua família faz lá?".

"Agricultura", Vivian disse. "Bom, papai planta um pouco, mas ele também aluga os campos para pastagem."

"Deve ser grande."

"Não é incrivelmente grande, são uns quatrocentos acres."

"Que interessante. Além da fazenda, o que tem para fazer lá?"

"Papai sempre diz que tem muita coisa para fazer. Para ele isso significa cuidar dos cavalos."

"Cavalos."

"É."

Não que fosse difícil conversar com ela, mas imediatamente se percebiam os limites. Vivian tinha feito a pré-faculdade, talvez por sugestão do pai, para mantê-la longe de problemas. Ela demonstrava certa segurança, baseada em coisas que sabia plenamente e que se mostraram suficientes. Assim como outras mães, porém, Beatrice esperava uma moça igual a ela, com quem a conversa fosse fácil e cuja visão da vida combinasse quase perfeitamente com a dela. Entre seus alunos, ao longo dos anos, lembrava-se de moças exatamente assim, boas alunas com um charme natural, admirável, atraente, mas havia outras também não tão fáceis de entender e cujo destino não nos cabia conhecer.

"A Liz Bohannon não era de Middleburg?", Beatrice perguntou, lembrando um nome, uma figura da sociedade, amazona, dos anos 1930, sempre fotografada com o marido a bordo de algum navio a caminho da Europa ou em seu camarote em Saratoga.

"É, ela tem uma fazenda grande. É amiga do meu pai."

"Ela ainda está ativa?"

"Ah, muito ativa."

Corria uma porção de histórias sobre ela, disse Vivian. Quando eles compraram a fazenda, Longtree, era como ela se chamava na época, quando ela participava da caçada, deixava todos os cachorros entrarem na casa. Eles subiam em cima da mesa e comiam tudo. Depois que se divorciou, ela acalmou um pouco.

"Ah, você a conhece então?"

"Ah, conheço, sim."

Vivian comia com certo cuidado, não como uma garota de fato com apetite. As flores, que Beatrice empurrou para o lado, formavam um rico pano de fundo para ela, alguma deusa pagã que lançara um encantamento sobre seu filho. Embora não fosse totalmente um encantamento, Beatrice não tinha como medir o quanto ele estava precisado de amor e que formas esse amor assumia — por outro lado, ele estava absolutamente certo de uma coisa: que nunca mais encontraria ninguém como Vivian. Ele se via enrolado com ela nos lençóis com a fragrância da vida de casado, as refeições e os feriados, o espaço comum aos dois, os vislumbres dela semivestida, o cabelo loiro, os pelos claros onde as pernas se encontravam, os tesouros sexuais que estariam ali para sempre.

Quando disse a sua mãe que esperava se casar com ela, Beatrice, embora temendo que isto não comprovasse nada, protestou que os dois eram muito diferentes, que tinham muito pouco em comum. Os dois tinham muito em comum, Bowman disse, um tanto desafiador. O que eles tinham em comum estava mais na essência do que em interesses similares — era um entendimento e uma harmonia sem palavras.

O que Beatrice não disse, mas que sentia profundamente era que Vivian não tinha alma, porém dizer isso teria sido imperdoável. Ela apenas se calou. Depois de um momento, disse:

"Espero que você não faça nada precipitado."

No fundo do seu coração ela temia saber de coisas que não

se enxerga quando se é tão jovem. Esperava que com o tempo a paixão acabasse passando. Tudo que ela podia fazer era abraçar a cabeça dele em seu peito com amor e compreensão.

"Só quero que você seja feliz, feliz de verdade."

"Eu seria feliz de verdade."

"No mais fundo do seu coração, eu quero dizer."

"É, assim mesmo."

Era amor, a fogueira em que tudo se consome.

Em Nova York, num restaurante chamado El Faro, cujos preços eram baixos, nos fundos, cercada por paredes escuras, Vivian disse: "Louise vai adorar isto aqui. Ela é louca pela Espanha".

"Ela esteve lá?"

"Não. Nunca foi nem ao México. Foi a Boston, no último fim de semana, com o namorado."

"Quem é?"

"O nome dele é Fred. Foram para um hotel e não saíram da cama o tempo todo."

"Não sabia que ela era assim."

"Ficou tão dolorida que mal conseguia andar."

O lugar estava cheio, havia uma multidão no bar. Lá fora, para além da única janela, do outro lado da rua, havia um segundo e terceiro andares com salas grandes e iluminadas onde um casal poderia morar. Vivian estava no segundo copo de vinho. O garçom se espremia entre as mesas com o pedido deles na bandeja.

"O que é isto? É paella?", ela perguntou.

"É."

"O que tem aqui?", ela perguntou.

"Linguiça, arroz, frutos do mar, tudo."

Ela começou a comer.

"É bom", ela disse.

As mesas cheias e a conversa em torno deles propiciavam

uma intimidade. Ele sabia que era a hora, que de alguma forma tinha que dizer.

"Adoro quando você vem para cá."

"Eu também", ela respondeu automaticamente.

"De verdade?"

"É", ela disse, e o coração dele disparou.

"O que você acharia", ele perguntou, "de morar aqui? Quer dizer, a gente casaria, claro."

Ela parou de comer. Ele não sabia dizer que reação era aquela. Teria dito alguma coisa errada?

"Tem tanto barulho aqui", ela disse.

"É, é bem barulhento."

"Isso foi um pedido de casamento?"

"Foi mal, não é? Foi, foi um pedido. Eu te amo", ele disse. "Preciso de você. Faço qualquer coisa por você."

Ele disse, como tencionava dizer.

"Casa comigo?", ele perguntou.

"Preciso pedir permissão para o meu pai", ela disse.

Uma imensa felicidade tomou conta dele.

"Claro. Mas precisa mesmo?"

"Preciso, sim", ela disse.

Ela insistiu que ele fosse pedir a mão dela ao seu pai, embora, disse, ele já tivesse bem mais que a mão.

O almoço foi no clube de George Amussen, em Washington. Bowman tinha se preparado cuidadosamente. Cortou o cabelo, pôs um terno e engraxou o sapato. Amussen já estava sentado quando o maître recebeu Bowman. Em meio a uma porção de mesas, ele viu seu futuro sogro lendo alguma coisa e de repente se lembrou da manhã em que tinha ido ver o sr. Kindrigen, embora aquilo já estivesse lá atrás. Tinha vinte e seis anos agora, estava mais ou menos assentado, pronto para causar a impressão certa no pai impenetrável de Vivian, que, sentado sozinho, cabelo penteado para trás, à vontade, naquele momento parecia um personagem da guerra, parecia de fato alguém do outro lado, algum comandante ou piloto da Luftwaffe. Era meio-dia e as mesas começavam a ser ocupadas.

"Bom dia", Bowman disse, cumprimentando-o.

"Bom dia. Bom ver você", Amussen respondeu. "Estava olhando o cardápio aqui. Sente. Estou vendo que eles têm ovas de peixe."

Bowman pegou o cardápio e eles pediram um drinque cada um.

Amussen sabia por que o jovem estava ali e mentalmente havia estabelecido os pontos principais de sua resposta. Era um homem metódico e de convicções firmes. Um dos principais e menos abordados perigos que a sociedade enfrentava, pensava ele, era a hibridização, o cruzamento livre, que só acabava produzindo tristes resultados. Ele era um sulista, não do Sul Profundo, mas mesmo assim daquilo que se podia chamar de Dixie, onde a questão essencial era sempre "Qual é a sua origem?". A dele era bastante boa. Tinha a prataria de sua bisavó e alguns móveis dela, de cerejeira e nogueira, criara suas duas filhas dando bastante atenção à capacidade delas de cavalgar e se apresentar em sociedade, assim como todo o resto. Tinha ido para a universidade, a universidade de Virginia, mas abandonara os estudos, por motivos financeiros, no terceiro ano, coisa que nunca lamentou. Se perguntassem, diria que tinha feito faculdade, na universidade de Virginia. Seu pai administrara armazéns e era bem-visto, e Amussen era um nome respeitado, talvez com exceção de um primo lá para os lados de Roanoke, Edwin Amussen, dono de uma fazenda de tabaco, que nunca se casara. Sua esposa de fato era uma moça de cor, diziam, e era verdade que ele tinha uma moça, Anna, que chegara à casa com dezessete anos, para ser cozinheira. A pele dela era escura, com um tom profundo, quase ameixa, ele disse, mas fragrante, com lábios cheios, espertos. Duas ou três manhãs por semana, ela subia a escada dos fundos até o quarto do segundo andar, um quarto grande com varanda sombreada, onde ele havia se levantado antes para se lavar e depois se deitado na cama por cerca de meia hora, na fresca da manhã, ouvindo a moça trabalhar lá embaixo na cozinha. Cortinas fechadas, o quarto só parcialmente claro. Ao entrar, ela tirava a camiseta de algodão e se reclinava de bruços na cama, como se para descansar apenas a parte superior do corpo, os braços dobrados embaixo do rosto. Entre as duas metades fortes de suas costas nuas, ele então colocava cinco dólares de prata formando um desenho, o primeiro na nuca, outro um pouquinho mais abaixo, e um terceiro ainda mais embaixo, depois da cintura. Os dois últimos ficavam nos ombros, como os braços de uma cruz. Sem pressa, ele levantava a saia dela, cuidadosamente, como se se preparasse para examiná-la, e nessas manhãs ela não usava nada por baixo. Ela havia se preparado, às vezes com um pouco de manteiga, e deixava que ele começasse devagar, no ritmo de uma noite de verão ou de uma tarde longa, muitas vezes ouvindo enquanto ele falava de comida, do que gostaria de jantar nos dias seguintes.

Isso continuou por cinco anos, até ela fazer vinte e dois e dizer a ele uma manhã, depois, que ia se casar. Não era preciso mudar nada por causa disso, ele falou com suavidade, mas ela negou. De vez em quando, porém, como ainda tinha liberdade na casa, ela aparecia de manhã, sem ser chamada.

"Problemas em casa?", ele perguntava.

"Não. Só costume", ela dizia, deitando a parte superior do corpo na cama.

"Te dou seis", ele oferecia.

70

"Não tem lugar para mais um."

"Aqui."

E punha na mão dela, na palma, que ele adorava.

Ninguém sabia disso, que existia por si, como certas visões febris que os santos têm.

Em 1928, num jantar em Washington, George Amussen conheceu Caroline Wain, que tinha vinte anos, um jeito mole de falar e um sorriso provocante. Ela crescera em Detroit, seu pai era arquiteto. Quatro meses depois de conhecê-la, Amussen casou-se com ela e uns seis meses depois nasceu a primeira filha, Beverly. Vivian veio um ano e meio depois.

A vida no campo era agradável para Caroline. Ela fumava e bebia. Sua risada tornou-se áspera e um sedutor rolinho de carne foi aparecendo devagar acima de sua cintura. Ela ficava na cama com as filhas e às vezes lia para elas em dias chuvosos. Amussen ia trabalhar em Washington, às vezes voltava tarde ou passava a noite lá mesmo, e seu interesse por Caroline, de um jeito que era importante para ela, minguou. Caroline se chateou com isso.

"George", ela disse um dia, enquanto tomavam um drinque, "você é feliz comigo?"

Não tinha ainda trinta anos e seu rosto estava um pouco inchado abaixo dos olhos.

"Como assim, querida?"

"Você é feliz?"

"O suficiente."

"Você ainda me ama?", ela insistiu.

"Por que pergunta?"

"Quero saber."

"Claro", ele disse.

"Claro, você me ama? É isso que quer dizer?"

"Se você continuar me perguntando isso, nem sei o que eu vou acabar dizendo."

"Isso significa que você não ama."

"É isso que significa?"

Houve um silêncio.

"Existe outra pessoa?", ela perguntou afinal.

"Se existisse seria coisa sem importância", ele disse.

"Então existe."

"Eu disse *se* existisse. Não existe."

"Tem certeza? Não, você não tem, não é?"

"Por que você não ouve o que eu estou dizendo?"

Diante disso, ela de repente jogou a bebida no rosto dele. Ele se pôs de pé, limpou-se com um lenço que tirou do bolso.

Numa festa em Middleburg, naquele outono, ela jogou bebida no rosto dele, e diversas outras vezes chorou no carro a caminho de casa. Ficou famosa por beber, o que não era tão ruim — beber, mesmo demais, na sociedade em que viviam era um aspecto do caráter, como a coragem —, mas Amussen se cansou disso e dela. Seus ataques de fúria eram como uma doença que não se podia tratar, muito menos curar. Ela levara o travesseiro e estava dormindo no quarto de hóspedes. No décimo ano de casamento, eles se separaram e logo depois se divorciaram. Caroline foi a Reno para se divorciar e deixou as duas filhas, de oito e dez anos, morando com o marido, para não perturbar a vida escolar e a rotina delas. Embora tivesse a custódia das duas, ela não a exercia estritamente, e Amussen deixou as coisas continuarem assim.

Bowman conheceu Caroline Amussen — ela manteve o sobrenome, que valia alguma coisa — no apartamento dela em Washington. Estava de chinelo de quarto, mas tinha um ar um tanto requintado e foi cálida com ele. Gostou dele, disse, e depois repetiu isso a sós com a filha. Bowman esqueceu que as moças, com o tempo, ficam iguais às mães. Sentiu que Vivian puxara o pai e definiria seu próprio estilo de mulher.

72

* * *

O garçom chegou para anotar o pedido deles.

"Como está a ova de peixe, Edward?", Amussen perguntou.

"Muito boa, seu Amussen."

"Você tem para dois?", ele perguntou. "Se você quiser", disse ao convidado.

Bowman achou que era um prato sulista.

"Você pesca?", Amussen perguntou. "Esse peixe, o sável, tem muito espinho, geralmente espinho demais para valer a pena. A ova é a melhor parte."

"Certo, vou querer isso. Como se prepara?"

"Numa frigideira com um pouco de bacon. Deixam dourar. É isso, não é, Edward?"

Foi no final do almoço, quando serviam o café, que Bowman disse:

"Sabe, estou apaixonado por Vivian."

Amussen continuou mexendo o café como se não tivesse ouvido.

"E acho que ela está apaixonada por mim", Bowman continuou. "Nós gostaríamos de nos casar."

Amussen não demonstrou nenhuma emoção. Estava tão calmo como se estivesse sozinho.

"Vim pedir a sua permissão, meu senhor", disse Bowman.

O "meu senhor" pareceu um pouco bajulador, mas ele achou que era apropriado. Amussen ainda estava ocupado mexendo seu café.

"A Vivian é uma boa moça", Amussen disse afinal. "Foi criada no campo. Não sei como vai reagir à vida na cidade. Não é uma dessas."

Então, ergueu os olhos.

"Como você planeja manter a Vivian?", perguntou.

"Bom, como o senhor sabe, eu tenho um bom emprego. Gosto do meu trabalho, tenho uma carreira. Ganho o suficiente para nos sustentar neste momento, e tudo o que eu tenho é dela. Vou garantir que tenha conforto."

"Ela não é uma moça de cidade", Amussen repetiu. "Você sabe que desde pequenininha ela já tinha seu próprio cavalo."

"Não falamos disso. Acho que sempre podemos achar um lugar para o cavalo", Bowman disse despreocupado.

Amussen pareceu não escutar.

"A gente se ama", disse Bowman. "Farei tudo o que eu puder para ela ficar feliz."

Amussen assentiu ligeiramente com a cabeça.

"Prometo ao senhor. Então, estamos esperando a sua permissão. A sua bênção, meu senhor."

Houve uma pausa.

"Não acho que eu possa te dar isso", disse Amussen. "Não sem mentir."

"Entendo."

"Não acho que vai funcionar. Acho que seria um erro."

"Entendo."

"Mas não vou impor nada a Vivian", disse seu pai.

Bowman saiu decepcionado, mas sentindo-se desafiador. Seria uma espécie de casamento morganático, tolerado com polidez. Ele não sabia bem que atitude tomar, mas quando contou a Vivian o que o pai havia dito, ela não se perturbou.

"Típico do papai", disse.

O ministro era um homem alto de seus setenta e tantos anos, cabelo grisalho, que não ouvia bem por ter caído de um cavalo. A idade tirara a potência de sua voz, que era sedosa porém fina. Na reunião pré-nupcial, ele disse que faria aos dois três perguntas que sempre fazia aos casais. Queria saber se se amavam. Depois, se queriam se casar na igreja. E por último se o casamento iria durar.

"Podemos responder sim com toda a certeza para as duas primeiras", Bowman respondeu.

"Ah", disse o ministro, "sei." Ele era distraído e tinha esquecido a ordem das perguntas. "Acho que não é tão importante se amar", admitiu.

Bowman notou que ele não tinha feito a barba, havia pelos brancos em seu rosto, mas no casamento ele estava mais apresentável. A família de Vivian estava lá, mãe, irmã, cunhado, alguns outros que Bowman não conhecera e amigos também. Havia menos gente do lado do noivo, mas seu colega de Harvard, Malcolm, e a esposa, Anthea, estavam lá, além de Eddins com um cravo na lapela. Foi uma manhã clara, fresca, depois a tarde, passada numa excitação tão grande que é difícil lembrar. Ele esteve com sua mãe antes e a viu durante a cerimônia. Com uma sensação de vitória, observou Amussen trazer Vivian pelo corredor. Deixou de lado ressentimentos, era como a cena de uma peça. Durante os votos, ele via apenas a noiva, seu rosto claro, brilhante e, atrás dela, Louise, sorrindo também, quando ouviu a si mesmo dizer: com esta aliança, eu a desposo. Eu a desposo.

Eddins mostrou ser bem popular ou, de qualquer forma, bem lembrado na recepção, que teve lugar na casa de Vivian — o pai queria que fosse na Red Fox, a antiga hospedaria de Middleburg, mas tinha sido convencido a mudar de ideia.

O bar era uma mesa coberta com toalha branca e atendida por dois *bartenders*, reservados mas gentis, polidos de alguma forma pela desigualdade. De gravata-borboleta e a cara redonda de camaradagem, Bryan, o novo cunhado de Bowman, foi até ele.

"Bem-vindo à família", disse.

Tinha dentes pequenos e regulares, o que o fazia parecer amigável, e trabalhava no governo.

"Casamento muito bonito", disse. "Nós não casamos. O *pater* nos ofereceu três mil dólares — na verdade, ofereceu para a

75

Beverly — se a gente simplesmente fosse embora e casasse. Ele devia estar esperando que eu fugisse com o dinheiro. Praticamente me disse isso. De qualquer forma, nós fugimos. Você de onde é?"

"De Nova Jersey", Bowman respondeu. "Summit."

Ele também era do leste, Bryan disse.

"Nós morávamos em Mount Kisco. Guard Hill Road — chamavam de avenida dos Banqueiros porque todas as casas eram de algum sócio do Morgan."

Tinham uma garagem para quatro carros. Na realidade, eles tinham três carros e um motorista.

"O nome dele era Redell. Era cozinheiro também, um sujeito bem assustador", disse Bryan, amável. "Ele é que levava a gente para a escola. Nós tínhamos um Buick e um Hispano-Suiza, um monstro enorme com divisória para o motorista e um tubo para falar com ele. Todo dia, no café da manhã, Redell perguntava que carro íamos querer, o Buick ou o... Hissy, o Hissy!, a gente dizia. E aí, quando a gente saía de casa, dirigia o carro."

"Dirigiam?"

"Eu e meu irmão."

"Quantos anos vocês tinham?"

"Eu tinha doze e o Roddy dez. A gente se revezava. Obrigamos Redell a deixar. Ameaçamos. Dissemos que íamos acusá-lo de abuso. Corrida da morte, a gente falava."

"Onde está Roddy agora?"

"Não veio. Está no Oeste. Trabalha com construção no Oeste. Ele simplesmente adora, a vida."

Beverly juntou-se a eles.

"Estamos falando do Roddy", Bryan explicou.

"Coitado do Roddy. Bryan adora o Roddy. Você tem irmãos ou irmãs?", ela perguntou a Bowman.

"Não, sou filho único."

"Sorte sua", disse ela.

Ela não se parecia com Vivian. Era maior e um tanto sem graça, o queixo recuado e fama de ser direta demais.

"Então, o que a gente faz com o sr. Bowman?", ela perguntou ao marido depois. Estava comendo um pedaço do bolo de casamento com a mão em concha por baixo para pegar qualquer farelo.

"Ele parece um bom sujeito."

"Ele é de Har-vard,"

"E daí?"

"Acho que a Vivian está cometendo um erro."

"O que você tem contra ele?"

"Não sei. Intuição. Mas gostei do amigo dele."

"Qual?"

"Aquele com a flor. Ele está nervoso, olhe só."

"Nervoso por quê?"

"Por nossa causa, provavelmente."

Eddins estava no segundo drinque, mas na Virginia se sentia mais ou menos em casa. Tinha conversado com um ex-coronel e com uma mulher nada feia que tinha vindo com um juiz. Também com Bryan, que contou dos carros que a família possuía antes de eles perderem o dinheiro e terem que se mudar para Bronxville, o que foi de fato uma pena. Eddins estava de olho numa garota bonita parada atrás do juiz e finalmente se aproximou dela.

"Você vem sempre aqui?", perguntou, tentando fazer piada.

"Como?"

O nome dela era Darrin, era filha de um médico. E exercitava cavalos.

"Cavalos precisam de exercício? Eles não se exercitam sozinhos?"

Ela olhou para ele com certo desdém.

Eddins tentou se recuperar falando.

"Disseram que hoje talvez caia uma tempestade, mas parece que erraram. Eu gosto de tempestades. Tem uma ótima em Thomas Hardy. Conhece Thomas Hardy?

"Não", ela respondeu, seca.

"É inglês. Um escritor inglês. Ninguém supera os ingleses. Lord Byron, o poeta. Incrível. Já era o homem mais famoso da Europa antes dos trinta anos. Louco, mau, era perigoso ser amigo dele, estou tentando fazer dele o meu modelo."

Ela não sorriu.

"Morreu de uma febre em Missolonghi. Guardaram o coração dele numa urna e os pulmões numa outra coisa, esqueci... deviam ir para uma igreja, mas acabaram perdidos. O corpo dele foi mandado de volta para a Inglaterra num caixão cheio de rum. Apareceram mulheres no funeral, antigas amantes..."

Ela ouvia, sem expressão.

"Eu tenho um pouco de sangue inglês," ele confessou, "mas principalmente escocês."

"É mesmo?"

"Gente bravia, desenfreada. Lavam a roupa com urina", disse ele.

"Como é?"

"De qualquer forma, o cheiro é esse."

Ele estava inventando, fazia isso quando bebia e para se proteger. Ela estava claramente desinteressada do que ele dizia, jovem demais para saber qualquer coisa. Ele havia imaginado um tipo de casamento sofisticado, dissoluto, com damas de honra saindo embriagadas com ele, mas não havia damas de honra, só a dama de honra que não o atraía. Ele foi até o noivo.

"Então esta aqui vai ser a sua casa de campo, pelo que entendi."

"Acho que não", Bowman disse.

"Conheci seu sogro. Grande latifundiário. Podre de rico. Você teve sorte. Muita sorte", disse, de olho em Vivian. "Mas eu tenho esta flor..." Agarrou a lapela. "Vou guardar como recordação, prensada dentro de um livro", disse olhando o cravo. "Tem de ser um livro grande. Conversei com a sua sogra. Bem ajeitada."

Caroline circulava entre os hóspedes, um pouco mais pesada do que ele a tinha visto antes, o rosto um pouco mais cheio. Estava com um vestido preto caro, conseguindo evitar a proximidade do ex-marido.

Beatrice havia falado pouco. Tinha chorado na igreja. Abraçara Vivian e recebera em troca uma reação formal. Tinha sido tudo desse jeito, formal, contido, só sorrisos e conversas polidas.

Estava se despedindo do filho. Teve a chance de abraçá-lo e de dizer de todo coração:

"Sejam bons um para o outro. Se amem."

Embora ela achasse que o amor é que lança nas trevas. Tinha dúvidas de que viesse a conhecer a nora algum dia. Parecia que naquele dia claro um grande infortúnio havia acontecido. Perdera seu filho, não completamente, mas parte dele estava fora de seu alcance e agora pertencia a outra, a alguém que mal o conhecia. Pensou em tudo o que tinha ocorrido antes, as esperanças e ambições, os anos preenchidos com uma enorme alegria, e não apenas quando se olhava para trás. Ela tentou ser agradável, aceitar todos e apoiar seu filho.

Ela conhecia o tipo George Amussen, a pose, as maneiras, a vida que a casa parecia representar. Lembrava seu marido, que fazia tanto tempo ela tentara banir de seus pensamentos, mas que permanecia em sua vida, distante e intocável.

Vivian estava feliz. Usava um vestido de noiva branco, tinha de ir se trocar e, embora ainda não estivesse acostumada com a ideia, era uma mulher casada. Havia se casado em casa, mais ou menos com a bênção do pai. Acontecera, ela havia conseguido. Assim como Beverly, estava casada.

Bowman estava feliz ou sentia que estava, ela era dele, uma mulher, ou uma garota, bonita. Ele enxergava a vida à frente de forma natural, com alguém que estaria a seu lado. Na presença da família e dos amigos dela, se deu conta de que conhecia apenas um lado dela, um lado que o atraía, mas que não era o eu inteiro dela ou essencial. Atrás de Vivian ele viu o pai inflexível e, não muito longe dele, a irmã e o cunhado. Todos estranhos totais. Do outro lado da sala, sorrindo e alcoolizada, estava a mãe, Caroline. Vivian percebeu o olhar dele, talvez seus pensamentos, e sorriu para ele, parecendo compreensiva. Vamos embora logo, dizia seu olhar. Nessa noite, porém, tendo ido de carro até o Hay-Adams Hotel em Washington, cansados com os eventos do dia e ainda desacostumados com a condição de casados, eles simplesmente dormiram.

5. Na Dez

Havia uma sala da frente com portas de vidro que davam para um quarto com uma cama junto à janela. A cozinha era estreita, mas comprida e a louça estava sempre por lavar; Vivian era indiferente aos cuidados com a casa, e suas roupas e cosméticos viviam por toda parte. Apesar disso, um ser glorioso emergia toda vez que ela se arrumava, mesmo que de forma rápida. Ela possuía o dom do fascínio, mesmo com os lábios nus e o cabelo despenteado, às vezes principalmente nesses momentos.

O apartamento ficava na rua Dez, onde velhas famílias nova-iorquinas tinham vivido e que ainda era tranquila, mas perto de tudo, formando com as ruas próximas uma espécie de ilha residencial, comum e discreta. Havia fotos que Vivian trouxera, emolduradas, e duas delas na penteadeira, fotografias dela saltando a cavalo, inclinada bem perto do pescoço do animal ao transpor um obstáculo, com capacete preto de amazona, o rosto puro e destemido. Ela sabia cavalgar, dava para ver em seu rosto, fazer o grande animal se movimentar com facilidade debaixo dela, as orelhas espetadas para ouvir e obedecer, o couro cedendo e rangendo, a maestria daquilo. Ela, Beverly e Chrissy Wendt, as três voltando do show equestre, descendo do caminhão um pouco empoeiradas, com culotes de montaria, Vivian com seu rosto notável, loira e dando um grande bocejo como se estivesse sozinha e saindo da cama. Doze anos e descuidadamente natural, travessa até.

Com oito, os pezinhos arrastando o sapato de salto alto da mãe e com um cigarro imaginário na mão, ela aparecera na porta do quarto. A mãe estava à penteadeira e a viu pelo espelho.

"Ah, meu bem", Caroline disse, notando também as pérolas, "você está linda. Venha cá me dar uma tragada."

A alegria daquilo. Vivian batendo os saltos, estendendo a mão para perto da boca da mãe. Caroline deu uma tragada e exalou uma fumaça invisível.

"Você está toda elegante. Está se aprontando para alguma festa em algum lugar?"

"Não", ela respondeu.

"Não vai sair?"

"Não, acho que só vou convidar uns rapazes", Vivian disse tranquilamente.

"Uns rapazes? Quantos?"

"Ah, uns três ou quatro."

"Não vai escolher só um?", Caroline perguntou.

"Rapazes mais velhos. Depende."

A idade da imitação, em que não havia perigos, embora isso dependia. No passado, as meninas podiam se casar com doze anos, futuras rainhas se ajoelhavam em matrimônio ainda mais novas, a esposa de Poe era uma menina de treze, a de Samuel Pepy de quinze, Machado, o grande poeta espanhol apaixonou-se loucamente por Leonor Izquierdo quando ela tinha treze anos, Lolita tinha doze, e a deusa de Dante, Beatrice, era ainda mais nova. Vivian sabia tão pouco quanto qualquer uma delas, era um moleque até quase seus catorze anos. Adorava brincar de faz de conta com a mãe. Adorava e temia o pai, e com a irmã brigava constantemente desde que as duas aprenderam a falar, a tal ponto de Amussen muitas vezes pedir que a mulher fizesse algo a respeito.

"Mamãe!", Beverly gritava. "Sabe do que ela acabou de me chamar?"

"Do que ela te chamou?"

Vivian estava por ali, ouvindo no meio do corredor.

"Me chamou de bunda de cavalo."

"Vivian, você disse isso?", Caroline perguntou de longe. "Venha aqui, você disse isso?"

Vivian foi determinada.

"Não", respondeu.

"Mentirosa!", Beverly gritou.

"Disse ou não disse, Vivian?"

"Eu não disse que era de cavalo."

Não era uma briga sem fim, mas podia chegar a isso. Quando, com o tempo, ficou evidente que Vivian seria a bonita, as posições das duas endureceram e Beverly adotou seu estilo cáustico, duro de roer. Vivian, por sua vez, foi ficando notavelmente mais feminina. Mesmo assim, as duas cresceram fazendo tudo juntas. Participavam das caçadas desde os sete ou oito anos. Vivian, porém, era a favorita do mestre de campo. O juiz Stump, bem versado nessas coisas, admirava sua forma. Com sua roupa de montaria bem ajustada, ele a imaginava uns anos mais velha com certos pensamentos nada paternais, embora não fosse pai dela, apenas um bom amigo. Isso excluía devidamente uma coisa, mas não a outra. Para George Amussen, o juiz tinha o hábito fácil de dizer "sua linda filha" de um jeito, ele sentia, que era carinhoso e respeitoso, a ponto de quase ser um título. Na época, quando fantasiava sobre ele e Vivian, bem, não era inteiramente

83

fora de propósito, a experiência dele e o frescor dela, inesperada mas adequadamente combinados. Essa ideia — não seria certo chamar de plano — fazia com que ele se mostrasse um tanto mais rígido com ela do que deveria e parecesse ainda mais velho e inflexível do que era. Ele sentia isso, mas quanto mais tentava, menos era capaz de fazer a respeito.

Naquele primeiro outono na Virginia, o tempo para as corridas estava chuvoso e frio. Havia lama nos campos e a grama estava amassada onde as pessoas haviam caminhado e passado de carro. Espectadores com roupas volumosas se alinhavam nas cercas com crianças e cachorros correndo por todo lado. Ao longo da fileira de carros, onde havia gente bebendo em pequenos grupos, veio uma figura sólida com chapéu do Exército australiano com um lado preso para cima, a aba gotejada de chuva e um cordão trançado abaixo do queixo. Era o juiz, que apertou a mão de Amussen, cumprimentou Vivian cortesmente, balançou a cabeça e resmungou alguma coisa para Bowman. Ficaram parados na chuva, conversando, o juiz falando apenas com Amussen, enquanto cavalos e cavaleiros, muito pequenos ao longe, galopavam com firmeza por vastas colinas verdes. O juiz não tinha aceitado o casamento de Vivian. Quando uma mulher adorável se curva à loucura, pensou, mas ficou onde podia vê-la no curso normal das coisas e a certo ponto percebeu um olhar dela que sentiu ser terno, a água pingando do chapéu marrom dele.

Quando voltaram a Nova York, Vivian estava com febre e com todos os membros doloridos. Era gripe. Bowman encheu a banheira com água quente para ela e depois a carregou de roupão para a cama, observando enquanto ela dormia com o rosto molhado, imperturbável. Ele dormiu no sofá essa noite, para não incomodá-la, e foi trabalhar, mas voltou para casa duas ou três vezes durante o dia para dar uma olhada nela. A doença parecia aproximar os dois, horas estranhamente afetuosas com ela deitada, fraca para qualquer coisa, e ele lia para ela e trazia chá. Os vizinhos, dois homens de meia-idade que moravam no andar de baixo, o pararam na escada para perguntar dela. Nessa noite, levaram uma sopa para ela, um minestrone, que tinham feito.

"Como ela está?", perguntaram, solícitos, na porta.

Eles a ouviram tossindo no quarto, Larry e Arthur, veteranos do teatro musical, alcoólatras, que moravam num apartamento de aluguel tabelado. Vivian gostava deles, Noël e Cole, ela os chamava, tinham se conhecido no coral. As paredes do apartamento deles eram cobertas de programas de teatro emoldurados e fotografias assinadas por velhos artistas. Um deles era Gertrude Neisen. Gertrude, ela era tão fabulosa!, exclamavam. Tinham um piano que tocavam às vezes e de vez em quando dava para ouvir os dois cantando. Quando Vivian começou a se recuperar, levaram para ela um vaso *flute* com um arranjo de lírios e rosas vermelhas da floricultura da rua Dezoito, que pertencia a um homem elegante com quem Arthur estivera envolvido, Christos, amigo dos dois. Ele também amava o teatro e tudo que lhe dizia respeito. Mais tarde, abriu um restaurante.

As flores duraram quase duas semanas. Ainda estavam lá na noite do jantar dos Baum. Bowman nunca tinha estado na casa deles e Vivian não os conhecia. Ela estava pondo seus brincos, o rosto refletido no espelho do hall acima da beleza das flores.

Bowman só conhecia a vida privada de Baum por conjecturas, achava que era meio europeia e velada. Um porteiro recebera a instrução de deixá-los subir imediatamente e quando caminhavam pelo corredor curto um cachorro atrás da porta de alguém começou a latir. O próprio Baum abriu a porta para eles. A primeira impressão era de densidade. Havia móveis confortáveis, tapetes orientais com livros e quadros por todo lado. Não parecia a casa de um casal com filho, e sim de gente com muito tempo para tudo. Diana se levantou do sofá onde estava ao lado de outro convidado. Ela cumprimentou Vivian primeiro. Queria muito conhecê-la, disse. Baum preparou drinques junto a uma bandeja cheia de garrafas em cima de uma escrivaninha baixa. O outro convidado parecia muito à vontade. De início, Bowman tomou-o por um parente, mas era um professor de filosofia e amigo de Diana.

Durante o jantar, falaram de livros e do manuscrito de um refugiado polonês chamado Aronsky, que tinha, de alguma forma, conseguido sobreviver à aniquilação do gueto de Varsóvia e depois da cidade em si. Em Nova York, ele havia encontrado seu rumo nos círculos literários. Diziam que ele encantava pela imprevisibilidade. A questão era como havia se safado? A isso ele respondia que não sabia, foi sorte. Não se podia prever nada, uma coisa pequena como uma mosca podia matar uma mãe de quatro filhos. Como isso? Se ela se mexesse para espantar a mosca, ele disse.

Juntou-se a eles outro casal, um homem que escrevia sobre vinhos e sua namorada, que era pequena com dedos longos e o cabelo grosso absolutamente preto. Era animada, gostava de falar, como uma boneca de corda, uma bonequinha que também fazia sexo. Seu nome era Kitty. Mas estavam falando de Aronsky. O livro dele, ainda não publicado, chamava-se *O salvador*.

"Achei muito perturbador", disse Diana.

"Tem alguma coisa errada com o livro", Baum acedeu. "A maior parte dos romances, mesmo os grandes, não finge ser verdadeira. Você acredita, chegam a fazer parte da sua vida, mas não como uma verdade literal. Esse livro parece violar isso."

Era um relato, quase oficial no tom e na ausência de metáfora, da vida de Reinhard Heydrich, o comandante da ss de cabeça comprida e nariz ossudo que tinha ficado atrás apenas de Himmler e um dos mentores de farda preta da chamada Solução Final. Como chefe de polícia, era tão poderoso e temido quanto qualquer homem do Terceiro Reich. Alto, loiro, de temperamento violento e com uma capacidade de trabalho desumana. Sua aparência gélida, mas atraente, era bem conhecida, ao lado de seus gostos sensuais. Houve um episódio em que, ao voltar para casa tarde depois de beber, ele vira de repente alguém no apartamento escuro, tirara o revólver e disparara quatro tiros, que estilhaçaram o espelho do hall no qual ele é que estava refletido.

A verdade de seu passado fora escondida com todo o cuidado. Na cidade onde nascera, as lápides dos túmulos de seus parentes haviam desaparecido misteriosamente. Seus colegas de escola tinham medo de se lembrar dele e seus primeiros registros como cadete naval haviam desaparecido; restara apenas a história de que ele fora dispensado por causa de problemas com uma garota muito jovem. O que se escondia, inacreditavelmente, era que Heydrich era judeu, identidade conhecida apenas por um pequeno círculo de judeus influentes que contavam com ele para serem informados e protegidos.

No fim, ele trai os judeus. Trai porque talvez não seja judeu e porque acaba igual a eles, na morte, que tudo engole. É nomeado governador da Tchecoslováquia ocupada e sofre uma emboscada em seu carro de passeio perto de Praga, um ato ironicamente encorajado por judeus que de nada sabem na Inglaterra, onde o assassinato foi planejado e organizado.

O livro atraía por sua autoridade e detalhes que era difícil achar que fossem inventados. A ala do hospital para onde foi levado e o torso nu de Heydrich na mesa de cirurgia quando tentavam salvá-lo. Hitler mandou seu próprio médico. Havia uma gelada autenticidade. Os assassinos tchecos que escapavam de paraquedas, mas não sobreviviam. Encurralados no porão de uma igreja e, cercados por forças alemãs invencíveis, acabam com a própria vida. A aldeia de Lidice é escolhida como repre-

87

sália e todos os seus habitantes, que nada tinham a ver com isso, homens, mulheres e crianças, são executados. Não havia som na terra, escreveu Aronsky, como o de um revólver alemão sendo engatilhado.

Baum não acreditava nisso e, se acreditava, era com relutância. Não por não ter ouvido armas sendo engatilhadas, porque tinha ouvido, mas porque desconfiava do motivo. Não havia sido apresentado a Aronsky, porém ficara profundamente perturbado com o livro.

"É certinho demais", era tudo o que conseguia dizer.

"Heydrich *foi* assassinado."

"Simplesmente não acredito que ele fosse judeu. O livro não deixa isso claro em nenhum momento."

"Um dos generais de campo de Hitler era meio judeu."

"Qual?", Baum perguntou.

"Von Manstein."

"É fato comprovado?"

"É o que dizem. Tudo indica que ele admitiu isso em particular".

"Talvez. O negócio é o seguinte: acho que o livro pode confundir uma porção de leitores. E com que finalidade? Pode ter uma existência longa, mesmo que acabe desmascarado como ficção. O que eu sinto é que, sobretudo nesse assunto, é preciso respeitar a verdade. Alguém sem dúvida vai publicar o livro, mas não nós", disse Baum.

Voltaram para casa de táxi. Bowman estava muito alegre.

"Gostou de Diana?", perguntou.

"Ela é bacana."

"Achei muito bacana."

"É", disse Vivian. "Mas o sujeito do vinho…"

"O que tem ele?"

"Não sei se ele entendeu que nós somos casados. Ficou me cantando."

"Tem certeza?", Bowman perguntou.

Sentia uma satisfação. Sua esposa fora desejada.

"Ele achou que eu tinha maçãs do rosto fabulosas. Que parecia uma aluna da Smith", ela disse.

"O que você respondeu?"

"Da Bryn *Mawr*, eu falei."

Bowman riu.

"Por que disse isso?"

"Me pareceu melhor."

Jantar nos Baum. Até certo ponto, era a admissão na vida deles, num mundo que ele admirava.

Estava pensando em muitas coisas, mas não de fato. Ouvia os pequenos sons do banheiro e esperava. Por fim, como sempre, sua mulher saiu e apagou a luz. Estava de camisola, aquela que ele gostava, com as alças cruzadas nas costas. Quase sem prestar atenção a ele, foi para a cama. Ele estava cheio de desejo, como se tivessem se conhecido num baile. Ficou calado um momento, em expectativa, depois sussurrou para ela. Pôs a mão na curva de seu quadril. Ela ficou quieta. Ele mexeu um pouco na camisola.

"Não", ela disse.

"O que foi? O que aconteceu?", ele sussurrou.

Impossível ela não estar sentindo o mesmo que ele. O calor, a satisfação, e agora completar tudo isso.

"O que foi?", ele repetiu.

"Nada."

"Está se sentindo mal?"

Ela não respondeu. Ele esperou, tempo demais, pareceu, o sangue pulsando, tudo ficando amargo. Ela se virou e o beijou brevemente, como se o dispensasse. De repente, era uma estranha. Ele sabia que devia tentar entender, mas sentiu apenas raiva. Era pouco amoroso de sua parte, mas não pôde evitar. Ficou deitado ali sem querer e sem sono, a cidade, escura e cintilante, parecendo vazia. O mesmo casal, a mesma cama, mas não os mesmos agora.

6. Natal na Virginia

Tinha nevado antes do Natal, mas depois esfriou. O céu estava pálido. O campo silencioso, a relva polvilhada de branco com os sulcos duros mostrando onde haviam sido arados. Estava tudo parado. As raposas em seus covis, os gamos recolhidos. A Rota 50 de Washington, a estrada que originalmente havia sido construída numa linha quase reta por George Washington, quando ele era inspetor, estava vazia, sem tráfego. Na estrada secundária, vinha um carro madrugador com os faróis acesos. Primeiro, as árvores, semicongeladas, se iluminaram, depois a própria estrada e, por fim, o som abafado do carro passando.

Ficaram com George Amussen no Natal — Beverly e Bryan não estavam lá, tinham ido visitar os pais dele — e no dia seguinte haveria o jantar em Longtree, na fazenda Longtree, mais de trezentos acres que quase chegavam à Cordilheira Azul. Liz Bohannon tinha ficado com a Longtree no divórcio. A casa, que havia queimado num incêndio e fora reconstruída, chamava-se Ha Ha.

No fim da tarde, passaram pelos portões de ferro que tinham

uma placa dizendo que só podia entrar um carro por vez. O longo caminho até a casa passava por árvores plantadas a espaços regulares de ambos os lados. Por fim, a casa apareceu, uma vasta fachada com muitas janelas, todas iluminadas como se a casa fosse um imenso brinquedo. Quando Amussen bateu na porta, ouviram-se latidos súbitos de cachorros.

"Rollo! Slipper!", uma voz gritou lá dentro e começou a xingar.

Com um vestido roxo e florido que revelava um ombro roliço e chutando os cachorros impacientemente, Liz Bohannon abriu a porta. Tinha sido uma deusa e ainda era bonita. Quando Amussen a beijou, ela disse:

"Meu querido, achei que era você." Para Vivian e seu novo marido, ela disse: "Que bom que puderam vir".

Para Bowman, ela estendeu uma mão surpreendentemente pequena com um grande anel de esmeralda.

"Eu estava no escritório, pagando contas. Será que vai nevar? Parece que sim. Como foi seu Natal?", perguntou a Amussen.

Ela continuou empurrando os cachorros inoportunos, um pequeno e branco, o outro um dálmata.

"O nosso foi tranquilo", continuou ela. "Vocês nunca estiveram aqui, estiveram?", perguntou a Bowman. "A casa foi construída em 1838, mas pegou fogo duas vezes, a última vez foi no meio da noite, enquanto eu estava dormindo."

Ela segurou a mão de Bowman. Ele sentiu uma espécie de arrepio.

"Como chamo você? Philip? Phil?"

Liz tinha belos traços, agora um pouco miúdos para o rosto que durante anos permitira que ela dissesse e fizesse tudo o que queria, isso e o dinheiro. Ela era amada, ridicularizada e famosa como a amazona mais desonesta do negócio, banida de Saratoga, onde uma vez comprou de volta dois de seus próprios cavalos

92

num leilão, o que era estritamente proibido. Mantendo a mão de Bowman na sua, ela mostrou o caminho sem parar de falar, se dirigindo a Amussen.

"Eu estava pagando contas. Meu Deus, este lugar custa uma fortuna. Custa mais quando estou fora do que quando estou aqui, dá para acreditar? Ninguém para tomar conta. Acabei de decidir que vou vender."

"Vender?", disse Amussen.

"Mudo para a Flórida", disse ela. "Morar com os judeus. Vivian, você está tão linda."

Entraram no escritório, onde as paredes eram verde-escuras e cobertas com imagens de cavalos, fotos e pinturas.

"É a minha sala predileta", disse ela. "Não gosta desses quadros? Aquele ali", disse, apontando, "é Khartum — eu adorava esse cavalo —, não me separo dele por nada. Quando a casa pegou fogo em 1944, saí correndo no meio da noite sem nada além do meu casaco de *mink* e esse quadro. Era tudo o que eu tinha."

"Woody não quer comer!", veio uma voz da outra sala.

"Quem?"

"Woody."

Um homem com o cabelo penteado com uma onda cuidadosa entrou pela porta. Usava suéter com decote em V e sapato de couro de lagarto. Tinha um ar de falsa preocupação no rosto.

"Fale com a Willa", disse Liz.

"Foi ela que me falou."

"Travis, você não conhece estas pessoas. Este é o meu marido, Travis", disse Liz. "Casei com alguém do quintal. Todo mundo sabe que não se deve fazer isso, mas a gente faz mesmo assim, não é, meu amor?", ela disse, carinhosa.

"Você quer dizer que eu não sou de família rica?"

"Com toda certeza."

"A perfeição compensa", ele disse com um sorriso bem treinado.

93

Travis Gates era tenente-coronel da Força Aérea, mas com alguma coisa vagamente fraudulenta em torno dele. Tinha estado na China durante a guerra e usava expressões chinesas, *Ding hao*, dizia. Era o terceiro marido dela. O primeiro, Ted Bohannon, era rico, a família dona de jornais e minas de cobre. Liz tinha vinte anos, despreocupada e segura de si o casamento foi o evento do ano. Já haviam transado na casa de um amigo em Georgetown e estavam loucamente apaixonados. Eram convidados e viajavam para toda parte, para a Califórnia, Europa, Extremo Oriente. Foi durante a Depressão e as fotos deles nos jornais, a bordo de navios ou na pista, eram um analgésico, uma lembrança do que a vida tinha sido e podia ser. Foram também uma porção de vezes a Silver Hill visitar Laura, a irmã mais nova de Liz, que trabalhava como cantora de boate, geralmente num pequeno palco com um vestido branco ou bordado com contas e que também era alcoólatra. Fazia desintoxicação em Silver Hill de vez em quando.

Uma noite, durante a guerra, os três estavam perdidos em Nova York e tiveram problema com o carro. Os hotéis estavam todos cheios, mas como Ted conhecia o gerente, conseguiram um quarto no Westbury. Tiveram de dormir os três numa cama. No meio da noite, Liz acordou e encontrou seu marido fazendo alguma coisa com sua irmã, que estava com a camisola levantada até as axilas. Era o décimo ano de um casamento que, de qualquer forma, começara a azedar, e essa noite marcou o fim.

Nesse meio-tempo, o telefone tocou.

"Quer que eu atenda, Bun?", Travis perguntou.

"A Willa atende. Não quero falar com ninguém."

Ela havia pego Slipper e a aninhara contra os seios ao mostrar para Bowman a paisagem pela janela, as montanhas da Cordilheira Azul ao longe com apenas uma ou duas casas mais.

"Está começando a nevar de novo", ela comentou. "Willa! Quem era?"

Nenhuma resposta. Ela chamou de novo.

"Willa!"

"Senhora?"

"Quem era no telefone? O que houve? Está ficando surda?"

Uma negra magra apareceu na porta.

"Não estou ficando surda", disse. "Era a dona Pry."

"P. R. Y.?"

"Pry."

"O que ela disse? Eles vêm?"

"Ela disse que o seu Pry está com medo de sair com esse tempo."

"O Monroe está lá na cozinha? Fale para ele trazer um pouco de gelo. Venham", disse para Bowman e Vivian, "vou mostrar um pouco da casa."

Na cozinha, ela parou para tentar arrancar algumas palavras de um mainá que estava com umas penas do rabo faltando. Era uma gaiola de bambu grande, onde a ave tinha feito uma espécie de maca. Monroe trabalhava sem pressa. Liz pegou um sobretudo de um gancho.

"Não está tão frio", disse. "Vou mostrar os estábulos para vocês."

Amussen estava sentado em um grande sofá na sala de estar, folheando um exemplar da *National Geographic*, lendo de vez em quando uma legenda. Uma jovem de culote e suéter entrou na sala e sentou sem cerimônia na outra ponta do sofá.

"Oi, Darrin", disse Amussen.

Seu nome era homenagem a um tio, mas ela não gostava de ser chamada assim e preferia Dare.

"Oi", ela disse.

"Como você está?"

95

Ela olhou para ele e quase sorriu.

"Ferrada", disse, esticando os braços, preguiçosa.

"Você sempre fala assim?"

"Não", respondeu ela, "falo assim por sua causa. Sei que você gosta. Meu pai telefonou?"

"Não sei. Anne Pry ligou."

"A sra. Emmet Pry? Da fazenda Graywillow? A filha dela, Sally, foi minha colega na escola."

"Claro."

"Eu montei todos os cavalos dela e os cavalariços montaram nela."

"Como vai sua mãe?", Amussen perguntou, mudando de assunto. "Ela é um encanto de mulher. Faz séculos que não nos vemos."

"Está melhor."

"Ótimo", disse Amussen, deixando a revista. "Pelo que vejo, você também está bem."

"Pelo menos eu saio da cama toda manhã."

"Quantos anos você tem, Darrin?"

"Por que está me chamando de Darrin?"

"Tudo bem. Dare. Quantos anos você tem?"

"Dezoito."

Ele se levantou e pegou um copo de um bar que havia entre as estantes de livros. Continuou procurando alguma coisa.

"Está no armário de baixo", Dare disse.

"Como está seu pai?", Amussen perguntou ao encontrar a garrafa que estava procurando.

"Está ótimo. Ponha um para mim também, pode ser?"

"Não sabia que você bebia."

"Com um pouco de água", disse ela.

"Água só?"

"É."

Ele serviu dois drinques.

"Aqui está."

"O Peter Connors também está aqui. Você conhece, não conhece?"

"Não sei se conheço."

"É o meu namorado."

"Bom, tudo bem."

"Ele me segue por toda parte. Quer casar comigo. Não sei como ele acha que ia ser isso."

"Acho que você já tem idade para isso."

"Meus pais acham que sim. O mais provável é que eu case com algum noivo de quarenta anos."

"Pode ser. Acho que não duraria muito."

"Não, mas ele ia ficar agradecido", disse ela.

Amussen não respondeu.

"Bonito suéter", disse ele.

"Obrigada."

"O que é? Seda? Parece uma daquelas coisas que eles tinham naquela lojinha em Middleburg. Sabe? Aquela da Peggy Court, como é o nome?"

"Patio. Você deve ter comprado muita coisa lá."

"Eu? Não. Mas o seu suéter parece ser da Patio."

"É mesmo. Foi presente."

"Ah, é?"

"Mas eu prefiro a Garfinkle", disse ela.

"Bom, nem sempre dá para escolher de onde o presente vem."

"Eu geralmente escolho", disse ela.

"Dare, se comporte."

Ficaram sentados, bebendo. Amussen baixou os olhos para seu copo, mas sentia os olhos dela em cima dele.

"Sabe, minha filha Vivian é mais velha que você", observou.

"Eu sei. E meu pai provavelmente vai aparecer aqui e vai querer me levar para casa."

"Acho que você vai ter de ir."

"Queria que o pai do Peter viesse buscar ele."

Amussen olhou para ela, para o culote de montaria, para o rosto calmo dela.

"A qual escola você está indo agora?", ele perguntou.

"Larguei a escola", ela disse.

Ele balançou um pouco a cabeça, como se concordasse.

"Você sabia."

"Não, não sabia", ele respondeu.

"Papai está em cima de mim para eu voltar, mas acho que não volto. É uma perda de tempo, não acha?"

"Eu não aproveitei muito a escola, acho. Quer reabastecer?", ele perguntou.

"Está tentando me embebedar?"

"Eu não faria isso", disse Amussen.

"Por que não?"

O namorado dela, Peter, que tinha lábios vermelhos e cabelo loiro e crespo, entrou na sala no momento em que ela falou, e sorriu como uma espécie de admissão de que estava interrompendo. Era estudante da Lafayette e ia cursar direito. Ele sentiu que Dare estava um tanto aborrecida. Sabia pouco sobre ela, a não ser as dificuldades que ela demonstrava.

"Hã, eu sou Peter Connors", falou, se apresentando.

"Prazer, Peter. George Amussen."

"É, eu sei, senhor."

Ele disse a Dare:

"Oi", e sentou ao lado dela com toda confiança. "Parece que está nevando."

Estava nevando, o vento soprando nas fileiras das cercas e a luz começara a cair.

No quarto principal, com sua cama gigante, remédios e joias na mesa de cabeceira e roupas jogadas nas costas das cadeiras,

Liz falava com seu irmão, Eddie. O rádio estava ligado e todas as luzes, inclusive as do banheiro, estavam acesas. Escritos a lápis no papel de parede acima da mesa de cabeceira, havia vários nomes seguidos de números de telefone, a maioria só com o primeiro nome, mas também médicos e Clark Gable. Eddie morava na Flórida, era a primeira vez que ela o via desde seu casamento com Travis. Era o irmão mais velho dela, três anos mais velho, e tinha a cara bonita de quem nunca fez muita coisa na vida. Ele comprava e vendia carros.

"Você está ficando grisalho", ela disse.

"Obrigado pela notícia."

"Fica bom."

Ele olhou para ela e não respondeu. Ela estendeu a mão e despenteou o cabelo dele afetuosamente. Não houve reação.

"Ah, você ainda está bonito. Tão bonito como aquela vez que você se arrumou todo de smoking para a festa dos DeVore, lembra? Você lá na escada fumando um cigarro e o escondendo, caso papai estivesse olhando. Você era uma coisa séria. Aquele carrão."

"George Stuver no LaSalle do pai dele."

"Fiquei com tanta inveja."

"O LaSalle dos Stuver. Eu namorei a Lee Donaldson no banco de trás aquela noite."

"O que aconteceu com ela?"

"Fez uma histerectomia."

"Ah, meu Deus. Detesto médicos."

"Por fora, não dá para perceber. Você tem alguma coisa para beber aqui?"

"Não, tento não deixar nada por perto. Não quero que vire um problema."

"Por falar nisso, cadê o piloto? E como você se envolveu com ele?"

"Meu amor, não comece com isso."

"Ele é um prêmio. Onde você encontrou?"

Eddie tinha gostado de Ted Bohannon, que ele achava que era homem do tipo dele.

"A gente se conheceu em Buenos Aires", disse ela. "Na embaixada. Ele era um adido. Aconteceu simplesmente que ele apareceu. Eu estava solitária, você sabe que eu não gosto de morar sozinha. Fiquei lá três meses."

"Buenos Aires."

"Fiquei tão cheia da América do Sul", disse ela. "Nada é limpo lá, aonde quer que a gente vá. Gente preguiçosa aquela lá. Me deixa louca ver o dinheiro que estamos jogando fora lá. Eles têm o dinheiro deles, meu Deus, eles têm dinheiro. Você devia ver as fazendas, com milhares de pessoas trabalhando para eles. Devia ver com seus próprios olhos. Disseram que Perón passou a mão em mais de sessenta milhões. E depois vêm pedir dinheiro para nós."

Ela ficou em silêncio por um momento.

"O homem com quem eu queria mesmo me casar era o Ali Khan", disse ela, "mas nunca cheguei nem perto. Eu teria sido perfeita para ele, só que ele casou com aquela vaca de Hollywood. De qualquer jeito, me prometa uma coisa. Prometa que você vai tentar conhecer o Travis. Você promete?"

Fora da janela a neve caía no escuro prematuro. O quarto era confortável e seguro. Ela relembrou sentimentos da infância, a excitação das tempestades de neve e a alegria do Natal e das férias. Ela se olhava no espelho do quarto claro. Era como uma estrela de cinema. E disse isso.

"É, só que um pouco mais velha", disse Eddie.

"Me prometa sobre Travis", ela ordenou.

"Tá, mas tem uma coisa que você podia fazer por mim".

Ele estava sem dinheiro e como era Natal e tudo mais. Precisava de algum para equilibrar.

"Quanto?"

"Elas por elas", ele disse, simpático.

No jantar, onde todos se sentaram bem separados na mesa grande, a conversa era sobre a tempestade que estava caindo e sobre as estradas fechadas. Mas havia muito espaço para todos ficarem para dormir, disse Liz. Ela tomou por certo que eles ficariam.

"Há bastante ovos e bastante bacon."

Eddie estava conversando com Travis.

"Eu estava curioso para te conhecer", disse ele.

"Eu também."

"De onde você é?"

"Da Califórnia", disse Travis. "Cresci na Califórnia. Mas aí veio a guerra, você sabe. O Exército. Fiquei um bom tempo no exterior, quase dois anos, voando em cima do Hump."

"Você sobrevoou o Hump? Como é?"

"Escarpado, escarpado." Ele sorriu como um pôster. "Montanhas de oito mil metros de altura e a gente voando às cegas. Perdi uma porção de bons amigos."

Willa estava servindo. Monroe fora mandado para o andar de cima, para arrumar as camas.

"Você ainda pilota?", Eddie perguntou.

"Ah, claro. No momento, eu decolo de Andrews."

"Ouvi dizer que vocês têm um general negro na corporação", disse Eddie.

"Agora é Força Aérea", disse Travis.

"Sempre ouvi chamar de corporação."

"Mudaram. Agora é Força Aérea."

"Tem mesmo um general negro?"

"Meu bem, cale a boca", Liz disse. "Simplesmente cale a boca."

Willa tinha voltado à cozinha, fechando a porta ao passar.

"Já é bem difícil conseguir bons empregados", disse Liz.

"A Willa? A Willa me conhece", Eddie falou. "Ela sabe que eu não estou falando dela."

"Você serviu onde, Eddie?", Travis perguntou.

"Eu? Não servi em lugar nenhum. O Exército não me aceitou."

"Por que isso?"

"Não passei no exame físico."

"Ah."

"Montei na Taça de Ouro, foi isso que eu fiz", disse Eddie.

Depois, eles foram tomar café em frente à lareira. Liz reclinou-se no sofá com os braços nus estendidos na almofada do encosto e chutou os sapatos.

"Chinelo para mim, meu bem", ela disse a Travis.

Ele se levantou sem dizer uma palavra e pegou o chinelo para ela, mas não os pôs nos pés de Liz. Ela se curvou com um ligeiro gemido para calçá-los sozinha.

"Você passa dos limites", ela disse a Eddie.

"Como assim?"

"Passa dos limites."

Peter Connors, que tinha falado muito pouco durante o jantar, conseguiu conversar rapidamente com Amussen, sozinho. Ele estava hesitante, mas precisava de um conselho. Era sobre Dare; ele estava apaixonado por ela, mas não tinha certeza de que lugar ocupava nisso.

"O senhor estava conversando com ela à tarde, quer dizer, ela parou de falar quando eu entrei. Fiquei imaginando se seria sobre mim. Eu sei que ela respeita o senhor."

"Não estávamos falando de você. Ela é uma menina de personalidade", disse Amussen, "essas podem ser difíceis de controlar."

"Como o senhor faz isso?"

"Eu acho que ela te informaria se não quisesse você por perto. Eu diria para você ser paciente."

"Não quero que pareça que eu sou frouxo."

"Claro que não."

De qualquer forma, essa era a impressão que ele temia dar, em choque com suas esperanças e desejos. E sonhos. Não imaginava ninguém tendo sonhos como os dele. Ela estava nesses sonhos, eram sobre ela. Ela nua, sentada numa poltrona, uma perna passada relaxadamente sobre um braço. Ele perto dela com um roupão de algodão que tinha se aberto. Ela parece indiferente mas receptiva, e ele se ajoelha e põe os lábios nela. Ele a ergue e a sustenta pela cintura, como um cálice, para sua boca. Ele vê a si mesmo quando passam por um espelho de prata escurecida, as pernas dela balançando, começando a chutar quando ele aplica a língua com mais força. Ela está reclinada para trás quando em um movimento firme ele a ajeita, no sonho e até certo ponto na vida, para a sua louca ereção e, ao fazê-lo, goza numa torrente.

Depois de algum tempo, com exceção de Liz e Travis que jogavam cartas, todos foram para a cama. A neve continuou caindo, embora nas últimas horas da madrugada tenha parado e as estrelas surgiram no céu negro. Ficou também mais frio ainda.

De manhã, através de janelas semicobertas de gelo, via-se a grande extensão de campos brancos, sem nem uma pegada, nem uma mácula. A brancura se estendia até longe, até o céu. Dois cachorros tinham saído e voavam na neve, lançando uma trilha branca como cometas.

Um a um, todos desceram para o café da manhã na sala de jantar. Liz e Dare entre os últimos. Bowman e Vivian estavam terminando. Amussen ainda estava à mesa.

"Bom dia", ele disse.

"Bom dia." A voz de Liz estava um pouco rouca. "Olhe a neve", ela disse.

"Finalmente parou. Foi uma tempestade e tanto. Não sei se as estradas vão estar abertas. Bom dia", ele disse a Dare quando ela se sentou.

"'m dia." Foi quase um sussurro.

"Seu pai já telefonou", disse Willa quando trouxe o café.

Comeram bacon e ovos. Travis juntou-se a eles. Peter foi o único que não apareceu.

Uma coisa terrível havia acontecido durante a noite. Depois que todos foram para a cama e fez-se silêncio afinal, Peter, que esperara o máximo possível, saiu para o corredor de calça e camiseta, fechando cuidadosamente a porta ao passar. A luz estava baixa. Tudo quieto. Em silêncio, ele foi até o quarto de Dare, encostou o rosto na fechadura e sussurrou o nome dela.

"Dare."

Esperou e sussurrou de novo, mais intensamente.

"Dare!"

Temeu que ela estivesse dormindo. Chamou de novo e então, superando o medo, bateu de leve.

"Dare."

Ficou ali, lutando contra si mesmo.

"Só quero falar com você", ele ia dizer.

Bateu de novo. Tinha acabado de fazer isso, quando seu coração deu um salto ao ver a porta se abrir ligeiramente e George Amussen dizendo em voz baixa, autoritária:

"Vá para a cama."

Liz ficou ao telefone a manhã inteira, resolvendo se ia ou não para a Califórnia. Queria ir a Santa Anita e se informava sobre o tempo lá e se seu cavalo iria correr. Por fim, decidiu.

"Nós vamos."

"Tem certeza, Bun?"

"Tenho."

Eddie ficou olhando, sem comentar nada. Mais tarde, ele disse:

"Ele não vai durar muito. Logo ela casa com outro."

Não seria com Ali Khan, que tinha se divorciado e planejava se casar com uma modelo francesa, quando morreu num acidente de carro. Liz leu a notícia no jornal. Nunca tinha deixado realmente de pensar em se casar com ele. Sempre fora um sonho acalentado. Iriam para Neuilly de manhãzinha, observando os cavalos treinarem, a névoa matinal ainda nas árvores. Ele estaria de calça jeans e paletó e os dois caminhariam juntos até a casa para o desjejum. Ela seria esposa de um príncipe e se converteria ao islamismo. Mas Ali estava morto, Ted havia se casado com outra e seu segundo marido se mudara para Nova Jersey. Ela ainda tinha uma porção de amigos, alguns de um jeito, outros de outro, e cavalgava.

Vivian gostou do Natal e de estar em sua terra. Percebia que Liz havia aprovado Philip e mesmo seu pai, que estava bem-humorado essa manhã, parecia aceitá-lo mais. Todos se despediram, Amussen se despediu de Liz, depois de Dare, cujo namorado não estava se sentindo bem, e limpou um pouco de ovo no canto da boca de Dare enquanto se falavam brevemente. Ele o fez com seu guardanapo, de um jeito paternal.

"Liz Bohannon é mesmo prima do seu pai?", Bowman perguntou depois.

"Eles só se chamam de primos, não sei por quê", Vivian respondeu.

O mundo ainda estava branco quando voltaram de carro para Washington, a neve voando sobre a estrada como fumaça. No momento, cinco graus no centro de Washington, disse o rádio. A estrada desaparecia nas rajadas de vento. Com o frio, o rosto de Vivian estava envolto em peles, os quilômetros macios passando silenciosamente debaixo deles. Adeus a Virginia, aos campos, à estranha sensação de isolamento. Ele estava levando Vivian para casa — de fato, não era o que estava fazendo, mas era o que lhe dava a sensação de felicidade.

7. A sacerdotisa

Eddins encontrara uma casa em Piermont, uma pequena cidade industrial Hudson acima, sossegada e provinciana, descuidada até, a cerca de trinta minutos da cidade. O tráfego para lá nunca era pesado. Não permitiam caminhões na rodovia, apenas carros, geralmente com um único ocupante. Era uma casa branca e simples com telhas de amianto sujas, numa rua que descia para a fábrica de papel e o rio. Havia uma sala e cozinha no andar de baixo e no segundo andar dois quartos e um banheiro com instalações antigas. Havia uma faixa estreita de gramado gasto e um jardim. O degrau da frente, que dava para a rua, era feito com duas grandes pedras irregulares, deitadas. A rua descia, íngreme, quase diretamente até a loja de bebidas pertencente ao ex-prefeito, que continuava sabendo de tudo o que acontecia na cidade.

Ele reconhecera a casa assim que a vira. Havia crescido numa casa como aquela, entre outras pequenas casas sulistas, não de médicos, advogados, ou mesmo de seu pai, que tinha uma empresa de sementes. Eddins adorara seu pai, velho demais para a guerra, mas que foi mesmo assim, voltando para casa de licença em 1943, de farda cáqui, rifles cruzados no colarinhos, imagem imperecível. No Sul, os homens voltavam para casa assim, fardados, era tradição. Isso foi em Ovid, na Carolina do Sul — pronunciavam Oh-vid —, caminhos de entrada pavimentados com conchas, placas de outdoor metálicas, igrejas, garrafas de uísque em sacos de papel e garotas de pele branca e cabelo ondulado que trabalhavam em lojas e escritórios, nascia-se para se casar com uma delas. Estava no sangue dele, gravado ali em profundidade, como as tampas de garrafa e os pedaços de folha de alumínio pisados no chão plano das feiras. Havia também o dom da conversa, a história de tudo, contada e recontada, até se saber de tudo, das famílias e dos nomes. Sentavam-se em varandas sombreadas à tarde ou à noitinha e falavam devagar, com voz misteriosa, das coisas que haviam acontecido e com quem. O tempo, na lembrança dele, corria a uma velocidade diferente naquela época, em grande parte imóvel, quando se ia a pé para todo lugar ou, se fosse bom, às vezes de carro. Pouco além da cidade, havia o rio, não largo, correndo devagar, quase imperceptivelmente, mas correndo, traços tênues de espuma na superfície, impassíveis, a água enferrujada e fria. De ambos os lados, até onde a vista alcançava, nada: árvores, barrancos, um vira-latas trotando na estrada ao lado. No pátio da oficina, semicerrado, carcaças de carros acidentados e, mais adiante na estrada, um que havia batido de frente numa árvore uma noite, as portas ocas abertas, sem motor.

Ele tinha vindo disso, que ficara no passado, mas ainda existia, como a marca que permanece num papel embaixo daquele em que você escreve. Ele preservava as coisas profundas, uma sensação de família, de respeito e também uma espécie de honra no final. O bem mais precioso de sua mãe tinha sido uma antiga mesa de jantar talhada em mogno de violino que estava na família desde os anos 1700. Ele se lembrava também do litoral e da excitação da estrada que levava a ele, embora ficasse muito longe. Tinham ido lá quando ele era menino, no verão. As ilhas do mar raso, as grandes extensões de relva pantanosa, as praias e os barcos virados como para secar. O que mais o atraía na casa em Piermont era que ela se parecia com as casas próximas ao oceano. Dela, ele podia olhar o rio vasto, largo e imóvel como ardósia, outras vezes vivo, dançando com luz.

Uma noite, numa festa, ele conheceu uma garota chamada Dena, alta, desajeitada, olhos escuros e um espaço entre os dentes da frente. Era do Texas, divorciada, ela contou, embora não fosse exatamente verdade, de um homem que ela descrevia como um poeta famoso, Vernon Beseler, também do Texas — Eddins nunca tinha ouvido falar dele —, que realmente havia publicado poemas, ela disse, e era amigo de outros poetas. Intensa, mas de riso fácil, ela falava com sotaque e uma voz cheia de vida. Tinha um filho, um menino que naquele momento estava com os pais dela. O nome dele era Leon, ela disse, encolhendo um pouco os ombros como para dizer que o nome não havia sido escolha dela. O que falar de uma mulher que se apaixonou, se casou e agora está parada na sua frente de um jeito quase amistosamente idiota, como uma pedinte, na verdade, de salto alto, sozinha e sem homem? Ela era uma inocente, Eddins percebeu, no verdadeiro sentido da palavra. E divertida também. Estava com um pedaço de fita adesiva na testa quando ele foi buscá-la na primeira vez, que tinha posto ali para prevenir rugas e esquecera de tirar.

"O que é isso?", ele perguntou.

Ela ergueu a mão.

"Ah, meu Deus", disse, envergonhada e confusa.

Ela falou de si mesma, de histórias de sua vida. Gostava de cantar, disse, tinha cantado num coral. Não podia usar batom na escola, mas no coral sim, e até alguma maquiagem. O que aconteceu com o rosto delas?, as pessoas perguntavam.

Tinha estudado na Vassar.

"Você estudou na Vassar? Onde é a Vassar?"

"Em Poughkeepsie."

"O que fez você escolher a Vassar?", ele perguntou.

"Na verdade, acham que eu sou inteligente. Acham, não", disse ela, "eu sou mesmo."

Ela adorava a Vassar, disse, era como um parque inglês, os prédios velhos de tijolos, as árvores altas. Viviam como se a escola pertencesse a elas, iam à aula de pijama. Para jantar, porém, tinham de usar luvas brancas e pérolas. Havia uma garota chamada Beth Ann Rigsby. Ela não usava, ninguém conseguia obrigá-la a nada. Não deixavam que ela jantasse. É preciso usar luvas brancas e pérolas, diziam para ela. Então, ela apareceu de pérolas e luvas brancas, sem mais nada. Eddins ficou fascinado. Olhou para ela.

"Você está olhando os meus dentes?", ela perguntou.

"Seus dentes? Não."

"São muito grandes? O dentista disse que eu tenho uma mordida fabulosa."

"Você tem dentes fantásticos. Como você era quando criança?", ele perguntou.

"Ah, eu era uma menina boazinha. Tirava notas boas na escola. Tinha essa coisa de eu ser louca pelo Egito. Eu dizia para todo mundo que eu era egípcia, minha mãe ficava furiosa. Na porta do meu quarto, eu tinha uma placa onde estava escrito: 'Você está entrando no Egito'. Quer ouvir umas palavras egípcias?"

"Claro."

"Alabastro", disse ela. "Oásis."

"Cairo", ele disse.

"Talvez. Eles tiveram a primeira grande rainha da história

e a mais famosa, Nefertiti. Quando a pessoa morria, pesavam o coração dela e comparavam com uma pena, simbolizando a verdade, e se a pessoa passava no julgamento ela conquistava a vida eterna."

Ela adorava que ele lhe desse ouvidos.

"O faraó era um deus", disse ela.

"Claro."

"Quando ele morria..."

"Quando Deus morria..."

"Era só um jeito de ir embora para se juntar com outros deuses", disse ela, como se o consolasse.

Em setembro, foram a Piermont passar o dia e almoçaram no jardinzinho desbotado. O sol ainda estava quente. Ela estava de short azul e salto alto. Suas pernas estavam nuas e tinha fendas no calcanhar. Conversaram e riram. Ela queria ser amada. Mais tarde, entraram na cozinha e tomaram vinho. Eddins estava sentado de lado na mesa. Sem dizer uma palavra, ela se ajoelhou na frente dele e começou, um pouco desajeitada porque era míope, a abrir a roupa dele. O zíper da calça derreteu, dente por dente. Ela estava um pouco nervosa, mas era quase como ela tivesse visualizado aquilo, aquele touro Ápis. Liso e começando a crescer, o pau dele quase caiu dentro da boca de Dena, e ganhando coragem ela começou. Era a atitude de uma devota. Ela nunca tinha feito isso, nem com o marido nem com ninguém. Era assim que era, fazer coisas que nunca tinha feito, só imaginado. A luz estava suave no fim do dia. *Simplesmente saiu direto para fora*, ela escreveu depois em seu diário. *Ele devia estar pensando nisso. Estava pronto*. Foi muito natural. Uma vez, com seu filho, Leon, quando ele tinha um ano e meio, ela havia amarrado um pedaço de cordão branco em torno dos genitais dele, não por nada, só para realçar, porque eram muito perfeitos. Queria confessar isso, contar para alguém, e fazer aquilo era como confessar, como contar a Neil. Era como uma bota deslizando por uma panturrilha firme, e ela continuou, ganhando segurança, a boca fazendo apenas um vago som. Ela fez o melhor que pôde, queria que não terminasse, mas de repente era tarde demais. Ela entendeu pelo movimento que ele estava fazendo, depois o grito e o grande inesperado, parecia uma quantidade imensa — ela quase engasgou. Ela não se mexeu. Depois de um longo tempo, sentou-se.

Eddins não falou nem se mexeu. Ela ficou com medo de olhar para ele, de ter feito algo errado. Mas queria aquilo. Por causa de sua *ka*, sua força vital. Segue teu desejo, diziam, e viverás, não há retorno. Ela se levantou e foi até a pia lavar o rosto. Abaixo das torneiras havia manchas marrons de ferrugem. Ela terminou e foi para a sala, sentou numa poltrona. Pela janela, ao sol, viu uma borboleta branca voando para cima e para baixo em movimentos puros, de êxtase. Depois de alguns momentos, Eddie foi se sentar no sofá.

"Não sente ali", ele disse baixinho.

"Tudo bem. Então você não ficou zangado?"

"Zangado?"

"No Egito, eu seria sua escrava."

"Que é isso, Dena."

Ele queria dizer alguma coisa, mas não sabia o quê.

"Nos encontros de natação…", ela disse.

"Que encontros de natação?"

"Nos encontros de natação na escola. Todos os meninos usavam aquelas sungas pequenas, sedosas, e dava para ver que alguns estavam… duros. Eles não conseguiam evitar. Me fazia pensar nisso."

"Meninos pequenos?"

"Não só eles."

"Eu queria ser todos eles e que você olhasse para mim."

Ela sabia que ele entendia tudo. Podia sentir a deusa subindo dentro dela.

"Não, eu não me zanguei", ele disse.

"Eu nunca tinha feito isso."

"Eu acredito."

Ele se deu conta de que ela entendeu errado.

"Eu quis dizer que foi perfeito, mas que acredito em você."

"Achei que você era a pessoa certa. Foi bom mesmo?"

Em resposta, ele a beijou, devagar, nos lábios.

Ela temia dizer alguma bobagem. Baixou os olhos para suas mãos, depois olhou para ele, baixou os olhos de novo. Estava envergonhada, mas não muito.

"Talvez eu devesse casar com você", ela disse. E acrescentou: "Mas eu sou casada".

Durante mais de um mês, antes de seu filho voltar a morar com ela — o menino estava com os avós no Texas até ela e Vernon, em princípio, acertarem as coisas —, ela e Eddins viveram no Olimpo. Deitavam-se um com a cabeça nos pés do outro, para ele era como deitar com uma bela coluna de mármore, uma coluna que podia aplacar o desejo. O monte de vênus dela era fragrante, quente com uma espécie de sol invisível. As partes assírias dele, ousadas, roçavam os lábios dela, abafando seus gemidos. Depois, dormiam como ladrões. O sol banhava o lado da casa, o ar frio do outono se infiltrava por baixo das janelas.

Voltaram tarde para casa, ela apoiada no braço dele, as pernas longas instáveis, a cabeça abaixada ao andar, como se da bebida. Na cama, deitaram-se exaustos, como um soldado ao fim de uma licença e ela o montava como um cavalo, o cabelo a cegá-la. Ele adorava tudo, o umbigo pequeno dela, o cabelo escuro solto, os pés com os dedos compridos nus, de manhã. As nádegas eram gloriosas, como estar numa padaria, e quando ela gritava era como uma mulher moribunda, uma mulher rastejando na direção de um santuário.

"Quando você me come", ela disse, "tenho a sensação de que estou indo tão longe que vou atravessar, que não vou conseguir voltar. É como se a minha cabeça fosse desistir, como se eu fosse enlouquecer."

Com Leon em casa, eles não podiam se comportar assim, mas quando ia às compras com ela, aí eram só os dois, Dena de paletó e jeans encostada no balcão para ver alguma coisa, o tecido azul surrado esticado em seu traseiro, justo como uma luva.

Com cinco anos, Leon usava óculos. Não era um menino que ia ser bom nos esportes, mas tinha espírito. O ressentimento e a hostilidade pelo homem estranho no quarto e na vida de sua mãe, ele demonstrava apenas brevemente, sendo reservado. Sabia, por instinto, quem era Eddins e o que ele significava, mas gostava dele e carecia de um pai. Também de um amigo.

"Olhe", ele disse para mostrar a Eddins seu quarto, "aqui é onde eu guardo os livros. Este é o meu livro favorito, este é sobre futebol. E com este livro aqui você pode aprender tudo, pode aprender sobre as estrelas e qual o buraco mais fundo no mar, sobre tempestades e como fazer para elas pararem. Este é o meu melhor livro. E este aqui!", exclamou, "é uma história que eu escrevi. Sozinho, você pode ler depois. E este aqui! Este é sobre soldados."

Ele pegou outro.

"Você sabia que o umbigo é o lugar onde a gente estava preso dentro do corpo da mãe, no... como é mesmo? Lá onde a mulher tem pelos, lá embaixo... sabe?"

Eddins hesitou, mas Leon estava impassível.

"Dão um nó. Depois cortam e dói. Eles amarram e enfiam para dentro do corpo da gente!"

Ergueu os olhos por trás dos óculos, para ver se ele acreditava.

Mostrou brincadeiras a Eddins no quintal, inventando as regras à medida que jogavam.

"Aí!", gritou ao chutar a bola. "Se bater aí, é gol! Fiz um ponto!"

"Se bater onde?"

"Aí!", ele gritou, chutando a bola em outro lugar.

"Jogue limpo."

"Ah, tudo bem", Leon disse, mas logo queria mostrar alguma outra coisa para Eddins.

Vernon Beseler estava vivendo outra vida perto da praça Tompkins, com uma poetisa chamada Marian. Só raramente via o filho. Estava destinado a ser o pai que nunca desaparece devido a seu jeito. Um dia, telefonou para Dena e pediu que ela fosse se encontrar com ele, estava pensando em voltar para o Texas e queria falar com ela antes de ir.

"Quer que eu leve o Leon?", ela perguntou.

"Como ele está?"

"Está ótimo."

"Não, não traga", Beseler disse.

Pediu que ela o encontrasse no aeroporto. Dena mal o reconheceu, parecia magro e perturbado. Apesar de tudo ela queria ajudá-lo. Ele era o rebelde e o poeta por quem ela havia se apaixonado, e sentia que muita coisa em sua vida pertencia a ele.

"Essa mulher com quem você está morando, acho que ela não está cuidando bem de você."

"Ela não tem de cuidar de mim."

"Bom, alguém devia."

"Como assim?"

"Você não está bem", disse Dena.

Ele ignorou a observação.

"Está escrevendo?", ela perguntou.

Isso era sagrado. Ele sempre tinha sido o apóstolo da escrita. Tudo seria perdoado por causa disso.

"Não", disse ele, "no momento, não. Posso ir para lá e dar aula durante um tempo."

"Onde?"

"Não sei bem."

Ele se calou. Depois disse: "Nascer toupeira, já pensou?".

"Toupeira?"

"Nascer cego, sem olhos, olhos que estão selados. Tudo escuro. Viver debaixo da terra em passagens estreitas, frias, com medo de cobras, de ratos, de tudo que possa haver lá, poder ver. Ver um parceiro, lá embaixo da terra, além de toda luz."

Era difícil olhar para ele.

"Não", ela disse. "Nunca pensei nisso. Eu nasci com olhos."

"É preciso ter compaixão", ele disse.

Ele tentava acender um cigarro com algo que parecia uma concentração intensa, colocou-o entre os lábios, depois riscou o fósforo e o levou até ele com grande concentração, sacudiu e pôs num cinzeiro. Tirou o cigarro da boca com dedos trêmulos.

"Não é de bebida", disse.

"Não é?"

"Eu bebo, mas não é isso. Só estou um pouquinho além da linha vermelha. Marian não bebe. Toma banho de lua. Ela gosta de tirar a roupa e sentar ao luar."

"E onde ela faz isso?"

"Em qualquer lugar", disse ele.

"Vernon, por que a gente não se divorcia?"

"Por que divorciar?"

"Porque nós não somos mais casados de verdade."

"Nós vamos sempre ser casados", disse ele.

"Não acho. Quer dizer, acho que não faz sentido."

"Vão escrever músicas a nosso respeito", ele disse. "Eu podia escrever algumas. Como está o Leon?"

"É um menino ótimo."

"É, eu sabia que ele ia ser."

"E o nosso divórcio?"

"É", disse Beseler, fumando pensativo, sem dizer mais nada. Por fim, chamaram o voo dele.

"Bom, acho que isto é uma despedida por algum tempo", ele disse.

Ele a beijou no rosto. Foi a última vez que ela o viu. Ela era do Texas, porém, onde as pessoas são leais e de alguma forma desdenhosa continuou leal a ele, ao rapaz que tinha sido seu marido, que a fascinara e cujo destino era ser um poeta famoso, talvez um cantor. Ele tocava violão e cantava com voz grave para ela.

Um advogado de Austin, contratado pela família dele, se encarregou do divórcio através de algum associado em Nova York. Ela ficou com a guarda do menino e uma pensão mensal de quatrocentos dólares — ela não pediu nada para si mesma —, e Eddins, para todos os efeitos, tinha um filho.

Grandes editores nem sempre eram grandes leitores, e bons leitores raramente davam bons editores, mas Bowman ficava no meio do caminho. Muitas vezes, tarde da noite na cidade, quando o som do tráfego desaparecia, Bowman sentava para ler. Vivian tinha ido dormir. A única luz acesa era um abajur de pé junto a sua poltrona, um drinque ao alcance da mão. Ele gostava de ler com o silêncio e o dourado do uísque como companheiros. Gostava de comer, de pessoas, de conversar, mas ler era um prazer inesgotável. O que o prazer da música era para outros, as palavras na página eram para ele.

De manhã. Vivian perguntou que horas ele tinha ido para a cama.

"Meia-noite e meia, mais ou menos."

"O que você estava lendo?"

"Estava lendo sobre Ezra Pound em St. Elizabeth."

Vivian sabia de St. Elizabeth. Era sinônimo de loucura em Washington.

"Por que ele foi para lá?"

"Provavelmente porque não sabiam o que fazer com ele."

"Quer dizer, o que ele fez?"

"Você sabe quem é ele?"

"O suficiente", ela disse.

"Bom, ele foi um poeta dos grandes. Expatriado."

Ela não sentiu vontade de perguntar o que era isso.

"Ele fez alguns programas de rádio para os fascistas na Itália", Bowman explicou. "Eram dirigidos à América, no começo da guerra. Ele tinha obsessão pelos males dos juros bancários, judeus, pelo provincianismo da América, e falava disso nos programas. Estava jantando em Roma uma noite e ouviu a notícia de que os japoneses tinham acabado de bombardear Pearl Harbor e disse: Meu Deus, estou acabado."

"Ele não parece tão louco", disse Vivian.

"Exatamente."

Ele queria continuar falando de Ezra Pound e introduzir o assunto dos *Cantos*, talvez ler um ou dois dos mais brilhantes para ela, mas Vivian estava com a cabeça em outra coisa. Ele não tinha nenhuma curiosidade para saber no quê. Em vez disso, relembrou um almoço dias antes com um de seus autores, que só frequentara a escola até a sétima série, embora não explicasse por quê. A mãe havia lhe dado um cartão da biblioteca e mandado ele ir lá, ler os livros.

"Os livros. Isso que ela disse. Queria ser professora, mas teve filhos. Era uma mulher frustrada. Ela disse: Você é de uma família decente, trabalhadora. Gente séria."

Sério era uma palavra que assombrara a vida dele.

"Ela estava tentando me dizer alguma coisa. Como toda pessoa orgulhosa, não queria dizer diretamente. Se você não entendia, azar o seu, mas ela queria passar essa coisa. Era uma herança. Nós não tínhamos herança, mas ela acreditava nisso."

O nome dele era Keith Crowley. Era um homem magro que olhava de lado ao andar. Bowman gostava dele, gostava do que escrevia, mas seu romance não vendeu, dois mil ou três mil exemplares e só. Ele escreveu mais dois, um dos quais Bowman publicou, e depois sumiu de cena.

8. Londres

Acordou no escuro com uma metralhada feroz. Era chuva, as gotas martelando contra a janela. Ele havia nascido durante uma tempestade, sempre ficava contente com elas. Vivian estava encolhida a seu lado, dormindo profundamente, e ele ficou deitado, ouvindo as cortinas de chuva. Iam para Londres nessa noite, ele e Baum, e choveu o dia inteiro, uma névoa úmida se erguendo das grandes rodas dos caminhões ao lado, enquanto rodavam para o aeroporto, os limpadores de para-brisa do táxi em funcionamento. As expectativas de Bowman podiam ser qualquer coisa, menos abatidas. Ele tinha certeza de que ia gostar da Inglaterra e da cidade com que sonhara na faculdade, a cidade rica, imaginada com suas figuras legendárias, seus homens e mulheres polidos saídos de Evelyn Waugh, as Virginias, as Catherines e Janes, tacanhas, convictas, só vagamente conscientes de uma vida diferente da delas.

Sentaram-se lado a lado no avião, Baum lendo calmamente o jornal, enquanto o ruído do motor aumentava e eles começaram a se deslocar, a decolagem fazendo o avião tremer e rugir, a água borrando as janelas da cabine. Londres, Bowman pensou. Era começo de maio.

De manhã, lá estava a Inglaterra, verde e desconhecida sob as nuvens esfarrapadas. Em Heathrow pegaram um táxi que fazia o ruído de uma máquina de costura, com um motorista que lançava comentários ocasionais numa língua difícil de entender. Depois, os subúrbios, esquálidos e intermináveis, transformando-se afinal em ruas de ângulos estranhos e prédios de tijolos vitorianos. Viraram para uma avenida larga, The Mall, com um denso parque verde ao longo dela e uma cerca de ferro preta descascada passando. No final, bem longe, havia um grande arco pálido. Estavam rodando depressa do lado errado, Bowman tocado pelo caráter orgulhoso, ultrapassado da cidade, sua regularidade e nomes singulares. A coisa mais importante, a separação do continente, ainda não era conhecida por ele.

Embora tivessem se passado mais de quinze anos da guerra, o fantasma dela ainda estava presente. A Inglaterra ganhara a guerra — dificilmente haveria uma família, rica ou pobre, que não tivesse participado dela — por causa das primeiras desgraças, quando o país estava despreparado, com o distante afundamento de navios de guerra considerados indestrutíveis, símbolos e orgulhos de uma nação, a catástrofe absoluta de um exército enviado à França em 1940 para lutar ao lado dos franceses e que se viu cercado e encurralado nas praias do Canal, na desordem sem esperança de homens desprovidos de equipamento ou suprimento, tudo abandonado na retirada, e só por um esforço de última hora e a clemência da Alemanha esse exército exausto, derrotado, voltou para casa em todos os barcos que podiam ser encontrados, grandes e pequenos. E mesmo assim a missão continuou, o conflito aparentemente sem fim, a escala inimaginável, a guerra de deserto, a determinação de salvar Suez, a guerra vacilante no ar, grandes muralhas desmoronando no escuro, ci-

dades inteiras em chamas, notícias calamitosas do Extremo Oriente, listas de mortos, os preparativos para a invasão, as batalhas
sem fim...

E a Inglaterra havia vencido. Seus inimigos cambalearam
entre ruínas, passaram fome. O que restou das cidades cheirava
a morte e esgoto, as mulheres se vendiam por cigarros, mas a
Inglaterra, como um combatente alquebrado que de alguma forma permaneceu de pé, pagou demasiado. Uma década depois
ainda havia racionamento de comida e era difícil viajar, não se
podia levar dinheiro para fora do país. Os sinos que haviam tocado a hora da vitória estavam silenciosos há muito tempo. Os
costumes de antes da guerra eram irrecuperáveis. Apagando um
cigarro depois do almoço, um editor tinha dito calmamente: "A
Inglaterra está acabada".

Primeiro, eles ficaram na casa de uma editora e amiga, Edina Dell, em um daqueles pequenos enclaves chamados *terra-
ce*, com um jardim murado e algumas árvores diante da janela
da sala, no quarto mais no fundo da casa. Ela era filha de um
professor de cultura clássica, mas, com seus dentes irregulares
e maneiras informais, parecia provir de uma vida mais farta, de
alguma grande casa de campo com pinturas, móveis surrados
e conhecidas indiscrições. Tinha uma filha, Siri, fruto de um
casamento de dez anos com um sudanês. A filha era de uma cor
suave, sedutora, tinha uns seis ou sete anos, cheia de amor pela
mãe, sempre ao lado dela, abraçada à sua perna. Era uma gaze-
la, olhos castanho-escuros e o mais puro branco.

O homem com quem Edina estava envolvida era uma figura grande, elegante, Aleksei Paros, que vinha de uma distinta família grega e talvez fosse casado — ele era vago a respeito, devia
ser mais complicado do que parecia. Era vendedor de enciclo-
pédias a essa altura, mas mesmo em mangas de camisa, andando pela casa em busca de cigarros, dava a impressão de alguém

para quem a vida iria dar certo. Era alto, com sobrepeso, capaz de encantar tanto homens quanto mulheres com pouco esforço. Edina sentia atração por homens como ele. Seu pai havia sido desse tipo e ela tinha dois irmãos ilegítimos.

Aleksei estivera no exterior, na Sicília, e acabara de voltar na noite anterior, por intermédio de um clube londrino. Ele era conhecido lá, um de seus hábitos era o jogo. Gostava de passear pelo salão carregando as fichas na mão, acariciando-as inconscientemente com o polegar. Não tinha um sistema de jogo, apostava por instinto, alguns homens parecem ter um dom para isso. Ao passar pela mesa do *chemin-de-fer*, ele podia, de repente, estender a mão e fazer uma aposta. Era um gesto mediterrâneo, egípcios ricos faziam assim. Não fosse sua aparência, Aleksei poderia ter sido um deles, um playboy ou rei menor.

Ele parou à mesa da roleta, ouvindo o som da bola de marfim que girava, um som prolongado, decadente, que terminava em fatídicos estalidos quando ela saltava pelas divisões entre números e caía abruptamente em um. *Vingt-deux, pair et noir*. Vinte e dois, o ano em que ele nascera. Os números às vezes se repetiam, mas ele não tinha essa sensibilidade. Havia algumas pessoas mais jovens à mesa e um homem com um terno muito usado registrando os números que haviam saído em um cartão, para apostar em seguida no preto ou no vermelho. *Faites vos jeux*, o crupiê dizia. Chegaram mais algumas pessoas. Alguma coisa invisível as atraía para uma mesa específica, alguma coisa no ar viciado. *Faites vos jeux*. Uma mulher com vestido de noite havia forçado sua entrada, uma mulher mais jovem, e havia pessoas paradas de lado entre as cadeiras. O feltro estava coberto de fichas. Assim que alguém apostava, mais dois o seguiam. *Rien ne va plus*, disse o crupiê. A roda estava girando, agora mais depressa, e de repente a bola saltou de uma mão hábil e começou a circular rápido na direção oposta logo abaixo da borda, e naquele momento, como uma pessoa que salta para bordo quando o navio está partindo, Aleksei pôs cinquenta libras no seis. A bola estava fazendo seus lindos círculos soarem como algo que se podia escutar para sempre, um som de imensas possibilidades, ele podia ganhar mil e oitocentos e por cinco ou seis segundos que pareceram mais longos, esperou com calma, mas intensamente, quase como se a lâmina da guilhotina estivesse sendo erguida, depois diminuído de velocidade e mergulhando na órbita até o instante final em que havia um salto metálico e a bola caía decididamente em um número. Não foi no seis. Como jogador prático que ele era, não demonstrou nenhuma emoção nem arrependimento. Apostou cinquenta libras muitas vezes mais e depois passou para outra mesa.

De manhã, sentava-se no jardim com seu café, o jardim da reconciliação, como ele o chamava. De camisa branca, à mesa redonda de metal, era como um homem ferido num terraço de hospital. Impossível zangar-se com ele. Não falava da noite anterior, e sim sobre Palermo, *palla-irma*, cidade sem placas.

"É absolutamente verdadeiro", disse. "Você pode ir a qualquer lugar e nenhuma rua está identificada. Tudo no mais completo descuido."

Estava endireitando um cigarro, tirado de um maço amassado. Tudo o que ele fazia era, de certo modo, o gesto de um sobrevivente e ao mesmo tempo de alguém que iria sobreviver. Ele parecia, de alguma forma, já ter jogado o jogo.

"Conspurcada de criminalidade, imagino", Edina sugeriu.

"A Sicília? É claro", Aleksei concordou. "De certa criminalidade. Mas não se vê. Sequestro. Mulheres roubadas — por isso não quis levar você."

"Por medo de eu ser sequestrada?"

"É. Sempre travamos nossa guerra por uma mulher sequestrada", disse ele.

"O que você pode fazer?", ela perguntou, desamparada, a Baum.

"Vamos fazer uma viagem para a América", Aleksei prometeu. "Alugamos um carro e rodamos pelo país, vamos a St. Louis, Chicago, ver as Grandes Planícies."

"É, claro", ela disse. "Estou contando com isso."

Ela pediu licença, na verdade para ir fazer sua ioga no chão do quarto, buscando entendimento, braços e pernas nadando suavemente no ar tranquilo, para mais tarde, de manhã, ler.

Era Londres com suas lojas altivas na Jermyn e na New Bond Street; as casas com placas que traziam os nomes famosos de seus antigos ocupantes, Boswell, Browning, Mozart, Shelley, até Chaucer; o luxo oculto dos dias imperiais com seus guardiões sob a forma de porteiros engalanados de prata nos grandes hotéis; os clubes exclusivos; as livrarias, os restaurantes e os infindáveis endereços característicos em *terraces*, *places*, *roads*, *courts*, *crescents*, *squares*, *avenues*, *rows*, *gardens*, *mansions* e *mews*;* os muitos hotéis pequenos, esquálidos mesmo, com quartos sem banheiro; o tráfego; os segredos que ninguém nunca saberá — nessa Londres ele formou sua primeira ideia da geografia da editoração, a rede de pessoas de vários continentes que se conheciam, sobretudo aquelas interessadas no mesmo tipo de livro e que possuíam listas similares, porém, igualmente importante, eram amigos, não íntimos talvez, mas colegas e rivais, e através disso e de seus esforços comuns, amigos.

Eram em geral homens capazes, até superiores, alguns com muitos princípios, outros nem tanto. O mais destacado ou, pelo menos, o mais comentado editor britânico era Bernard Wiberg,

---

* Os logradouros de Londres têm indicações efetivamente *sui-generis*: respectivamente "terraços, lugares, estradas, cortes, crescentes, praças, avenidas, alas, jardins, mansões e estábulos". (N. T.)

um homem atarracado de quase cinquenta anos e com um rosto do século XVIII, fácil de caricaturar, nariz proeminente e queixo um tanto pontudo com braços que pareciam curtos demais. Fora um refugiado alemão e viera para a Inglaterra pouco antes da guerra, sem um centavo. Nos primeiros anos, morou num quarto compartilhado e sua única extravagância era, uma vez por semana, tomar um café no Dorchester, cercado por pessoas que faziam uma refeição de trinta xelins ou mais, e ele decidiu estar entre elas um dia.

Começou a editar livros que eram de domínio público, mas fazendo-os belos e comercializando-os com estilo. Teve grande sucesso com memórias cheias de classe de mulheres que haviam subido na vida, de preferência na juventude, homem por homem da Londres da Regência, e publicou, ignorando a indignação geral, alguns livros sobre o Holocausto, mas visto do outro lado, inclusive o best-seller *Julieta dos campos*, baseado em vários mitos sobre uma linda judia que por algum tempo sobreviveu trabalhando num bordel do campo de concentração, onde um oficial alemão se apaixonou por ela. Era tanto um insulto às incontáveis vítimas como uma mentira para os sobreviventes. Wiberg assumia um tom superior.

"A história é como as roupas de um armário", dizia. "Se você vesti-las, vai entendê-las."

Ele se referia, de certa forma, à sua própria história e à de sua família, todos mortos naquele pesadelo aterrorizante que fora a Europa Oriental. Deixara isso tudo para trás. Tinhas unhas polidas e suas roupas eram caras. Gostava de música e de ópera. Era citado por afirmar que sua editora baseava-se no arranjo de uma orquestra sinfônica: baixos e percussão ao fundo, o fundamento, por assim dizer, de obras maiores, estreitando-se para flautas, oboés e clarinetas, que eram os livros de menor peso, mas que deixavam as pessoas contentes e vendiam às carradas. Seu maior interesse estava na percussão — ele queria ter ganhadores do Nobel trazendo seus livros para ele, ter uma linda casa e dar festas.

Possuía uma casa, na verdade um apartamento de dois andares que dava para Regent's Park. Era luxuoso, com pé-direito alto e paredes esmaltadas em cores profundas, tranquilizadoras, cheio de pinturas e quadros, um deles um grande Bacon. As estantes eram repletas de livros, não havia barulho de trânsito ou da rua, e sim uma calma aristocrática e um criado que servia o chá.

Robert Baum e Wiberg possuíam um entendimento inato e ao longo dos anos fizeram muitos negócios juntos, cada um dizendo que o outro levara a melhor.

Edina tinha outro ponto de vista, e não apenas dela.

"Existem excelentes refugiados alemães chamados Jacob", ela concordava, "excelentes médicos, banqueiros, críticos de teatro. Ele não é nenhum desses. Ele veio aqui e mirou bem no calcanhar de aquiles, se aproveitou das boas maneiras cristãs dos britânicos. Fez coisas terríveis. O livro sobre a menina judia que se apaixona pelo oficial da ss — é preciso pôr um limite em algum lugar. E, claro, ele subiu. Não conseguia se infiltrar na sociedade, mas sempre contratava moças das melhores famílias. Dava dinheiro a elas. Bom, essa é a história real. Robert sabe o que eu acho."

Em Colônia, Karl Maria Löhr era, mais ou menos, a contrapartida de Wiberg, ele também um homem caseiro, que tinha herdado a editora do pai, seu fundador, e que gostava de sentar no chão de seu escritório, bebendo uísque e conversando com escritores. Tinha três secretárias, e todas ou eram ou tinham ficado, num momento ou outro, disponíveis para ele. Uma delas,

Erna, muitas vezes o acompanhava nos fins de semana, ostensivamente para visitar a mãe dele, que morava em Dortmund. Outra, mais jovem, muito diligente, não fazia objeção a trabalhar até tarde, uma vez que não era casada. Às vezes a noite terminava num restaurante informal frequentado por artistas e aberto até tarde, com muita conversa e risadas e depois um drinque na biblioteca de lambris de madeira da casa de Löhr, onde Katja, a segunda secretária, mantinha roupas extras e mesmo seu próprio banheiro. Silvia, a terceira — ela de fato estava em promoção, tendo trocado de trabalho —, o acompanhara a feiras do livro em Frankfurt e Londres, e a uma especialmente memorável em Bolonha, onde jantaram num restaurante chamado Diana, no terraço lateral cheio de plantas, e ficaram no Baglioni. Muitas vezes, havia um longo intervalo em que não ia para a cama com ela, e sua relativa novidade e a viagem o excitavam. Ela sempre ia para a cama com o antebraço dobrado sob os seios, que eram um pouco pesados. Silvia era animada, e aconteciam coisas divertidas com ela. Uma vez, num bar litorâneo de Hamburgo, um marinheiro a tirou para dançar. Karl Maria não se importou, mas depois o marinheiro quis dar a ela vinte e cinco marcos para subir ao quarto com ele. Ela disse não, ele subiu para cinquenta e acompanhou-a até o bar, onde lhe ofereceu cem marcos. Karl Maria inclinou o corpo para a frente e disse: "*Hör zu. Sie ist meine frau* — ela é minha mulher. Eu não me importo, mas acho que você está chegando perto do preço dela."

O marinheiro estava bêbado, porém se desvencilharam dele e voltaram para o hotel, onde tomaram um último drinque no bar vazio e todo decorado, e riram. Löhr conseguia beber e beber.

O editor sueco era um homem urbano que levara Gide,

Dreiser e Anthony Powell para casa, além de Proust e Genet. Editava os russos, Bunin e Babel, e depois os grandes emigrados. Tinha estado na Rússia, era um lugar terrível, dizia, como uma vasta prisão, uma prisão onde toda esperança precisava ser abandonada e, no entanto, os russos eram o povo mais fantástico que conhecera.

"Gosto deles que nem sei dizer", contava. "Eles não são como nós. Por alguma razão existe uma profundidade e uma intimidade que não se encontra em nenhum outro lugar. Talvez seja resultado das infindáveis tiranias. Akhmatova, eu adoraria publicar os livros dela, mas ela está em alguma outra editora. O marido dela foi executado pelos comunistas, o filho passou anos em um campo de prisioneiros, ela morava num quarto, sob vigilância da polícia secreta, sempre temendo ser presa. Amigos iam visitá-la e enquanto falavam de outras coisas por causa da escuta da polícia, ela erguia um pedaço de papel de cigarro no qual havia anotado os versos de um poema que fizera, para que eles pudessem ler e memorizar, e quando eles balançavam a cabeça assentindo, ela tocava um fósforo aceso ao papel. Quando você vai à casa deles e senta com eles, geralmente na cozinha, mesmo que só para beber chá, eles te entregam a alma."

O próprio Berggren não possuía essa qualidade sagrada. Tinha a aparência quase de um banqueiro, alto, reservado, com dentes irregulares e cabelo loiro ficando grisalho. Usava ternos, geralmente com colete, e tinha o costume de tirar os óculos para ler. Havia se casado três vezes, a primeira com uma mulher que tinha dinheiro e uma casa, uma casa antiga, construída um século antes, com quadra de tênis e caminhos de pedra. Ela era convencional, mas muito vivida e talvez não inteiramente inconsciente quando Berggren, numa festa, conseguiu apresentar a ela sua nova amante, para saber sua opinião, por assim dizer, uma vez que confiava em seu julgamento.

A amante se tornou sua segunda esposa — ele lamentou o divórcio, amara a primeira mulher, mas a vida tinha virado uma página. Essa segunda esposa, Bibi, era estilosa, só que também temperamental e exigente. As contas que ela acumulava eram sempre uma surpresa desagradável e ela prestava pouca atenção ao custo de itens como vinho.

Berggren tinha sido feito para mulheres. Elas eram, para ele, a principal razão de viver, ou representavam isso. Não era um homem muito difícil de conviver, civilizado, com boas maneiras, embora às vezes parecesse pouco comunicativo. Não era uma questão de ser introvertido, apenas que estava com o pensamento em outra parte. Ele geralmente evitava discussões, embora com Bibi isso nem sempre fosse possível. Havia um hotel em Nackstromsgaten onde ele hospedava escritores visitantes, e ia para lá quando as coisas ficavam muito turbulentas em casa. O gerente o conhecia e o recepcionista. A atendente do bar girava gelo picado num copo, esvaziava e servia um vinho suíço, Sion, de que ele gostava.

Uma tarde, ele passou por uma vitrina onde uma moça de seus vinte anos, de calça preta justa, estava arrumando um manequim. Ela percebeu a presença dele ali parado, mas não olhou. Berggren ficou ali parado mais do que desejava, porém não conseguia tirar os olhos dela. Ela, não a moça da loja, mas alguém como ela, veio a ser sua terceira esposa.

Como era a parte invisível de suas vidas, quem podia dizer? Ela era difícil? Ou ficava entre os joelhos dele, nua, como os filhos dos patriarcas, a barriga exposta, o redondo dos quadris? Uma certa frieza indesejada em seu centro o afastava da felicidade real e, embora desposasse mulheres lindas e, digamos assim, as possuísse, nunca estava completo, e no entanto viver sem elas era impensável. A grande fome do passado era por comida, nunca havia comida suficiente, e a maioria das pessoas era subnutrida ou esfaimada, mas a nova fome era por sexo; sem ele, havia o mesmo espetáculo de penúria.

Com Karen, Berggren não se sentiu jovem de novo, mas algo melhor. Sexo era mais que um prazer, na sua idade ele se sentia partilhando dos mitos. Alguns anos antes, tinha visto por acaso uma coisa maravilhosa, sua mãe se vestindo — ela estava de costas para ele, tinha setenta e dois anos na época, as nádegas lisas e perfeitas, a cintura firme. Estava nos genes dele, então, podia talvez continuar e continuar, mas um dia viu outra coisa perfeitamente inocente, Karen e uma amiga que ela conhecia desde a escola, as duas deitadas na grama com seus maiôs minúsculos tomando sol, de bruços, lado a lado, conversando, e de vez em quando a perna de uma chutava o ar distraída, o sol acariciando as costas nuas delas. Ele estava sentado em mangas de camisa num terraço de pedra, lendo um manuscrito. Por um momento, pensou em descer e ir se sentar ao lado delas, mas sentiu uma estranheza, sabia que, independentemente do que estivessem conversando, parariam de falar. Ele não ficou tentando imaginar sobre o que elas estavam conversando, era apenas aquela preguiçosa felicidade em fazê-lo, enquanto os hábitos dele eram menos alegres e animados. Elas se puseram de pé, fumando calmamente enquanto ele relia algumas páginas. Nesse e em outros dias, ele aceitou a realidade do que havia acontecido com as mulheres que amara, esposas, principalmente, que foram uma das coisas que levaram, apesar de sua posição e inteligência e da alta consideração de que gozava, a seu suicídio com cinquenta e três anos, quando ele e Karen se separaram.

9. Depois do baile

Muitos convidados já haviam chegado e outros subiam a escada junto com ele. O convite tinha sido informal, estou dando uma festa a fantasia, disse Wiberg, por que não vem? Ao lado de uma Juno dourada de máscara branca e de um viking prateado com dois grandes chifres no capacete, Bowman subiu a escada larga. A porta do grandioso apartamento estava aberta e lá dentro uma multidão do outro mundo, um cruzado de túnica com uma grande cruz vermelha; alguns selvagens vestidos de verde com perucas longas de palha; poucas pessoas com traje a rigor e máscara preta; e Helena de Troia num vestido lilás com alças cruzadas à maneira grega sobre as costas muito nuas. A fantasia de Bowman, achada na última hora, era uma farda de hussardo engalanada, verde e vermelha, sobre uma calça dele mesmo. Wiberg, no tradicional conceito britânico de exótico, estava vestido de paxá. Na plataforma, uma orquestra de seis músicos tocava.

Era difícil se deslocar no meio da multidão. Não era gente do meio literário, pelo menos não a julgar por suas conversas. Eram pessoas de embaixadas e da sociedade, do cinema, gente aproveitando a noite, uma mulher enfiando a língua na boca de um homem e outra — Bowman só a viu uma vez — vestida com um short muito curto de garçonete, as pernas brilhando em uma meia cor de aço, se movimentando entre diversos grupos como uma abelha entre flores. Wiberg só conversou com ele brevemente. Bowman não conhecia ninguém. A música continuava. Dois anjos pararam perto da orquestra, fumando cigarros. À meia-noite, garçons de paletó branco começaram a servir o jantar, ostras e carne fria, sanduíches e doces. Havia figuras em lindas sedas. Uma mulher mais velha com o nariz tão comprido quanto um indicador comia vorazmente e o homem que estava com ela assoou o nariz no guardanapo de linho, um cavalheiro, portanto. Havia também, mas só se a pessoa soubesse, uma meretriz de alta classe que tinha sido riscada da lista de convidados, mas que tinha vindo assim mesmo, e num gesto de insolência fez felação em cinco convidados, um depois do outro, em um quarto.

Bowman, esgotadas as coisas a observar e os locais onde parar, examinava uma coleção de fotografias em molduras grossas de prata em cima de uma mesa, casais bem vestidos ou pessoas sozinhas diante de suas casas ou em jardins, algumas com coisas escritas. Uma voz atrás dele disse: "Bernard gosta de títulos".

"É, eu estava vendo isso."

"Ele gosta de títulos e das pessoas que são donas deles."

Era uma mulher de saia-calça de seda preta com uma espécie de bandana de pirata e brincos de ouro para combinar. Era uma semifantasia, podia tranquilamente ser sua roupa normal. Ela também tinha o nariz comprido, mas era bonita. Ele ficou nervoso de repente e com uma sensação inevitável de que ia dizer alguma bobagem.

"Você é da embaixada?", ela perguntou.

"Embaixada?"

"A embaixada americana."

"Não, não. Nada disso. Sou editor."

"Com o Bernard?"

Como ela o conhecia?, ele pensou. Bem, claro, quase todo mundo ali conhecia.

"Não, numa editora americana, a Braden e Baum. Sabe", ele confessou, "você é a primeira pessoa com quem eu converso esta noite."

Um garçom surgiu ao lado deles.

"Gostaria de um drinque?", perguntou.

"Não, obrigada. Já bebi demais", ela disse.

Depois ele notou isso nos olhos dela e numa certa hesitação de movimentos.

"Você está com alguém?", ele se viu perguntando.

"Estou. Com meu marido."

"Seu marido."

"É assim que ele é chamado. Como você disse que era o seu nome?"

O nome dela era Enid Armour.

"Senhora", ele disse. "Sra. Armour."

"Você fica dizendo isso."

"Não tive a intenção."

"Tudo bem. Vai ficar muito tempo em Londres?"

"Não."

"Uma outra vez", ela disse.

"Espero que sim."

Ela pareceu se desinteressar, mas apertou a mão dele como consolação, e se afastou. Ele não a viu de novo na multidão, embora houvesse outras figuras cintilantes. Podia ter ido embora. Descobriu o nome dela numa lista na mesa ao lado da porta. Por volta das três da manhã, havia figuras fantásticas, um homem vestido de coruja com as penas feitas de trapos e uma mulher de cartola e malha preta nas pernas, dormindo ou desmaiados nos sofás. Bowman passou por eles com sua farda, como um sobrevivente solitário da história.

O hotel dele ficava perto de Queen's Gate e o quarto era simples. Ele ficou lá, deitado, pensando se ela iria se lembrar dele. Deu-se conta de que a noite havia sido glamorosa. Logo seria quatro da manhã e ele estava cansado. Caiu num sono profundo, que acabou quando o sol entrou plenamente pela janela e ocupou o quarto. Na calçada oposta, os prédios reluziam na luz.

E. G. Armour estava na lista telefônica. Querendo ligar, mas hesitante, Bowman tentou ganhar coragem. Tinha consciência de que era uma coisa temerária e resolveu que sim e que não umas seis vezes enquanto se vestia. Será que ela é que ia atender? Por fim, pegou o telefone. Ouviu o toque, onde, ele não sabia. Depois de vários toques, uma voz masculina disse alô.

"A sra. Armour, por favor."

Tinha certeza de que o homem ouvia seu coração batendo.

"Pois não, quem é?"

"Philip Bowman."

O telefone foi posto numa superfície e ele ouviu que a chamavam. Seu nervosismo aumentou.

"Alô", disse uma voz fria.

"Enid?"

"Eu".

"Hã, aqui é Philip Bowman."

Começou a explicar quem ele era, onde haviam se encontrado.

"Sim, claro", ela disse, embora soasse fria.

Ele perguntou, porque não se perdoaria se não perguntasse, se ela podia almoçar com ele.

Houve uma pausa.

"Hoje?", ela perguntou.

"É."

"Bom, teria de ser meio tarde. Depois da uma."

"Certo. Onde nos encontramos?"

Ela sugeriu o San Frediano, na Fulham Road, perto de onde ela morava. Foi lá que Bowman, esperando por ela, a viu entrar e passar entre as mesas. Estava com uma malha cinza e uma espécie de jaqueta de camurça, uma mulher inatingível que então o viu. Ele se levantou, um pouco desajeitado.

Ela sorriu.

"Olá", disse.

"Olá."

Parecia que sua virilidade de repente o tinha alcançado, como se estivesse esperando na coxia.

"Tive medo de telefonar para você", ele disse.

"É mesmo?"

"Foi um gesto sobre-humano."

"Por quê?"

Ele não respondeu.

"Você acabou conversando com mais alguém ontem à noite?"

"Só com você", ele respondeu.

"Não acredito."

"É verdade."

"Você não parece tão introvertido."

"Não sou. Simplesmente não encontrei ninguém com quem sentisse que podia conversar."

"É, todos aqueles sultões e Cleópatras."

"Foi uma noite fantástica."

"Imagino que sim", disse ela. "Me fale de você."

"Provavelmente eu sou apenas o que você vê. Tenho trinta e quatro anos. E, como você deve ter percebido, um pouco amedrontado."

"Você é casado?", ela perguntou, despreocupadamente.

"Sou."

"Como eu."

"Eu sei. Falei com o seu marido, acho."

"É. Ele está indo para a Escócia. Não estamos nos dando bem. Acho que não entendi direito as condições do casamento."

"Quais eram?"

"Que ele estaria o tempo todo procurando outra mulher e eu tentando impedir. É chato. Você se dá bem com sua mulher?"

"Até certo ponto."

"Qual?"

"Não quero dizer um ponto específico. Quero dizer que só até certo ponto."

"Acho que a gente nunca conhece realmente ninguém."

Ela era da Cidade do Cabo, nascida na escada de um hospital, que foi até onde sua mãe conseguiu chegar naquela noite, jamais conseguia abandonar uma festa. Mas era completamente inglesa; mudaram-se para Londres quando ela era menina. Ela estava bêbada embora não parecesse. Sua beleza era descuidada. O marido, de fato, tinha outra mulher, uma mulher que poderia herdar algum dinheiro, mas ele não estava pronto para se divorciar. De qualquer forma, Wiberg a havia aconselhado a não se divorciar, não tinha rendimentos e estava melhor assim, dissera ele. Com isso ele queria dizer que a situação dela era boa, do ponto de vista dele, abastada sob todos os aspectos e muito decorativa.

"Como você conheceu Wiberg?"

"Ele é um homem incrível", ela disse. "Conhece todo mundo. Tem sido muito bom comigo."

"Como?"

"Ah, de várias maneiras. Ele deixa que eu me fantasie de pirata, por exemplo."

"Você está falando de ontem à noite."

"Isso."

Ela sorriu para ele. Não conseguia tirar os olhos dela, o jeito como mexia a boca ao falar, o gesto leve e descuidado de sua mão, seu perfume. Ela era como um outro idioma, nada parecido com o dele.

"Você deve ter homens aos montes atrás de você."

"Não do jeito que você gostaria", ela disse. "Quer saber o que aconteceu? A coisa mais assustadora."

Ela estivera perto de Northampton e sofrera um acidente de carro. Um pouco abalada, se dirigira a um hotelzinho e acabara jantando e tomando um copo de vinho junto à lareira. Alugara um quarto e mais tarde, à noite, quando se preparava para ir dormir, ouvira dois homens conversando em voz baixa diante de sua porta. Eles tentaram entrar no quarto. Ela viu a maçaneta da porta mexendo. Vá embora!, gritou. Não havia telefone no quarto, como eles provavelmente sabiam. Através da porta, disseram que só queriam conversar com ela.

"Hoje não. Estou muito cansada", ela disse. "Amanhã."

A maçaneta se mexeu de novo, sendo testada. Só para conversar, garantiram a ela, sabiam que ela não estaria lá no dia seguinte.

"Vou estar aqui, sim", ela prometeu.

Depois de algum tempo, tudo silenciou. Ela ficou ouvindo junto à porta e depois, com muito medo, a entreabriu ligeiramente, não viu ninguém, pegou suas coisas e fugiu. Rodou com tudo batendo no interior do carro e dormiu dentro dele a noite inteira, perto de umas casas em construção.

"Bom, você teve sorte, não é?", ele disse. Pegou a mão dela, que era fina. "Deixe eu ver", disse. "Esta é a sua linha da vida" — tocou-a com o dedo. "Aqui diz que você ainda vai estar por aqui durante um longo tempo, eu diria que até mais de oitenta anos."

"Não posso dizer que eu esteja esperando por isso."

"Bom, você pode mudar de ideia. Vejo filhos aqui, você tem filhos?"

"Não, ainda não."

"Vejo dois ou três. A linha se interrompe aqui, é difícil saber com certeza."

Ficou olhando a mão dela, que por alguns momentos se fechou afetuosamente em torno da dele. Ela sorriu.

"Você me faria um favor?", ela perguntou. "Vir comigo uns minutos depois do almoço, você viria? Tem uma loja um pouco mais adiante nesta rua com um vestido lindo que andei olhando. Se eu experimentar, você me diz sim ou não?"

Ela experimentou não um, mas dois vestidos na pequena porém elegante loja, saindo de trás da cortina e girando ligeiramente de um lado e outro. O vislumbre branco de uma alça de sutiã que ela empurrou para baixo, pensando melhor, parecia um sinal de pureza. Quando ela se despediu, foi como uma peça terminando. Era como ir ao teatro e sair para a rua. Ele viu seu próprio reflexo nas muitas vitrinas ao passar e parou para se avaliar. Sentia-se dono da cidade, não da cidade vitoriana com seus interiores de madeira escura e corredores de mármore leitoso, os ônibus altos e vermelhos que passavam depressa, janelas e portas sem fim, mas uma outra cidade, visível e não imaginada.

Ela concordou em jantar com ele, mas estava atrasada e depois de vinte minutos de se sentir mais ou menos notado no bar, ele se deu conta de que ela não viria. Talvez por causa do marido, ou mudara de ideia, mas de qualquer modo o havia excluído. Tinha consciência de sua insignificância, trivialidade mesmo, e de repente tudo mudou, ela entrou.

"Desculpe o atraso", disse. "Desculpe. Esperou muito?"

"Não, nada."

Seus minutos de infelicidade tinham desaparecido instantaneamente.

"Eu estava no telefone com meu marido, como sempre discutindo com ele", disse ela.

"Discutindo sobre o quê?"

"Ah, dinheiro, tudo."

Ela estava usando um terninho e uma camisa de seda preta. Transmitia a impressão de que dificuldade de qualquer tipo era uma coisa remota. Quando se sentaram, ela ficou numa banqueta contra a parede e ele na frente dela, podendo olhá-la o quanto quisesse e consciente do encantamento com que ela o envolvia.

Durante o jantar, ele disse:

"Você já se apaixonou?"

"Me apaixonar? Amar, você quer dizer. Já, sim, claro."

"Não, quero dizer se apaixonar mesmo. De um jeito que nunca se esquece."

"Engraçado você dizer isso."

Ela havia se apaixonado quando jovem, disse.

"Quantos anos você tinha?"

"Dezoito."

Tinha sido a experiência mais incrível de sua vida. Como se tivessem lhe lançado um encantamento, disse. Fora em Siena, ela era estudante, fazia parte de um grupo de doze garotas e rapazes e não teve realmente consciência da intensidade de... Havia uma roda gigante que subia, subia e às vezes ficava parada lá em cima, e naquela noite, bem lá no alto, o rapaz a seu lado começou a dizer as coisas mais emocionantes e impossíveis, sussurrando loucamente no ouvido dela. E ela se apaixonou. Nunca aconteceu mais nada como naquela noite, ela disse.

Nunca, nada como aquilo. Bowman ficou desanimado. Por que ela havia dito aquilo?

"Sabe como é", ela disse, "como é incrível."

Era do passado que ela estava falando, mas não só do passado — ele não tinha certeza. A presença dela era fresca, íntegra.

"Incrível, sim, eu sei."

Ela mal havia fechado a porta do apartamento quando ele a abraçou e beijou ardentemente, dizendo junto a sua face algo que ela não entendeu.

"O quê?"

Mas ele não repetiu. Estava abrindo o fecho de sua blusa e ela não deteve a mão dele. No quarto, ela tirou a saia. Parou por um momento, abraçando o próprio corpo e então tirou o resto. A glória do corpo dela. A Inglaterra estava parada na frente dele, nua no escuro. Na verdade, ela estava solitária, pronta para ser amada. Ele nunca teve tanta segurança de seus conhecimentos. Beijou os ombros nus dela, depois suas mãos e dedos longos.

Ela se deitou debaixo dele. Ele estava se contendo, mas ela demonstrou que não precisava. Não falaram, ele temia falar. Tocou nela a ponta do pau e quase sem nenhum esforço penetrou apenas a cabeça, retendo o resto. Ele era dono da vida dele. Recolheu e seguiu devagar, afundando como um navio, um pequeno grito escapou dela, o grito de uma lebre, quando penetrou até o fim.

Depois ficaram deitados, até ela ir saindo debaixo dele.

"Meu Deus."

"O quê?"

"Estou encharcada."

Ela pegou alguma coisa na mesa de cabeceira e acendeu um cigarro.

"Você fuma."

"De vez em quando."

Os olhos dele agora estavam acostumados com o escuro. Ele se ajoelhou na cama para absorvê-la. Não era mais preliminar de alguma coisa. Ele não estava exausto. Observou-a fumar. Depois de algum tempo, fizeram amor de novo. Ele a puxou para cima de si pelos pulsos, como um lençol rasgado. Por fim, ela começou a dar um ligeiro grito e de novo ele gozou depressa demais, mas ela despencou. O lençol estava molhado, eles se deitaram de um lado e dormiram, ela ao lado dele, como uma criança, em plena satisfação. Era diferente do casamento, não sancionado, mas o casamento havia permitido aquilo. O marido dela estava na Escócia. O consentimento tinha sido sem uma palavra.

De manhã, ela ainda estava dormindo, os lábios ligeiramente separados, como uma menina no verão, o cabelo loiro cortado curto e o pescoço nu. Ele se perguntou se devia acordá-la com um toque ou uma carícia, mas ela acordou, talvez com o olhar dele, e endireitou as pernas sob o lençol. Ele a virou de bruços, como se fosse um objeto, como se tivessem concordado.

Ele se sentou na banheira, uma banheira esbranquiçada de tamanho imenso como as encontradas em hotéis de praia, com a água jorrando. Seus olhos deram com um conjunto leve de duas peças íntimas penduradas para secar no toalheiro. Nas prateleiras e no peitoril da janela, frascos e pequenos vidros, os cremes e as loções dela. Ele observou aquilo, a cabeça alheia, a água quente subindo. Mergulhou mais fundo quando atingiu seus ombros, numa espécie de nirvana não baseado em libertação dos desejos, mas em sua obtenção. Estava no centro da cidade, de Londres, que sempre seria sua.

Ela serviu o chá com um roupão pálido que só chegava até os joelhos, segurando a abertura no peito com uma mão. Era cedo ainda. Ele abotoava a camisa.

"Me sinto como Stanley Ketchel", disse.

"Quem é esse?"

"Era um boxeador. Houve uma famosa matéria de jornal sobre ele. Stanley Ketchel, o campeão de peso médio, assassinado a tiros ontem de manhã pelo marido da mulher para quem ele preparava o café da manhã."

"Inteligente. Foi você que escreveu?"

"Não, é apenas uma abertura famosa. Eu gosto de aberturas, elas podem ser importantes. A nossa foi. Nem um pouco fácil de esquecer. Eu pensei… não sei bem o que pensei, mas uma parte dela foi impossível."

"Acho que isso será desmentido."

"É."

Ficaram um momento em silêncio.

"O negócio é que eu vou embora amanhã."

"Amanhã", ela disse. "Quando vai voltar?"

"Não sei. Não tenho certeza. Em princípio, é uma questão de trabalho."

Ele acrescentou: "Espero que não esqueça de mim".

"Pode ter certeza."

Foram as palavras que ele guardou e que alisou muitas vezes, ao lado de imagens dela tão nítidas como fotografias. Ele queria uma foto, mas não se permitiu pedir. Podia tirar uma ele mesmo da próxima vez e guardá-la entre as páginas de um livro no escritório sem nada escrito, nem nome nem data. Podia imaginar alguém a encontrando por acaso e perguntando "Quem é esta?". Sem dizer uma palavra, ele simplesmente pegaria a foto da mão da pessoa.

10. Cornersville

Caroline Amussen morava, como havia morado fazia anos, no Dupont Circle, num apartamento cujos móveis, já de início não particularmente elegantes, não tinham mudado durante todo o tempo em que ela vivia ali, o mesmo sofá longo, as mesmas poltronas e abajures, a mesma mesa de esmalte branco na cozinha à qual ela se sentava para fumar e tomar café de manhã e, lido o jornal, ouvir rádio e seu locutor favorito, cujas críticas ela repetia aos amigos numa voz que tinha se tornado ligeiramente rouca, uma voz de experiência e bebida. Várias mulheres, divorciadas e casadas, eram suas amigas, inclusive Eve Lambert, que ela conhecia desde que eram pequenas e que havia se casado com um Lambert e com montanhas de dinheiro — ela ainda era convidada regularmente pelos Lambert e de vez em quando ia velejar com eles, embora Brice Lambert, de cara larga e esportiva, nem sempre fosse velejar com a mulher, mas com outra pessoa, diziam, uma jovem repórter que escrevia para a coluna social. O barco fornecia total privacidade e o rumor que corria era que Brice fazia a namorada velejar o dia inteiro nua. Diziam. Mas como alguém podia saber?, Caroline pensava.

Ela almoçava com suas amigas e muitas vezes, à tarde ou
à noite, jogava baralho. Ainda era a mais bonita de toda elas e,
a não ser por Eve, tinha feito o melhor casamento; as outras haviam se casado, na sua opinião, com homens ou de baixa classe
ou desinteressantes, vendedores e assistentes de gerente. Washington podia ser aborrecida. Às cinco da tarde, os milhares de
escritórios governamentais se esvaziavam e os funcionários do
governo iam para casa, tendo passado o dia inteiro gastando o dinheiro suado de George Amussen, como ele sempre reclamava.
O governo deveria ser abolido, dizia, toda aquela coisa maldita.
Ficaríamos muito melhor sem ele.

O aluguel de Caroline era pago por Amussen, nenhum grande encargo para ele, uma vez que sua empresa administrava o
prédio e ele podia diluir o aluguel incluindo-o em outras coisas,
despesas gerais. A pensão dela era de trezentos e cinquenta dólares mensais e ela recebia um pequeno extra do pai. Não era
suficiente para dar festas ou jogar, mas ela apostava nos cavalos
de vez em quando, ou com um tempo bonito se vestia bem e
ia a Pimlico com Susan McCann que quase se casara com um
diplomata brasileiro, era para ter se casado, mas houve um de-
sastroso fim de semana em Rehoboth durante o qual, ela depois
confessaria a Caroline, havia sido muito tacanha e ele depois começara a ver outra mulher, que tinha uma loja de antiguidades
em Georgetown.

Caroline não era infeliz. Era otimista, ainda havia vida em
que pensar, tanto a que passara como a que poderia existir à
frente. Ela não havia desistido da ideia de se casar de novo e se
envolvera com diversos homens ao longo dos anos, mas nenhum
era o certo. Queria um homem que, entre outras coisas, fizesse George Amussen pensar que ele havia cometido um erro se
acontecesse de se encontrarem, o que aconteceria mais cedo ou
mais tarde, embora ela ainda estivesse zangada e não se impor-
tasse com o que ele pensava.

Em sua vida serena, ela sabia que estava bebendo demais, embora um drinque ou dois fizessem você se sentir mais você, e as pessoas eram mais vivas e atraentes quando bebiam.

"De qualquer forma, você *se sente* mais atraente", Susan concordava.

"É a mesma coisa."

"Você ainda está saindo com o Milton Goldman?", Susan perguntou de repente.

"Não", disse Caroline.

"O que aconteceu?"

"Na verdade não aconteceu nada."

"Achei que você gostava dele."

"É um homem muito bom", disse Caroline.

Coisa que ele era e tinha propriedades na avenida Connecticut, um pouco mais distante, mas ela se lembrava muito bem de uma fotografia dele quando criança com o que era quase um vestido e com longos cachos de ambos os lados da cabeça como os homens de chapéu e casaco pretos que às vezes se viam em Nova York. Isso a fez entender que não podia se casar com ele, não conhecendo as pessoas que ela conhecia. Estava pensando em Brice Lambert e também, embora não participasse mais disto, da vida na Virginia. Mas sua própria vida seguira em frente, uma semana muito parecida com a outra, um ano depois do outro, e você começa a perder a conta.

Então, uma manhã aconteceu uma coisa ruim. Ela acordou e não conseguiu mexer o braço nem a perna e, quando tentou telefonar, suas palavras tinham perdido a forma. Não conseguiu fazer com que soassem direito, elas enchiam sua boca e saíam deformadas. Tinha sofrido um derrame, disseram-lhe mais tarde no hospital. Seria uma longa e demorada recuperação. Dez dias depois, embarcou num avião em cadeira de rodas e foi para a casa de seu pai, perto de Cambridge, Maryland, na costa leste.

Beverly havia se encarregado de tudo, a levara ao aeroporto e a acomodara no avião, mas os três filhos que tinha a impediam de fazer mais, e agora Vivian teria de ajudar.

A casa ficava de fato em Cornersville, numa rua tranquila, uma linda casa antiga de tijolos semidestruída dos tempos da Guerra Civil que Warren Wain, o pai de Caroline, havia comprado para reformar e nela viver depois de sua aposentadoria, mas a reforma mostrou-se maior do que ele era capaz de enfrentar, mesmo com a ajuda do filho, Cook, tio de Vivian. Warren Wain havia sido um bem-conceituado arquiteto em Cleveland, e, embora algumas de suas qualidades essenciais e boa aparência tivessem sido transmitidas à filha, foram menos transmitidas ao filho, que também estudara arquitetura, mas nunca havia conseguido uma licença. Por longo tempo, ele trabalhara no escritório do pai, e o pai, em princípio, o sustentava. Tinha poucos amigos e nunca se casara. Relacionara-se com uma mulher divorciada por quatro ou cinco anos, até por fim pedi-la em casamento. Ele o fez comentando que talvez devessem se casar.

"Não, eu acho que não", ela disse calmamente.

"Achei que você queria casar. Agora estou pedindo sua mão."

"Isso foi um pedido?"

"Foi."

"Acho que não", ela disse. "De qualquer forma, não ia dar certo."

"Até agora deu."

"Provavelmente porque a gente não casou."

"Então que droga você quer?", ele perguntou. "Você sabe?"

Ela não respondeu.

A casa estava num lamentável estado de deterioração. Tijolos empilhados de um lado e o caminho para a porta da frente apenas semiacabado, parte calçado, parte terra. Lá dentro, paredes de gesso sem pintura haviam sido levantadas para substituir paredes rebocadas. Vidraças nas janelinhas do porão estavam quebradas e Vivian viu uma pilha de garrafas vazias ali. Eram de Cook, ela descobriu. Havia também, sem que ela ainda soubesse, muitos cheques preenchidos para a loja de bebidas de Cambridge e outros "sacados" que Cook havia assinado com o nome do pai. O velho sabia dos cheques, mas não confrontara o filho. Sua artrite era dolorosa e agora, com a filha quase inválida e incapaz de se cuidar, as tarefas da vida diária eram quase mais do que ele se sentia capaz de suportar. Mas ele amava o interior. Estavam perto de um grande campo aberto onde ele podia observar o tempo, o sol ondulando e às vezes o vento. Num ribeirão próximo dali, ele tinha visto um ganso branco que morava lá com os patos. Sempre que passava um avião, o ganso olhava para cima, observando e grasnando como eles fazem. Ele observava tudo pelo céu.

Vivian estava dormindo no quarto sem mobília que era para ser o escritório de seu avô. Na primeira vez ela ficou duas semanas, cozinhando, levando a mãe a consultas médicas e, uma vez por semana, ao cabeleireiro para alegrá-la. Atenciosa e simpática com a mãe, era a favorita do pai. Ela era mais chegada àquilo tudo do que Beverly e muito provavelmente também amava mais o pai. Ele era um homem que representava muitas coisas, um pouco teimoso talvez, mas, fora isso, tudo o que se podia desejar.

Caroline, embora incapaz de fazer muito mais que resmungar, rolava os olhos em sinal de impaciência sempre que Vivian mencionava Cook. Era uma das manifestações mais claras de como se sentia. Havia um sorriso vazio em seu rosto e uma boca cheia de sons conflituosos, mas os olhos tinham uma expressão de conhecimento, conhecimento e entendimento. Tick, o labrador preto de Warren Wain, deitava-se pacificamente aos pés dela, batendo o rabo grosso no chão da cozinha quando alguém se aproximava. Assim como o resto da casa, ele já tivera dias melhores. Caminhava com um pouco de rigidez e o focinho estava riscado de branco, mas tinha uma boa natureza. Cook não se dava ao trabalho de fazer a barba, usava um suéter sem forma e o levava para passear.

"Como eles estão?", Bowman perguntou a Vivian quando ela voltou a Nova York.

"Cook está gastando todo o dinheiro e a casa está um desastre", disse Vivian.

"E sua mãe?"

"Não está muito bem. Acho que ela não vai conseguir ficar muito tempo lá. Eles não conseguem cuidar dela. É preciso ajudar ela a se vestir e outras coisas, bom, você sabe. Vou ter que voltar para lá."

"Ela não devia ir para alguma espécie de instituição?"

"Não gosto dessa ideia, mas provavelmente vai ter que ir."

"Beverly não pode ajudar? Ela está muito mais perto."

"Beverly está com problemas pessoais."

"O quê? Os filhos? Bryan?"

Vivian deu de ombros.

"Com a garrafa", disse. "É de família."

Quando ela partiu para Maryland outra vez, imaginou que talvez precisasse ficar mais algumas semanas, e quando chegou a Cornersville as coisas pareciam ter piorado, por razões que ela logo entendeu. A conta no banco estava além do limite e o velho precisava fazer alguma coisa. De chinelo e roupão de banho à mesa do café da manhã, enquanto Vivian lavava os pratos, ele finalmente disse:

"Cook, escute aqui, preciso falar com você."

"Claro."

"Preciso dizer o seguinte, você andou assinando meu nome em alguma coisa?"

"Assinando seu nome? Não. Por quê? Eu assinei umas duas vezes", ele disse.

"Só duas vezes?"

"Duas. Duas ou três vezes. Só." Ele estava ficando inquieto.

"Quando você estava ocupado demais por causa da Caroline."

"Ocupado demais para quê?"

"Para ir ao banco", disse Cook.

Wain permaneceu calado.

"Sabe, quando eu estava na França, durante a guerra…"

Ele mal se lembrava da guerra, sentado na casa inacabada diante de seu filho fracassado. Ele mal conseguia reconstruir como havia chegado de lá até ali. O rosto de Cook estava entediado e na defensiva.

"No inverno, quando fazia frio", disse o velho, "a gente fazia um grande círculo no chão com gasolina, acendia e depois pulava lá dentro para esquentar antes de levantar voo. Falavam assim: Por que estão fazendo isso, não têm medo de se queimar? Podia ser que a gente estivesse morto em uma hora, que diferença fazia?"

Havia sido observador na Força Aérea e tinha algumas fotos fardado. Ele se deu conta de que tinha se afastado da conversa.

"Não entendo", disse Cook.

"O que você não entende?"

"O porquê disso."

"O porquê é que eu vou morrer e a conta no banco vai ficar vazia. Não vai sobrar nada. A casa vai cair aos pedaços à sua volta, você vai ter de cuidar da Caroline e isso vai ser o fim."

"Foram só alguns cheques. Só para te poupar trabalho."

"Antes você me poupasse trabalho mesmo", disse Wain.

Uma semana depois de chegar, Vivian sentou-se à escrivaninha escura do avô encostada à parede do escritório inacabado e escreveu uma carta. *Querido Philip*, começava.

Ela sempre escrevia *Meu muito querido Philip*. Seria um lapso involuntário ou era alguma coisa mais? Bowman sentiu uma espécie de presságio, um frio percorrendo seu corpo ao ler palavras estranhamente pouco familiares. Ninguém tinha como saber o que acontecera em Londres. Era outro mundo, completamente isolado. Nervoso, continuou lendo. *Caro está mais ou menos na mesma. É muito difícil para ela falar e sinto que ela se cansa de tentar se fazer entender, acaba desistindo, mas dá para saber coisas por sua expressão. Geralmente sou eu que saio com ela, eu e meu avô. Além disso, assistimos tevê, ou então ela fica sentada comigo na cozinha bastante. Não fazem muita coisa na casa. Cook é realmente um inútil. Está na cidade fazendo não sei o quê, ou no barracão dos fundos. Mas não é por isso que estou escrevendo.*

Bowman virou a página. Estava lendo depressa, apreensivo.

Não sei bem como dizer isto ou por quê, mas já faz algum tempo venho sentindo que nós dois estamos indo cada um para o seu lado sem muita coisa mais em comum. Não estou falando de nada em particular (?)

Aqui o olhar dele saltou à frente. O ponto de interrogação o assustou, ele não sabia o que queria dizer, mas não havia nada. *Acho que não posso pôr a culpa em você. E acho que não é culpa minha. Talvez tenha sido sempre assim, mas no começo eu não me dei conta. Eu realmente não faço parte do seu mundo e acho que você não faz parte do meu. Sinto vontade de talvez voltar para onde me encaixo.*

De forma inexplicável, as palavras o atravessaram como uma coisa fatal. Era uma carta de separação. Duas noites antes de ela partir, tinham feito amor com um travesseiro dobrado debaixo dela, como uma criança nua e inocente com dor de barriga, e ele sentiu que ela se envolvera de um jeito que nunca havia acontecido, talvez pela maneira como estavam fazendo, talvez porque estivessem entrando num outro nível de intimidade, mas agora via com um súbito e pungente remorso que se enganara, ela havia reagido a alguma outra coisa, alguma coisa que apenas ela sabia.

Papai provavelmente vai ter um ataque ao me ouvir falando disso, mas não quero nada, nenhuma pensão. Não quero você me sustentando pelo resto da minha vida. Não ficamos casados tanto assim. Se puder me dar três mil dólares para me ajudar momentaneamente, está ótimo. Seja sincero, não estou errada, estou? Não fomos de fato feitos um para o outro. Talvez eu encontre o homem certo, talvez você encontre a mulher certa, ao menos alguém mais adequada a você.

O pai dela. Bowman nunca tivera uma figura masculina forte em sua vida, para ensiná-lo a ser homem, e tinha se sentido atraído por esse sogro, apesar de tudo, da real distância entre eles. Não existia vínculo — ele não tinha a menor ideia do que o sogro pensava ou faria. Lembrava-se dele sentado com uma calma quase criminosa, passando manteiga numa torrada e tomando o café da manhã depois da grande tempestade de neve na Virginia, quando todos haviam dormido na casa. Ele se lembrava claramente disso.

Um dia depois de escrever a carta, Vivian por acaso viu seu tio Cook vindo pela lateral da casa empurrando um carrinho com alguma coisa amontoada lá dentro, e com um choque viu uma pata saindo pela borda. Foi correndo até ele, enquanto Cook parava o carrinho diante da porta.

"O que houve? Ele está ferido?", perguntou, ansiosa.

"Estava lá perto do barracão", Cook disse.

Os olhos do cachorro estavam fechados. Ela pegou sua pata.

"Está morto?"

"Acho que sim."

"É melhor chamar o veterinário. É melhor contar ao vovô", Vivian disse.

Cook assentiu.

"Estava deitado lá", disse ele.

O avô saiu para ver. Usava um velho chapéu de palha, como um advogado do interior. Dava para ouvir Caroline gritando alguma coisa arrastada. Wain acariciou a pata do cachorro e depois, devagar, como se estivesse pensando em outra coisa, começou a alisar delicadamente a pelagem preta.

"Vamos chamar o dr. Carter?", Vivian perguntou.

"Não. Não", disse Wain. "Não adianta chamar."

Lágrimas escorriam por seu rosto. Ele sentia vergonha delas. O dr. Carter era um veterinário de pernas em arco que não enxergava com o olho esquerdo — tinha levado um golpe na cabeça uma vez. Ele erguia uma mão: "Por exemplo, não enxergo minha mão", dizia.

Cook ficou parado em silêncio e seu pai achou que ele parecia não ter nenhuma emoção. Wain estava se lembrando de como Cook era quando criança, traquinas, mas compassivo, e o que acontecera aos poucos com ele. Ele teve uma visão do que viria, Cook amuado e ainda bonito descendo a escada para encarar a execução da hipoteca, as pernas nuas primeiro, vestindo seu roupão cinza de estampa indiana, o cabelo grisalho despenteado. Cansado e dando a impressão de estar com dor de cabeça, tendo gasto tudo.

"Bom, o que você quer?", ele diria.

Sem a menor ideia do que iria fazer, e Caroline jogada numa cadeira de rodas, nem tentando mais se fazer entender.

11. Ínterim

Foi uma amargura no começo, ficar sozinho, ser abandonado. A fronha do travesseiro ficou suja, ele mesmo fazia a lim-
peza. Sentiu raiva, mas ao mesmo tempo sabia que Vivian tinha
razão. Estavam vivendo uma vida de aparências e basicamente
ela não tivera nada para fazer, nem cuidar do apartamento. As
toalhas estavam sempre molhadas, a cama estendida às pressas,
os peitoris das janelas empoeirados. Tinham brigado por causa
disso. Por que ela não limpava um pouco a casa?, ele perguntou,
como quem não queria nada.

Ela nem se deu ao trabalho de responder.

"Vivian, por que você não dedica um pouco de tempo a
limpar este lugar?"

"Não é a minha ambição."

O uso da palavra, fosse qual fosse o sentido que ela tencionava, o incomodou.

"Ambição. Como assim, ambição?"

"Não é o meu objetivo na vida", disse ela.

"Sei. E qual é o seu objetivo na vida?"

"Não vou dizer", ela respondeu.

"E qual é o meu?"

"Não sei", ela disse, indiferente.

Ele ficou furioso. Podia ter quebrado a mesa com um soco.

"Que droga! Como assim não sabe?"

"Não sei, pronto", ela disse.

Era inútil tentar uma conversa. Ele mal conseguia dormir na cama ao lado dela, tão forte era a sensação de alheamento. Ela parecia irradiar alheamento. Ele ficou abalado, não conseguia dormir. Por fim, levara seu travesseiro e passara a dormir no sofá.

Agora não havia mais a presença, mesmo invisível, de uma pessoa ou a consciência dos humores e hábitos de alguém mais. A casa inteira estava silenciosa. Havia apenas a fotografia dela emoldurada no quarto, com seus olhos ligeiramente asiáticos, o nariz ligeiramente arrebitado e lábio superior em arco. À noite, ele ficava lendo, tendo ao lado o gelo e o âmbar do uísque com seu aroma sutil. Coisas que ela dissera permaneciam gravadas em sua memória, ele sabia que não se apagariam tão cedo.

"Eu te dei uma chance", ela dissera.

Não disse mais nada depois. Uma chance para ele, isso é que tinha sido?

"Vivian e eu nos separamos."

"Ah", disse Eddins. "Sinto muito saber disso. Quando foi?"

"Faz uma semana."

"Sinto muito mesmo. É definitivo?"

"Acho que sim."

"Ah, meus Deus. A gente via vocês como o casal de ouro, polo, ganhos garantidos…"

"Não tinha nenhum ganho garantido. O pai dela, entre outras coisas, é muito mão-fechada. Não me lembro nem se ele nos deu presente de casamento."

"Que terrível. O que você vai fazer? Por que não vem a Piermont e fica um pouco conosco? É um lugar operário, mas muito gostoso. Tem alguns restaurantes e bares. Um cinema em Nyack. Da mesa da cozinha, bom, neste caso da mesa da sala, dá para ver o rio."

"Você faz parecer muito atraente."

Por um momento, ele quase ficou tentado, a vida frugal e idílica, a velha casa no alto do morro sobre a cidade. Podia imaginar os ritmos, rodar de carro na luminosidade da manhã e voltar à noite, às vezes tarde, o tráfego já mais escasso, a noite clara acima das árvores.

"Eu vou ficar bem", ele disse.

"Você diz isso agora, mas lembre que a porta aqui está sempre aberta para você. Podemos até abrir um espaço na cama."

Ficaram calados por alguns instantes.

"Eu me lembro do seu casamento", disse Eddins. "A viagem por aquele campo tão bonito. A casa linda. O que aconteceu com aquele juiz que gostava de mulher de peito grande?"

"Faz algum tempo que não vejo o juiz", Bowman disse.

Vivian, porém, encontrou o juiz por acaso logo depois que voltou, embora "por acaso" não tivesse sido bem o caso. O juiz Stump tinha ouvido a notícia e manifestou seus sentimentos. Convidou-a, não sem algum nervosismo, embora pudesse sempre se justificar como um amigo da família, quase como um tio, a almoçar no Red Fox. Ele estava com um belo terno cinzento, o cabelo bem cortado e penteado. Depois de alguma conversa polida e, como era seu costume, entrecortada, ele contou uma notícia que achou que podia interessar a ela. Estava comprando a casa Hollis, a grande, não a da fazenda próxima, na Zulla Road. Disse isso olhando para a toalha, depois ergueu os olhos para Vivian.

"Detesto aquela casa", ela disse. "Detestaria morar lá."

"Ah", disse o juiz, magoado.

"Não tem nada a ver com o senhor", disse Vivian. "Eu simplesmente nunca gostei daquela casa."

"Ah. Eu não sabia."

Ela era franca, ele sabia. Até certo ponto, isso convinha a ele. Era a mulher mais desejável que ele conhecia. Nem sempre tinham a chance de conversar, conversar de fato. Reunindo coragem, o juiz disse:

"Bom, existem outras casas…"

Por um momento, ela não teve certeza do que ele estava falando.

"Juiz…"

"John", ele disse.

"O senhor…?", ela começou a dizer, com um sorriso.

Ele não era o tipo de homem que sorri afavelmente. Não sorria ao pronunciar uma sentença ou estabelecer uma taxa, e queria, neste caso, demonstrar com clareza o quanto falava sério, mas mesmo assim abrandou de leve sua expressão.

"Eu já enfrentei um mau casamento", disse Vivian.

O juiz havia enfrentado três, embora considerasse que não tinha culpa nenhuma.

"Por que não pensa em Jean Clevinger?", Vivian sugeriu com leveza, sem saber que a sra. Clevinger, rica e muito vivaz, havia já no primeiro encontro rejeitado totalmente o juiz.

"Não, não", ele protestou, "Jean… não tenho nada em comum com ela. Não concordamos nas coisas realmente importantes, profundas."

Vivian não queria ouvir nem imaginar quais seriam elas.

"Acho que o senhor e eu devemos continuar amigos", disse, ousada.

O juiz estava longe de se desencorajar com isso. Ficou satisfeito, fizera progresso. Podia ser um pouco paciente agora que tinha ao menos revelado o que queria. Quando se levantaram para sair, ele mais ou menos indicou a mesa e o almoço e sugeriu: "Entre nós, hein? Entre nós."

Bowman deu a notícia a sua mãe. Ele não queria enfrentar a decepção ou as perguntas delas, mas era inevitável. Tinha ido para a casa dela no fim de semana, não podia contar pelo telefone.

"Vivian e eu nos separamos", disse.

Sentiu uma pontada de vergonha involuntária, como se admitisse um fracasso.

"Ah, nossa!", Beatrice exclamou.

"Na verdade, a ideia foi dela."

"Sei. Ela deu uma razão? O que saiu errado?"

"Não sei de fato a razão. Nós simplesmente não éramos certos um para o outro."

"Ela vai voltar", Beatrice profetizou.

"Acho que não."

Houve um silêncio.

"Isso é tudo?", a mãe perguntou.

"Tudo? Não sei se é tudo. Você quer saber se existe outro homem? Não. A mãe dela teve um derrame, mas não tenho certeza se isso tem muita coisa a ver. Um pouco talvez."

"Um derrame? Morreu?"

"Não, está em Maryland com o pai. Vivian está ajudando a cuidar dela."

"Bom, eu sinto muito mesmo", disse a mãe, ele não sabia bem se referindo a quê.

Na verdade ela não sentia, estava era muito contente.

"Eu mal conheci a Vivian", disse com tom de lamento. "Ela nunca deixou que eu me aproximasse. Terá sido minha culpa? Talvez eu devesse ter tentado mais."

"Não sei", ele confessou.

Ele estava encarando a coisa com estoicismo, Beatrice pensou, o que podia significar indiferença. Seria maravilhoso se esse fosse o caso.

"As pessoas iludem a gente", ela disse baixinho.

"É."

Havia coisas que ela não sabia, claro, as cartas com os envelopes de bordas listadas de vermelho e azul, cartas de Londres, *passei horas tentando parar de pensar em você.* Essa carta, especialmente emocionante, ainda estava no bolso dele. Ele a guardava consigo para poder lê-la de vez em quando na rua, se quisesse, ou em sua mesa.

"Por que a correspondência da Europa leva tanto tempo para chegar?", ele perguntou a um velho agente durante o almoço. "Os aviões fazem o trajeto em questão de horas."

"Não levava tanto tempo antes da guerra", disse o agente. "Uma carta demorava quatro dias, talvez cinco. Você levava ao navio quando ia partir e ela estava em Londres, entregue, cinco dias depois. Com os aviões, nós só perdemos um dia", ele disse.

O sol finalmente estava brilhando em Londres, ela escreveu. De fato ela era igual a um lagarto, queria ficar deitada ao sol ao lado de uma piscina ou ser um sapo numa folha de ninfeia, não um sapo grande, apenas um esguio, verde, capaz de nadar bem. Ela era boa nadadora, ele sabia disso — ela havia contado.

Ela escrevia na cama, tendo dito não a convites. *Sinto imensamente a sua falta.* Para ela, ele escreveu: *Penso em você catorze vezes por dia. Só penso em quando vou ter você outra vez. Tem aquela meia hora ao acordar toda manhã em que fico deitado em silêncio, banhado em lembranças de você. Sinto seus olhos se abrindo, me encontrando.* Ele não a conhecia suficientemente bem para expressar o desejo cru que de fato sentia, queria revelar, mas ainda não tinha segurança para isso. Adoro seu corpo, queria escrever, adoraria tirar sua roupa depressa, como se desembrulhasse um presente maravilhoso rasgando o papel. Estou pensando em você, divagando, imaginando. Como você é linda. Minha absoluta querida.

Acabou escrevendo essas coisas. Estava sob o encantamento do perfil dela, de seu sorriso brilhante, de sua nudez, das roupas maravilhosas que ela usava num mundo distante, privilegiado.

Você me deixou completamente viva, ela respondeu.

Nesse verão, ele soube que Caroline tinha morrido, sua sogra, ex-sogra. Tinha gostado dela, do seu aplomb inato quando ficava bêbada, o que era frequente. A voz se tornava meio arrastada, mas ela passava por cima disso como se fosse um pedacinho de tabaco do cigarro na língua, como se pudesse parar e tirá-lo com o dedo. Ela havia tossido, depois caído, primeiro no silêncio, depois no chão, onde Vivian a encontrou, mas então já estava morta, ou quando a ambulância chegou. Bowman mandou uma grande buquê de flores, lírios e rosas amarelas, que lembrou que ela gostava, mas nunca recebeu nenhuma resposta, nem uma breve nota de Vivian.

12. Espanha

Em outubro, foram para a Espanha. Ela já estivera lá, não com o marido, mas com amigos, antes de se casar. Os ingleses adoravam a Espanha. Como todos os povos do Norte, adoravam o sul da França e a Itália, terras do sol.

O céu de Madri era de um vasto azul-pálido. Ao contrário de outras grandes cidades, Madri não tinha um rio, as imensas avenidas com suas árvores eram seu rio, a Calle de Alcalá, o Paseo del Prado. Em várias esquinas, havia policiais parados com seus chapéus pretos e rostos escuros. O país estava à espera. Franco, o velho ditador, o vencedor da selvagem guerra civil que havia preservado uma Espanha católica, conservadora, ainda estava no poder, embora se preparando para a imortalidade e a morte. Não longe da cidade, um túmulo monumental havia sido esculpido numa encosta de granito, o Vale dos Caídos. Centenas de homens, condenados a trabalhos forçados, se empenhavam para terminar o local sagrado onde o grande líder da Falange jazeria pela eternidade sob uma cruz de altura equivalente a quarenta andares, visitado por turistas, sacerdotes, embaixadores e, até o último deles ter se ido, pelos valentes que haviam lutado ao lado dele. A Espanha tinha céus claros, mas estava ensombrecida. Numa livraria, Bowman conseguira convencer o dono cauteloso a lhe vender um exemplar do *Romanceo gitano*, de Lorca, proibido pela censura. Tinha lido parte do livro para Enid, que não se impressionara. O Prado era escuro, como se tivesse sido negligenciado ou mesmo abandonado, e era difícil ver as obras-primas. Comeram num restaurante frequentado por toureiros, perto da arena, e em outros barulhentos e abertos até tarde, depois foram beber no bar do Ritz, onde o *barman* pareceu reconhecer Enid, embora ela nunca tivesse se hospedado lá.

Foram passar um dia em Toledo, depois em Sevilha, onde o verão se alongava e a voz da cidade, como dizia o poeta, trazia lágrimas aos olhos. Caminharam por alamedas muradas, ela de salto alto e ombros nus, e sentaram na escuridão silenciosa enquanto os acordes profundos de um violão começavam a chegar lentamente e o ar se imobilizava. Acorde após acorde dramático, o violonista imóvel e sério até que uma mulher, numa cadeira a seu lado, até então invisível, ergueu os braços e com um som como de tiro, começou a bater as mãos e a gritar com uma voz selvagem uma única palavra *Dale!* Ela gritava insistentemente *Dale, dale!*, estimulando o violão. Muito devagar no início, ela começou a cantar ou entoar — não estava cantando, estava recitando o que sempre fora sabido, recitando e repetindo, o violão como tambores, hipnótico e sem fim, era uma *seguidilla* cigana, cantava como se entregasse a vida, como se invocasse a morte. Era de Utrera, gritou, terra de Perrate, terra de Bernarda e Fernanda...

Suas mãos estavam perto do rosto, batendo palmas firmes, ritmadas, a voz angustiada, cantando na cegueira, olhos fechados, braços nus, argolas de prata nas orelhas e cabelo escuro comprido. A canção era a sua canção, mas pertencia a Vega, a vasta planície com seus trabalhadores escuros do sol e calor tremulante, ela despejava o desespero, a amargura, os crimes da vida, as palmas ferozes e implacáveis, um lugar chamado Utrera, a casa em que acontecera, o amante abandonado para morrer, e um homem de calça preta e cabelo comprido de repente saiu do escuro, os calcanhares com placas de metal explodindo no chão de madeira, os braços erguidos acima da cabeça. A mulher cantava com intensidade ainda maior entre os acordes implacáveis, o bater selvagem, apertado, dos calcanhares, a prata, o preto, o esguio corpo do homem curvado como um S, os cachorros trotando no escuro perto das casas, a água correndo, o som das árvores.

Depois, sentaram-se num bar aberto para a rua estreita, mal se falando.

"O que você achou?", ele perguntou.

Ela respondeu apenas: "Meu Deus".

Mais tarde, no quarto, ele começou a beijá-la loucamente, seus lábios, seu pescoço. Afastou as alças do vestido de seus ombros. Nunca se podia ter ninguém assim. A vida anterior dele, agrilhoada, estava no passado, tinha sido transformada como se por alguma revelação. Fizeram amor como se fosse um crime violento, ele a segurava pela cintura, meio mulher, meio vaso, acrescentando peso ao ato. Ela gritava em agonia, como um cachorro perto da morte. Os dois caíram como se atingidos por um raio.

Ele acordou quando a luz começou a tocar a frágil cortina de renda. O banho o restaurou. Ela ainda estava dormindo, parecia nem respirar. Ele a observou deslumbrado. Enquanto estava parado ali, a mão dela saiu lentamente de debaixo dos lençóis e o tocou, depois empurrou de lado a toalha e se fechou delicadamente em torno do pau dele. Ela ficou olhando, sem dizer uma palavra. Ele começou a crescer. Uma pequena gota transparente caiu na pele dela e ela ergueu o pulso e lambeu.

163

"Casei com o homem errado", ela disse.

Ela se deitou de bruços e ele se ajoelhou entre suas pernas por um tempo que pareceu longo, depois começou a ajeitá-las um pouco, sem pressa, como se ajeitasse um tripé. Na luz da manhã, ela não tinha nenhum defeito, belas costas, quadris redondos. Ela sentiu que ele entrava lentamente, estendeu a mão para tocar, estava ali, se tornando parte dela. O ritmo lento, profundo, começou, quase sem variação, mas com o passar do tempo mais e mais intenso. Lá fora, a rua estava completamente silenciosa, nos quartos vizinhos as pessoas dormiam. Ela começou a gritar. Ele tentou diminuir o ritmo, impedir que terminasse, mas continuando, porém ela estava tremendo como uma árvore a ponto de cair, seus gritos vazando por baixo da porta.

Acordaram depois das nove com o sol batendo em cheio numa parede. Ela voltou do banheiro e deitou na cama outra vez.

"Enid."

"Diga."

"Posso fazer uma pergunta prática?"

"Como assim?"

"Eu não estou usando nada", ele disse.

"Bom, se alguma coisa acontecer… se alguma coisa acontecer, eu digo que é dele."

"Quando os homens têm amantes, eles ainda trepam com as esposas?"

"Acho que sim, mas não neste caso. Faz um ano que ele nem sequer toca em mim. Mais de um ano. Acho que dá para notar."

"Que decepção. Achei que fosse eu."

"É você."

Lá fora, o sol brilhava. Na grande catedral, os restos mortais de Colombo em um caixão enfeitado sustentado por estátuas dos quatro reis, de Aragão, Castela, León e Navarra, e no tesouro ainda havia ouro e prata levados do Novo Mundo.

Sevilha era a cidade de Dom Juan, Andaluzia a cidade do amor. Seu poeta era García Lorca, cabelo escuro, sobrancelha escura e um rosto agudo de mulher. Era homossexual e foi um anjo no redespertar da Espanha nos anos 1920 e 30, livros e peças teatrais cheios de uma música pura, fatal, e poemas de cores ricas com emoções ferozes e amor desesperado. Nascera em uma família abastada, mas suas simpatias e amor eram pelos pobres, homens e mulheres que trabalhavam para viver nos campos ardentes. Passara a desprezar a Igreja, que fazia pouco por eles, dramaturgo e amigo dos ciganos cujo primeiro amor era a música e que tocava piano em seu quarto no andar de cima de uma casa nos arredores da cidade. Sua cor era o verde e também prata, cor da água à noite e das imensas planícies férteis que ela irrigava e tornava ricas.

A fama do poeta, quando surge, não tem igual, e isso aconteceu com Lorca. Ele foi assassinado em 1936, logo no começo da guerra civil, preso e executado por seus compatriotas de direita e enterrado numa vala comum que teve de cavar para si mesmo. Seu crime era tudo o que escrevera e defendia. A destruição dos melhores é natural, é sua confirmação. E para a morte, como dizia Lorca, não há consolação, o que é uma das belezas da vida.

Entre seus maiores poemas, estava o pranto pela morte do amigo, um toureiro que havia se aposentado, mas voltou à arena em homenagem e tributo ao cunhado, o grande Joselito. No traje justo, bordado, talvez um pouco justo demais, ele estava toureando numa arena de província quando um grito se ergueu na multidão. O chifre curvo e pontudo do touro rasgara como uma faca a calça justa e a carne branca.

Dois dias depois de ter sido ferido, *trompa de lírios na virilha verde*, Ignacio Sánchez Mejías morreu num hospital de Madri, para onde havia insistido em ser levado. Nos profundos sons litúrgicos como o dobrar de sinos, o famoso lamento começa assim A *las cinco de la tarde*, às cinco da tarde. O calor ainda é brutal. O homem condenado, ainda com seu traje rasgado, está deitado na pequena enfermaria.

Às cinco da tarde.

Os versos se repetem e rolam. Um menino traz um lençol branco, às cinco da tarde. A cama é um caixão sobre rodas, às cinco da tarde. De longe vem a gangrena, às cinco da tarde. As feridas queimam como sóis, às cinco da tarde, e a multidão quebra as janelas.

Você viveu, diz Lorca, ao morrer e ser lembrado. A morte de Mejías em 1934 foi um aprendizado em si, prefigurado, mas ainda não sabido. A feroz tempestade que iria dilacerar o país já estava se formando. O menino com o lençol branco vinha vindo, o balde de cal estava pronto e a terra alisada da arena de touros já estava na sombra.

Ele leu *Pranto por Ignacio Sanchez Mejías* pela primeira vez diante de uma sala cheia de ciganos durante a Semana Santa e dormiu essa noite na imensa cama branca de um dançarino cigano, *em minha face, a solitária rosa de teu alento*.

Comeram nesse dia num restaurante que ficava em cima de um bar, com uma escada estreita que os garçons precisavam subir com as bandejas. Era ao ar livre, não havia paredes, apenas o teto de lona. Sentaram-se lado a lado, mas estar com ela era ser visto por todo mundo. O rio, correndo devagar, estava abaixo deles.

"O que são *almejas?*"

"Onde você viu isso?"

"Aqui", disse ele. "*Almejas a la casera.*"

"Não faço ideia."

Pediram pescadas fritas, um peixe pequeno e batatas. Mesmo através da lona sentiam o calor do sol. Todas as mesas estavam ocupadas, uma delas com um grupo de alemães que ria.

"Esse é o Guadalquivir", disse Bowman apontando para baixo.

"O rio."

"Eu gosto de nomes. Você tem um lindo nome."

"A famigerada sra. Armour."

"Também gosto de passar a mão em você."

"É, eu sei."

"Sabe?"

"Mm."

Foram para Granada. O campo banhado de sol corria pela janela do trem e através do reflexo dele. Havia colinas, vales, milhares e milhares de oliveiras. Enid dormia. Talvez por um sonho ou algo desconhecido, houve um ligeiro e infantil ressonar, uma vez apenas. Ela nunca parecera mais serena.

À distância, numa pequena elevação perto de uma aldeia, havia uma casinha branca rodeada de árvores, uma casa onde ele podia viver com ela, um quarto acima do jardim silencioso, fresco e verde, portas para a sacada acima dele, manhãs de amor com o sol inclinando-se sobre o piso. Ela tomaria banho com a porta aberta e à noite iriam até uma cidade — ele não fazia ideia de qual, não muito longe, eram todas mágicas — e voltariam mais tarde na noite profunda, estrelada.

Ao mesmo tempo, sentia-se inseguro em relação a ela, não havia como não estar, principalmente quando ficava quieta ou recolhida. Ele sentia então que era objeto dos pensamentos dela ou, pior, que não fazia parte deles. Ela às vezes olhava brevemente para ele, como se o julgasse. Ele sabia como não demonstrar medo, mas de vez em quando a sobriedade dela o inquietava. Às vezes, ela saía para fazer alguma coisa, ir à farmácia ou ao consulado — nunca se dava ao trabalho de explicar por que ia ao consulado — e ele de repente tinha certeza que ela havia ido embora, que ele voltaria ao hotel e as malas dela teriam sumido, que o recepcionista não saberia de nada. Ele correria para a rua à procura dela, do loiro de seu cabelo na multidão.

A verdade é que com certas mulheres nunca se sabe. Tinham viajado durante dez dias e ele sentia que a conhecia, no quarto a conhecia, ao menos boa parte do tempo, e também sentados no bar cor de cerejeira do hotel, mas não se pode conhecer alguém o tempo todo, seus pensamentos, sobre os quais é inútil perguntar. Ela nem registrou a presença do belo *bartender*, tão concentrada estava em seus pensamentos. O *bartender*, acostumado a ser admirado, ficou aguardando, desconsolado, a alguns passos. Ela odiava a ideia de voltar a Londres, disse Enid.

"Eu também", Bowman falou.

Ela ficou quieta.

"Seu marido", ele continuou.

"Ah, em parte é meu marido. Bom, mais que em parte. Não quero ir embora daqui. Por que você não vai morar em Londres?"

Ele não esperava isso.

"Me mudar para Londres", ele disse. "Você vai se divorciar?"

"Eu adoraria. Agora não posso."

"Por quê?"

"Ah, por duas ou três razões. Dinheiro é uma delas. Ele não vai me dar dinheiro nenhum."

"Você não consegue em juízo?"

"É cansativo pensar nisso. A batalha. O tribunal."

"Mas você ficaria livre."

"Livre e sozinha."

"Você não estaria sozinha."

"É uma promessa?", ela perguntou.

Não voltaram juntos a Londres. Ele tomou o avião para Nova York em Madri. Por sorte não havia ninguém no lugar a seu lado e ele ficou olhando pela janela algum tempo, depois reclinou-se com uma sensação de relaxamento e profunda felicidade. A Espanha ia desaparecendo debaixo dele. Ela o tinha levado até lá. Ele se lembraria disso por um longo tempo. A escada alta e larga do grande hotel, o Alfonso XIII, que banqueiros e generais nacionalistas haviam subido. As ruas de terra do Retiro, as fileiras de estátuas brancas.

Na sobrecapa do livro de poemas de Lorca, ele anotou cuidadosamente o nome dos hotéis, o Reina Victoria, o Dauro, o Del Cardenal, o Simón. Tinham dormido numa cama com quatro travesseiros, perdidos na brancura deles. A palavra para nu em espanhol era *desnudo*. A mesma em qualquer língua, ela observara.

Ele pediu um drinque. Os avisos terminaram e havia apenas o ruído baixo e constante dos motores. Viu-se ali sentado como se de alguma forma estivesse do lado de fora, mas estava também pensando em si mesmo. Podia se ver inteiro, da mão que segurava o copo até os pés. Que sorte ele tinha. Via a perna de outro passageiro, um homem na primeira classe, uma perna de terno cinzento. Sentia-se superior ao homem, fosse quem fosse, a qualquer um. Você tem cheiro de sabonete, ela dissera. Ele tinha tomado banho. Você lavou todo o cheiro de homem. Vai voltar, ele dissera. A perna de terno o fez pensar em Nova York, no escritório. Pensou em Gretchen, com seus estigmas e como eles de certa forma a tornavam desejável. Pensou na garota de Virginia daquele Natal, Dare, que respirava sensualidade, seria sua em um minuto se você fosse o escolhido... se você fosse o escolhido. Tinha acontecido e ele estava, na Espanha, com uma mulher que lhe propiciara a sensação de absoluta supremacia. Havia atravessado uma linha. O cabelo loiro dela, seu tipo esguio. Ele se via agora como um homem totalmente diferente, do tipo que esperara ser, plenamente homem como costumava

169

pensar. Enid fumava cigarros, mas só de vez em quando, e exalava a fragrância abundante bem devagar. A luz do Ritz a deixava linda. O som do salto alto dela. Não havia outra, nunca haveria outra.

Mais tarde, no outono, ele voltou ao escritório depois do almoço. Estava ficando mais frio, as multidões na rua tinham os rostos resfriados pelo vento. O céu vivia sem cor e as janelas dos prédios se acendiam cada vez mais cedo. O escritório parecia excepcionalmente silencioso, será que todo mundo tinha ido embora? Tudo assustadoramente parado. Não tinham ido embora, estavam escutando as notícias. Uma coisa terrível acontecera. O presidente havia sido baleado em Dallas.

13. Éden

Na casinha branca de Piermont, junto com sua esposa e Leon, Edinns levava a vida de um rei filósofo. A casa ainda estava mobiliada com simplicidade, duas velhas cadeiras de balanço com almofadas perto do sofá, e havia um tapete oriental gasto. Havia livros, mesas de cabeceira de bambu nos dormitórios e uma sensação de harmonia. Não lhes faltava nada. Na cozinha, que também era sala de jantar, havia a mesa em que comiam e onde Eddins gostava sempre de fazer suas leituras, com um cigarro queimando numa piteira de âmbar e uma sensação de casa à sua volta, nos ombros, por assim dizer, a esposa e Leon no andar de cima dormindo, ele, como Atlas, sustentando tudo.

Na cidade, as pessoas se vestiam informalmente, Eddins disse, estilo pintor de parede, o lugar parecia pedir isso. Ele usava um sobretudo, um cachecol, paletó de terno, calça de exercício e um chapéu de feltro, embora se vestisse bem quando ia à cidade. Ia dirigindo, geralmente sozinho, e sempre com uma sensação de euforia, quando, ao atravessar a ponte George Washington, via o grande *skyline* à distância. À noite, ao voltar para casa, dirigindo com mais tranquilidade e em meio a um trânsito cada vez menor quanto mais se afastava da cidade, chegava em casa ainda um pouco agitado com a energia de Manhattan.

Durante longo tempo, eles permaneceram como um desses casais novos que todo mundo sempre inveja, um casal livre de hábitos e de formalidades, de história mesmo, e nas festas, quando ficavam de pé conversando com as pessoas, sem que ninguém visse ela segurava o polegar dele. À noite, deitavam-se na cama ouvindo os estalos da escada, assistindo televisão, sem se dar ao trabalho de mandar Leon apagar a luz. Noite com o grande silêncio do rio. Noite com pancadas de chuva. A casa inteira rangia no inverno e parecia Bombaim no verão. Por causa de Leon, eles não podiam mais sentar nus no jardim, como William Blake e sua mulher, mas na cabeceira da cama ela mandara pintar a palavra *Umda*, uma espécie de rei ou chefe egípcio, e ele só usava a parte de baixo do pijama.

Na cidade e na aldeia vizinha, Grand View, tinham amigos. No Sbordone, uma noite, encontraram um pintor de aspecto meio tristonho chamado Stanley Palm, parecido com Dante na pintura dele vendo Beatriz pela primeira vez, e que morava numa casa de blocos junto ao rio, com um pequeno estúdio ao lado. Ele estava separado de sua mulher, Marian. Ficaram casados doze anos e tinham uma filha de nove anos chamada Erica. Erica Palm, Eddins pensou. Gostava do som do nome. Erica e Leon. Era incomum, mas bem moderno, os pais deles tinham se divorciado ou pelo menos se separado. No caso de Palm, porque a esposa havia desanimado e desistido dele: ele estava sem rumo. Não tinha uma galeria em Nova York nem reputação. Três vezes por semana, dava aula no departamento de Arte da City College e o resto do tempo trabalhava em seu estúdio em pinturas às vezes de uma única cor.

Palm não tinha muita sorte com mulheres, embora não tivesse perdido as esperanças. Principalmente em bares, ele não tinha sorte. Na cidade, parou para tomar um drinque e arriscou com uma mulher que parecia estar sozinha:

"Você está sozinha?"

Ele podia ser avaliado com um olhar.

"Não. Meu amigo foi buscar uma bebida", ela disse.

Palm não viu ninguém e por fim perguntou:

"De onde você é?"

"Sou da Lua", ela respondeu com frieza.

"Ah. Eu sou de Saturno."

"É. Parece mesmo."

Ele estava separado fazia mais de um ano. Era difícil entender as coisas, ele confessou a Eddins. Havia pintores se dando bem que não eram nada melhores do que ele. Havia gente para quem tudo parecia fácil. Num impulso, ele telefonou para Marian uma noite.

"Oi, *baby*."

"Stanley?"

"É", ele respondeu um tanto ameaçador, "é o Stanley."

"Não reconheci sua voz. Você está falando de um jeito engraçado."

"Estou?"

"Andou bebendo?"

"Não, estou bem. O que você está fazendo?", ele perguntou como quem não quer nada.

"Como assim?"

"Por que não vem até aqui?"

"Ir até aí?"

Ele resolveu ir em frente, no espírito dos tempos.

"Estou com vontade de trepar com você", disse bem depressa.

"Ai, nossa!", ela disse.

"É, é verdade."

Ela mudou de assunto, claro que ele tinha bebido ou escutado alguma coisa.

"O que você está fazendo da vida?", ela perguntou.

"Nada. Estava pensando em nós. Por que você não pode ser boazinha comigo?"

"Eu já fui boazinha."

"Estou me sentindo muito sozinho."

"Não é solidão."

"Como você chamaria?"

"Não posso ir aí."

"Por que não? Por que não pode ser uma mulher de bom coração?"

"Eu já fui. Muitas vezes."

"Mas isso não ajuda em nada agora", ele disse.

"Você vai superar."

Ela conversou com ele mais um pouco. Por fim, perguntou se ele estava se sentindo melhor.

"Não", ele respondeu.

Então, um dia, no Village Hall, onde ele tinha ido com uns anúncios de uma exposição de que participava, havia uma garota de cabelo escuro com um suéter justo que parecia amistosa. Seu nome era Judy, ela era mais nova, mas conversaram um pouco e ela ficou impressionada por ele ser pintor. Nunca tinha conhecido um pintor, disse. Ela lhe deu uma carona de volta para Piermont e no caminho, como num transe, ele estendeu a mão e deslizou para dentro do blusão de couro dela, como uma cantora de rock, enquanto ela dirigia. Ela não disse nada e se tornou sua namorada. Logo ele contou sobre a ideia que tinha de abrir um restaurante, do tipo que havia em Nova York, aonde iam pintores e músicos. Seria italiano e ele já tinha um nome, Sironi, em homenagem a um pintor que ele admirava.

174

"Sironi."

"É."

Judy ficou entusiasmada. Ajudaria com tudo, disse, e seria sócia. Palm viu seu sonho se realizar, o tipo de sonho que nunca morre. O Sironi ficaria em algum lugar na cidade, embora houvesse também uma possível localização no 9W. Judy era a favor da cidade, não gostava da ideia de ficar longe de tudo, principalmente tarde da noite.

"Por que você quer ficar lá longe?"

"Bom, tem uma casa velha para alugar bem na curva. A Marian também não gostou da ideia."

"O que a Marian tem a ver com isso?", Judy perguntou.

Stanley sabia que elas não iam se dar bem e até ficara apreensivo de Judy passar noites com ele. Fazia com que ela estacionasse um pouco adiante na rua.

"Qual é o problema? Tem medo que alguém me veja?"

"Não é isso. É a Erica", ele disse.

"A Marian não sabe que você tem uma namorada? E o que ela tem a ver com isso afinal?"

"A Marian não tem nada a ver com isso, e não importa o que ela pensa. Estou me lixando para o que ela pensa."

"Não está, não", Judy disse.

Stanley ficou chateado com isso. De fato ele falava bastante com a esposa, ela às vezes telefonava quando Judy estava lá. Ficava claro com quem ele estava falando. Mas ele era um artista, sentia que não devia ser limitado pela mentalidade ou pelo comportamento burguês. Pediu que Marian escrevesse uma carta dizendo que ele estava livre para sair com quem ele quisesse e para fazer amor com quem ele preferisse, mas ela se recusou a dizer em qualquer lugar que ele quisesse e do jeito que ele quisesse.

Judy leu a carta e começou a chorar.

"O que foi?"

"Ah, meu Deus!"

"O quê?"

"Você precisa pedir permissão para ela!"

Stanley tinha feito desenhos coloridos da fachada e do bar do Sironi, mas um acontecimento inesperado pôs fim a tudo. O prefeito, que estava no posto fazia anos, homem com família e muitos parentes na cidade, tinha um caso amoroso com uma moça que era caixa no banco Tappan Zee, e uma noite os dois estavam envolvidos em atividades sexuais no carro, quando um diligente policial acendeu uma lanterna na janela. A moça do banco falou que era estupro, depois recuperou a calma e o prefeito tentou explicar isso ao policial, que, infelizmente, era o chefe de polícia. A tentativa do prefeito de evitar que ele registrasse o incidente não surtiu efeito e o resultado foi um estado de hostilidade que dividiu a cidade em dois campos, com a esposa do prefeito ao lado da polícia, e levou a um estado de paralisia administrativa. O alvará do Sironi empacou indefinidamente.

Um dia, na cidade, Eddins foi almoçar no Century Club, no distinto ambiente de retratos e livros, com um agente literário de sucesso chamado Charles Delovet, que andava bem vestido e mancava um pouco, diziam que por causa de um acidente quando esquiava. Um dos pés de seu sapato tinha salto grosso, embora não fosse algo evidente. Delovet era um homem de estilo e atraente para as mulheres. Tinha alguns clientes importantes, Noël Coward, pelo que diziam, e também um iate em Westport no qual dava festas no verão. Em seu escritório, havia um cinzeiro de cerâmica do *Folies Bergère* com as longas pernas de uma bailarina em relevo e na borda gravada a frase: *Plaire aux femmes, ça coûte cher* — agradar às mulheres custa caro. Tinha sido editor no passado e gostava de escritores, na verdade adorava-os. Raramente encontrava um escritor de que não gostasse ou que não tivesse alguma qualidade que ele apreciasse. Mas havia alguns. Ele detestava plagiadores.

"Penelope Gilliatt. Kosinski", disse ele, "que embuste."

Quando era editor, ele observou, comprava livros. Como agente, vendia livros. Era muito mais fácil que decidir se devia ou não comprar alguma coisa, e a melhor parte era que ao vender um livro suas responsabilidades terminavam. O editor cuidava de tudo e, se o livro dava certo, você também se dava. Se não dava, sempre havia mais manuscritos disponíveis. Havia também a oportunidade, disse ele, de ver um escritor crescer e progredir, havia um relacionamento.

Uma das inovações de Delovet tinha sido anunciar que todo e qualquer manuscrito apresentado seria lido. Ele cobrava uma taxa. Um grupo de leitores estava sempre ocupado, lendo e escrevendo rejeições. *Falta força narrativa... Com um maior delineamento dos personagens este livro pode encontrar editor... Ficamos verdadeiramente entusiasmados lendo partes deste... Não faz a nossa linha... Foda-se a sua linha!*, um escritor furioso escreveu de volta.

Outra ideia dele tinha sido leiloar livros em vez de apresentá-los, como era costume, a um editor por vez e esperar uma resposta. Primeiro os editores se recusaram a participar disso, mas depois, aos poucos, voltaram atrás e mostraram-se dispostos a fazer lances uns contra os outros se o livro era promissor ou se o autor já tinha nome no mercado.

Nesse dia, no almoço, a conversa foi cálida e expansiva. Delovet emanava cheiro de dinheiro, o terno jaquetão e a gravata de seda que parecia nunca ter visto um nó antes. Eddins sentiu-se atraído.

"Me diga, Neil, quanto você está ganhando? Qual é o seu salário?"

Ah!, Eddins pensou. Acrescentou alguns milhares ao total e o revelou sem hesitar. Delovet fez um gesto como que dispensando aqueles números, ao menos como consideração. Não era o que devia ser, indicou.

"Devo considerar isso uma oferta de trabalho?", Eddins perguntou.

"Sem dúvida", respondeu Delovet.

Ali mesmo definiram o novo salário.

Robert Baum sabia que editores estavam sempre sujeitos a aceitar um salário melhor ou uma posição mais alta. Ele confiava na reputação da sua empresa para fazer alguma diferença. Conhecia Delovet por experiência própria e também por rumores de que alguns escritores que ele representava nunca recebiam os royalties que ganhavam, sobretudo os royalties do exterior, difíceis de rastrear. Ele descrevia Delovet sucintamente:

"Um escroque!"

Eddins cortou o cabelo e na Casa Anglo-Americana comprou um sobretudo novo para o outono. Antevia uma vida digna dele. No início, ocupou-se em grande parte de ligar pontas soltas, trabalhando para clientes de menor importância, inclusive dois autores sulistas, um dos quais havia começado como pregador em Missouri e tinha um dom natural, pelo que Eddins sentia.

Tudo era feito pelo correio. Eddins datilografava, ou mandava a secretária datilografar, dizendo a eles onde a história havia sido rejeitada, acrescentando talvez uma palavra de estímulo do editor. Podiam tentar a Harper's ou The Atlantic, dizia. Tentava consolar. Gostava de escritores, de certos tipos, dos alcoólatras particularmente, e de homens que falavam a mesma língua que ele. O ex-pregador tinha escrito um conto que fazia você chorar sobre uma esposa esquelética numa fazenda e uma porca cega, mas aparentemente ninguém queria o conto. Flannery

O'Connor tinha explorado todas as possibilidades de histórias sulistas, disse o escritor com amargura.

Eddins sentia compaixão por eles. Podia quase ouvir suas vozes arrastadas. Tinham endereços RFD.* O outro, que não era o ex-pregador, vivia longe, no campo, com seu velho pai. Eddins sentiu que estava decepcionando os dois. Era preciso fazer o que se esperava da gente, essa era a norma. Se esperavam que com cinco anos você fosse para o campo trabalhar, você ia e provavelmente se sairia bem. Se você era chamado a servir seu país, você ia e não ganhava muito com isso depois, como seu pai e os homens antes dele, que, depois da rendição, voltaram a pé para casa por centenas de quilômetros para retomar a vida.

Chegou a ponto de um dia ele sugerir a Delovet que deviam adiantar algum dinheiro aos dois escritores, como os editores faziam às vezes, ou mesmo colocá-los sob um estipêndio mensal, porém a ideia não foi nem considerada. O iate em Westport estava sem motor, afinal, mas Eddins só ficou sabendo disso bem mais tarde. Nesse meio-tempo foi aprendendo todos os detalhes e mais sobre ser um agente. Dena foi à cidade dar uma olhada, como ela disse, e jantar, e uma ou duas vezes os três passaram o fim de semana em um grande hotel ligeiramente decadente perto do fim da Quinta Avenida.

A noite de Ano-Novo foi comemorada em Piermont, no Sbordone, com Stanley e a namorada. A garçonete tinha pernas ruins e estava tão cansada no fim da noite que sentou com eles. Na manhã de Ano-Novo, que estava silenciosa e clara, Eddins acordou cedo no conforto de sua cama. Dena dormia tranquila, seu rosto parecia tão sereno e puro como ele nunca tinha visto. Sentia-se cansado porém renovado, cheio de desejo. Afastou um pouco as cobertas e acariciou-a até quase despertar, a mão des-

---

* RFD: Rural Free Delivery – Entrega Rural Gratuita. (N. T.)

cendo pelas costas e se aventurando mais longe. Sentiu o toque de confirmação dela. Podiam ouvir o filho no andar de baixo e tomaram cuidado para não fazer nenhum barulho ao saudarem a nova alvorada. Depois, meio que dormiram de novo, um nos braços do outro. O Novo Ano. 1969.

14. Moravin

Um velho escritor, William Swangren, ainda respeitado por um ou dois livros antigos, apresentou um romance que iam ter de recusar, uma espécie de *Morte em Veneza* americana, escrito com bastante elegância, mas ultrapassado, e Bowman, para dar a notícia, convidou o velho para almoçar. Ele não podia ir almoçar, Swangren explicou, seria mais conveniente se se encontrassem no apartamento dele. Um pouco incomodado com essa postura, Bowman concordou.

O prédio, de tijolos brancos, institucionais, perdido entre outros da Segunda Avenida, não era o que ele esperava. Havia um saguão pequeno e um elevador operado por um ascensorista uniformizado. Swangren, de camisa xadrez e gravata-borboleta, atendeu a porta. Era um apartamento pequeno, acanhado, com vista apenas para os prédios em frente. Os móveis não tinham um estilo específico, havia um sofá-cama, estantes de livros, um quarto com a porta fechada — Swangren tinha um companheiro chamado Harold, que vivia há muito tempo com ele — e perto da cozinha um grande pôster azul-gelo de um rapaz nu, o sexo pendendo entre as pernas. Na mesa de bebidas abaixo do pôster, Swangren preparou chá gelado para eles, falando enquanto o fazia, uma figura bonita ainda com o cabelo branco-pálido — destino dos loiros — e os cantos da boca manchados de tabaco. Sua conversa era composta de anedotas e fofocas, como se conhecesse a outra pessoa há tempos — tinha conhecido todo mundo, Somerset Maugham, John Marquand, Greta Garbo. Tinha vivido anos na Europa, sobretudo na França, e conhecia os Rothschild.

Sentaram e conversaram livremente, com prazer. Estava claro que Swangren gostava de companhia. Falou de escândalos na Academia Americana, de membros questionáveis e de querelas de poetas. Também de homossexualidade no mundo antigo, dos prazeres intercrurais dos gregos e de sua própria experiência com a gonorreia. Levou oito meses para se curar com um médico francês que todos os dias introduzia nele um tubo e pincelava as lesões com Argyrol.

Conversaram e tomaram chá. Bowman esperou o momento certo para entrar no assunto do romance, mas Swangren estava contando sobre a noite em que Thornton Wilder o convidou para jantar em seu quarto de hotel.

"Um pouco assustado com a minha conhecida homossexualidade", disse Swangren. "Havia uma garrafa de burbom e um balde de gelo na frente de cada um de nós, devíamos discutir Proust, mas não me lembro de nada do que falamos. Só me lembro que bebemos demais e que fiquei tão excitado e exausto que precisei dizer que ia embora dormir. Wilder ficava acordado até de manhã, indo de bar em bar, conversando com quem pudesse. Era muito tímido, mas numa cidade estranha ele fazia isso para descobrir o que interessava às pessoas comuns. Sua família era pequena. Tinha um irmão. Sua irmã estava num hospício."

Swangren nascera numa fazenda no leste de Ohio e tinha

as mãos largas de fazendeiro. Nas Alleghenies, disse, quase sempre tinham carvão debaixo da terra, e depois de trabalharem o dia inteiro os fazendeiros desciam para minerar um pouco de carvão. Cavando no subsolo, deixavam colunas irregulares de carvão, pilares para sustentar o teto e quando o veio finalmente se esgotava, retiravam-se, removendo os pilares ao passar. Puxar pilar, eles diziam.

Era isso que ele estava fazendo naquela fase, disse. Puxando pilares.

Por fim, Bowman gostou tanto dele que mudou de ideia sobre o livro. Aceitaram. Infelizmente, vendeu poucos exemplares.

Tudo nessa época era assombrado pela guerra do Vietnã. Os sentimentos de muita gente contra a guerra, principalmente os jovens, eram inflamados. Havia listas infindáveis de mortos, uma brutalidade visível, muitas promessas de vitória que nunca eram cumpridas, até a guerra ficar parecendo um filho dissoluto que não merece confiança e não muda, mas que tem sempre de ser recebido.

Ao mesmo tempo, como que significando de alguma forma uma cura, veio uma onda de arte nova, como uma súbita e inesperada maré invasora. Parte era pintura, mas também havia filmes europeus com seu frescor e espontaneidade. Pareciam oferecer uma humanidade que em tudo mais estava em risco. Bowman tinha se recusado a marchar de farda em uma grande manifestação contra a guerra por causa de um confuso senso de honra, mas era radicalmente contrário à guerra, que pessoa consciente não seria?

Sua vida, enquanto isso, era como a de um diplomata. Tinha status, respeito e ganhos limitados. Seu trabalho era com pessoas, algumas altamente dotadas, algumas também inesquecíveis, Auden com seus chinelos de tapete chegando cedo e bebendo cinco ou seis martínis e depois uma garrafa de Bordeaux, o rosto enrugado envolto em fumaça de cigarro; Marisa Nello, mais amante de poetas do que poeta ela mesma, subindo a escada recitando Baudelaire num francês atroz. Era uma vida superior a suas exigências, com uma visão de história, arquitetura e comportamento humano, inclusive tardes incandescentes na Espanha, venezianas fechadas, uma lâmina de sol queimando no escuro.

Ele havia se mudado para um apartamento na rua Sessenta e Cinco, não muito longe da mansão coberta de hera onde esperara para falar com Kindrigen muito tempo atrás. Tinha uma faxineira que ia três vezes por semana e que também fazia compras para ele, a lista ficava num pequeno quadro-negro na cozinha, ao lado da lista de coisas especiais que ela precisava fazer. Ele só jantava no apartamento de vez em quando, às vezes ela preparava a comida e deixava no forno. Geralmente, ele jantava fora, num restaurante ou em alguma festa. Podia ir ao cinema ou ao teatro. Às vezes, ia ao teatro num impulso, sem ter comprado ingresso. De terno e gravata, ficava na porta com um pedaço de papelão escrito: Precisa-se, um ingresso, e raramente deixava de encontrar um. Das óperas, as que mais gostava eram *Aída* e *Turandot*, sentado no escuro de caras brancas, completamente entregue às grandes árias e a uma sensação de fé no mundo.

Às vezes, havia festas de editoras, jovens mulheres ansiando construir uma vida nelas com seus vestidos pretos e rostos brilhantes, garotas que moravam em pequenos apartamentos com roupas empilhadas perto da cama e fotos dos jogos de verão.

Ele adorava seu trabalho. A vida sem pressa, mas definida. No verão, a semana era mais curta, todo mundo saía ao meio-dia na sexta-feira e em alguns casos só voltava ao meio-dia da segunda-feira, tendo ido para casas em Connecticut ou Wainscott, casas antigas que, se você tivesse sorte, podia ter comprado por quase nada dez anos antes. Ele admirava particularmente uma casa que pertencia a outro editor, Aaron Asher, uma casa de fazenda quase escondida por árvores. Havia outras casas que sempre produziam imagens de uma vida organizada, cozinhas com balcões simples, velhas janelas, os confortos do casamento em sua forma comum, que às vezes superava tudo — café da manhã, conversas, dormir tarde e nada que sugerisse excesso ou decadência.

Na vida, o que se precisa é de amigos e de um bom lugar para viver. Ele tinha amigos, tanto dentro como fora do meio editorial. Conhecia pessoas e era conhecido por elas. Malcolm Pearson, seu antigo colega de quarto, vinha à cidade com a esposa, Anthea, e muitas vezes com a filha, para irem a museus ou visitarem uma galeria cujo dono ele conhecia. Malcolm tinha envelhecido. Censurava coisas, andava de bengala. Estou ficando velho?, Bowman se perguntava. Era algo em que ele só pensava muito de vez em quando. Nunca fora particularmente jovem, ou, para dizer de outro jeito, tinha sido jovem por um longo tempo e agora estava na sua verdadeira idade, velho o bastante para os confortos da civilização e não velho demais para os primordiais.

Ele era procurado para dar conselhos e até para consolar. Uma editora de quem gostava, mulher com um rosto inteligente e capacidade de perceber o significado das coisas num instante, estava tendo problemas com o filho. Com trinta anos, ele era psicologicamente instável e nunca conseguira se encontrar. A certo ponto, voltara-se para Deus e se tornara religioso. Tinha ido a Jerusalém em peregrinação e lia a Bíblia todos os dias. Sua paixão, confessou à mãe, "era pelo absoluto". Isso a assustou, claro. Como acontece às vezes com almas atormentadas, ele era muito suave e gentil. Tinha sido rejeitado pelo pai.

Tudo o que Bowman podia fazer, e que era pouco, era ouvir

e tentar confortá-la. Terapeutas não tinham funcionado. Mas de alguma forma ele era uma ajuda.

Era visto como um homem que ainda não começara uma família, mas que tinha perfeita condição para isso. Parecia jovem para sua idade, quarenta e cinco. Não tinha nem um fio de cabelo branco. Dava a impressão de estar de bem com a vida. Era tido também como uma figura um tanto misteriosa com o poder de operar uma transformação quase mágica, de transformar uma pessoa em escritor. Acreditava-se que ele tinha esse dom. Ela adorava ler, a loira sentada ao lado dele confessou. Era um jantar para doze pessoas num apartamento cheio de obras de arte, um piano de cauda e duas salas principais que pareciam servir uma à outra, uma com poltronas confortáveis para drinques, a outra com uma grande mesa de jantar, um bufê, um sofá num canto e janelas que davam para o parque.

Ela adorava ler, disse, só que nunca se lembrava do que tinha lido — *Dona Flor e seus dois maridos* era o único título de que conseguia se lembrar naquele momento.

"É", disse Bowman.

Ele tinha acabado de dar mais um bocado quando:

"Que tipo de livros você publica?", ela perguntou.

"Ficção e não ficção", ele se limitou a dizer.

Ela olhou para ele um momento, intrigada, como se ele tivesse dito uma coisa maravilhosa.

"Me diga seu nome de novo."

"Philip Bowman."

Ela se calou. Depois disse:

"Aquele é meu marido", e indicou um homem do outro lado da mesa.

Era um advogado, já tinham dito a Bowman.

"Quer ouvir uma história?", ela perguntou. "Estávamos na casa de um amigo em Cape Cod, e um sujeito, um arquiteto, estava lá também. Muito boa pessoa. Era para ele ter levado uma garota, mas ela não apareceu. Ele tinha acabado de se divorciar. Havia sido casado com uma atriz, e só durou um ano. Foi muito doloroso para ele. Você é casado?", ela perguntou como que por acaso.

"Não", disse Bowman. "Sou divorciado."

"Que pena. Nós estamos casados há doze anos, eu e meu marido. Nos conhecemos na Flórida — eu sou da Flórida —, eu estava à deriva depois da escola, trabalhando numa loja de antiguidades, pendurando quadros, e ele me viu e se apaixonou. Ele viu esta Wasp loira aqui — sabe, os homens têm essa coisa na cabeça —, e pronto."

Atrás dela e além da anfitriã, Bowman via a porta muito iluminada da cozinha.

"O que você está olhando?"

"Um camundongo acaba de passar correndo ali no chão", disse Bowman.

"Um camundongo? Você deve enxergar bem. Era grande?"

"Não, um camundongo pequeno."

"Bom, quer ouvir o resto da história?"

"Onde nós paramos?"

"O arquiteto…"

"O arquiteto divorciado."

"Isso. Bom, finalmente a mulher, a acompanhante dele, apareceu. Estava com um vestido justo. Era toda errada para ele. Quer dizer, ela fez uma grande entrada. Eu me vestia daquele jeito. Eu sei. O fato é que", ela disse de repente, "me apaixonei loucamente por esse sujeito. Ele era divorciado, estava tão vulnerável. Depois do jantar, adormeci no sofá e mais tarde procurei por ele. Conversamos um pouco. Ele era tão bonito. Católico. Eu tinha fantasias, sabe? Teria dado qualquer coisa por ele, mas naquele momento era impossível."

Ela estava bebendo vinho. Tinha perdido o que se podia chamar de compostura. Disse assim: "Você não deve ter entendido, talvez eu não tenha contado direito. Ele era dois anos mais novo que eu, mas sentimos um entendimento genuíno. Posso te contar uma coisa? Desde então não passa um dia sem que eu pense nele. Você deve ouvir histórias como essa o tempo todo".

"Não, de fato não."

"Quer dizer, é apenas uma fantasia. Nós temos dois filhos, crianças ótimas", disse. "Nos conhecemos na Flórida — foi em 1957 — e agora estamos aqui. Sabe o que eu quero dizer? Passou tudo tão rápido. Meu marido é um bom pai. Ele é bom para mim. Mas naquela noite. Não sei explicar."

Ela fez uma pausa.

"Ele me beijou quando foi embora", ela disse.

Olhou nos olhos de Bowman, depois desviou o olhar.

Perto do fim da noite, ele a encontrou próximo da porta e, sem dizer nada, ela o abraçou.

"Você gosta de mim?", ela perguntou.

"Gosto", ele disse para consolá-la.

"Se alguém escrever aquela história", disse ela, "por mim, tudo bem."

Enid nunca perguntara se ele gostava dela. Ele havia sido louco por ela. Na Inglaterra tinham ido para o Norte, a Norfolk, verde e plano com casas grandes e cidades tristonhas, lugar de cavalos, para ver um cachorro. Em Newmarket, havia quatro ou cinco cavalariços em mangas de camisa parados num canto, um deles urinando languidamente numa parede. Ele brandiu o pau para eles, para ela, quando passaram.

"Muito bem", disse Bowman. "Rapazes ingleses, é?"

"Sem dúvida", Enid disse.

Alguns quilômetros depois da cidade, chegaram à casa que estavam procurando, uma casa baixa, rebocada, no fim de uma estradinha. Um homem de suéter cinza com bochechas quase cor de carne atendeu à porta.

"Sr. Davies?", Enid perguntou.

"Eu mesmo."

Estava à espera deles.

"Vocês vão querer dar uma olhada nele, acho", ele disse.

Ele os levou além da esquina da casa, a um grande terreno cercado nos fundos, e quando se aproximaram os cachorros começaram a latir. Outros se juntaram a eles.

"Não deem atenção", Davies disse. "É bom para eles ver gente."

Seguiram ao longo da cerca até quase o fim dela: "É esse aí".

Um jovem galgo deitado num canto do canil se levantou devagar e com uma indolente dignidade foi até o alambrado. Era bem um cachorro de reis, branco, com um cinza no dorso em formato de sela e capacete cinza na cabeça. Governantes do Oriente eram enterrados com seus galgos. Enid passou os dedos pelo alambrado e tocou na orelha dele.

"É lindo."

"Tem quase cinco meses", disse Davies.

"Olá", ela disse ao cachorro.

Ela havia ganho o cachorro de um amigo. O nome do cão era Moravin, e o pai era um cachorro com pedigree razoável chamado Jacky Boy. Davies era treinador. Vivera com cachorros a vida inteira. Seu pai, ele contou depois, tinha sido construtor e sempre quisera ter um cavalo de corrida, porém ficou com os cachorros. Comiam menos. Davies tivera algum sucesso, mas, nunca se sabe, eles sempre podem trair a gente. Alguns eram promissores, no entanto não deram muito certo. Eram gerados para correr, mas nem todos corriam bem. Alguns eram rápidos na saída do boxe, alguns bons em distância, havia os corredores de fundo que gostavam de sair para o campo e outros que gostavam de correr na pista.

"São todos diferentes", disse ele.

Era cauteloso em suas hipóteses, mas tinha algumas esperanças naquele cachorro, que, mesmo muito novo, era bastante atento à boneca de pano e a perseguia como um louco, pegando-a com sua fileira de dentes longos. Depois, ele fez um bom tempo e não teve problemas na corrida de prática com dois outros cachorros.

Na primeira corrida, porém, deu tudo errado. Já de início levou um baque de outro cachorro e não conseguiu mais se livrar do bando. Foi mantido na retaguarda o trajeto todo. Foi uma decepção, disse o treinador pelo telefone.

"Não parece justo", disse Enid.

"Pode não ter sido, mas não existe justo na corrida. É só a primeira corrida. Ele só precisa recuperar a segurança."

Ele correu com dois outros cachorros algumas vezes. Demonstrou velocidade e então, na corrida seguinte, chegou em quarto. Foi fora de Londres, Enid não estava presente.

Em sua terceira corrida, em Romford, ele estava no boxe número dois, cotado em vinte por um. Algo passou voando na pista. As portas se abriram e lá foram eles. Ele ficou na ponta quase todo o trajeto e estavam tão colados na chegada que não dava para saber, mas enfim ganhou por uma cabeça. "É preciso tirar o chapéu para os avaliadores!", gritaram e tocaram uma fanfarra, tinham chegado perto — tirar os chapéus não para os juízes, mas para os homens que definiam as apostas. Nos jornais daquela semana, os primeiros aplausos, *Correndo bem* e *Não o deixem de fora*.

Ele venceu mais duas vezes. Começou a fazer sentido. *Venceu três das últimas cinco*, escreveram e, ainda impressionante, *Queimando a pista. Venceu por quatro corpos.*

Bowman pegou um avião quando ele ia correr na White City, a grande pista de Londres que atraía gente do bairro teatral e tinha certo glamour. Ele se sentiu embriagado com Enid nessa noite. Eram um casal das corridas.

A caminho, pararam para tomar um drinque. Era perto de um hospital, a placa acima do balcão oferecia quinze por cento de desconto para o pessoal médico e para pacientes com trinta pontos ou mais. Na pista, havia uma multidão, com gente andando, conversando e bebendo. A noite estava escura, havia algumas nuvens e a sensação de chuva. Moravin foi cotado a três por um. Davies tinha friccionado o cachorro com um linimento dele, ombros, corpo, tudo, até os poderosos quartos traseiros como se o preparasse para uma travessia do Canal, e subiu e desceu pelas pernas. Depois, alongou as pernas, o cachorro não resistia mais e ficava deitado quietinho enquanto ele trabalhava.

Estava em sua quinta corrida. Mas então começou uma chuva leve enquanto os cachorros iam sendo tirados. Havia dois cachorros brancos, Moravin e outro chamado Cobb's Lad. A multidão estava ficando inquieta.

"Nunca fiquei tão nervosa", Enid sussurrou. "Parece que eu é que vou correr."

Bowman notou que por alguma razão a cotação baixara de três para dois. O trabalho de pôr os cachorros nos boxes tinha começado. De repente, do escuro, a lebre mecânica partiu e os boxes se abriram. Os cães saíram e corriam muito próximos ao completar o primeiro giro e chegar ao outro lado. A chuva estava mais forte. Caía inclinada diante das luzes, como cortinas prateadas. Mal se distinguia um cachorro do outro, mas um cão branco estava perto da liderança. O grupo voava baixo e fumegando na chuva. Era difícil imaginar como um deles poderia se destacar dos outros. Quando estavam no último giro, deu para ver a cabeça e os ombros de um cachorro branco, e assim eles cruzaram a linha de chegada. Era Moravin.

A chuva ainda estava pesada quando, debaixo de um guarda-chuva, ele foi levado a Davies para esfriar. Bowman pediu emprestado um guarda-chuva da mulher de pé ao lado deles e levou Enid à plataforma do vencedor, quando Moravin estava subindo nela, pisando com delicadeza, as viseiras cinzentas nas laterais da cabeça fazendo-o parecer um fora da lei mascarado. Sua língua tremulava na boca aberta quando o treinador o ergueu nos braços como um carneiro para comemorar a vitória. O cachorro de Enid.

Tomaram um drinque depois, e aparentemente Davies já havia bebido. Seu rosto estava tomado de prazer.

"Belo cachorro", disse diversas vezes. "A senhora apostou dinheiro nele, eu espero."

"Apostei. Cem libras."

"Baixaram a cotação dele. Os bookmakers fizeram de tudo para baixar a cotação. Estavam com medo dele. Estavam com medo dele."

Ele havia se hospedado nos arredores da cidade, com um amigo, disse. Estava mais falante que nunca. Animado, confidenciou: "Ele é promissor, não é?".

Deixaram-no num pub e foram jantar com algumas pessoas na Dean Street, entre elas uma senhora com um rosto maravilhoso como uma ameixa e uma voz um tanto rouca. Bowman sentiu-se atraído por ela. Ela disse alguma coisa em italiano que ele não ouviu bem, mas se recusou a repetir. Tinha sido casada com um italiano, disse.

"Ele foi morto depois da guerra."

"Foi morto?"

"Vingança", ela disse. "Ele sabia que ia acontecer. Aconteceu muito isso. A irmã dele, minha cunhada, que morreu há um ano só, teve a honra de cuspir na cara de Winston Churchill na Piazza San Marco. Eles eram fascistas, não tive como evitar.

Meu marido era encantador sob todos os outros aspectos. Isso tudo foi muito tempo atrás, você não tem idade para saber."

"Tenho, sim."

"Você tem o quê? Trinta e cinco?"

"Quarenta e cinco."

"Me lembro da Exposição Colonial Francesa, em 1932 ou 33", disse ela. "As tropas senegalesas de farda azul, chapéu vermelho e pés descalços. Era outro mundo, muito diferente. Como foi a sua vida?"

"A minha?"

"Que coisas foram importantes nela?"

"Bom", ele disse, "se eu examinar de verdade a minha vida, as coisas que mais a influenciaram, sou obrigado a dizer, foram a Marinha e a guerra."

"Para os homens é assim, não é?"

Ele não tinha certeza se havia dito a verdade. Sua mente escorregara para isso involuntariamente. Dentre seus sonhos, era o que se repetia com mais insistência.

Duas semanas depois, preparando-se para o Derby, Moravin correu em Wimbledon e caiu na virada, aparentemente sem nenhuma razão. Fraturou o carpo, nada sério, mas parecia sentir vergonha engessado, como se soubesse o que esperavam dele. Enid acariciou seus ombros, a macia pelagem branca e cinzenta. As orelhas pequenas estavam para trás. O olhar ao longe.

O osso, porém, demorou para cicatrizar. Foi uma história arrastada. Ela foi vê-lo quando por fim ele se curou, mas alguma coisa se perdeu. Nada visível. Ele continuava elegante e esguio, quase igual aos outros, mas nunca mais correu.

"Estou arrasada", ela disse.

Quando interrogado sobre isso depois, Davies disse:

"É, ele podia ter corrido no Derby, mas teve essa queda. É sempre alguma coisa assim. Se você um dia odiar alguém, dê um galgo de presente para ele."

Enid o acompanhou até o aeroporto, coisa que nunca tinha feito. Enquanto esperavam, ele sentiu uma inquietação. Não em nada do que ela dissera, apenas no silêncio. Estava escapulindo e ele não conseguia impedir. Não iam se casar. Ela já estava casada e presa ao marido por alguma estranha obrigação — Bowman nunca descobriu exatamente qual. Ela disse que não podia morar em Nova York, que sua vida era em Londres. Ele era apenas uma faceta disso ali, mas queria continuar assim.

"Talvez eu volte no mês que vem", ele disse.

"Seria ótimo."

Despediram-se no saguão principal. Ela fez um pequeno aceno com os dedos e foi embora.

Ele sentiu um vazio ao embarcar no avião e, antes mesmo da decolagem, uma imensa tristeza. Como se estivesse partindo pela última vez, ficou olhando a Inglaterra passar devagar debaixo dele. De repente, sentiu uma tremenda falta dela. De alguma forma, devia ter caído de joelhos.

No saguão acarpetado do Plaza, numa noite de inverno, Bowman se viu frente a frente com uma mulher um tanto informe, de vestido azul. Era Beverly, sua ex-cunhada, com o queixo quase totalmente desaparecido.

"Ora, se não é o sr. Nova York", ela disse.

Bryan estava ao lado dela. Bowman apertou a mão dele.

"O que estão fazendo em Nova York?"

"Eu estou indo ao banheiro", Beverly respondeu. "Encontro vocês no bar, seja onde for", disse a Bryan.

Bryan não se abalou.

"Não ligue para ela", disse quando ela se afastou. "Viemos ver alguns espetáculos. Bev queria tomar um drinque no bar do famoso Oak Room."

"É seguindo em frente. Você está ótimo."

"Você também."

Não havia muito o que conversar.

"E como vai tudo?", Bowman perguntou. "Como está a Vivian? Não temos tido contato."

"Está ótima. Não mudou nada."

"Casou de novo? Acho que ouvi alguma coisa."

"Não, ela não casou de novo, mas sabe quem casou? O George."

"O George? Casou de novo? Com quem?"

"Com uma mulher que mora lá. Peggy Algood. Acho que você não conhece."

"Como ela é?"

"Ah, sabe como é. Ela é uns dez anos mais nova que ele. Fácil de conviver. Já foi casada umas duas vezes. Parece que mandou para a mãe um cartão-postal da segunda lua de mel, dizendo: *All good no good, too.** Talvez seja só uma história. Gosto dela."

"Ah, Bryan, que bom ver você. Pena que nossas vidas… seguiram rumos diferentes. Como está a Liz Bohannon? Ainda circulando por aí?"

"Ainda circulando. Acho que ainda monta a cavalo. Não somos convidados. Beverly falou umas coisas uma vez."

De Bryan se podia dizer que era ingênuo a respeito da mulher, e conformado. Encarava-a com displicência, como se encarasse um tempo ruim.

"O que vocês vão assistir?", Bowman perguntou.

"*Pal Joey*."

"Ah, é muito bom. Seria ótimo me encontrar com você algum dia."

"Digo o mesmo."

---

* *All good* é "tudo bem"; "no good" é "não presta", ou "nada bem". O jogo de palavras aqui pode ser "*Tudo bem, mas nada bem*". (N. T.)

15. O chalé

Num dia quente de junho, Bowman foi de carro em direção ao norte de Nova York, seguindo em linhas gerais o rio Hudson por mais de quatro horas, até Chatham, lugar um dia sagrado para uma deusa do amor, a poeta Edna Millay, uma sereia dos anos 1920, passar dois dias trabalhando num manuscrito de um de seus escritores favoritos, um homem de cara quadrada de seus cinquenta anos, olhos azuis, cabelo rareando, que na juventude havia abandonado a universidade de Dartmouth e ido para o mar durante três anos. Kenneth Wells era seu nome. Ele e sua mulher — era sua terceira esposa, ele não parecia particularmente um homem que tivesse se casado muitas vezes, era caseiro, enxergava mal; ela havia sido casada com o vizinho dele, e um dia os dois simplesmente foram para o México juntos e não voltaram — moravam numa casa de que Bowman gostava muito e que sempre ficou em sua cabeça como um modelo de casa. Era simples, de madeira, não muito longe da estrada e parecia uma edificação de fazenda ou um estábulo. Entrava-se pela cozinha ou para ela. O quarto era de um lado, a sala do outro. O quarto principal ficava no andar de cima. As portas internas, por alguma razão, eram ligeiramente mais largas que o normal, com vidro na metade superior de algumas. Era como um pequeno hotel familiar, um hotel do Oeste.

Tinha sido um longo dia. O verão chegara cedo. O sol tocava as árvores do campo com assombroso poder. Nas cidades ao longo do caminho, garotas de membros bronzeados passeavam tranquilamente por lojas que pareciam fechadas. Donas de casa dirigiam carros com lenços na cabeça e seus homens, com chapéus duros e amarelos, postavam-se perto de placas que sinalizavam Construção à Frente. A paisagem era bonita, mas passiva. O vazio das coisas se erguia como o som de um coro, deixando o céu mais azul e mais vasto.

Era a época em que, em Paris, longas e inúteis negociações para o fim da guerra do Vietnã continuavam mês após mês sem nenhum sucesso. A América achava-se em um infindável e violento tumulto, a nação toda dilacerada pela guerra, mas Wells parecia curiosamente distante. Estava mais interessado em beisebol; de outras paixões mantinha-se distante. Era um leitor ávido, assim como sua mulher. Suas estantes eram divididas em dele e dela, os livros mantidos separados. Na parede próxima, estava pregado um pôster da Piazza Maggiore de Bolonha, ao lado de uma fotografia de uma moça de biquíni e outra de um prato de macarrão, recortada de uma revista.

"TTT", disse Wells.

"TTT?"

"Tetas, torres e tortellini."

Ele sorriu e mostrou espaços entre os dentes que eram como presas de um leão-marinho apontando em diversas direções. Havia também uma foto em preto e branco de uma alemã chorando de emoção num desfile nazista e no andar de cima, embora ninguém nunca tenha visto, uma fotografia emoldurada das pernas e do baixo ventre de uma mulher nua atravessada na cama. Ele tinha escrito sofisticados romances de crime, nos quais a investigadora era uma mulher gorda de seus cinquenta anos chamada Gwen Godding, casada quatro vezes, a segunda vez, e a mais prolongada, com um patrulheiro rodoviário da Califórnia. Ficara viúva duas vezes e, na descrição de Wells, sua maquiagem parecia um disfarce ou feita por um agente funerário. A pesquisa dele era meticulosa e ele trabalhava como um fazendeiro, de fato seu maxilar musculoso o fazia parecer um. Usava óculos de aro metálico, às vezes dois ao mesmo tempo, mas para ver alguma coisa de perto empurrava-os para a testa. Seus livros vendiam bem, e o primeiro deles havia sido comprado pelo cinema, como veículo para uma estrela já bem madura.

Wells gostava de escrever, de se sentar a sua escrivaninha para ler e depois começar a datilografar. Só raramente falava de seus dias no mar, de sua vida de trabalho, como ele chamava, cambaleando para casa de manhã, fralda da camisa para fora, meia dúzia de cervejas na mão e um caso de gonorreia. Lembrava-se de ter estado em Samoa em algum hotel cuja placa dizia: Serviço de Quarto Limitado Devido à Grande Distância da Cozinha.

"Não dá para dizer isso desta casa", disse.

Estavam sentados na cozinha.

"O que levou você a morar aqui?", Bowman perguntou.

"Eu queria ficar longe do mar", disse Wells. "Quando saímos do México — cansei do México, mosquitos enormes, *animales*, chamam lá —, moramos em St. Croix, em Frederiksted. Tínhamos uma casa de um velho capitão do mar dinamarquês junto da água, com venezianas de madeira, hibiscos, palmeiras. Você já esteve em Frederiksted? A cidade é quase toda negra. Ninguém parece trabalhar. O banco tinha uma placa de Aluga-se na porta, mas à noite se viam mulheres negras fantásticas saindo do hotel com vestidos de noite brancos. A biblioteca ficava em frente de casa. Dava para ver colegiais altas debruçadas nas mesas, os braços pendurados das cadeiras, os rapazes cochichando com elas o dia inteiro. Dava para entender o que foi a escravidão. Os livros — ninguém lia livro nenhum —, os únicos livros que retiravam eram sobre gravidez."

A mulher dele, Michele — Mitch, ele a chamava —, era uma mulher calma, nos seus quarenta anos, sem pressa e atenciosa com ele, tolerante. Conhecia as posições dele e sua personalidade. Embora houvesse poucos sinais de discórdia entre os dois, devia haver alguma, mas diante do par Bowman sentia uma forte atração pela vida de casado, em conjunto, em algum lugar do campo, as manhãs, os campos enevoados, a cobra no jardim, a tartaruga na floresta. Em contraposição a isso, havia a cidade com sua miríade de atrações, arte, carnalidade, a amplificação dos desejos. Era como uma ópera tremenda com um elenco infinito e cenas tumultuosas assim como solitárias.

Ele sentia a ausência não necessariamente de casamento, mas de um centro tangível na vida em torno do qual as coisas pudessem se formar e encontrar um lugar. Ele entendeu o que lhe trazia à mente aquela casa, a de Wells, e a descrição da casa do capitão em Frederiksted. Imaginava uma casa sua, embora só vagamente. Por alguma razão, a via no outono. Estava chovendo, a chuva era um borrão na janela e ele precisava acender um fogo por causa da friagem.

Ele levou algum tempo olhando.

"Estou interessado numa casinha com um ou dois quartos excepcionais", disse à corretora de imóveis.

Era uma mulher ácida, membro da junta diretora do golfe clube vizinho.

"Não sei o que você quer dizer com quarto excepcional", ela falou.

"Bom, por que não começamos vendo alguma coisa? Me mostre uma ou duas de suas casas favoritas."

"Qual a faixa de preço em que está interessado?"

"Digamos a partir de dois mil dólares", disse Bowman para amolar a mulher.

"Não tenho nada nessa faixa", disse ela. "Além disso, tenho um trabalho a fazer."

"Eu sei que tem. Me diga, com quanto posso comprar uma casa de dois quartos."

"Depende da casa e da localização. Eu diria entre sessenta e duzentos mil dólares, ao sul da rodovia."

"Não quero uma casa nas árvores, na floresta. Gostaria de uma casa bem situada e aberta para a luz", ele disse.

Difícil dizer se ela estava sendo sensível ou não ao que ele dizia. Não lhe mostrou nada interessante, embora ao fim de noventa desagradáveis minutos, ao passarem por alguns campos abertos cercados de árvores, ela tenha diminuído a marcha numa entrada, dizendo:

"Esta é mais cara, mas achei que devia mostrar ao senhor."

Ela estava de fato mostrando autoridade. Seguiram por uma estrada reta, não muito bem cuidada, à sombra das folhagens no alto. Era quase sepulcral. Um verde intenso. Então, ela inexplicavelmente se abriu para uma casa de madeira escura numa ligeira elevação, uma espécie de casa das Adirondack, construída para deuses da montanha, no aberto, mas cercada por um toldo alto de árvores, como uma camada de nuvens. Era uma casa chamada Crossways e fora projetada por Stanford White, outra dessas grandes casas, a Flying Point, tinha se incendiado junto ao mar.

Subiram a escada larga de madeira e entraram num sereno interior de instalações confortáveis e isento de luz caótica. O piso era polido, mas não brilhante. As janelas, largas e claras. A casa era de forma cruciforme com cada braço dando para sua própria alameda de árvores nos campos. Havia passado pelas mãos de vários proprietários e seu preço estava na casa dos milhões.

De volta ao carro, Bowman disse:

"Vale o preço."

Mas não procurou mais essa corretora.

Não gostava de mulheres que olhavam os outros de cima por qualquer razão. Dentro dos limites, gostava do oposto. Raramente se encontram todas as qualidades que se buscam. Foi algo em que ele passou muito tempo pensando. Tinha tido vários casos amorosos. Tinha ficado mais velho, as mulheres ficado mais velhas também e menos inclinadas a atos tolos ou despreocupados. Mas a cidade fervilhava, o movimento feminista mudara tudo. Ele geralmente estava de terno. Sempre usava terno para trabalhar. No elevador da estação Grand Central, uma jovem de rosto bonito, bem-arrumada e morena, disse a ele:

"Oi. Para onde você está indo?"

"O quê?"

"Estava perguntando se vai aqui perto", ela disse.

"Vou para a rua Quarenta e Um", Bowman respondeu.

"Ah. Você tem um escritório?"

Ele não conseguia imaginar exatamente o que ela queria.

"Por que está perguntando?"

"Ah, pensei que podíamos trocar telefones e você me ligava."

"Para quê?", ele perguntou.

"Negócios", ela disse simplesmente.

Ele notou que a capa de chuva dela não estava totalmente limpa.

"Que tipo de negócios?"

"Você decide."

Ela olhou diretamente para ele. Tinha uma dignidade de estrangeira, uma dignidade de África Ocidental e também um toque de cansaço.

"Como é seu nome?", ele perguntou.

"Meu nome? Eunice."

Ele procurou uma nota no bolso. Tirou e pôs na mão dela, uma nota de dez dólares.

"Não", disse ela, "não precisa."

"Pegue, Eunice. É um adiantamento."

"Não."

"Tenho de ir", ele disse, e seguiu em frente.

No vigésimo quinto aniversário da editora, Baum deu uma festa num restaurante francês. Havia uma multidão de pessoas, e Bowman conhecia a maior parte delas. No extremo da sala, vislumbrou Gretchen, que fazia muito tempo tinha se tornado editora numa casa de livros de bolso. Estava casada e era mãe. Foi cumprimentá-la.

"Que bom ver você", ele disse.

Ela ainda tinha aquela qualidade que permitia que suas marcas terríveis fossem ignoradas, embora elas tivessem desaparecido. Em sua testa e faces lisas havia apenas algumas linhas de cicatrização, vagamente perceptíveis.

"Tudo bem com você?", ele perguntou.

"Muito bem", ela disse. "E com você?"

"Também. Você está ótima. Faz tanto tempo. O quê? Seis anos?"

"Mais", ela disse.

"Não parece. Sentimos sua falta. Neil saiu, acho que você sabe. Foi trabalhar para Delovet. Passou para o inimigo."

"Eu sei."

"Ele ficava meio atordoado com você", Bowman disse. "Mas você tinha um namorado."

"Eu não tinha namorado", ela disse.

"Achei que tivesse."

"Eu era casada."

"Eu não sabia."

"Durou pouco", ela disse.

"Você parecia tão inocente."

"Eu era inocente."

Ela ainda era inocente. Além disso, ele não havia notado antes, ligeiramente tímida.

"Sinto falta de Neil", ele disse. "Não tenho me encontrado com ele ultimamente."

"Ele me mandou uns poemas", ela disse. "Naquela época, quero dizer."

"Eu não sabia. Ele ficou tocado. Havia uns poemas que ele não te mandou."

"É mesmo?"

"Ah, nada terrível."

"Eu não sabia se você gostava de mim", ela disse.

"Eu? Fico surpreso de ouvir você dizer isso. Eu gostava muito de você."

"Não era no Neil que eu estava interessada", ela disse.

De um jeito nada dramático, ela continuou. "Era em você. Mas eu não tinha coragem."

Ele se sentiu um inepto.

"Eu era casado."

"Não importava", ela disse.

"Você não devia me contar isso agora. Não sei, é muito desorientador."

"Já que eu estou confessando", ela disse, "é melhor esclarecer que nada mudou."

Isso dito com a maior naturalidade.

"Por que não me telefona? Eu adoraria sair com você", ela disse.

Estava olhando diretamente para ele. Ele não sabia o que dizer. Então o marido dela, que tinha ido buscar bebidas no bar, voltou. Os três conversaram por alguns momentos. Bowman teve a sensação de que todos sabiam. Nessa noite não voltou a falar com ela.

Agora, claro, a via de um jeito diferente. Ficou tentado a telefonar, mas achou que não seria correto do ponto de vista moral, e por algo mais. Eles já não eram as mesmas pessoas. Ele a admirava, porém, a garota estigmatizada que ela tinha sido, a mulher equilibrada que era agora. Ainda tinha idade para ficar nua. Ele podia se ausentar do escritório por muitas horas à tarde, praticamente em qualquer tarde, e ela também. Não era uma leviandade; era o que se devia a ela.

Você é um idiota, disse a si mesmo. Viu-se no espelho de manhã. O cabelo estava mais ralo, mas o rosto, aparentemente, era o mesmo. Tinha conquistado segurança em suas habilidades, em como fazer escritores quererem publicar com ele, entre outras coisas. Sabia que alguns dos melhores escritores haviam começado como jornalistas e às vezes terminado como jornalistas, quando a paixão se apagava. Sabia que também tinha a habilidade de fazer as pessoas se voltarem contra ele. Isso vinha com o resto. Sabia falar sobre livros, escritores, sobre o florescimento da literatura em um país, depois em outro, não por meio de um grande escritor, mas sempre por meio de um grupo deles, quase como se fosse preciso ter lenha suficiente para fazer uma fogueira de verdade, um graveto ou dois não bastavam. Falou sobre literatura russa, se detendo demasiado em Gogol, talvez, e sobre literatura inglesa e francesa. Tinham seus grandes períodos, Paris, Londres. Agora, sem dúvida, era Nova York.

"Será que o gênio se importa de nos dizer seu nome?", perguntou um homem do outro lado da mesa.

Estava envolvido, embora não tão de perto, com certos poetas, não como editor deles, se editor era a palavra correta, uma vez que poemas eram essencialmente invioláveis. A poesia ficava em grande parte com McCann, que havia sido contratado mais ou menos para substituir Eddins. Era um sujeito do Leste que andava com uma bengala. Tivera poliomielite, tanto ele como seu colega de quarto em Groton, os dois tinham ajudado um capitão de uma equipe de futebol que contraíra a doença e a tiveram também. Na época, nos anos 1930, havia epidemias todo outono — os pais viviam aterrorizados pela doença. McCann era casado com uma jornalista inglesa que escrevia para o *Guardian* e estava sempre viajando a trabalho.

Livros de poesia vendiam poucos exemplares. Baum costumava dizer que publicá-los era um ato de caridade, sobretudo para provocar McCann, embora os livros fossem um ornamento importante para a reputação da casa. Como poucas pessoas liam poesia depois da faculdade, a batalha por proeminência entre os poetas era mais feroz, e a recompensa de prêmios importantes ou de uma posição acadêmica segura era sempre resultado de uma intensa autopromoção, lisonjas e acordos mútuos. Talvez houvesse poetas em cidades provincianas levando vivas miseráveis como Cavafy, mas os que Bowman conhecia eram bastante sociais e até urbanos, bem acostumados à corrente em que mergulhavam, se chocando uns contra os outros ao avançar, um prêmio Yale Younger Poets para um, um Bollingen para outro, um Pulitzer.

Ele nunca conseguiu achar uma casa para comprar. Então acabou alugando uma numa rua estreita logo adiante de Bridgehampton que terminava na praia com uma placa amarela de Sem Saída. O único vizinho próximo era um homem mais ou menos da idade dele chamado Wille, que era simpático e estacionava o carro perto da porta de sua própria cozinha.

Bowman começou a sair nos fins de semana logo depois da primavera. Havia uma vida ativa começando. Ele conhecia pessoas e era convidado para jantares. Comprou várias caixas de vinho bom para poder levar duas garrafas aos anfitriões. Sua casa vivia destrancada. Gostava de voltar no trem que tinha um vagão-bar e lugares que podiam ser reservados. Às vezes ia de carro e nunca saía da cidade depois da uma da tarde, a fim de evitar o trânsito mais pesado, ou então esperava até nove, dez da noite, quando a estrada estava mais vazia.

Foi uma coisa apressada e temporária em comparação com o resto de sua vida, mas estava despreocupado e aquilo lhe dava a chance de conhecer melhor a região e se apossar mais dela. Quando a casa certa aparecesse, ele teria mais segurança para comprá-la. Estacionava o carro na entrada arenosa como Wille e se sentia muito à vontade.

16. Summit

Beatrice vinha tendo dificuldades. Na sua aparência, nada se alterara, era a mesma havia muitos anos, mas ficara esquecida. Às vezes, não se lembrava do número de seu próprio telefone, nem dos nomes de algumas pessoas que conhecia muito bem. Sabia seus nomes, que acabavam lhe voltando depois, mas era embaraçoso não conseguir dizê-los.

"Devo estar perdendo o juízo", disse. "Quem era mesmo?"

"A sra. DePetris."

"Claro. O que está acontecendo comigo?"

Nada, realmente. Tinha mais de setenta anos e uma boa saúde sob todos os aspectos. O filho ia visitá-la em semanas alternadas. Só raramente ia à cidade agora, tinha tudo o que precisava ali em Summit, dizia. Acostumara-se a ir a Nova York muitas vezes, para ver espetáculos, fazer compras, mas fazia tempo não ia mais.

"Faz anos", disse.

"Não, não faz", disse Bowman. "Fomos ao museu, esqueceu?"

"É verdade", ela se corrigiu.

Era verdade. Ela lembrou então. Tinha esquecido.

Depois, começou a ter um pequeno problema de equilíbrio. Havia sempre flores na casa, junquilhos amarelos, e ela se vestia bem, mas, atravessando a sala uma tarde, caiu inesperadamente. Parecia que o chão havia se mexido sob seus pés, ela disse. Bateu o braço na quina da mesa da sala e abriu um grande corte. Foi para o atendimento de emergência e, por uma questão de rotina, foi a seu médico depois. Ele notou que ela não estava piscando e que havia um ligeiro tremor ritmado em sua mão, sintomas da doença de Parkinson.

Ela não sabia por que sua mão tremia, disse à irmã.

"Treme um pouco, mas se eu mexo ela não treme. Está vendo?"

"Estenda a mão", disse Dorothy. "Tem razão, não é nada."

Mas depois, na cozinha, Beatrice deixou cair um copo.

"É, estou bem", disse, "mas não consigo mais nem segurar um copo."

"Não é nada", disse Dorothy. "Não se mexa. Vou varrer."

"Não, Dorothy, deixe. Eu varro. É o segundo que eu quebro esta semana."

Ela continuou tendo problemas de equilíbrio, não sentia mais segurança e também ficou um pouco curvada. A idade não chega devagar, vem num baque. Um dia nada está diferente, uma semana depois tudo mudou. Uma semana pode ser um tempo longo demais, pode acontecer do dia para a noite. Você é o mesmo, se sente o mesmo, e de repente duas rugas nítidas, irremovíveis, apareceram nas laterais de sua boca.

Afinal, não era Parkinson, embora durante longo tempo o médico tivesse achado que sim. Beatrice caiu mais duas vezes e batalhava com as tarefas do dia a dia. Por fim, Dorothy foi morar com ela. O Fiori havia sido vendido quando Frank recebeu o diagnóstico de tumor cerebral e enlouquecera. Além disso, ele tinha fugido com uma das garçonetes, Dorothy descreveu isso como loucura.

"Mas ele tinha um tumor?"

"Ah, tinha, sim."

Bowman achava que o tio tivera uma premonição e queria, por assim dizer, abrir uma última vez as asas há muito atadas — ficara num hospital em Atlantic City e tinha ido embora com uma mulher chamada Francile.

"A senhora tem sabido dele?", Bowman perguntou.

"Não", disse Dorothy. "Mas ele está louco, você sabe."

De fato, nunca mais souberam dele.

Com o passar do tempo, Beatrice começou, de vez em quando, ao que tudo indicava, a ter alucinações ou a fingir que tinha. Principalmente à noite, ela via pessoas que não estavam presentes e conversava com elas.

"Com quem você está falando?", Dorothy perguntava.

"Com o sr. Caruso", Beatrice respondia.

"Onde ele está?"

"Ali. Não é, sr. Caruso?"

"Não estou vendo ninguém. Não tem ninguém aqui, Beatrice."

"Era ele. Não quis falar comigo", ela explicava.

Caruso era o dono da loja de vinho e bebidas, ou havia sido. Dorothy tinha certeza de que ele se aposentara.

Beatrice também sabia, embora no início não tivesse falado nada, que não estava em sua casa. Embora tivesse vivido nela quase cinquenta anos, tinha certeza de que fora levada para outro lugar. Começaram a ocorrer momentos em que ela não reconhecia Dorothy, nem mesmo seu filho. Por fim, concluiu-se que ela tinha algo que parecia Parkinson e que era sempre confundido com essa doença, um estado conhecido pelo nome de demência com corpos de Lewy, sendo corpos proteínas microscópicas que atacavam as células nervosas do cérebro, algumas das mesmas células que eram afetadas pela doença de Parkinson. O diagnóstico demorara muito porque os sintomas das duas doenças eram similares. As alucinações, porém, não eram comuns a ambas.

Não se conhecia a causa exata dos corpos de Lewy. Os sintomas iam piorando aos poucos. O fim era inevitável.

Beatrice era ela mesma durante tanto tempo que os episódios pareciam um lapso que gradualmente poderia deixar de ocorrer, mas aconteceu o contrário. O seu eu essencial, porém, estava intacto.

"Dorothy", ela disse um dia, "lembra quando moramos na baía Irondequoit? Aqueles baús velhos que havia no sótão, o que tinha dentro deles eu não me lembro."

"Ah, meu Deus, Beatrice, eu não sei. Uma porção de coisas, roupas, fotografias antigas."

"Onde foi parar tudo isso?"

"Não sei."

"Onde será? Eu tenho umas chaves de baú, mas não sei quais são as deles."

"Não tem mais nenhum."

"Onde eles foram parar?", Beatrice perguntou.

Ela tinha um sonho recorrente ou talvez pensasse nos baús. Estava certa de que os baús haviam existido. Podia vê-los. Depois, não tinha mais certeza. Podia ser imaginação sua. Lembrava-se de possuir as chaves e de não conseguir encaixá-las. Tampouco conseguia fazer Dorothy ver que alguém havia entrado na casa de alguma forma. E havia as preocupações cotidianas. Onde estava o remédio que precisava tomar?

"Duas vezes por dia?", ela perguntava.

"É, duas vezes."

"É difícil lembrar", Beatrice reclamava.

Bowman ia de trem, olhando a trama de riachos de Jersey, na verdade um pântano. Tinha uma lembrança profunda desses pântanos, eles pareciam parte de seu sangue como a silhueta cinzenta e solitária do Empire State no horizonte, flutuando como num sonho. Ele conhecia o caminho, que começava com rios desolados e córregos escurecidos pelos anos. Como um antigo esqueleto industrial, a silhueta de Pulaski aparecia ao longe e se projetava sobre as águas. Mais perto, passando depressa, fábricas inexpressivas de tijolos com janelas quebradas. Depois vinha Newark, a sombria cidade perdida de Philip Roth, e igrejas com árvores crescendo da base, brotadas das pinhas deixadas pelo descuido. Infindáveis ruas tranquilas com casas, asilos, escolas, tudo num aparente vazio intercalado com uma branda felicidade suburbana e nomes fortes, Maplewood, Brick Church. Campos de golfe imensos e planos com verdes imaculados. Ele era dali, vinha dali e, enquanto passava de trem, estava desconectado daquilo.

Na esquina, ficava o restaurante onde ele havia levado Vivian na primeira vez. Não era o restaurante sobre o qual Hemingway escrevera, ele agora sabia. Esse ficava em outro lugar chamado Summit, perto de Chicago, mas na época houvera outros equívocos. Ele estivera errado sobre uma porção de coisas. Lembrava-se de como Vivian era, mas apenas como uma recordação de certos incidentes que eram como fotografias. Não se lembrava de sua voz, e só intrigado — parcialmente intrigado — se lembrava do que o havia convencido de que ela era a mulher com quem devia se casar.

Tinha ido a pé à escola na avenida Morris, a Summit High School, uma escola muito boa, tão bem-vista que faculdades da Ivy League aceitavam sem questionar qualquer estudante que o diretor dali recomendasse. Antes da guerra, isso não parecia excepcional, as coisas simplesmente eram assim. Naqueles dias, o Japão só existia nos noticiários cinematográficos e em produtos baratos com a marca *made in Japan*. Ninguém, nenhuma pessoa comum sonhava que aquele país curioso e distante saído de Gilbert e Sullivan fosse tão perigoso como uma navalha aberta e tivesse a disciplina e a ousadia de fazer o impensável, de atravessar com força e em segredo absoluto o extremo norte do Pacífico para atacar ao raiar de uma manhã tranquila a inadvertida frota americana em Pearl Harbor, um golpe quase fatal. Pearl Harbor, ninguém nem sabia onde ficava Pearl Harbor, tinha-se apenas uma vaga ideia. Quando a grave notícia foi transmitida pelo rádio na América, perturbando a tranquila tarde de domingo, não veio acompanhada de detalhes e quase não fazia sentido. Os japoneses. Atacando. Completamente inesperado.

Ele era um escolar. Sua mãe tinha trinta e poucos anos. Ele mal se lembrava do pai. Era uma coisa um tanto vergonhosa ter pais divorciados. Ele só conhecia outro menino como ele, um menino estranho chamado Edwin Semmler, de cabeça grande, extremamente tímido e um estudante notável — apelidado O Crânio. Todo mundo da classe, ou quase todo mundo, tinha ido ao baile de formatura dos mais velhos e a festas no hotel, quase todo mundo menos Semmler. Ninguém esperava que ele fosse. Ninguém sabia muito sobre ele, ele desviava o rosto quando passava pelas pessoas. Bowman tinha tentado conversar com ele várias vezes, sem sucesso. Ele acabou morto na guerra. Estava na infantaria, era difícil imaginar. Kenneth Keogh não tinha sido morto, mas era quase tão ruim quanto. Fora sargento na infantaria e atravessaria a guerra incólume. Durante a ocupação, nas tendas, ele fora atingido na coluna por uma bala disparada acidentalmente por alguém que limpava o rifle e ficou paralisado da cintura para baixo. Numa cadeira de rodas, ele pegava o trem para Nova York todos os dias, Bowman o tinha visto várias vezes, o mesmo Kenneth Keogh, mas com as pernas em farrapos.

Na Essex Road, numa casa branca acima de um gramado íngreme, morava a garota mais inimaginável da cidade, Jackie Ettinger, que era um ou dois anos mais velha e gloriosa demais para se conhecer. Ela não havia ficado; havida ido embora para estudar em Connecticut e se tornara modelo. Tinha dezoito anos quando ele tinha dezesseis. Outro mundo. Ela fora levada ao Brook, um superclube — ele nunca havia entrado lá. Mais tarde, ela se casou. Mesmo agora, se a encontrasse, mesmo com tudo o que ele era agora, teria dificuldade em achar as palavras. Por muito tempo, ela habitou a imaginação dele. Quando Bowman esteve na escola da Marinha, havia pensado nela e até depois, quando morava num quartinho sem banheiro em Central Park West, um quarto miserável, e soube que ela havia se casado. Ele era o rapaz deixado para trás de algum poema que lera sob a forma de uma carta escrita por uma garota que entrara para a alta sociedade. O pai dela havia enriquecido e agora, ao voltar de um baile, ela escrevia uma carta à meia-noite para um rapaz que um dia conhecera, que não havia perdido de vista e que ainda era dono de seu coração.

O que havia acontecido com todos eles? Tinham partido para os negócios. Vários eram advogados. Richter era cirurgião. Ele se perguntava sobre seu professor favorito, o sr. Boose, mais novo que os outros professores, dedicado e caçoado pelas costas, Boozie, o chamavam. Estaria aposentado agora, se tivesse ficado na escola. Tinha escrito a Bowman diversas vezes durante a guerra.

Certa tarde, sua mãe não o reconheceu. Perguntou quem ele era.

"Eu sou o Philip. Seu filho."

Ela olhou para ele e desviou os olhos.

"Você não é o Philip", disse, como se se recusasse a participar de um jogo.

"Mãe, sou eu, sim."

"Não. Eu gostaria de ver meu filho", ela disse a Dorothy.

O incidente, embora irreal, foi muito perturbador. Pareceu cortar um laço entre os dois, como se ela estivesse renunciando a ele. Ele não ia deixar isso acontecer.

"Eu não sou o Philip", disse, "mas sou um bom amigo seu."

Isso ela pareceu aceitar. Bowman se deu conta de que cabia a ele entender a confusão dela. Estava se tornando uma estranha, alheia, e era claro que se sentia sozinha. Pensou em Vivian e em sua lealdade à mãe, de quem ele gostava. Fora tocante. Pensou em sua própria mãe e em como ele a tinha amado, em como ela havia sido nas muitas manhãs, nas refeições que fizeram juntos, que ela preparara para ele. Sabia que devia cuidar dela e não abandoná-la agora.

Mas em novembro Beatrice escorregou e caiu na banheira, quebrou o pulso e a bacia. Dorothy não conseguiu levantá-la da banheira e tiveram de chamar uma ambulância. A queda tinha sido assustadora. Beatrice sentiu muita dor e sabia o que havia acontecido. Suportou o tratamento no hospital com certa confusão, mas sem reclamar. As enfermeiras foram pacientes com ela.

Bowman chegou imediatamente. O hospital tinha corredores sussurrantes e portas fechadas em muitos quartos. Encontrou a mãe enfraquecida e sossegada. Ela temia não sair mais do hospital.

"Claro que você vai sair", ele garantiu. "Conversei com o médico. Você vai ficar bem."

"Sei", disse ela.

Ficaram algum tempo em silêncio.

"Estou com uma porção de problemas", ela disse. "Parece que não consigo fazer as coisas, não sei por quê. Quando a gente morre", ela perguntou, "o que você acha que acontece conosco?"

"Você não vai morrer."

"Sei, mas o que você acha que acontece?"

"Alguma coisa gloriosa."

"Ah, Philip. Só você para dizer uma coisa dessas. Sabe o que eu acho?"

"O quê?"

"Acho que aquilo que a gente acredita que vai acontecer, acontece."

Ele admitiu a verdade daquilo.

"É, acho que você tem razão. O que acha que vai acontecer?"

"Ah, eu gostaria de pensar que vou estar num lugar bonito."

"Qual, por exemplo?"

Ela hesitou.

"Rochester", disse, e riu.

Seu poder de concentração diminuiu depois que ela deixou o hospital, e ela passou a habitar a realidade apenas parte do tempo. Tornou-se também mais medrosa. Só com dificuldade Dorothy conseguia cuidar dela em casa, e seria inevitável que ela piorasse.

Para Bowman, a ideia de uma casa de repouso era repulsiva, significava abandoná-la. Uma casa dessas era o lugar de velhos que não tinham ninguém para cuidar deles. Nada lhes restava senão esperar e arrastar os pés pelos corredores, ou ser transportados em cadeiras de rodas, a cabeça balançando, de um lugar para outro. Poderiam permanecer assim por anos. Beatrice podia estar cansada, deprimida, porém não era como eles. Tinha envelhecido, mas não ficara desse jeito. Era pior que morrer. Como ela havia dito, o que acontecia era o que você acreditava que ia acontecer. Você continuava você até o fim, até o último momento. Num lar para idosos, aquilo em que você acreditava ficava para trás.

17. Christine

Em 1978, em Londres, Bernard Wiberg se parecia mais e
mais com o lorde que muitos, em círculos bem informados, diziam que ele viria a ser. Era resplandecente com seus ternos escuros sob medida, e sua autoestima, embora grande, não era maior
que seu sucesso. Para livros que deviam ser levados a sério ele
era o editor escolhido e desejado, e para livros escritos para fazer
dinheiro ele tinha um olho infalível. Se ele comprava um livro,
era sempre por um preço vantajoso, mesmo que fosse alto. Livros pelos quais ele pagava pouco conseguiam conquistar público e livros pelos quais era obrigado a pagar muito sempre davam
certo. Não importava o quanto custavam as coisas, mas o que
elas valiam.

Ele estava para se casar, pelo que diziam, com uma ex-bailarina que era vista com frequência em fotos de revistas sofisti-
cadas, festas e jantares. Era uma mulher que parecia viver uma
vida superior e, como lady Wiberg, podia esperar que assim con-
tinuasse. Na ópera ou no balé, Wiberg era uma figura de estilo,
de gravata branca quando a ocasião exigia, e sua vida doméstica

mantinha a elegância. Ele jantava com o duque e a duquesa de Windsor na França, tremendo protocolo, todo mundo tinha de estar presente antes do casal chegar. Era estimulado por Catarina, a ex-bailarina, a dar jantares pós-teatro de vez em quando, soirées, como ela gostava de chamar, a mesa repleta de pratos de carne fria, patês e pastelaria, e vinho de rótulos bem conhecidos. Intimamente, e só entre eles, ela o chamava de seu *cochon*. De roupão ou suspensórios brancos, ele podia ser Falstaff ou Fígaro com ela, e a risada dela era irresistível.

Enid permaneceu amiga dele, e mais ainda quando sua noiva estava em Bolzano, visitando a família ou envolvida com alguma produção em algum lugar, não mais como intérprete, mas ganhava fama como consultora e até como coreógrafa. Enid se envolvera com o cinema primeiro como assistente de um produtor, fazendo para ele reservas em restaurantes e aviões, comparecendo a jantares. Ela passava algum tempo na locação do filme que estava sendo rodado, aprendendo sobre continuidade e sobre o que fazia uma *script girl*. A equipe era simpática, mas ela era a forasteira estilosa também à noite quando se reuniam para beber. Numa pausa de conversa, um diretor americano, na frente de todo mundo, perguntou a ela abertamente: "Então, Enid, me conte, você trepa?".

"Eu seria uma idiota se não trepasse", ela respondeu com frieza e de um jeito que parecia excluir a ele.

Ele não insistiu. A resposta dela foi muito repetida.

Bowman estivera em Londres para a Feira do Livro e seu voo para casa atrasara. Pousou em Nova York às nove da noite. Levou meia hora para retirar as malas e sair em busca de um táxi. Havia uma multidão, ele teve de dividir um táxi com alguém que ia para o West Side, uma mulher com duas ou três malas.

Ela afastou as pernas para lhe dar mais espaço. Estava encostada no que podia ser um casaco com as mangas penduradas, como se estivesse aberto. Rodaram em silêncio. Bowman estava preparado para ficar calado sem olhar para ela outra vez. Na cidade, mulheres estranhas nem sempre eram o que pareciam. Eram mulheres magoadas, perturbadas, mulheres procurando avidamente um homem.

Quando chegaram à via expressa, ela perguntou:

"De onde você está vindo?"

Pelo jeito como falou, parecia que o conhecia.

"De Londres", ele respondeu, olhando melhor para ela pela primeira vez. "E você?"

"De Atenas."

"Um longo voo", ele comentou.

"Todos são longos. Eu não gosto de avião. Sempre tenho medo que ele caia."

"Acho que você não precisa ter medo dele cair. É tudo rápido. Acaba num instante."

"É pelo que acontece antes, quando você sabe que está caindo."

"Talvez, mas como você prefere morrer?"

"De algum outro jeito", ela disse.

À luz dos carros que vinham em direção contrária, ele podia ver seu cabelo escuro e o batom que o fizeram tomá-la por grega. A via expressa corria paralela a Manhattan, que era como um longo colar de luz do outro lado do rio. No fim, estava o distrito financeiro e mais à frente, do centro da cidade em diante, os incontáveis prédios altos, as grandes caixas de luz. Era como um sonho tentar imaginar aquilo tudo, as janelas e os andares inteiros que nunca se apagavam, o mundo do qual se queria participar.

"Você mora em Atenas?", ele perguntou.

"Não", ela respondeu, tranquila, "fui levar minha filha para visitar o pai."

"Nunca estive na Grécia."

"É uma pena. O país é maravilhoso. Quando for, não deixe de ver as ilhas."

"Alguma em particular?"

"São tantas", ela disse.

"É."

"O tempo parece não ter tocado alguns lugares, absolutamente incólumes."

Os dois se olharam sem dizer nada. Ele não sabia o que ela podia estar vendo. Tinha traços limpos, regulares.

"As pessoas têm uma coisa que não se encontra aqui", ela disse. "Têm alegria de viver."

"Que bobagem", ele disse.

Ela ignorou isso.

"Você foi a Londres a negócios?"

"É, negócios. A Feira de Livros de Londres."

"Você publica livros?"

"Não exatamente. Sou editor. Quem publica tem outras responsabilidades."

"Que tipo de livros você edita?"

"Romances principalmente", ele disse.

"A amiga com quem vou ficar apareceu num romance. Ficou muito orgulhosa. O nome dela no livro é Eve. Não é o nome verdadeiro."

"Que livro é?"

"Eu esqueci o título, sabe como é. Só li as partes sobre ela. Ela conhece o autor. Bom, me diga seu nome", ela disse depois de uma pausa.

O nome dela era Christine, Christine Vassilaros. Não era grega, era casada com um grego, um empresário de quem estava separada. A amiga, Kennedy, sobre quem haviam escrito, também era separada e morava em um apartamento de aluguel tabelado que era uma grande relíquia da vida de antes das duas guerras mundiais e do período entre elas. Não vou desistir do apartamento, ela dissera. Era como um apartamento de Havana, antiquado e com poucos móveis, na rua Oitenta e Cinco.

Chegaram primeiro à rua de Bowman. Ele deixou com ela mais da metade da tarifa.

"Foi muita gentileza sua dividir o táxi", ele disse. "Posso te telefonar algum dia desses?", ele perguntou, direto.

Ela anotou o número do telefone no verso de um canhoto da empresa aérea.

"Aqui está", disse.

E apertou o papel na mão dele.

Quando o táxi partiu, ele teve uma sensação de exaltação. As luzes traseiras corriam pela rua, levando-a embora. Tinha sido como no teatro, um glorioso primeiro ato. O porteiro o cumprimentou.

"Boa noite."

"É, boa noite."

Conheci a mulher mais maravilhosa do mundo, ele queria dizer. Encontrada por acaso. Foi pensando nisso, excitado enquanto subia a escada e entrava no apartamento. Ela era casada, tinha dito, mas isso era compreensível — a certa altura da vida, parece que todo mundo é casado. A certa altura também você começa a sentir que conhece todo mundo, que não existe ninguém novo e que você vai passar o resto da vida entre pessoas conhecidas, principalmente mulheres. Não que ela tivesse sido amistosa, foi mais que isso. Ele sentiu vontade de testar o número de telefone, mas era bobagem. Ela ainda não teria chegado nem à sua rua. Ele já estava impaciente. De algum jeito, precisava não dar essa impressão.

Quando ela foi almoçar com ele um dia depois, ele soube que era tudo em vão. Ela era mais jovem, ele achou, mas não teve certeza. Sentaram-se frente a frente. O pescoço era de uma mulher de vinte anos e o rosto tinha linhas de expressão muito tênues, por causa do sorriso. Havia nela uma vibração quase física. Ele não queria sucumbir a isso, mas não conseguia evitar, o pescoço e os braços nus. Ela sem dúvida percebeu. Não fique inebriado, ela parecia dizer. Ele pôde olhar para ela muito de perto. O cabelo escuro brilhante. O lábio superior em arco. Ela segurava o garfo com uma espécie de langor, como se estivesse pronta a largá-lo, mas comia em bocados generosos enquanto falava, sem se distrair com a comida. A outra mão estava erguida e semifechada, como se secasse as unhas. Dedos longos, desdenhosos. Contou que tinha morado em Nova York, em Waverly Place, ela e o marido, fazia alguns anos.

"Seis", ela disse. Tinha trabalhado como corretora.

Ele olhava para ela. Queria olhar para ela.

"Era uma beleza", ela disse. "Aquela é uma parte boa da cidade."

"Você conhece Nova York então", ele disse, sentindo ciúmes.

"Muito bem."

Ela não falou muito mais e também não muito sobre o marido. O negócio dele era em Atenas, só isso. Tinham vivido na Europa.

"Em Atenas?"

"Mas nos separamos."

"Ainda se dão bem?"

"Bom..."

"Intimamente?", ele se viu perguntando.

Ela sorriu.

"Dificilmente", ela respondeu.

Ele sentiu que podia falar qualquer coisa com ela, contar

qualquer coisa. Havia uma espécie de cumplicidade entre eles, mesmo que apenas nascente.

"Quantos anos tem sua filha?", ele perguntou.

Tinha quinze. Ele ficou perplexo ao saber.

"Quinze! Você não parece ter uma filha de quinze anos", ele disse. E acrescentou, como quem não quer nada: "Quantos anos você tem?".

Ela fez um ar de ligeira reprovação.

"Trinta e dois?"

"Nasci durante a guerra", disse. "Não no começo", acrescentou.

Ele tinha consciência da própria idade, mas ela não se deu ao trabalho de perguntar. O nome da filha era Anet.

"Como se escreve?", ele perguntou.

Era um lindo nome.

"É uma menina maravilhosa. Sou louca por ela", disse.

"Bom, é sua filha…"

"Não só por isso. Você tem filhos?"

"Não", ele disse.

Teve a sensação de perder prestígio aos olhos dela. Era visivelmente mais velho, solteiro, sem família.

"Mas é um lindo nome", ele repetiu. "Alguns nomes são como mágica. Inesquecíveis."

"É verdade."

"Vronsky", ele disse como exemplo.

"Um nome nada bom para uma menina."

"Não, claro que não. Inesquecível, mas nada bom."

"Eu quase teria outro filho, só para escolher um nome. Se tivesse um filho, que nome você daria?", ela perguntou.

"É uma coisa em que eu nunca pensei. Se fosse um menino…"

"É", disse ela. "Um menino."

"Se fosse um menino, Agamênon."

"Ah. Sei", disse ela. "Claro. Aquiles é um bom nome também. Agamênon soa mais como um cavalo."

"Seria um menino maravilhoso", Bowman se defendeu.

"Tenho certeza que sim. Com esse nome, só poderia ser. E que nome você daria a uma menina? Tenho até medo de perguntar."

"Uma menina? Quisqueya", ele disse.

"Vejo que você é um tradicionalista. Como é mesmo o nome?"

"Quisqueya."

"Deve ser alguma personagem de um conto ou romance."

"É um nome peruano."

"Peruano? É mesmo?"

"Não, eu inventei", ele confessou.

"Bom, de qualquer forma combina bem com Bowman."

"Quisqueya Bowman", disse ele. "Bom, vou guardar na memória."

"E a irmã dela, Vronsky."

"Isso."

Tudo bem, fique inebriado. Era sempre na primeira palavra, no primeiro olhar, no primeiro abraço, na primeira dança fatal. Estava lá esperando. Christine, eu conheço você, ele pensou. Ela sorria para ele.

Ele precisava contar para alguém depois, precisava contar, estava simplesmente explodindo dentro dele. Contou para o porteiro.

"Encontrei a mulher mais maravilhosa do mundo!"

"Ah, é? Sorte sua, Phil."

Ele nunca o havia chamado pelo primeiro nome, apesar de conversarem às vezes. Seu nome era Victor.

Você vai conhecê-la, Bowman sentiu vontade de dizer, mas

percebeu como aquilo soava hedonista, e também não sabia se ia acontecer. Podia se arrepender de ter dito alguma coisa, mas não conseguira evitar. O apartamento parecia claro, acolhedor. Era a presença dela, sua presença inicial na vida dele.

Foram a um jantar oferecido por um marido e uma esposa que publicavam livros de arte, um ramo da editoração todo especial, livros de arte e também livros de arquitetura de formato grande e assuntos ainda mais específicos, como hotéis da Amazônia, coisas assim. Jorge e Felice Arceneaux, era ela que tinha o dinheiro. Oito à mesa, inclusive um jovem jornalista e biógrafo francês que estava escrevendo a vida de Apollinaire, o poeta gravemente ferido na Primeira Guerra. Christine foi perfeita. A aparência dela, claro. Todos a notaram, com certeza, e ela foi muito elegante, não falou muito. Não os conhecia e não impôs sua presença. O biógrafo, que trabalhava no livro havia anos, teve a oportunidade de encontrar um dia a velha amante de Apollinaire, não aquela que se jogou pela janela quando ele morreu, mas uma outra que era russa, Apollinaire tinha escrito sobre ela num poema.

"Fiquei emocionado quando conheci essa mulher. Falei do poema, claro. Ela estava velha na época. Sabe o que ela disse? Disse assim: *Oui. Je mourrai en beauté*, vou ser bonita até morrer, vou morrer bonita — não dá para traduzir exatamente. Quando eu morrer, ainda vou estar bonita, algo assim."

Com isso, começaram a falar sobre morrer e depois sobre o céu.

"Não gosto da ideia de céu", disse a anfitriã. "Primeiro, pelas pessoas que iriam para lá. Em todo caso, não existe uma coisa chamada céu."

"Tem certeza?", alguém perguntou.

"Tenho. E se eu estiver errada, bom, então é melhor pecar logo aqui na terra — não vai ter pecado nenhum no céu."

"Vocês são casados?", o biógrafo perguntou a Bowman e Christine.

"Não. Não exatamente", Bowman respondeu para acabar com o interesse do biógrafo.

Ele não pensava em casamento, mas em tudo que podia levar a ele. Pensava incessantemente em Christine. Sabia que teria de fazer alguma coisa bem trivial, convidá-la para subir a seu apartamento para um drinque, uma saideira, a palavra parecia antiquada, ridícula mesmo. Tinha certeza de que ela gostava dele, mas ao mesmo tempo estava nervoso para fazer o teste. Detestava a ideia de ser desajeitado. Ao mesmo tempo, sabia que não era importante, que, uma vez superada, qualquer coisa desajeitada seria esquecida. Mas não importava que ele soubesse ou que tivesse esquecido que sabia. O jornalista contava a história de um notório assassinato — não estava bem claro o que havia acontecido — que fora esclarecido por causa de traços de sêmen, que ele pronunciava semin, encontrados num cigarro. Ele conseguiu repetir a palavra diversas vezes. Ninguém se deu ao trabalho de corrigi-lo.

Quando saíram da mesa, Christine disse em voz baixa: "Semin?"

"Deve ser a pronúncia francesa", disse Bowman.

"*Seminé*", ela sugeriu.

"É o nome de uma música."

"Hum. Vou experimentar um pouco", ela observou como se estivessem falando de algum prato esquisito de um menu. "Você tem algum?"

Ela ainda estava brincando? Não estava olhando para ele.

"Tenho", ele respondeu. "Uma porção."

"Achei que você ia dizer isso."

Por alguns minutos o táxi rodou em silêncio, como se estivessem indo ao teatro. Então ele a beijou na boca. Era um gosto fresco. Ele sentiu o perfume dela. Pegou a mão dela enquanto subiam de elevador.

"Quer beber alguma coisa?", ele perguntou.

"Não."

"Eu vou tomar uma coisinha."

Ele serviu-se de burbom. Sentiu que ela o observava. Tomou o drinque bem depressa. Começou a beijá-la de novo, segurando-a pelos braços.

No quarto, tirou o sapato dela. Depois, à luz que vinha apenas da outra sala, se despiram em lados opostos da cama.

"Uma porção, você disse."

"É."

Ela foi ao banheiro. Ela saiu e ele disse:

"Não, fique aí parada um momento."

Tentou olhar para ela devagar, mas não conseguiu. Era a primeira vez, era sempre ofuscante.

"Venha cá", disse.

Ela se deitou ao lado dele por alguns instantes, os primeiros minutos, como uma nadadora se deita ao sol. Podia ver sua nudez, quase toda, na semiescuridão. Fizeram um amor direto, simples — ela olhando o teto, ele os lençóis, como crianças de escola. Não havia som, a não ser o rumor do tráfego distante lá embaixo. Não havia nem isso. O silêncio estava em toda parte e ele gozou como um cavalo bêbado. Ficou um longo tempo em cima dela, sonhando, exausto. Ela não fazia amor havia mais de um ano e ficou deitada sonhando também, depois eles dormiram.

Acordaram para a nova luz do mundo. Ela estava exatamente como na noite anterior, embora os lábios agora estivessem pálidos e os olhos, naturais. Fizeram amor de novo, ele como um menino de dezoito anos, invencivelmente duro. O apartamento estava bonito de um jeito que ele nunca tinha visto, a luz dela, a presença dela. Não haviam tido pressa de ir para a cama juntos, nem tinham esperado demais. Eram simplesmente os dias da iniciação, ele sabia. Havia ainda muita coisa por vir.

Tomaram suco de laranja e fizeram café. Ele precisava ir trabalhar.

"Podemos jantar hoje à noite?"

"Não, desculpe, hoje à noite não posso... querido — é cedo demais para te chamar de querido, não é?", ela perguntou.

"Não acho."

"Bom, só desta vez."

"Pode chamar."

"Querido", ela disse.

18. Como eu agora

Tim Wille era um designer de móveis um pouco nervoso e de olhos grandes. Quando conversava com você, olhava para o outro lado, muitas vezes para a parede. Não bebia mais. Tinha sido preso dirigindo com uma taxa de .17 acima do limite máximo de álcool no sangue. Passara a noite na cadeia e gastara milhares de dólares com honorários de advogados no ano seguinte. Foi a melhor coisa que lhe aconteceu — ele parou de beber, disse. Mas superficialmente ainda tinha um jeito de quem bebia.

Alguém estava cantando na casa dele, era difícil distinguir o quê. Era uma festa. O som flutuava de um jeito solto, romântico. Ela gostava da casa de Bowman, disse Christine. Apesar de viver em Nova York, nunca tinha estado ali.

"É como canaviais, algo assim."

Dava para ouvir o mar, o som contínuo e baixo das ondas por trás do vento.

Ele a levou a um restaurante na estrada, uma casa de fazenda afastada da rodovia, pertencente a uma família grega, a mãe e dois filhos, ambos na casa dos cinquenta anos. O mais velho,

George, ficava na cozinha. Steve, menos taciturno, cuidava da frente, e a mãe controlava o caixa e o bar. O restaurante era famoso pela carne, grelhada na brasa de carvão, e por vários pratos gregos, como o *mussaka*. Quando Steve foi até a mesa, Christine o cumprimentou e disse em grego:

"Então, o que você tem para comer?"

Ele olhou para ela e acenou a cabeça ligeiramente.

"Do que você gostaria?", perguntou em grego.

"*Skorthalia*", ela respondeu. "*Kesari* tostado. Carneiro e arroz. Depois, *metrio*."

Ele assentiu com um sorriso. Ela estava com uma camisa de seda cor de abricó. Seus dentes eram brancos como cartões de visita. Depois, o irmão mais velho apareceu na porta da cozinha para olhar.

"Estou muito impressionado", disse Bowman. "Quanto tempo você levou para aprender grego?"

"Quanto tempo? Um casamento", ela respondeu.

O restaurante estava abarrotado, quase todas as mesas ocupadas. Uma menina anã entrou com a mãe. Tinha menos de um metro e vinte de altura e uma perna torta. Usava uma espécie de suéter e suas unhas estavam pintadas de azul. Era difícil ver seu andar tortuoso, mas seu rosto era sereno.

"É como na Grécia", disse Christine. "Todo mundo vem, a cidade inteira."

Havia uma mulher bastante pesada, pesada mas autoconfiante e definitivamente atraente com um vestido florido, a uma mesa perto da porta. Seu nome era Grace Clark. Estava com outra mulher e um homem, todos chegados a uma bebida forte, a julgar pela aparência. Ela havia matado o marido, contou Bowman.

"É mesmo?"

"Não sei se ela matou, mas ele levou cinco tiros. Ela disse

que estava na cidade na hora. Tinha ido ao dentista, mas se enganou de dia. A polícia não conseguiu desmentir sua história. O marido era um homossexual enrustido, costumava levar meninos porto-riquenhos para a casa quando ela não estava. Pouca gente sabia. Ela devia saber. Tinha três testemunhas de que não havia matado o marido, disse ela. Ela era uma, o marido outra e Deus a terceira."

"Ela conseguiu provar que estava na cidade?"

"Acho que não. Essa é a questão. Ninguém foi acusado. O caso nunca foi solucionado."

Estavam tomando a segunda garrafa de *retsina*.

"Ela já tinha sido casada duas ou três vezes. Quer dizer, como é possível dar cinco tiros no marido e dizer que você não estava em casa quando aconteceu? Eu conheci essa mulher, na verdade ela é bem interessante."

"Nunca conheci uma assassina, pelo menos que eu saiba. Mas conheço alguns ladrões."

Ele tinha uma consciência enorme de estar ali com ela, do prazer daquilo. Podia ver a si mesmo sentado à frente dela, os dois ali. Isso era parte do prazer.

Naquela noite, dava para ouvir o mar ao longe. O som das ondas era constante e infindável. Foram olhar. Passava das onze e a praia estava vazia, não havia luz acesa em nenhuma das casas por perto. A água estava negra, subia e depois, com um rugido, mostrava os dentes. Ficaram olhando. Ele estava um pouco bêbado. Christine abraçava o próprio corpo.

"Quer dar um mergulho?", ele perguntou meio sério.

"Não. Eu não."

Ele sentiu um súbito desejo, uma louca inquietação, a imagem do mar no Taiti com os marinheiros ardentes mergulhando dos navios, o mar diante de Oahu ou do litoral da Califórnia com uma tempestade começando a soprar. Leandro havia atravessado a nado o Helesponto.

"Seria maravilhoso", ele disse. "Vamos entrar."

"Está maluco?"

Ele estava alegre, se exibindo. Tinha nadado à noite, mas não nas ondas. As grandes ondas subiam ritmadamente, atingiam o ápice e quebravam. Ele se curvou para tirar o sapato.

"Você vai entrar mesmo?"

"Só um minuto."

Estava tirando a camisa e a calça. Ela ficou olhando, sem acreditar.

"Só vou ver se está fria."

Ele tinha consciência do quanto aquilo era irreal, da bravata, mas estava parado de cueca, à noite, à beira-mar. Voltar atrás era impossível.

"Philip", ela disse. "Não."

"Está tudo bem. Não vai acontecer nada comigo."

"Não!"

A primeira onda em torno dos tornozelos não foi tão fria como ele esperava. Ao avançar, uma onda rolou e a água subiu até sua cintura. De repente, uma onda se ergueu à sua frente e ele mergulhou nela, na íngreme água negra, e saltou para enfrentar outra prestes a quebrar. Mergulhou de novo e dessa vez subiu mais longe. A linha externa da onda se elevava ali. Era mais fundo. A areia sumira, não dava pé. Ele lutou contra o pânico. Estava subindo e descendo nas ondas que ribombavam. Tentou captar o ritmo delas. Uma onda o levantou e ele olhou para a praia. Não conseguiu vê-la. As ondas vinham em conjuntos de cinco ou seis, ele não sabia dizer. Precisava esperar até tudo ficar mais calmo, coisa que ele temia não fosse acontecer. Nadando, tentou controlar a respiração. De repente, seu coração deu um pulo. Alguma coisa ali no escuro! Era a cabeça de um nadador. Christine.

"O que você está fazendo?", ele gritou.

Assustou-se ao vê-la. Estava tendo dificuldades sozinho.

"Consegue tocar o fundo aqui?", ela perguntou.

"Não", ele disse. "Você sabe voltar?"

"Não."

"Fique comigo! Cuidado! Uma onda! Mergulhe!"

Subiram juntos. Ela estava com o rosto branco, assustado.

"Quando subir com a onda, quando ela estiver para quebrar, nade com força, se estique, como uma faca."

Estavam subindo muito alto.

"Agora!", ele exclamou.

Começaram a nadar juntos, mas a onda quebrou e passou por eles. Veio outra. Estavam atrasados, ela quebrou debaixo deles. Os dois desapareceram na espuma, mas subiram a tempo de mergulhar debaixo de outra que quebrava. Estavam mais perto.

"Agora!", ele gritou de novo. "Vá!"

Ela tentou correr com água pela cintura, mas foi puxada de volta e caiu com a força de uma onda. Conseguiu se pôr de pé e saiu cambaleando. Ele foi atrás dela.

"Ah, meu Deus", ela disse.

Ela parou, os braços em torno do corpo, tremendo.

"Que aventura", ele disse.

"É." Estava difícil para ela falar.

Uma onda estourou em torno dos pés deles. Ele a pegou nos braços. Sentiu o peito dela arfando ao respirar. Admirou-a imensamente.

"Por que fez isso?"

"Não sei. Loucura de amor."

"Nunca tinha feito isso?"

"Não com uma água assim."

Voltaram para casa abalados mas exultantes. Ela se sentou com um roupão enrolado no corpo.

"Está com frio?"

"Um pouco."

"Quer beber alguma coisa?"

"Não."

"Tem certeza?"

"Tenho. Estou esquentando."

"Não acreditei quando vi você lá. Não ficou com medo?"

"Fiquei."

"Por que fez isso?"

"Não sei", disse ela. "Eu precisava fazer."

Ficou deitado na cama enquanto ela tomava banho. Tinha comprado dois travesseiros extras e ficou entre eles enquanto esperava. A sensação da preliminar era única. Ouviu o chuveiro ser desligado e finalmente ela saiu, o cabelo secado às pressas, e, tirando o roupão, se enfiou na cama ao lado dele. Ninguém nunca foi mais desejada. Ele a puxou para si para abraçá-la melhor. A mão dela entre as pernas dele.

"Ah, nossa!", ela sussurrou.

"Pois é."

Ele se sentiu um deus. Estavam apenas começando.

Ele acordou com a primeira luz. Estava tudo estranhamente quieto, as ondas tinham parado de quebrar. Havia um longo veio verde no mar. Na janela, uma mariposa pálida esperava a manhã.

"Christine", ele disse suavemente no ouvido dela. "Não acorde. Consegue fazer enquanto está dormindo?"

Depois ficaram deitados, como dois desmembrados. Uma perna vestida com um pijama branco, em cima dos travesseiros perto da cabeça dela. Ela acariciou o pé descalço. Os lençóis, que tinham sido de uma incrível maciez, chutados para longe. Lá na praia, sem ser vista, uma bandeira americana voejava no alto de um mastro solitário como sinal de decência e bondade.

233

"É assim que a gente se apaixona", ele disse.

"Foi assim com você?"

"Ah, meu Deus, não."

Ele então ficou quieto.

"Fui atingido por um raio", disse. "Fiquei cego. Não sabia nada. Claro, ela também não. Foi há muito tempo. Depois nos divorciamos. Simplesmente éramos diferentes. Ela teve a coragem de dizer isso. Me escreveu uma carta."

"Fácil assim?"

"Ah, não por algum tempo. As coisas nunca são fáceis na hora."

"Eu sei", ela disse. "Eu casei por causa de sexo."

"Eu queria ter casado por isso."

"As mulheres são muito fracas."

"Engraçado. Não é o que eu tenho visto."

"São fracas. Uma pulseira, uma joia, um anel."

"Estou vendo que você ainda usa aliança."

"É uma coisa emocional", ela disse. "Não vejo a hora de tirar."

"Deixe que eu tiro", ele disse, mas não se mexeu.

"Você sem dúvida merece."

Ele não quis falar mais nada, e deixar aquilo ficar como um último acorde. Então disse:

"Fiquei muito impressionado quando você falou grego. Ele também ficou impressionado."

"Não sei tanto assim."

"Parecia não ter nenhum problema."

"Meu problema é que eu preciso encontrar um lugar para morar. Preciso ganhar dinheiro, e preciso de um lugar para morar."

"Eu te ajudo."

"De verdade?"

"Claro. Uma mulher como você pode ter tudo o que quiser."

"Uma mulher como eu", ela disse.

É, como ela. A ideia de viajar com ela, os dois juntos na Grécia — ele ignorou o fato de o marido dela estar lá —, a Grécia de que ela havia falado. Ele imaginou Salônica, Kythira, as mulheres de preto, os barcos brancos ligando as ilhas. Nunca tinha estado lá. Lera *O colosso de Marússia*, desvairado, exagerado, tinha lido Homero, assistido à *Antígona* e *Medeia*, e ouvira a voz fabulosa de Nana Mouskouri, cheia de vida. Não tudo ao mesmo tempo, mas de alguma forma em conjunto, pensou em Aleksei Paros que havia mais ou menos desaparecido, em Maria Callas, nos armadores magnatas, no vinho branco com gosto de resina de pinheiro, no Egeu, em dentes brancos e cabelo escuro. Era tudo um sonho brilhante, a Grécia estava no sangue da pessoa, lá eles gritavam de dor nos túmulos, lavavam os corpos dos mortos. Mas não era a morte que o atraía, era o oposto. Com Christine seria algo inimaginavelmente rico, viver ao sol, na água, nos terraços escondidos por trepadeiras, em quartos nus de hotéis. Ela ia desdobrar algum jornal grego e ler para ele, talvez lesse, imaginava que ela era capaz de qualquer coisa. Ele queria as palavras gregas para manhã, noite, obrigado, amor. Queria uns palavrões gregos para poder sussurrar. Nu, ele lembrou, era a mesma coisa em todas as línguas, mas provavelmente não em grego. Ele a adorava nua, adorava pensar nisso. Por um momento, ele se esvaziou de desejo, mas não num sentido amplo.

Lá fora, o dia estava composto de vários silêncios. As horas tinham parado. Ela estava quieta, pensando em alguma coisa, talvez em nada. Não havia como ela saber de seu próprio fascínio. Ele estava deitado com uma mulher de pernas e braços macios que tinha sido roubada do marido. Agora ela era dele, estavam juntos na vida. Ele se estimulava com isso. Combinava com sua personalidade, o amante ousado, algo que ele sabia não ser.

235

O trem que Dena e seu filho, Leon, estavam pegando para o Texas, para ir ver os pais dela, ia para Dallas, e eles moravam perto de Austin, mas iriam de carro. Dena queria ver o campo e Leon estava excitado com a ideia. Na parte escura e mais baixa da Penn Station, onde os trens chegavam e partiam, vozes sobrepostas anunciando partidas enchiam o ar, divinais, definitivas. Eddins parou para pedir a um guarda orientação sobre o vagão correto, chegaram lá momentos depois e os três levaram a bagagem pelo corredor até sua cabine, onde Eddins os ajudou a acomodar as malas e ficou conversando. Não tinha havido tempo de levá-los para almoçar como ele pretendia. Leon estava ficando nervoso, o trem ia partir, disse. Estava da altura de Dena, mais alto.

Eddins olhou o relógio.

"Ainda faltam uns três ou quatro minutos", disse.

"Seu relógio pode estar errado."

"Diga a eles que senti muito não poder ir", ele disse a Dena. "Da próxima vez, certo?"

"Cuide-se", ela disse.

Ele abraçou os dois.

"Boa viagem."

Na plataforma, Eddins ficou diante da janela, esperando. Talvez ele tenha ouvido, mas na cabine houve uma espécie de som baixo e um tremor elétrico quando, exatamente no horário, o trem começou a se deslocar. Ele acenou e os dois acenaram também. Ele jogou um beijo e caminhou ao lado deles por uns dois ou três metros até começar a ficar para trás à medida que o trem ganhava velocidade. Com o rosto colado ao vidro, Dena acenou. Eram três e quarenta e cinco da tarde. Estariam em Chicago de manhã e lá pegariam o Texas Eagle para Dallas. Era a primeira viagem deles de trem para o Texas. Tinham sempre ido de avião.

No começo, seguiram no escuro, debaixo das árvores, mas logo irromperam para a luz do dia, no fundo de uma série de recortes de concreto que os levou ao Hudson, o trem macio, oscilando ligeiramente quando a velocidade aumentou. Podiam ouvir o som baixo e familiar do apito lá na frente. Como se excitados com isso, continuaram indo mais depressa.

Seguiram ao longo do rio. Do lado oposto, estavam penhascos de granito escuro coberto de verde. Era um dia azulado com nuvens que pareciam fumaça. As estações, todas curiosamente vazias no fim do dia, passavam depressa, Hastings, Dobbs Ferry. Logo depois, à distância apareceu a cidade deles, Piermont, quase completamente escondida nas árvores.

"Olhe lá", disse Dena. "É Piermont."

"Estou tentando ver a nossa casa."

"Acho que eu vi."

"Onde?"

Tentaram identificá-la, mas havia muita folhagem encobrindo a rua, e momentos depois estavam passando por baixo do aço sombreado da ponte do Tappan Zee.

Por um longo tempo seguiram o rio preguiçoso. Passaram por Ossining e pela grande prisão que havia lá, Sing Sing, que ela apontou. Leon tinha ouvido falar dela, mas nunca a tinha visto. Lá é que faziam execuções, ele sabia.

À medida que os trilhos seguiam para o interior, vieram pântanos e árvores. Peekskill, uma estação, passou voando. Então, com o sol ainda elevando-se sobre as montanhas, chegaram às muralhas altas e silenciosas de West Point, que pareciam parte dos penhascos. Passaram pelas ruínas vazias de um velho castelo numa pequena ilha. Depois, por dois meninos que se espremeram contra o barranco rochoso enquanto o trem cortava o ar rente a seus peitos. O rio estreitou e ficou azul. Voavam gansos ao largo, poderosos, livres, quase roçando a superfície. Uma luz radiosa se despejava das nuvens e no coração delas o sol. De longe vinha o som agudo do apito do trem.

Leon estava à janela e Dena olhava além dele o campo se

desenrolar e o dia começar a se transformar em noite. Ela queria que Neil tivesse resolvido ir. Era tudo tão bonito. Ouvia gelo tilintando nos copos. Talvez fossem a Chicago uma outra hora e vissem a cidade, quase tão grande como Nova York, diziam. De alguma forma, o rio começou a ir para baixo deles e desapareceu quando entraram lentamente em Albany com suas construções sombrias e ruas antigas. Havia as torres solitárias das igrejas, tranquilizantes, silhuetadas contra a última luz do dia.

Algum momento depois das sete horas, foram jantar no vagão restaurante.

"Vai ser uma delícia", Dena falou.

Ela começou a cantar alegremente, nada podia ser melhor que estar na Carolina, muito embora o Limited subisse pelo lago Erie e o Texas Eagle não passasse nem perto das Carolinas.

O trem sacudia. Eles quase perderam o equilíbrio. Ela estava certa, o vagão-restaurante era quase um palco de teatro, intensamente iluminado, com garçons de paletó branco deslizando entre as mesas enquanto o trem mexia e sacudia sob seus pés.

"É igual descer as corredeiras", disse Leon.

O maître os levou a uma mesa só deles. O menu trazia carne grelhada e batatas ao forno. Para além da janela larga e negra, luzes amarelas que pareciam lanternas flutuavam no escuro rural, depois, de repente, surpreendentes grupos de luzes vermelhas ou uma única luz branca que passou como um cometa. Pediram um copo de vinho.

O cabineiro havia arrumado a cama deles enquanto jantavam, lençóis brancos e frescos, um cobertor bem esticado. Leon ficou com o beliche de cima e por volta das nove e meia da noite subiu. Tirou o sapato e o colocou numa espécie de rede que havia ao lado, depois a camisa e a calça, deslizando-as pelo corpo já deitado. Enquanto isso, o trem havia parado e assim continuou pelo que pareceu um longo tempo.

"Por que a gente parou?", ele perguntou. "Onde é aqui?"

238

"Estamos em Siracusa", Dena explicou. "Ainda em Nova York. Bem ao norte.

Ouviram vozes, pessoas que estavam embarcando tarde e algumas passaram pelo corredor.

"Onde a gente vai estar de manhã?", ele perguntou.

"Não sei. Vamos ver."

Por fim, o trem começou a rodar de novo. O campo passava como uma pintura sombria, árvores no escuro iluminadas pelas janelas do trem. Casas solitárias, sonolentas, negras e silenciosas. As luzes de uma cidade com ruas vazias. Dena sentiu uma estranha felicidade no sossego da cabine.

Depois de algum tempo, disse:

"Você está dormindo?"

Não houve resposta. Ela viu a janela ficar respingada de chuva e lentamente adormeceu também, abrindo os olhos de novo quando começaram a entrar numa vasta expansão de outros trilhos que se curvavam até os deles. Era Buffalo. Depois, atravessaram um rio e viajaram ao longo do lago Erie, passando por estações abandonadas, sem uma alma.

Algum tempo depois da uma da manhã, por alguma causa desconhecida, um incêndio elétrico irrompeu no extremo do vagão e o corredor se encheu de fumaça. Dena acordou com o cheiro acre. Alguma coisa entrava por baixo da porta da cabine. Semiadormecida, ela se levantou depressa para ver o que era. A fumaça entrava pela maçaneta e, quando Dena abriu a porta, desabou sobre ela. Fechou a porta, tossindo e gritando para Leon. Ninguém havia puxado o freio de emergência nem dado um alerta. O trem não diminuíra a marcha. Um cabineiro do vagão seguinte por fim percebeu. Escancararam as portas, mas não conseguiam entrar por causa da fumaça. Quando o trem parou e as janelas foram quebradas, sete passageiros das cabines mais próximas ao fogo estavam mortos, asfixiados. Inclusive Dena e Leon, seu filho.

19. Chuva

Os caminhos se dividem. Na casa acima do rio, à qual acrescentaram um quarto, um pequeno quarto com janela de um lado e de um tamanho que quase convidava a sentar e abrir um livro, ou olhar o jardinzinho descuidado, mas mesmo assim íntimo por causa da escultura que há nele, uma peça de escultura natural que havia sido parte de uma árvore cortada e serrada em toras de sessenta centímetros, uma delas grossa e ereta, revelando, por acaso, a forma de um corpo feminino da cintura até o começo das pernas, uma espécie de altar primitivo, neoafricano, roliço, escuro, imune ao tempo — nessa casa onde Eddins, sua esposa e filho tinham vivido em felicidade, livres de todo perigo, onde os vizinhos eram gente boa, as ruas tranquilas, a polícia, passada a amarga disputa com o prefeito, simpática e que conhecia todo mundo pelo nome, ali, entre as árvores e a tranquilidade da aldeia, como algo caído do céu, um grande motor solto de um avião lá no alto e não visto nem ouvido despencando, a morte havia atacado, a destruição, mergulhando na vida como uma estaca pontuda.

Os caminhos se dividem. A vida de Eddins agora quebrada em dois. Os pedaços desiguais. Tudo o que estava acontecendo e que podia acontecer no futuro era de alguma forma mais leve, inconsequente. A vida tinha um vazio, como a manhã seguinte. Ele rejeitava o acidente. Mal podia se lembrar do funeral, a não ser que tinha sido insuportável. Foram enterrados no cemitério de Upper Grandview, acima da estrada, um túmulo ao lado do outro. A mãe e o pai de Dena tinham vindo. Neil mal conseguia olhar para eles. Não conseguia se livrar de uma sensação de culpa. Era um sulista, tinha sido criado para honrar mulheres e lhes dar proteção, defendê-las. Era um dever. Se estivesse no trem, de alguma forma isso não teria acontecido. Havia falhado com os dois, como o professor de filosofia de Valley Cottage cuja casa fora arrombada e ele e a esposa idosa assaltados. Ele nunca mais foi o mesmo. Não era tanto os ferimentos e o medo contínuo, era a vergonha que ele sentia. Não tinha sido capaz de proteger sua mulher.

Sob muitos aspectos, Eddins parecia o mesmo, o de sempre, ligeiramente mais informal. Usava uma flor na lapela, na *boutonnière*, falava com as pessoas, brincava, mas havia coisas que não se podia ver. Tinha falhado com eles. Estava manchado.

Durante algum tempo, continuou morando na casa, mas não gostava de voltar para lá à noite, para o vazio e o que parecia o conhecimento do mundo de que ele estava sozinho. Alugou um pequeno apartamento na cidade, abaixo do parque Gramercy, onde, à noite, assistia o noticiário e tomava um drinque, às vezes um segundo e um terceiro, e decidia não fazer o jantar, simples assim. Não estava deprimido, mas vivia com a sensação de injustiça. Havia momentos em que quase caía em prantos por sua solidão e tudo o que perdera. Via-os agora pelo que eram e tinham sido, os grandes dias de amor. Ela havia pedido e exigido tão pouco. Ela havia lhe dado todo o seu amor, seu grande sorriso, seus dentes, toda a sua tolice despreocupada. Eu te amo tanto — quem podia dizer isso com a inegável verdade de incontáveis atos amorosos por trás? Ele não fizera tudo o que devia, devia ter dado mais. Daria agora, pensava, e dizia em voz alta, daria tanto! Ah, meu Deus, dizia, e se levantava para pegar outro drinque. Não se torne um bêbado, pensou. Não se torne objeto de piedade.

Bowman tinha o oposto. Sem esposa nem namorada, parecia ter assentado na vida corriqueira de solteiro, confortável, aparecendo de terno azul-marinho em restaurantes e leituras, à vontade no mundo visível, familiar.

A realidade, porém, era diferente.

Ele não estava vivendo inteiramente com Christine, ela havia se oposto a isso até que sua vida, explicou, estivesse mais equilibrada. Continuava passando a noite com ele no apartamento duas ou três vezes por semana. Encontrava-o no fim do dia, às vezes com um buquê de flores ou uma revista de moda, uma edição europeia com suas sugestões de glamour da vida de lá.

Não estavam casados, mas gozavam dos prazeres do amor sem culpa. Era impossível saciar-se com ela. O que Tchecov tinha dito era que o ato amoroso que ocorria uma vez por ano tinha uma potência assombrosa, a potência de uma grande experiência religiosa e com frequência maior era apenas algo como nutrição, mas, se o preço era esse, Bowman estava mais que disposto a pagá-lo.

De manhã, havia roupas dela espalhadas, o sapato de que ele particularmente gostava perto de uma cadeira. Ela estava na cozinha estreita fazendo café. Podiam viver em harmonia, ele sabia disso pelo modo como ela falava e se comportava, pela intimidade deles. Já tinha se apaixonado antes, profundamente, mas sempre por outra, por alguém que não era como ele mesmo. Com Christine havia a sensação de sempre tê-la conhecido. Se conseguisse fazê-la se livrar do marido, podiam se casar.

Pensava nisso enquanto atravessavam o Central Park, verde e imenso, com suas demarcações de edifícios altos brilhando na luz da manhã. Apesar de toda segurança e altivez, Christine estava em busca de estabilidade. Havia confessado isso e era algo que ele podia fornecer, além de muito mais. Ele observava a juventude de várias pessoas que passavam. Estava no meio da vida e apenas começando.

No fim de semana, choveu. Ficaram em casa. Deitados na cama, na tranquilidade da tarde, a chuva como névoa na janela. Ela assistia a alguma coisa na televisão, um filme antigo, italiano, aliás ele estava lendo Verga, siciliano. Uma mulher de vestido decotado pintava as unhas, enquanto dois homens conversavam. Era em preto e branco, camisas brancas, rostos italianos, cabelos escuros. As legendas estavam meio borradas, Christine mal conseguia ler. Enquanto Bowman lia, a mão dela deslizou para dentro do robe dele e segurou seu pau, quase distraída, embora, quando ele ficou ereto, o polegar dela começou a deslizar por ele todo. Ela havia tirado o som. Ele ouvia a si mesmo engolindo saliva. Pelo canto dos olhos, via a face macia de Christine. Ela estava assistindo ao filme tranquilamente. Seu pau estava duro, esticado como uma cicatriz. À margem de um lago, uma mulher de combinação preta lutava com um homem. De repente ela se soltou e correu, mas então, por alguma razão, desistiu e esperou seu destino. No close, seu rosto estava resignado mas cheio de desprezo.

Ele havia parado de ler, as palavras não faziam sentido. O filme continuou. A mulher ia ser morta. Ele jamais esqueceria o rosto marcado por lágrimas ou os braços nus se erguendo para abraçar o assassino. Ele sentia um prazer torturante. O filme continuava e continuava. De vez em quando, a mão de Christine apertava de leve, como para lembrá-lo. Finalmente, vieram os créditos.

Ele estava livre para fazer qualquer coisa. Nunca tinha sido assim, nem com Vivian, certamente não com Vivian, nem com Enid. Ela estava nua da cintura para baixo e ele a tinha virado de bruços e pegado o livro, voltado a ler, uma mão de proprietário em sua nádega. Ela ficou deitada, imóvel, o rosto virado de lado. Não eram iguais, não agora. Toda a vida dele tinha sido uma preparação. Logo depois, começaram. A cidade estava silenciosa. Ele roçou o pau lentamente em sua boceta erguida, como se banhasse toda sua extensão. Por fim, o colocou. Foi um amor prolongado em que ele sentiu a mente vazia. Não viam nem escutavam a chuva.

Depois, eram como vítimas, deitados de costas, sem poder se mexer.

"Não existe nada igual no mundo. Simplesmente não posso imaginar nada na terra mais... extremo", ele disse.

"Heroína", Christine murmurou.

"Você já usou heroína?"

"Quatro vezes mais agradável que sexo. Um prazer que não dá para comparar com nada. Acredite em mim."

"Então você usou."

"Não, mas eu sei."

"Não quero ser lembrado apenas como um homem bacana."

"Você não é um homem bacana. É um homem de verdade. Você sabe que é", ela disse. "Naquela noite, no táxi, eu já sabia."

Tudo o que ele quisera ser, ela estava lhe oferecendo. Ela lhe havia sido dada como uma bênção, uma prova da existência de Deus. Ele nunca havia sido realmente recompensado. Nunca havia sido recompensado com uma moeda verdadeira. Ela tinha pego na mão dele por acaso e ele entendeu o que ela estava pensando. Podiam ficar deitados daquele jeito conversando durante dias, ou quietos. A tarde tinha sido inesquecível.

"Por que nós estamos sempre tão cansados?", ele perguntou. "Não pode ser tanto esforço assim."

"Pode, sim", ela disse.

Eddins se recuperou devagar. Por fim aceitou o que acontecera, mas ficou marcado. Estava menos comprometido com a vida e mais passivo. Ao contrário de seu eu anterior, era capaz de sentar e escutar calado. Ficou ouvindo as duas mulheres a seu lado no teatro, antes de a cortina subir, falando, entusiasmadas, de um filme que tinham visto, o que acontecia nele e como era tão igual à vida. Tinham seus quarenta anos, talvez, e não eram nada diferentes das mulheres por quem ele se interessaria, se as conhecesse, mas não tinha interesse em conhecê-las. E tampouco o casal duas fileiras à frente, a mulher. Ficou deslumbrado com seu cabelo cheio, bonito, com a gola de pele do casaco. Sua cabeça estava quase encostada na do marido e de quando em quando ela se voltava ligeiramente e lhe dizia alguma coisa. Tinha maçãs do rosto eslavas, nariz comprido que descia direto da testa, um nariz romano, sinal de autoridade. Ele era capaz de olhar o rosto de uma mulher, pensou, e quase descrever sua personalidade. A namorada de Delovet, que era atriz ou tinha sido, de qualquer modo um pouco baixa para isso, Eddins classificou à primeira vista como bêbada e provavelmente desagradável se não fizessem amor com ela. Delovet estava tendo dificuldades para se livrar dela. Achava-a chata, impaciente, mas ao mesmo tempo gostava de exibi-la. Seu nome era Diane Ostrow, e a chamavam de Di Di. Eddins nunca encontrara ninguém que a tivesse visto no palco. Tinha cabelo preto e uma risada voraz. Além disso, era esperta apenas o suficiente para se impedir de escorregar mais baixo. Sem muito esforço, podia ser convencida a citar vários astros com quem tinha ido para a cama. Gostava quando eles ficavam de cabeça para baixo, nus para ela.

"Muitos fizeram isso?"

"Dois", ela respondeu de um jeito distraído. "Então, que tipo de coisa você gosta de fazer?", ela perguntou a Eddins.

"Luta livre", ele respondeu.

"É mesmo?"

"Lutei na universidade", disse. "Eu era um terror."

"Qual universidade?"

"Todas", ele respondeu.

Um dia, num táxi em direção ao sul do parque, ele viu uma mulher na esquina com um sapato caro e o casaco amarrado na cintura com um cinto de tecido, uma mulher com as pretensões de sua classe em todos os detalhes. Ela sem dúvida vivia na rua e talvez tivesse preocupações e cuidados comuns, mas sua imagem o impressionou pela postura ou mesmo, à sua maneira, pela elegância.

Começou a prestar atenção à própria roupa e aparência. Comprou umas camisas de algodão macio e um cachecol de seda azul. Quando o tempo estava bom, ia a pé para o trabalho.

Foi por volta dessa época que conheceu uma mulher divorciada chamada Irene Keating, na Biblioteca Pública de Nova York. Foi depois de uma palestra e as pessoas paradas no corredor tomavam vinho. Ela estava sozinha, não muito à vontade, mas com um vestido bonito. Morava em Nova Jersey, a poucos minutos dali, disse.

"Mais que uns poucos minutos", ele disse.

"Você mora na cidade?"

"Tenho uma casa em Piermont", ele respondeu.

"Piermont?"

"Ao pé das montanhas Ngong."

"Das o quê?"

"Elas não são muito conhecidas", ele observou.

Ela não era do meio literário, mas ele gostou do rosto que mostrava uma natureza agradável.

"Achei a palestra — o que você achou? —, achei um pouco chata", ele disse.

"Que bom que você disse isso. Eu quase dormi."

"Não é uma sensação ruim. Às vezes, quero dizer. Você vem sempre?"

"Bom, sim e não. Geralmente venho com a esperança de encontrar alguém interessante."

"Você se daria melhor em muitos bares."

"Então por que você não está num bar?", ela disse.

Ele a levou para jantar uns dias depois e acabou lhe contando histórias sobre Delovet, o iate sem motor em Westport, sua antiga namorada romena de quem ele gostava de dizer "Eu podia deportar essa moça", sobre Robert Boyd, o ex-pregador que Eddins nunca conheceu pessoalmente, mas de quem gostava muito. O pai de Boyd tinha morrido e ele estava morando sozinho no campo, numa desesperada pobreza, como sempre.

"Você gostaria dele. As cartas que ele escreve têm muita dignidade."

Ela ouviu arrebatada. Perguntou se ele não gostaria de ir jantar na casa dela.

"Faço uma coisa gostosa", ela disse.

Ele concordou em ir no sábado. Então, no trem a caminho junto com a multidão do anoitecer, ele se viu lamentando a decisão. Todos estavam indo para casa encontrar suas famílias. Conhecia a vida deles.

Ela foi encontrá-lo na estação e seguiram de carro até a casa dela a cinco ou seis quarteirões dali. Era uma casa geminada com degraus de tijolo e corrimão de ferro. Dentro, porém, era menos desagradável. Ela quis pendurar o casaco dele, mas Eddins não aceitou, deixe na cadeira mesmo, falou. Ela serviu champanhe e o fez entrar na cozinha, onde pôs um avental sobre o vestido e continuou cozinhando enquanto conversavam. Parecia mais jovem e excitada.

"O champanhe está bom?", ela perguntou. "Comprei me baseando no preço."

"Muito bom."

"Gostei que você tenha vindo", ela disse.

"Você mora aqui há muito tempo?"

"Experimente isto", ela disse, estendendo-lhe uma colherada do que parecia ser um consomê.

Estava delicioso.

"Eu mesma fiz. De sobras."

A mesa estava posta para dois. Ela acendeu velas e depois que se sentaram pareceu relaxar um pouco. A luz da sala era suave, talvez colorida pelo champanhe. Ela encheu as taças de novo. De repente se levantou, tinha esquecido de tirar o avental, que despiu, despenteando o cabelo. Sentou, se levantou outra vez e, decidida, se inclinou sobre a mesa para beijá-lo. Ainda não tinham se beijado. O consomê estava na frente deles; ela ergueu ligeiramente o copo.

"À noite das noites", disse.

Comeram pombo assado, as aves suculentas, douradas em seu leito de arroz amanteigado. Ele não se lembrava do que aconteceu em seguida. A cama era larga e ela parecia nervosa como uma gata. Tentava se afastar dele ao mesmo tempo que o puxava para si, não tinha se decidido ou hesitava. Chutava e se virava, ele sentiu que estava tentando pegá-la. Depois, ela se desculpou e disse que era a primeira vez que fazia amor em três anos, desde o divórcio, e que tinha adorado. Beijou as mãos dele como se ele fosse um padre.

248

De manhã, estava sem maquiagem. Por alguma razão —
pela pureza de seus traços nus — ela parecia sueca. Conversaram
sobre o casamento dela. O ex-marido era um empresário, gerente de vendas. À luz do dia, a casa parecia banal. Não havia estantes. Ele notou que a mágica sala de jantar estava com o papel
de parede rasgado. Já o encontraram assim quando se mudaram
para lá, ela disse.

20. A casa do lago

Estava tudo ainda adormecido, intocado pela varinha de condão. Ao longo da estrada, havia casas de fazenda, algumas com suas terras, e uma, antiga e branca, que era uma casa de cômodos. Podia-se alugar um quarto por semana ou por temporada e ficar ali olhando para o campo plano, ininterrupto, caminhar meditativamente ou rodar numa bicicleta estropiada pela praia por quase dois quilômetros. Mais adiante, havia um cemitério circundado pela estrada que parecia um navio naufragado e, ainda mais longe, uma casa sem pintura, insípida, debaixo das árvores, que era alugada para gente jovem que às vezes dava festas ao ar livre no fim do dia e noite adentro, os carros estacionados de qualquer jeito e jarras de vinho barato.

Em anos anteriores, os pintores tinham ido para lá porque era barato e por causa da luz, da luz clara e transcendente que parecia vir de muitos quilômetros nas tardes longas. A vida era tranquila. Havia casas grandes atrás de cercas vivas e outras em terrenos de fundos, algumas de quando tudo começou por ali. A afluência da descoberta ainda não havia invadido o local. Nas dunas, havia chalés simples, alguns pertencentes a fazendeiros.

O campo combinava com Christine, ela disse a si mesma. Era bonito, aberto. A luz era de um jeito como nunca se vira, o ar, o vento, o mar. Ela evitava voltar à cidade e Bowman ia passar longos fins de semana ali. Ela o recebia com sua sensação de felicidade. Seu sorriso glorioso. Na barraca à beira da estrada, com suas bancadas de produtos colhidos no campo, milho verde, tomates, morangos, ela era reconhecida. Normalmente duros com clientes, quando ela parava ao balcão com os braços cheios, eles tornavam-se brandos e sorriam.

Ela decidira renovar sua licença de corretora e foi procurar Evelyn Hinds, cujo nome tinha visto em placas de Vende-se. O escritório da sra. Hinds ficava em sua casa logo adiante da New Town Lane, branca, com cerca de estacas brancas e uma placa caprichada.

Evelyn Hinds era um bolinho de mulher com olhos brilhantes que captavam tudo imediatamente e uma risada pronta. Sentia-se à vontade com as pessoas. Seu primeiro marido tinha caído de avião no mar — acreditava-se que havia sido assim, ninguém nunca mais o vira —, mas depois ela se casara outras duas vezes e mantinha boas relações com os dois ex-maridos. Christine foi vê-la de calça escura e uma jaqueta curta de linho.

"Chris, posso te chamar assim?", perguntou a sra. Hinds. "Quantos anos você tem, se não se importa de eu perguntar."

"Trinta e quatro", Christine respondeu.

"Trinta e quatro? É mesmo? Não parece."

"Bom, e o pior é que eu às vezes digo que sou um pouco mais nova."

"Você mora aqui?"

"Moro, estou morando aqui agora. Tenho uma filha de dezesseis anos. Fui corretora de imóveis em Nova York durante sete anos."

Não tinha sido tanto assim, mas a sra. Hinds não questionou.

"Com quem você trabalhava?", perguntou.

"Com uma corretora imobiliária pequena do Village, Walter Bruno."

"Você fazia alugueis ou vendas?"

"Vendas principalmente."

"Adoro achar casas para os clientes."

"Eu também gosto."

"É como se a gente se casasse com eles. Você é casada?"

"Não, sou separada", Christine disse. "Não estou procurando marido."

"Graças a Deus."

"Como assim?"

"Ninguém teria chance", disse a sra. Hinds.

Ela gostou de Christine e aceitou-a.

Era uma corretora pequena, só quatro pessoas. Ela disse a Bowman que ia gostar.

"Eu já vi o nome dela", ele disse. "Como ela é?"

"Muito objetiva, mas tem outra coisa importante. Agora que estou nisso outra vez", disse, "vou encontrar uma casa para você."

Anet, que tinha voltado da escola, estava na estação junto com a mãe, Bowman a conheceu ao desembarcar do trem. Seu rosto era jovem, cheio de frescor, e se escondeu um pouco atrás de Christine. Portas de carro batiam e famílias falavam umas com as outras.

"Tem feito dias maravilhosos", Christine disse a ele enquanto iam para o carro. "Dizem que vai ficar assim o fim de semana inteiro."

"Quando você chegou?", ele perguntou a Anet.

Queria que o contato fosse fácil entre eles.

"Quando eu cheguei?", ela perguntou a Christine.

"Na quarta-feira."

"É ótimo que você esteja aqui."

Deixaram para trás o tráfego na saída da estação e seguiram pelo fim da tarde, os faróis acesos inundando a estrada como um convite para uma noite maravilhosa.

"Onde nós vamos?", ele perguntou a Christine. "Você fez algum jantar?"

"Tem alguma coisa lá em casa", ela disse.

"Vamos ao Billy? Vamos lá. Já esteve em algum desses lugares?", perguntou a Anet um tanto tolamente.

"Não", ela respondeu.

"Eu preferia ir àquele primeiro lugar, dos dois irmãos", Christine disse.

"Tem razão. Melhor lá."

Quando estavam subindo os degraus e depois entrando, Bowman sentiu uma sólida felicidade, as duas mulheres e a aura que elas emanavam. Anet falou durante a refeição, mas apenas com a mãe. Mesmo assim, Bowman gostou. Parecia confortável. Voltaram para casa mergulhados num azul profundo, luxuriante, passando por casas com tranquilizadoras luzes acesas.

Anet não só era tímida como mantinha distância dele. Pertencia a sua mãe e, com certeza, ao pai. Era leal a ambos. Era difícil para ele conseguir sua aceitação. Sentiu também como ela estava infeliz por ele ser amante de sua mãe, uma palavra que nunca usara — havia um ciúme nascido da consanguinidade. Ela expressava isso o excluindo, embora algumas vezes sentassem juntos, os três, de um jeito natural, ouvindo música ou assistindo televisão. Ele notou os gestos femininos iguais aos da mãe. Mesmo sem querer isto, estava sempre consciente da presença dela na casa, às vezes terrivelmente consciente. Seus pensamentos voltaram a Jackie Ettinger, a garota de muito tempo atrás em Summit, quase mítica. Ele nunca conhecera Jackie. Parecia que não ia conhecer Anet também.

Quando estava longe dela — durante a semana —, conseguia pensar com mais calma na imagem que ele queria passar, o consorte de longa data — não era essa a palavra —, o homem que a mãe dela amava, nada muito sexual, como fora com o pai de Anet, embora claramente não fosse assim, dada a intensidade dos sentimentos de Bowman, a intensidade emocional que estava quase o tempo todo presente.

Domingo de manhã, quando ainda não fazia calor, mas a luz era estonteante na praia e a arrebentação das ondas de uma luminosidade quase violenta, eles foram se sentar nas dunas com cadernos do jornal, lendo em contemplação, sentindo o sol. A água estava fria, havia poucas pessoas. Gente do México, ele notou, embora nunca tivesse estado lá. A simplicidade. Era junho e o verão havia chegado. As pessoas lá estavam, mas ainda não em multidões. Era uma espécie de exílio. Estavam lendo o que tinha acontecido no mundo. Quando o sol estivesse acima de seus ombros, iriam para casa, almoçar.

Os Murphy deviam levar essa vida em Antibes. Tinham uma casa mais para o leste. Gerald Murphy gostava de nadar e nadava quase dois quilômetros no mar todos os dias. Bowman mencionara isso, mas não interessou ninguém. Notou que outras pessoas, três ou quatro, estavam nadando. Levantou-se e foi até a água. Ficou surpreso ao descobrir que estava mais quente do que ele esperava. Chegou a seus tornozelos quase tentadora. Ele entrou até os joelhos.

Voltou para onde estavam deitados, perto da cerca castigada pelo tempo.

"A água está quente", disse.

"Você sempre diz isso."

"Está bem quente."

"Brrr", Anet fez.

"Venha ver."

"Vá você, Anet."

"Tenho medo das ondas."

"Não são ondas fortes, são só ondinhas. Venha, eu vou entrar também. Philip quase me afogou no verão passado."

"Como?"

"Aquelas eram ondas de verdade. Hoje não estão tão grandes. Venham, vamos entrar."

A água estava fria de início. Anet ficou parada à beira, sem querer entrar, mas Christine entrou e ela a seguiu, relutante, caminhando. O fundo estava liso. Passaram a linha baixa das ondas e entraram na água mais profunda, onde as ondas os levantavam suavemente. Nadaram sem falar, apenas com a cabeça fora da água, subindo e descendo. O céu parecia aplacar todos os sentimentos. Duas vezes nas semanas anteriores, depois de algum leve sinal de conselho, Anet comentara: "Você não é meu pai", e ele sentira a ferroada, mas agora ela sorria para ele, não calorosa, porém com satisfação.

"E então?", ele perguntou a ela.

"Adorei", ela respondeu.

Saíram como um trio, sem fôlego e sorridentes. Anet seguiu à frente, flexível, com passos largos, passando os dedos pelo cabelo para ajeitá-lo. Sentou-se ao lado de Christine, os joelhos quase se tocando, e apoiou-se nela cheia de felicidade.

Ela fez alguns amigos, entre eles uma garota chamada Sophie que era calma e tinha cabelo loiro ondulado. Era filha de um psiquiatra. Num dia de chuva, sentaram-se os quatro para jogar cartas. Sophie havia tirado um brinco que estava examinando enquanto o jogo seguia na mesa. Quando chegou sua vez, ela descartou uma carta de espadas de valor baixo.

"Você errou", Bowman comentou, querendo ajudar.

"Errei?", ela perguntou. Estava praticando como louca.

Ela não se deu ao trabalho de pegar logo a carta jogada errado, mas depois, quase com resignação, pegou-a de volta e jogou outra. Christine admirava seu aplomb e o batom vermelho-escuro que usava, até a noite em que Anet foi ao cinema com ela e só voltou depois da meia-noite. Christine esperou preocupada, assistindo televisão. Por fim, ouviu a porta da cozinha fechar.

"Anet?", chamou.

"Oi."

"Onde você esteve? Já é quase de madrugada."

"Desculpe. Eu devia ter telefonado."

"Onde você esteve? O filme terminou há horas."

"Nós não fomos ao cinema", Anet disse.

Bowman achou que não devia ouvir. Entrou na cozinha, mas continuou ouvindo mesmo assim.

"Você disse que iam ao cinema."

"É, seu sei."

"E o que vocês fizeram?"

"Nós ficamos andando."

"Andando? Onde?"

"Na rua, só."

A espera tinha deixado Christine nervosa e havia alguma resistência na voz de Anet.

"Você bebeu alguma coisa?"

"Por que está perguntando isso?"

"Não interessa por quê. Bebeu?"

Houve um silêncio.

"Andou fumando? Maconha?"

"Tomei um copo de vinho."

"Onde vocês beberam? É contra a lei."

"Não é contra a lei na Europa."

"Aqui não é a Europa. Aonde você foi? Com quem estava?"

"Com uns amigos da Sophie."

"Rapazes."

"É."

Ela estava falando em voz baixa.

"E quem são eles? Como é o nome deles?"

"Brad."

"Brad o quê?"

"Não sei o outro nome."

"E o outro rapaz?"

"Não sei", disse Anet.

"Não sabe o nome deles."

"A Sophie sabe", disse Anet.

A voz dela começou a oscilar.

"Por que você está chorando?"

"Não sei."

"Por que você está chorando?", Christine repetiu.

"Não sei."

"Sabe, sim."

"Eu não sei!"

"Anet!", Christine exclamou.

Ela havia saído da sala. Depois de alguns momentos, Christine entrou na cozinha.

"Eu ouvi tudo", disse Bowman.

Christine estava claramente perturbada.

"É o meu pior pesadelo", disse ela.

"Ela pareceu sincera. Não deve ter sido nada importante."

"Por que ela está fazendo isso?"

"Não está fazendo nada de mais. Elas querem conhecer rapazes."

"Como você sabe?"

"Como assim, como eu sei?"

"Você não tem filha."

"Não", ele disse.

A porta da frente bateu. Christine fechou os olhos e pôs as pontas dos dedos neles para se acalmar.

"Eu estou com medo de ouvir o carro sendo ligado. Querido, por favor. Você pode ir lá fora e fazer ela entrar? Eu estou nervosa demais."

Bowman não disse nada, mas depois de alguns instantes saiu no escuro. Afinal, a viu além do fim da entrada da casa. Ela o ouviu chegar, porém não se virou. Ele não tinha nenhuma segurança no que estava fazendo.

"Anet", disse. "Posso falar com você um instante?"

Ele esperou.

"Na verdade não tenho muito a dizer sobre isso", ele falou, "mas acho que deve ser menos grave do que está parecendo."

Ela dava a impressão de não estar ouvindo.

"Talvez você possa telefonar para ela da próxima vez, dizer que está tudo bem, que vai demorar um pouco mais. Pode fazer isso?"

Ela não respondeu. Estava olhando alguma coisa branca se mexer no escuro do alto das árvores distantes. A coisa ia, depois parecia virar de alguma forma e desaparecer. Quase imediatamente voltava mais alto.

"É uma garça", ele disse.

Enquanto olhavam, a garça foi na direção de algumas árvores muito escuras e depois, passando por uma abertura entre os galhos mais altos, para o céu da noite.

"Era uma garça?", ela perguntou.

"Deu para ver o pescoço."

"Eu não sabia que elas voavam à noite."

"Acho que voam."

"Lá se foi a garça", ela disse.

Ele olhou para ela, para ver se havia algum duplo sentido, mas não soube dizer. Seu medo dela havia diminuído e, sem dizer mais nada, voltou atrás dela para casa.

Uma tarde, nesse outono, Christine telefonou para ele. A voz cheia de excitação.

"Philip?"

"Sim. O que foi?"

"Uma coisa maravilhosa. Encontrei a casa."

"Que casa?"

"Encontrei a casa perfeita, a que você estava procurando. Na hora que eu vi, tive certeza. É uma casa antiga, não muito grande, mas tem quatro quartos, fica próxima de um lago, é parte do lago. Pertence a um velho casal há trinta anos. Eles não anunciaram, mas estão interessados em vender."

"Como você encontrou?"

"Evelyn ficou sabendo. Ela sabe de tudo o que acontece."

"Quanto custa?"

"Só cento e vinte mil."

"Só isso? Eu fico com ela", ele disse alegremente.

"Não, deixe eu mostrar para você neste fim de semana. Você precisa ver."

Da estrada não dava para ver o lago. Ele ficava num nível mais baixo. Havia uma entrada longa de terra que parecia terminar entre duas árvores antigas. Era uma manhã clara de outubro. Seguiram e de repente avistaram a casa. Ele jamais esqueceria essa primeira visão, a sensação de familiaridade que teve de imediato, embora não fizesse a menor ideia do que esperar. Era uma linda casa antiga, como uma casa de fazenda, mas isolada, perto do lago. Entraram pela porta da cozinha, que dava para uma varanda estreita. A cozinha era um espaço grande e quadrado com estantes abertas e uma despensa que tinha sido um armário. O quarto principal ficava no andar de baixo. Havia três quartos pequenos no andar de cima. Ele notou que o corrimão da escada era de pinho sem acabamento, lixado pelo uso das mãos. As tábuas do chão eram largas, assim como as janelas.

"Tem razão", ele disse. "É uma casa linda."

"Maravilhosa, não é?", ela perguntou.

"É, realmente especial."

As paredes e o teto estavam em boas condições. Não havia marcas de goteiras nem rachaduras. Ela achou que dois quartos pequenos podiam ser transformados num só.

A vista do andar de cima era para duas casas de bom tamanho do outro lado da água, meio escondidas pelas árvores.

"Tem aquecimento?", ele perguntou.

"Tem. Tem um meio porão com uma caldeira."

Saíram e desceram até o lago onde, não muito longe, se via o vago contorno de um barco a remo afundado.

"De que tamanho você disse que é o terreno?"

"Tudo isto. A propriedade vai até a estrada. Pouco mais que um acre."

"Cento e vinte", ele disse.

"Só isso. O preço está muito bom."

"Bom, acho que vou comprar."

"Fico tão contente! Eu sabia que você ia querer."

"Vai ser muito bom morar aqui. Podíamos até nos casar."

"É, podíamos."

"Isso quer dizer que você aceita?"

"Eu teria de conseguir o divórcio."

"Por que a gente não se casa e você se divorcia depois?"

"E vamos morar na cadeia", ela disse.

"Seria bom."

Ele comprou a casa, com todas as instalações, por cento e vinte mil dólares. Comprou em nome dos dois, uma casa de campo ideal, grande o suficiente para um ou dois hóspedes de vez em quando, localização perfeita, uma casa para chamar de casa.

O banco de Bridgehampton fez uma avaliação generosa dos bens dele e lhe deu uma hipoteca de sessenta e cinco mil dólares. Ele teve alguma dificuldade para reunir a diferença. Vendeu a maior parte das ações que possuía e tomou emprestados oito mil dólares de uma linha de crédito.

Fecharam o negócio na primeira semana de dezembro e se mudaram no mesmo dia, levando duas poltronas estofadas compradas num antiquário — na verdade, uma loja de móveis usados — em Southampton. Estavam muito felizes. Nessa noite, acenderam a lareira e fizeram um jantar. Tomaram uma garrafa de vinho e mais um pouco de outra enquanto ouviam música. Uma noite de sonho, a primeira noite deles na casa. Na cama, ele tirou a camisola dela por cima da cabeça e deixou cair no chão. Ela deitou em seus braços, foi como uma noite de núpcias. Ele pegou o braço dela e colou os lábios na parte interna do cotovelo, num longo beijo ardente.

Logo depois, chegou o Natal. Anet tinha ido a Atenas para passar com o pai. A casa ainda estava com pouca mobília, apenas um sofá, algumas cadeiras, duas mesas e uma cama. As janelas não tinham nem venezianas nem cortinas, e seria árido passar os feriados ali, mesmo com uma árvore. Na cidade, as ruas estavam animadas. Era Natal em Nova York, multidões correndo para casa na noite que caía cedo, capitães do Exército da Salvação tocando suas sinetas, a catedral de St. Patrick, o teatro cheio de brilho das vitrines das grandes lojas, mansões de abastança, gente próspera olhando. Estavam tocando Good King Wenceslas, os garçons usando chifres de rena — Natal no mundo Ocidental, como em Berlim antes da guerra, as florestas de um verde profundo da Eslováquia, Paris, a Londres de Dickens.

Havia uma festa na casa de Baum. Bowman não ia ao apartamento dele fazia muito tempo. Quando entrou com Christine e um homem de paletó branco pegou seus casacos, lembrou de quando tinha estado ali pela primeira vez, com Vivian e sua confiante ingenuidade de jovem.

"Philip, que bom ver você", Diana o saudou.

"Esta é Christine Vassilaros", ele disse.

"Como vai?", disse Diana, apertando a mão de Christine. "Por favor, vamos entrar."

A sala estava lotada. Diana dedicou atenção especial a Christine, sem dúvida já tendo ouvido falar dela. Sabia que Christine tinha uma filha e perguntou:

"Quantos anos ela tem?"

"Dezesseis."

"Deve ser linda", Diana disse com sinceridade. "Nosso filho, Julian, está estudando direito em Michigan. Ele se recusou a ir para Harvard. Era elitista. Eu quis matar o Julian."

"Aceita um charuto?", Baum perguntou a Bowman.

"Não, obrigado."

"Estes são muito bons. Cubanos. Aceite um para fumar depois. Comecei a fumar charutos. Um por dia. Gosto de me sentar e fumar depois que janto. Um charuto deve tocar seus lábios exatas vinte e duas vezes, pelo menos foi o que me disseram. É uma grosseria fazer diferente, o Cheever me falou. Na verdade, ele estava me ensinando a segurar um charuto direito. Esqueci como era."

"A única coisa que eu lamento", Diana disse a Christine, "é não termos tido mais filhos. Queria uns três ou quatro."

"Quatro é bastante."

"A melhor fase da minha vida foi quando o Julian era pequeno. Nada se compara a isso. Vocês têm sorte", ela disse a Christine, "ainda podem ter filhos. É para isso que a gente existe, na verdade. Agora estamos mais ou menos livres. Vamos à Itália. É bonito, mas aí eu penso no amor de um menino pequeno."

"Adoro a Itália", disse Baum. "O povo. Sabe, eu ligo para o

meu colega italiano e a secretária dele atende o telefone — a assistente dele, eu devia dizer. Roberto! Que ótimo falar com você! Devia estar aqui em Roma, está um dia lindo, o sol brilhando, você devia estar aqui! Não tem gente igual a eles."

"Por que você disse que a moça é assistente dele?", Diana perguntou.

"Secretária, então."

"Não são nada assim. Ela é que é um tanto saliente. Eduardo não é nada assim. Você fala com ele e ele diz: Alô, estou péssimo, o mundo está uma confusão. É um editor."

Outros convidados estavam chegando. Diana foi recebê-los. Baum ficou para conversar com Christine, adorou a aparência dela. Depois da festa, perguntou à esposa:

"O que você achou da nova namorada do Philip?"

"É nova?"

"Bom, não exatamente, mas com certeza não é velha."

"Não, ela é bem mais jovem."

"Ela remoçou um pouco o Philip."

"É, isso é o que todos costumam pensar", disse Diana.

Beatrice Bowman morreu nessa primavera. Estava fraca e desorientada havia bastante tempo. Achava que o filho era outra pessoa, e nas visitas dele havia longos períodos de silêncio em que ela ao menos parecia consciente da presença dele sentado a seu lado, lendo. Para o mundo que ela conhecia, para os seus poucos amigos que haviam se afastado, para todo mundo, menos para ele e Dorothy, não tinha mais importância ela viver. O que havia sido sua vida, as pessoas que conhecera e o poço profundo de memória e conhecimento haviam desaparecido ou secado e desmoronado. Ou assim parecia quando ela conseguia pensar a respeito. Ela não teria querido continuar assim, mas não conseguiu impedir isso. Por fora, ainda era bonita, mesmo alienada, e suas rugas do rosto eram suaves. Muitas vezes havia feito as últimas despedidas.

Contrastando com sua agitação normal, ela morreu tranquila. Simplesmente não acordou uma manhã. Talvez soubesse de alguma coisa na noite anterior, alguma tristeza não inteiramente familiar, uma diminuição de força. A não ser pela ausência de respiração, um sono não se diferenciava do outro.

Ela não deixou instruções. Bowman concordou com Dorothy que ela devia ser cremada e foram juntos à casa funerária para cuidar disso. Pediram que o caixão ficasse aberto, ambos queriam vê-la uma última vez. Na sala silenciosa, jazia a mãe dele. Ajeitaram seu cabelo e aplicaram cosméticos de leve em suas faces e lábios. Ele se inclinou e beijou sua testa. Parecia indecente. Alguma qualidade nela que ele conhecia, não apenas a vida, havia se apagado.

Ela nunca lhe contara tudo o que sabia, nem ele conseguia se lembrar dos dias da infância e das coisas que tinham feito juntos. Ela formara seu caráter, parte dele, o resto viera sozinho, de alguma forma. Ele pensou, com uma espécie de desespero, nas coisas que gostaria de conversar com ela ou de conversar de novo. Ela havia sido uma jovem de Nova York, recém-casada e, numa manhã abrasadora de verão, fora abençoada com um filho.

Por coincidência, a madrasta dele morreu nessa mesma primavera. Ele nunca a conhecera, nem as antecessoras dela. Alguém lhe mandou o recorte de um jornal de Houston. Vanessa Storrs Bowman era seu nome, tinha setenta e três anos, uma figura da sociedade. Examinando a foto, ele continuou lendo até que, com uma pontada de alguma coisa — não era de tristeza —, viu que seu pai tinha morrido dois anos antes. Sentiu um estranho solavanco do tempo, como se tivesse vivido uma vida em parte fraudulenta, e, apesar de todos os anos em que ele nem vira nem soubera do pai, alguma ligação essencial acabava de desaparecer. Vanessa Storrs Bowman tinha dois irmãos e o pai dela era presidente de uma companhia de petróleo. Tinha-se a impressão de dinheiro, de uma enorme riqueza até. Pensou em sua mãe e no parente rico e distante dela, um primo talvez, cuja mansão perto da Quinta Avenida a mãe apontava para ele. Lembrava disso ou era um sonho, três ou quatro andares de granito escuro, teto verde e portas de ferro e vidro? Talvez ela não existisse. Ele sempre pensava em passar pela casa um dia, mas nunca passou.

21. Azul

O ano em que ele teve a casa, a primavera e o verão desse ano foram o período mais feliz de sua vida, embora já tivesse se esquecido de épocas mais antigas. Não havia dinheiro para muita coisa, a não ser para a compra de alguns móveis para o andar de cima, mas no despojamento, na simplicidade havia muito espaço para a felicidade. As estações, as árvores, a grama um pouco crescida demais descendo para o lago, o sol espelhado nas janelas das casas do outro lado.

As manhãs de domingo, com a luz do mundo se derramando para dentro e o silêncio. Era uma vida de pés no chão, o frescor da noite nas tábuas do piso, as árvores verdes lá fora, os primeiros cantos tênues das aves. Ele chegava de terno e não o punha de novo até voltar para a cidade. A casa não podia ser trancada — a fechadura da porta da cozinha estava empenada. Os peitoris rachados pelo tempo, descascando, eles os lixou e preencheu algumas frinchas, mas não conseguiu tempo para pintar. Comprar a casa significara um pagamento em dinheiro de mais de cinquenta e cinco mil dólares. Ele tinha dado um jeito de reunir essa quantia. Nunca se preocupara muito com dinheiro. Ganhava trinta e quatro mil por ano, fora os almoços e, muitas vezes os jantares, pagos pela editora. Seu apartamento era de aluguel tabelado e ele pagava menos da metade do valor real. Ir à Europa duas vezes por ano não lhe custava nada e de vez em quando isso valia também para outros lugares, como Chicago, Los Angeles. Sob quase todos os aspectos, sua vida era confortável.

Beatrice não deixara nada, sua longa doença consumira tudo o que ela tinha. Ele esperava se tornar herdeiro de sua tia Dorothy, mas não fazia ideia do quanto isso significaria. Dorothy morava num pequeno apartamento com o piano ao qual Frank gostava de se sentar à tarde e tocar a música ligeira, tilintante que ela adorava. Vivia com a pequena pensão dela e com o Seguro Social. Todo verão, durante algumas semanas, ela visitava Katrina Loes, sua amiga de infância que tinha uma casa nas Thousand Islands. Ela nunca pedira nada — suas necessidades eram modestas. Se algum dia você precisar de alguma coisa… Bowman tinha dito. A resposta era sempre que ela não precisava de nada.

Quando Anet voltou da escola nesse verão, estava mudada, embora ainda amorosa com a mãe e com um temperamento tranquilo. Tinha sentido as exigências da vida comum, dos outros, de uma pessoa específica talvez, embora parecesse não ter namorado. Tinha consciência de ser atraente. Testava isso, não com Bowman. Estava acostumada a Bowman e o chamava de Phil. Não esteve muito em evidência ao longo do verão, saía com amigos, jogava tênis, ia a uma das piscinas deles ou tinha conversas aparentemente sem fim.

Numa tarde quente, ela estava lá em cima em seu quarto

quando de repente eles ouviram um grito aterrorizado. Christine subiu correndo a escada.

"O que foi? Anet!", ela gritou.

Anet havia deitado em cima de uma vespa. A picada a despertara. Estava com dor, chorando. Tinha sido muito aguda e inesperada. Christine tentava consolá-la. Bowman chegou com uma toalha de rosto molhada em água fria.

"Você vai ficar boa", ele prometeu. "Segure isto aqui em cima da picada. Para onde ela foi?"

"Quem?"

"A abelha."

"Não sei", Anet respondeu, soluçando.

"Quando elas picam, perdem o ferrão. Ele se solta. Tem farpas. Não tente puxar."

Não tinha sido uma abelha, embora ninguém soubesse o que era. Anet estava dormindo de short, que agora estava um pouco abaixado.

"Você vai ficar boa", ele disse.

"Está doendo."

Sua respiração estava curta e entrecortada.

"Dá para ver?", ela perguntou.

Como se estivessem num acampamento, ela abaixou a cintura do short ainda mais, virando a cabeça para se olhar. Tudo perfeito, a não ser por uma pequena área avermelhada.

"Não parece grave", Bowman disse, com certo desdém. "Agora vamos ver o outro lado", brincou.

"O outro lado está bom", ela disse, seca.

Mas ele se sentia à vontade com ela, a tratava como criança, como sua própria filha mesmo, e talvez ela sentisse isso também.

Um dia, ao anoitecer, ele estava sentado lá fora, fumando

um cigarro e olhando a superfície lisa do lago absolutamente imóvel e do outro lado as casas cujas luzes já estavam acesas e onde um carro passava devagar pelas árvores, primeiro por uma, depois por outra, semioculto por elas. O céu estava claro, o azul se tornando mais profundo. No oeste, dava para ver um aglomerado de nuvens de vez em quando se enchendo de luz. Não havia som, só muito lá longe. Apenas a escuridão das nuvens estranhamente iluminadas. Por fim, veio um primeiro trovejar indistinto.

Christine saiu à varanda.

"Parece que ouvi um trovão."

"É. Olhe lá."

Ela sentou ao lado dele.

"Não sabia que você fumava", ela disse.

"Só de vez em quando. Só fumo Gauloise, como os artistas de cinema franceses, mas nem sempre se encontra. Este aqui é um cigarro comum."

"Ah, olhe só", ela disse.

No céu, uma linha angulosa de um branco intenso foi até o chão. Depois de um intervalo que pareceu longo, veio o som baixo e surdo do trovão.

"Vai desabar uma tempestade."

"Adoro tempestades. Dá para ouvi-las."

"Se a gente conta o tempo, dá para saber a que distância o raio caiu", ele disse.

"Como?"

"É um quilômetro e meio para cada cinco ou seis segundos entre o raio e som."

Ela esperou outro relâmpago e começou a contar.

"Quanto foi, uns doze segundos?"

"Por aí."

Foi um trovão indistinto, difícil de dizer a distância. Havia agora um nítido banco de nuvens escuras e o trovão foi mais ameaçador, como o rugido de alguma fera enorme. A tempestade se aproximava, parecia vir a grande velocidade. O céu ficou escuro, iluminado por relâmpagos esporádicos e intensos. Soprou um vento. Com cheiro de chuva.

"Nós vamos ficar aqui fora?", ela perguntou.

"Só mais um pouquinho."

A grande nuvem de tempestade, a borda frontal dela, já deslizava acima deles. Era praticamente negra e imensa, como as faces de uma montanha. Parecia cobrir o mundo inteiro. Um raio caiu uns setecentos metros adiante com um tremendo crepitar e outro quase em seguida, com um estalido ensurdecedor.

"Melhor a gente entrar."

"Venha comigo", ela pediu.

"Estou indo."

Mal haviam entrado houve outro grande brilho de raio. O trovão parecia vir de cima deles. Do ponto em que estava na estrada, Anet foi correndo para casa e entrou pela porta da cozinha. Estava assustada.

"Você devia ter ficado no carro!"

Tinha anoitecido. Estava quase completamente escuro. Sentaram-se juntos na sala e em meio aos trovões ouviram o primeiro som nítido da chuva. Logo, era uma torrente. Jorrava. De repente, as luzes se apagaram.

"Ah, meu Deus."

"A gente está bem aqui?", Anet perguntou.

Houve um estalo alto e violento e a sala se iluminou como se o raio tivesse caído logo ao lado. Naquele instante, ele viu as duas abraçadas, os rostos brancos.

"Não, não, tudo bem", ele disse.

"Será que ele entra aqui?", Anet perguntou.

"Não. Não entra."

270

De quando em quando, com a chuva caindo, ele as via em relâmpagos cada vez menos intensos. Então, quase de repente, a chuva parou. O trovão soava longe. A terra pareceu se acalmar. Finalmente, Christine falou:

"Acabou?"

"Acho que sim."

"Quanto tempo você acha que vamos ficar sem luz?", Christine perguntou.

"Nós temos velas."

"Onde?"

"Numa das gavetas da cozinha", ele disse. "Vou buscar."

Ele encontrou e acendeu uma. Abalados, sentaram-se àquela luz tênue.

"Fiquei com medo que fosse atingir a casa", disse Anet. "E se ele tivesse caído na casa?"

"Você quer saber se a casa pegaria fogo? Provavelmente. Você não ficou apavorada, ficou?", ele perguntou.

"Fiquei."

"Bom, já passou. Eu nasci durante uma grande tempestade."

Ela ainda estava nervosa.

"Então você deve estar acostumado", ela disse.

O trovão se tornara suave e distante.

"Só tem essa vela?", Christine perguntou.

"Tem mais um toco."

Lá fora era noite agora. Depois de um instante, ele subiu para ver se as casas do outro lado do lago tinham luz.

"Não", disse ao descer. "Na cidade deve haver energia. Vamos para lá, comemos alguma e descobrimos o que está acontecendo."

No Century, ele almoçou tarde, com Eddins na biblioteca. Sentaram-se a uma mesa perto da janela que dava, mais ou menos, para a rua. Eddins estava de blazer e gravata amarela de seda. Ele e um sócio estavam comprando a agência — Delovet ia se aposentar, disse. Tinham estabelecido um preço e de quais livros Delovet continuaria recebendo parte das comissões.

"Acho que a maioria dos clientes vai continuar conosco", ele disse. "Não planejamos mudar o nome."

"Não, isso seria uma desgraça."

"Bom, teria esse risco, mas preferimos que a coisa corra mansa."

"Por que ele está se aposentando?"

"Sabe que eu não sei? Para se dedicar mais ao prazer, não que não tenha feito isso sempre. Ele já desfrutou bastante."

"O que aconteceu com a atriz?"

"Di Di?"

Delovet havia finalmente rompido com ela. Que se tornara uma bêbada. Da última vez que a vira, Eddins contou que ela havia caído na escada em uma festa. Coitada de você, sua bêbada, Delovet havia dito a ela. Tinha sumido fazia tempo. Delovet estava levando seu harém para a França.

"Viajar ainda parece ter seu encanto", disse Eddins. "Mas é gente demais, ônibus demais. Não tem estacionamento em lugar nenhum. Me lembro que quando eu era criança havia cento e trinta milhões de pessoas neste país, me lembro do número, a gente aprendia na escola. Havia uma coisa chamada recitação, talvez fosse de alguma outra coisa. O mundo era menor: havia a casa, havia o Nawth* e havia a Califórnia — ninguém nunca tinha ido à Califórnia. Vincent", ele disse, chamando o garçom, "você pode pôr isto aqui no freezer um pouco? Está meio quente."

A sala havia esvaziado. Não estavam com pressa. Eddins ti-

---

* *Nawth*, corruptela de *North*, "norte". (N. T.)

nha um livro na lista de best-sellers e um adiantamento consi-
derável para outro.

"Dena queria viajar", ele disse. "Ela sempre quis conhecer
a torre inclinada. Queria jantar no Nilo, olhando as pirâmides.
Devia ter casado com um homem mais bem-sucedido, com um
magnata. Eu devia ter tido mais sucesso. Ela era uma mulher
maravilhosa. Não posso nem falar. Como homem, não seria direito. Você viaja, sorte sua. Me lembro daquela mulher inglesa.
O que aconteceu com ela?"

"Está em Londres", Bowman respondeu. "Em Hampstead,
na verdade."

"Ah, está vendo, eu nem sei onde é isso. Hampstead. Talvez
algum lugar com gramados imensos e mulheres passeando com
vestidos compridos. Sabe, eu não conheci essa pessoa, você me
falou dela, mas nunca tive a chance de ver com os meus olhos.
Mulher incrível, com certeza. Você ainda é bonitão, seu porco.
Ela era alta? Não me lembro. Prefiro mulher alta. A Irene não é
muito alta. Acho que não vai ficar alta. Seria pedir demais. Vamos pedir mais uma garrafa desse vinho morno? Não, acho que
seria demais. Por que não vamos tomar alguma coisa no bar?"

Quando eram sócios novos, sempre bebiam junto ao balcão, Eddins maravilhosamente sociável. Ele ainda era sociável
e mais bem vestido ainda. Ajeitou um pouco a gravata de seda
quando foram para o bar.

"Agora Christine", disse ele. "Como vai a Christine?"

"Como assim, como ela vai?"

"Nada, só um bate papo normal. Não vejo mais ela. Está
morando no campo? Você a instalou lá?"

"Fixei lá."

"Seu peste. Já pensou em assentar?"

"Não existe ninguém mais assentado que eu."

"Case-se", Eddins sugeriu.

"Não tem nada que eu queira mais."

"Me lembro do seu último casamento, seu primeiro casamento, isso sim. O que aconteceu com aquela menina provocante que estava tendo um caso com o seu sogro rico?"

"Ele morreu, você sabe."

"Morreu? Foi tão intenso assim?"

"Não, não, nada a ver com isso. Ele casou de novo, um casamento feliz. Já faz um bom tempo. Parece que há séculos. As pessoas ainda tinham prataria da família."

"Eu acredito que aquela menina nunca amadureceu. O que será que aconteceu com ela? O que acha que ela anda fazendo hoje em dia?"

"Sabe, não faço a menor a ideia. A Vivian talvez saiba."

"A Vivian também era bonita."

"É, era mesmo."

"As mulheres têm essa qualidade. Eles vão permitir que elas sejam sócias daqui. Qual a sua opinião sobre isso? Provavelmente não as bonitas, só aquelas que a gente evita nas festas. Estamos no meio dessa coisa de mulher. Elas querem igualdade; no trabalho, no casamento, em tudo. Não querem ser desejadas, a menos que sintam vontade."

"Um absurdo."

"O negócio é que elas querem uma vida igual à nossa. Não dá para os dois sexos terem uma vida igual à nossa. Então o velho morreu, é? Seu sogro."

"Ele morreu, meu pai morreu."

"Sinto saber disso. O meu também. Morreu na primavera passada. Foi de repente, não consegui chegar lá. Sou de uma cidade pequena, família respeitável. A gente conhecia o médico, conhecia o presidente do banco. Chamava o médico e mesmo na hora mais ingrata ele ia na nossa casa. Ele conhecia a gente. Conhecia sua família inteira. Havia te erguido pelos pés quando você tinha dois minutos de vida e te deu a palmada que te arrancou o primeiro choro na vida. Integridade era a palavra que norteava a vida. Lealdade. Eu sou leal a essa coisa toda de infância, ao Velho Sul. Precisa ter lealdade pelas coisas. Quem não tem lealdade está sozinho no mundo. Eu tenho uma fotografia fantástica do meu pai com um uniforme da infantaria, ele fumando um cigarro. Não sei onde foi tirada. Fotografia é uma coisa incrível. Nessa fotografia ele ainda está vivo."

Ele fez uma pausa como para refletir ou virar a página.

"Estou vendendo esse livro para o cinema", disse. "Bela soma de dinheiro, mas que tubarões eles são. Indignos. Têm dinheiro demais, ilimitado. Eu tinha um escritor chamado Boyd, um ex-pregador, que sabia escrever, ele tinha o dom. Eu não conseguia vender os contos dele. Uma pena. Ele escreveu um conto que eu nunca vou esquecer sobre um porco cego, que era de partir o coração. O sonho dele era vender uma ou duas histórias para a *Harper's*. Não é pedir muito, outras pessoas conseguem, outros escritores que por uma razão ou outra eles preferem."

Apertaram-se as mãos na rua. Passava das duas horas e era uma bela tarde. A luz parecia excepcionalmente clara. Ele seguiu para Madison. Não havia bairro como aquele — as galerias nas ruas laterais com fragmentos de estátuas, os prédios de apartamentos burgueses nas esquinas, monumentos mesmo, nada impressionantemente alto, oito ou dez andares com janelas grandes. O tráfego não estava pesado, o verde do parque a um quarteirão. Na calçada, algumas mesas de um restaurante já fechado. Mulheres fazendo compras. Um velho passeando com um cachorro.

Mais adiante, havia uma livraria de que ele gostava. O dono era um homem magro de seus cinquenta anos, sempre de terno e que diziam ser de uma família rica da qual era o filho pródigo.

Desde criança adorava livros e queria ser escritor, tendo copiado depois, à mão, páginas de Flaubert e Dickens. Ele se imaginava numa sala toda iluminada em Paris, trabalhando solitário, e acabara indo para Paris, mas lá ficara apenas sozinho, incapaz de escrever.

A livraria era a cara dele. Havia apenas uma vitrine pequena e a loja era estreita na frente, comprimida pela escada do prédio de apartamentos vizinho, porém se alargava mais para o fundo, até o tamanho de uma sala, cheia de alto a baixo de estantes de livros, em nenhum dos quais Edward Heiman podia tocar sem hesitação, como se ele mesmo o tivesse originalmente posto ali. Podia-se confiar em suas recomendações. Conhecia bem seus clientes, se não de rosto pelo menos de nome, embora desconhecidos também entrassem e permanecessem ali. Havia se criado a um ou dois quarteirões dali, na avenida Park, onde ainda morava, e ter-se tornado um livreiro foi uma decepção para a sua família. Os best-sellers ficavam expostos num pedestal na frente, mas dividindo espaço com livros menos conhecidos.

Ele fazia grande parte de seu trabalho por telefone. Os clientes ligavam e encomendavam livros de que tinham ouvido falar, que eram entregues no mesmo dia no apartamento, às vezes acompanhados de um ou dois títulos da escolha dele que podiam ser devolvidos. Sua ideia do que valia a pena não deixava de levar a sua marca, livros bons que haviam escapado da atenção dos críticos — todos, menos os mais óbvios — e que quando abertos tinham um poder sedutor de informação ou de intelecto ou de estilo. As mulheres particularmente gostavam de seus conselhos e o achavam simpático, embora suas maneiras o fizessem parecer tímido. Tinha apreço por mulheres que usavam roupas masculinas, observara uma vez a Bowman — principalmente as japonesas. Gostava de mulheres escritoras, mesmo daquelas cuja reputação era de segunda classe ou mesmo de obras políticas. Homens tinham levado vantagem por séculos, ele sentia, e agora era a vez das mulheres. Era de esperar que houvesse excessos.

"*Clarissa*", ele disse com sua voz baixa. "É um livro aterrorizante. Merece atenção. Não vendemos muitos exemplares de *Clarissa*, claro, mas isso não quer dizer grande coisa. Whitman deu de presente mais exemplares de *Folhas da grama* do que vendeu, coisa que eu poderia fazer com uma porção de livros aqui. Não vendemos muito John Marquand nem Louis Bromfield, mas isso já é outra história."

Ele era casado, embora sua mulher nunca aparecesse. Alguém a descreveu como muito bonita. Não no sentido físico. Era ela inteira.

Uma mulher tão especial, portanto, como seu marido, com alguma coisa dos gostos dele ou talvez com seus próprios gostos. Ele habitava um mundo de livros. Ela não estava interessada em livros, preferia roupas e certas amizades. Já havia livros demais — podia-se ler um de vez em quando... Edward Heiman era talvez como Liebling ou Lampedusa em sua própria Sicília. As esposas deles estavam em algum outro lugar.

Bowman continuou andando. Era uma parte da cidade da qual gostava, uma parte confortável, rica, onde se podia pagar por excentricidades. O edifício de tijolos brancos em que o velho escritor Swangren havia morado ficava a apenas alguns quarteirões, e o caótico apartamento de Gavril Aronsky era ali perto. *O salvador* era um livro notório, pelo menos meio milhão de exemplares vendidos. Baum nunca pronunciou uma palavra de arrependimento por não tê-lo publicado. Aronsky havia escrito quatro ou cinco outros livros, porém sua reputação foi emagrecendo mais e mais. Ao envelhecer, ele também emagrecera até finalmente parecer um pássaro esfaimado. Quando alguém mencionava *O salvador*, Baum apenas dizia:

"É, conheço o livro."

No Clarke, um leve sentimento de reminiscência caiu sobre ele. O bar estava quase vazio àquela hora da tarde. As multidões tinham voltado a seus escritórios. Havia uns poucos bêbados perto da janela da frente, onde o sol impedia que fossem vistos com clareza. Ele se lembrou de Vivian e de sua amiga Louise. Também de George Amussen e de sua permanente reprovação. As duas filhas haviam compartilhado o amor dele por cavalos e ambas haviam se casado com o homem errado. A questão com Vivian era ela ser — Bowman não entendera isso na época — tão arraigadamente parte daquilo, da bebida, das casas imensas, dos carros com porta-malas cobertos de crostas de lama e sacos de comida de cachorro no bagageiro, da autoaprovação e do dinheiro. Tudo aquilo parecera secundário, até divertido.

Ele pediu uma cerveja. Sentia-se flutuando no tempo. Via sua imagem sombreada e grisalha no espelho atrás do balcão, como tinha visto a si mesmo anos antes, quando acabara de chegar à cidade, jovem e ambicioso, sonhando encontrar seu lugar ali e tudo o que isso significava. Analisou-se no espelho. Estava na metade da vida ou um pouquinho depois da metade, dependendo de onde se começava a contar. Sua vida real havia começado com dezoito anos, a vida em cujo ápice ele agora estava.

22. *Sapore di mare*

Christine ia menos à cidade, mas ela e Bowman eram como um casal casado juntos nos fins de semana. A vida dela realmente era no campo, o que parecia de alguma forma certo para ela. Tinha amigos, muitos que eram amigos dele, e ela era boa companhia. Recebera quase quatro mil dólares de comissão na casa. Se ofereceu para ajudar com a hipoteca, pagando as prestações durante algum tempo, visto que estava morando lá.

Perto do Dia de Ação de Graças, ela foi ver uma casa em construção em Wainscott e encontrou o empreiteiro da obra cortando tábuas para o piso. Ele parou e desligou a serra. Perguntou se podia lhe mostrar a casa. Estava construindo para vender e, quando isso acontecesse, provavelmente construiria ou reformaria outra. Ainda precisava ver como ia ser. Andaram pela construção. Ela estava de salto e teve de tomar cuidado com a escada inacabada. Casas sempre parecem maravilhosas antes de as paredes subirem. Ele tinha um jeito fácil e persuasivo de falar e perguntou se ela almoçaria com ele um dia, para conversarem sobre a venda daquela casa. Foi algo natural — ele não disse mais que isso.

* * *

Seu nome era Ken Rochet. Almoçaram num restaurante do outro lado do porto um pouco barulhento, mas conseguiram conversar. Ele tinha vindo da obra. Havia até um pouco de serragem em suas mãos. Estava com uma camisa polo azul. Parecia à vontade no mundo. Trabalhava, lia, cozinhava e vivia com mulheres, embora com nenhuma que ela conhecesse. Christine sentiu-se atraída por ele como se sentira por seu marido, irresistivelmente, sem consentimento. Havia algo nela que procurava homens assim. Estava além de qualquer coisa que pudesse explicar. Foi a camisa azul desbotada por incontáveis lavagens que a seduziu. Ele sabia mais de imóveis do que havia parecido, mas ainda assim ela conseguiu aconselhá-lo. Ele ficou olhando quando ela foi ao banheiro e voltou. Ela usava um vestido estampado. Ela parecia a ele um pássaro de plumagem gloriosa e ele uma raposa. Ele tinha uma solidez de que ela gostava. Era musculoso e jogava *softball* na segunda base de um time local. As recepcionistas o conheciam nos bares e restaurantes favoritos dele. Ela não queria encontrá-lo em lugares onde seu carro pudesse ser notado, então iam a um restaurante nunca muito cheio e sentavam-se bebendo e conversando no bar com seus carros estacionados um ao lado do outro entre árvores. A noite caiu e escureceu. Ela estava com o queixo apoiado na mão e os dedos finos esticados. Ele lhe contou que seu irmão sofrera um acidente terrível. O irmão estava no banco do passageiro. Teve morte cerebral ao chegar ao hospital — foi em Providence —, mas o mantiveram ligado a aparelhos durante três dias. A mulher dele finalmente concordou que não havia esperança, mas queria mantê-lo respirando até poderem colher algum sêmen — não tinham filhos e ela queria um.

"E o que aconteceu?"

"Depois eu conto", ele disse.

"Conte agora."

"Usaram o meu. Ela usou."

"Então você é pai."

"Tecnicamente, sim", ele disse.

"Não só tecnicamente."

Nessa primeira noite, por acaso o carro de Christine não pegou quando ela ia embora. Era o carro velho de Bowman — ele o tinha fazia mais de dez anos.

"Mas por que você está dirigindo um Volvo?", Rochet perguntou.

"O carro não é meu", ela disse.

"De quem é?"

"É uma outra história. Não me pergunte agora."

"É carro de casal casado há muito tempo", ele disse.

"Bom, sempre pegou. Você entende alguma coisa de carros?"

"Infelizmente não entendo", ele disse.

Não era nada sério — o cabo do terminal da bateria estava solto. Ele o raspou cuidadosamente com um canivete e ajeitou.

"Tente agora."

O motor pegou e ela foi dirigindo atrás dele.

A casa dele tinha uma varanda pequena e, como a dela, estava sempre destrancada. Na verdade, era uma casinha de verão com dois cômodos no andar de cima e no de baixo. Ele tinha apenas meia garrafa de vinho e ela bebeu com ele se sentindo com dezenove anos outra vez.

"Tire o sapato se quiser", ele sugeriu.

Ele se abaixou e desamarrou o seu. Descalços, sentaram-se, bebendo no escuro. Ele beijou seu pescoço e ela deixou que tirasse sua blusa. Fizeram amor no sofá. Quando ela veio outra vez, subiram a escada. Em princípio, era só para dar uma olhada, mas ela se voltou para ele lá em cima e tirou os brincos. Ele se lançou sobre ela como um animal. Era para a casa dele que eles iam, porém não sempre. Ele veio subindo a pé pela entrada, tendo prudentemente estacionado o carro na estrada. Ela o esperava. Ele a seguiu casa adentro. De quem é?, ele perguntou. Tinha um ar seco agradável. As paredes precisavam de pintura. Ela saiu da cama com uma sede terrível depois de horas fazendo amor.

Bowman não sabia de nada nem nunca desconfiou. Via a si mesmo como Eros e Christine como sua. Vivia no prazer de possuí-la, por mais inacreditável que fosse, na simplicidade e justiça daquilo. Como se agora fizesse parte do mundo secreto dos sentidos, ele via o que não tinha visto antes. Indo a pé para o trabalho, passou por uma floricultura e num relance viu, por trás dos verdes espessos, uma jovem com a cintura inclinada e outra figura, a de um homem, se aproximando por trás dela. A menina mudou ligeiramente de posição. Ele estava mesmo vendo aquilo, Bowman pensou, de manhã, enquanto o mundo seguia em frente? Uma mulher mais velha que ia passar por ele também parou para olhar bem no momento em que tudo mudou. A garota estava simplesmente curvada para arrumar algumas flores e o homem estava ao lado dela, não atrás. Poderia ter sido um presságio ou parte de um presságio, mas ele não estava aberto a presságios.

A primeira coisa que ele soube foi uma informação que recebeu em Chicago, onde participava de uma convenção de livreiros. Haviam registrado uma queixa contra ele. Uma reivindicação da posse exclusiva da casa. Ele ligou imediatamente para Christine e deixou uma mensagem. Foi no começo da noite, mas ela não ligou de volta. Ele só conseguiu falar com ela no dia seguinte.

"Querida, o que é tudo isso?", perguntou.

A voz dela parecia fria.

"Não posso falar agora", ela disse.

"Como assim?"

"Simplesmente não posso."

"Não estou entendendo, Christine. Você precisa me explicar. O que está acontecendo?"

Ele sentia uma súbita e assustadora confusão.

"O que foi?", perguntou. "Qual é o problema?"

Ela ficou em silêncio.

"Christine!"

"Sim."

"Me diga. O que aconteceu?"

"É sobre a casa", ela disse, como se cedesse.

"É, eu sei. O que tem a casa?"

"Não posso falar. Preciso desligar."

"Pelo amor de Deus!", ele exclamou.

Teve a sensação de se ver reduzido a nada, uma sensação nauseante de não saber. Quando voltou a Nova York, obteve todos os detalhes, insistiu num encontro e numa conversa, porém ela não podia. Mas eu te amo, eu te amei, ele pensava. E ela continuou imperturbável. Fria. Como podia acontecer de uma coisa não ter mais importância, ser considerada não essencial? Ele queria pegá-la pelos braços e sacudi-la para trazê-la de volta à vida.

A alegação de Christine era que a casa era dela e que havia sido comprada em nome dos dois porque ela não tinha qualificações para fazer uma hipoteca. Ela o estava processando por violação de contrato verbal e pela posse exclusiva da casa. O advogado de Bowman era um homem de Southampton, um ex-alcoólatra de cabelo grisalho. Lidava com casos como esse — ela praticamente não tinha chance nenhuma de ganhar.

"O Estatuto de Fraudes", ele explicou, "que existe desde sempre, exige um contrato escrito para transferência de posse. Essa é a sua defesa. Vamos mencionar a ausência de um contrato por escrito. Não houve nada por escrito, correto?"

"Absolutamente nada."

"Ela está morando na casa agora?"

"Está."

"Mediante um aluguel?"

"Não. Ela... nós vivemos juntos."

"Vocês têm um relacionamento."

"Tínhamos."

A primeira vez que Bowman a viu de novo foi no tribunal. Ela evitou olhar para ele. O advogado dela argumentou que ela era proprietária equitativa da casa e que o formato da venda fora na verdade uma transação planejada em benefício dela.

O júri, que ouvira tudo com alguma displicência, pareceu atento quando ela se levantou para testemunhar. Estava bem vestida. Descreveu sua longa procura e como por fim havia encontrado uma casinha em que ela e a filha poderiam viver, e a anuência verbal expressa por Bowman de que a casa seria dela. Ela morava na casa e pagava a hipoteca. Bowman sentiu um desprezo indizível pelas mentiras dela. Transmitiu isso com um olhar que trocou com seu advogado, que não pareceu preocupado.

Por fim, no entanto, acabou sendo a palavra dela contra a dele e o júri decidiu a favor dela. Ela ficou com a escritura. A casa se foi. Só depois ele ficou sabendo que havia outro homem.

Sentiu-se um idiota por não ter sabido disso, um tolo, mas havia algo pior, o ciúme. Ele se atormentava pensando nela com outro, sendo possuída por outro homem, a presença dela, a disponibilidade dela. De repente, tudo desmoronou. Ele havia se sentido acima das outras pessoas, sabendo mais do que elas sabiam, tendo até pena delas. Não se relacionava com as outras pessoas — sua vida era outro tipo de vida. Ele a tinha inventado. Tinha sonhado, correndo, descuidado, para as ondas à noite como se fosse um poeta ou um garoto de praia da Califórnia, como se fosse um louco, mas havia as manhãs muito reais, o mundo ainda dormindo e ela dormindo ao lado dele. Ele podia acariciar seu braço, podia acordá-la se quisesse. Ficava doente ao lembrar daquilo. Ficava doente com todas as lembranças. Tinham feito juntos coisas que a fariam um dia olhar para trás e ver que ele era o que realmente importava. Era um pensamento sentimental, tema de romance feminino. Ela nunca olharia para trás. Ele sabia. Ele equivalia apenas a algumas breves páginas. Nem isso. Ele a odiava, mas o que podia fazer?

"Pode parecer loucura", dizia, "mas ainda desejo Christine. Não consigo evitar. Nunca pensei em matar ninguém, mas naquele tribunal eu seria capaz de matar aquela mulher. Ela sabia o tempo todo o que estava fazendo, eu jamais poderia acreditar."

Ele estava humilhado. Era uma ferida que não ia fechar. Não conseguia parar de analisar os fatos. Tentou pensar no que havia feito de errado. Não devia ter concordado que ela morasse no campo — ela nunca teria conhecido outro homem. Não devia ter confiado tanto nela. Não devia ter sido tão escravo do prazer que ela lhe dava, embora isso tivesse sido impossível, e ela não se importara nem um pouco com ele. Ele sabia que não haveria outra. Teria sido melhor jamais tê-la conhecido, mas que sentido fazia isso? Tinha sido o dia de maior sorte de sua vida.

23. *In vino*

Eddins e Irene moraram na casa de Piermont por vários anos depois que se casaram, mas ela era infeliz na casa, onde havia uma gaveta ainda cheia de coisas da ex-mulher dele das quais ela finalmente o fez se livrar. Mudaram de volta para a cidade, para um apartamento comum na rua Vinte, perto do parque Gramercy, decorado com a mobília dela de Nova Jersey. Quando Bowman foi jantar lá, ela havia se vestido com cuidado, mas estava sem maquiagem. Eddins o fez entrar.

"Lembra de Philip, meu bem?"

"Claro que sim", ela disse um pouco impaciente. "Que bom ver você."

O apartamento era um tanto sombrio. O cachorro deles, um *scottie*, preto, não se deu ao trabalho de cheirá-lo. Sentaram-se na sala para tomar um drinque. Irene — deve ter sido sem querer — perguntou a Bowman da casa. Era perto do mar, não era?

"Não tenho mais a casa", ele disse. "Isso foi algum tempo atrás."

"Ah, sei. Eu ia dizer que meu ex-cunhado teve uma casa perto da praia."

"É, eu gosto do mar."

"Ele gostava de velejar", disse ela. "Tinha um barco. Eu me lembro dele. Saí muitas vezes com ele, muitas vezes. A marina onde ele guardava o barco era cheia de barcos. De todos os tipos."

Ela continuou falando do cunhado, Vince.

"Phil não o conheceu, meu bem."

"Nem você", disse ela. "Não precisa falar nada de ruim sobre ele."

Ele serviu um pouco mais de vinho para ela.

"Tudo bem", ela disse. "Só um pouco. Chega."

"Ah, não é muito. Deixe ao menos eu encher seu copo."

"Não se você quer jantar", ela disse.

"Não vai atrapalhar o jantar."

Irene não disse nada.

"Meu pai gostava de beber", disse Eddins. "Ele dizia que ele ficava mais interessante quando bebia. Minha mãe dizia: interessante para quem?"

"É", disse Irene.

Ela foi até a cozinha e deixou os dois bebendo. Eddins era boa companhia, raramente de mau humor. Quando Irene voltou, ela disse que o jantar logo estaria pronto, quando eles estivessem.

"É, estamos prontos, meu bem. Em casa, sabe, a gente chamava de ceia. Jantar era ao meio-dia, às vezes um pouco mais tarde."

"Jantar, ceia", ela disse.

"Não, é só uma pequena distinção. Outra distinção pode ser que durante a ceia se bebe."

"Nós sempre chamamos de jantar."

"Os italianos", disse ele, "não chamam de jantar."

"Não?"

"Chamam de *cena*."

287

"Não é assim que a gente chama", ela disse. "Mas o principal é o seguinte: vocês querem comer?"

"Queremos, o que tem para o jantar?"

"Agora você está chamando de jantar."

"Só para te agradar. Estou considerando um empate."

Ele sorriu para ela, como num entendimento. Foram para a sala de jantar, onde havia uma mesa e quatro cadeiras, dois armários de cantos arredondados, com pratos expostos nas prateleiras. Irene trouxe a sopa. Eddins observou:

"Eu li em algum lugar que nos jantares da Marinha — acho que era num cargueiro — serviam xerez na sopa. É verdade? Quanto savoir-faire."

"Não recebíamos nenhum xerez", disse Bowman.

"Você às vezes pensa naquilo tudo?"

"Ah, de vez em quando. Difícil não pensar."

"Você esteve na Marinha?", Irene perguntou.

"Ah, faz muito tempo. Durante a guerra."

"Meu bem, achei que você soubesse disso", Eddins falou.

"Não, como eu podia saber? Meu cunhado, esse que veleja, esteve na Marinha."

"O Vince", disse Eddins.

"Que outro cunhado eu tenho?"

"Só porque não falamos dele faz algum tempo."

Irene não respondeu.

"O Phil também estudou em Harvard", disse Eddins.

"Ah, Neil, por favor", disse Bowman.

"Ele escreveu o show do Pudim Apressado."

"Não, não", Bowman protestou. "Eu não escrevi nenhum show do pudim apressado."

"Escreveu, sim. Foi uma decepção. Já ouviu falar de um escritor chamado Edmund Berger?"

"Acho que não. Ele escreveu isso?"

"Ele foi me ver. Escreveu dois livros e agora está escrevendo outro, sobre o assassinato de Kennedy. Você acha que alguém ainda está interessado nisso?"

"Então por que ele está escrevendo?", Irene perguntou.

"Ele conhece a história real. Kennedy foi assassinado por três atiradores profissionais cubanos, um no pequeno monte gramado e dois no depósito de livros. Todas as testemunhas concordam. Cubanos?, eu perguntei. Como você sabe? Eles têm os nomes deles, ele disse. A CIA. Como Jack Ruby sabia que Oswald ia ser tirado da cela? Jack Ruby! Quem era ele?"

"Não sei. Informante da polícia", disse Bowman.

"Talvez, diz esse sujeito, Berger."

"Por que estamos falando disso?", Irene perguntou.

"Vamos supor que seja como o Berger diz e que não foi o Oswald. Ele insistiu que não foi ele que matou o Kennedy. Claro que ele nega, mas então por que a polícia interrogou o sujeito por seis horas e ninguém anotou nada? Porque a CIA destruiu as anotações."

"Eu acho que isso tudo já foi bem examinado", Bowman comentou.

"É, mas não juntaram coisa com coisa. O reverendo King."

"O que tem o reverendo King?"

"Tem mais coisa ali do que se pensa. Quem atirou nele?", Eddins perguntou — ele estava gostando da conversa. "Prenderam alguém, mas sabe lá. Outro dia, um engraxate em Lexington me perguntou se eu realmente acreditava que não era a polícia que estava por trás de tudo."

"Por que falar disso?", Irene perguntou.

"Não sei, mas parece que estão atirando nessa gente toda, Robert Kennedy, Huey Long."*

---

* Senador sulista que defendia a taxação das grandes fortunas; foi assassinado em 1935. (N. T.)

"Huey Long?"

"São acontecimentos graves. Desce a cortina negra. A vida inteira muda. Quando mataram Huey Long, me lembro que um arrepio percorreu o Sul inteiro. Não teve uma família que não foi para a cama com medo aquela noite. Eu me lembro. O Sul inteiro."

"Ah, Neil", Irene exclamou.

"O que foi, meu bem? Chega disso? Desculpe."

"Você só fala, fala, fala."

Ele projetou ligeiramente os lábios como em consideração.

"Sua megera", ele disse.

Ela saiu da mesa. Fez-se silêncio por um momento. Eddins disse:

"Vou levar o cachorro para dar uma volta. Quer ir comigo?"

Ele desceu calado no elevador. Na rua, não andou muito. Foram até o Farrell, um bar dois quarteirões adiante, e tomaram um drinque de pé, perto da porta. O *bartender* conhecia Eddins.

"Sabe o que eu sempre imaginei? Lembra dos filmes do *Homem de Lata*? Imaginei sentar no bar com minha mulher — não um bar igual a este, alguma coisa mais elegante, tem um assim mais para o leste —, sentar e conversar, nada de especial, só falarmos de uma coisa ou outra, de alguém que entrou ou onde a gente pode ir depois, o que está acontecendo em volta. Ela bem-arrumada, com um vestido bonito. É outra coisa, isso, como elas se vestem. Eu gosto um pouco de me vestir bem. Então, a gente está conversando, assim num momento agradável. Ela precisa ir ao banheiro e, enquanto ela está lá, o garçom percebe o copo dela vazio e pergunta se a minha mulher quer outro drinque. Eu digo que sim. Ela volta e nem nota que é outro drinque, pega e toma um gole, aconteceu alguma coisa enquanto eu não estava na mesa?"

Neil ainda era boa companhia. Tinha um certo encanto de-

cadente. Era capaz de olhar para a própria vida como um conto
— a parte real ele havia deixado para trás, muito dela na infância
e com Dena. De Irene, ele diria:

"Cada um tem seu território."

O Farrell estava escuro e a televisão ligada. O balcão ocupava todo o fundo da sala. Eles ficaram ali, cada um com um
pé no degrau de entrada. O cachorro sentado, quieto, sem olhar
para nada.

"Quantos anos ele tem?", Bowman perguntou.

"O Ramsey? Oito. É o cachorro da Irene, mas ele gosta de
mim. Quando ela sai com ele, arrasta o cachorro. Não espera.
Ele gosta de andar com calma. Se ela está se arrumando para sair
com ele, ele simplesmente fica lá deitado. Ela precisa chamar.
Comigo, ele dá um pulo e vai direto para a porta. Ela não gosta
disso, mas não depende dela. Ela simplesmente não é a pessoa
de quem ele gosta. De qualquer modo, ele já não é tão jovem."

Eddins pensou em dizer que ele também não, mas achou
que já tinha falado demais. Precisava ir andar com Ramsey. Ele
e Bowman se despediram. Era difícil ver Ramsey no escuro. Ele
era mais ou menos quadrado e todo preto. Gostavam dele na
lavanderia chinesa. Eles o chamavam de Lambsey. Na semana
anterior, Eddins tinha ido a Piermont visitar o túmulo de Dena,
dela e de Leon. O cemitério parecia vazio, o prolongado silêncio
do lugar. Parou diante dos túmulos. Ela havia sido sua mulher e
ele tinha se despedido dela no trem. Não trouxera flores. Saiu,
foi até o florista e voltou com flores. Não havia necessidade de
rezar por nada. Pôs flores nos dois túmulos e espalhou as restantes pelos túmulos em volta. Leu os nomes de alguns, mas não
conhecia nenhum. Pensou em algumas coisas que só ele e Dena
sabiam. Começou a chorar.

Na rua, em Piermont, encontrou por acaso a velha garçonete do Sbordone. Ela estava andando com alguma coisa dentro

de um saco de papel pardo na mão, um saco estreito. Eddins a fez parar.

"Veronica?", disse.

"É."

"Como vai?"

"Desculpe..."

"Não lembra de mim? Eu ia sempre ao Sbordone, minha mulher e eu. Lembra?"

"É, agora estou lembrando, sim."

"Ela morreu. Acabei me mudando daqui."

"Sinto muito, mas eu me lembro."

"Pena que o bar não está aberto. Eu convidaria você para um drinque."

"Bom, eu parei de beber, a não ser em enterros."

Ela tocou o saco de papel.

"Isto aqui é só para garantir, no caso de alguém morrer de repente."

"Sabe que você não mudou nada?", ele disse. "Se não se importa de eu perguntar, você é casada?"

"Não", ela respondeu. "Bem que eu sempre quis ser."

"A mesma coisa comigo", ele disse.

Havia também Joanna, a garota gorda, imensamente gorda e de uma personalidade maravilhosa que era caixa de banco. Era bem-humorada, expansiva, com uma bela voz, mas solteira. Ninguém pensaria em se casar com ela. Sabia falar francês. Passara um ano e meio estudando em Québec. Lá, teve o impulso de se juntar a um coral na primeira semana, e ele, aquele homem, estava no coral. Seu nome era Georges. Era mais velho e tinha uma namorada, mas não demorou muito largou a namorada e se engraçou com Joanna. Ela voltou para os Estados Unidos, mas como ele era professor e canadense não pôde vir. Passava fins de semana em Nova York duas ou três vezes por mês.

Isso durou nove anos. Ela estava terrivelmente feliz e sabia que ia acabar, mas queria que durasse o máximo possível e não dizia nada. No décimo ano, eles se casaram. Alguém contou a Eddins que ela ia ter um filho.

24. A sra. Armour

Ela entrou no restaurante sozinha e ficou um longo tempo parada junto ao balcão, procurando alguma coisa na bolsa. Por fim encontrou, um cigarro. Colocou-o nos lábios. A lentidão de seus atos era um tanto assustadora. Ninguém olhou abertamente. Para um homem sentado ali ela disse:

"Desculpe. Você tem fósforo?"

Esperou com alguma altivez que ele pegasse o fósforo e depois seguiu em frente, atrás de um lugar. O restaurante estava cheio, mas o maître conseguiu colocá-la numa mesa pequena, perto da entrada. Ali ela pediu uma garrafa de vinho. Enquanto esperava, bateu cuidadosamente a cinza do cigarro no prato.

O restaurante se chamava Carcassonne. Podia ser chamado de elegante, o nome estava escrito na vitrine com discretas letras douradas. Ficava em frente ao grande mercado de carne, mais ou menos como o velho restaurante de Paris em frente a Les Halles, mas o mercado estava fechado àquela hora e a praça, vazia e silenciosa.

Ela pediu o jantar, mas sem atentar muito para ele comeu

apenas um pouquinho e deixou que o resto fosse levado de volta. Bebeu todo o vinho, porém, derramando um pouco do último copo, sem notar.

"Garçom", ela disse, "outra garrafa de vinho, por favor."

Ele foi e voltou pouco depois.

"Desculpe, minha senhora", disse. "Não posso lhe servir outra garrafa."

"O quê?"

"Sinto muito", disse ele. "Não posso."

Ela disse:

"Como assim, não pode? Onde está o maître?"

"Minha senhora", ele começou a dizer.

"Quero falar com o maître", ela disse.

Ela estava esquecida de todos em volta. Virou-se e procurou por ele como se estivesse sozinha no salão.

O maître veio. Estava de smoking.

"Eu pedi uma garrafa de vinho", ela disse. "Gostaria de uma garrafa de vinho."

Era uma mulher de classe alta injustamente discriminada.

"Desculpe, senhora. Acho que o garçom já lhe disse. Não podemos servir outra garrafa para a senhora."

Ela pareceu confusa sobre o que fazer.

"Então, me dê mais um copo de vinho", disse.

Ele não respondeu.

"Um copo."

Ele se afastou, para cuidar de seus afazeres. Ela se virou na cadeira.

"Com licença", disse às pessoas atrás dela. "Vocês conhecem um lugar aqui perto chamado Hartley?"

"Sim. Fica a poucos metros daqui."

"Obrigada. Quero a conta", anunciou ao garçom.

Ela olhou a conta que lhe foi trazida.

"Não pode ser esta", disse.

"É a conta, sim, senhora."

Ela começou a procurar na bolsa. Não estava achando alguma coisa.

"Perdi cem libras!", disse.

O maître se aproximou.

"Enquanto estava aqui!"

"Pode pagar a conta, minha senhora?", ele perguntou.

"Perdi cem libras", ela insistiu e começou a olhar em torno dos pés.

"Tem certeza?"

"Absoluta", ela disse com muita clareza.

"A senhora precisa acertar essa conta", ele disse.

"Mas perdi o dinheiro", ela falou. "Não ouviu?"

"Sinto muito, mas a senhora vai ter de pagar."

Ele sabia que não havia nenhum dinheiro perdido. Não deviam ter dado uma mesa a ela. Aquilo era completamente errado. Ela estava remexendo na bolsa outra vez.

"Ah", disse o garçom, pondo-se de pé.

Havia encontrado duas notas de cinquenta libras dobradas debaixo da cadeira dela.

"Agora, você pode me trazer uma garrafa de vinho?, ela perguntou.

"Posso, minha senhora", disse o maître. "Mas não pode abri-la aqui."

"Então de que adianta?", ela perguntou.

"Não pode abri-la aqui", ele disse.

Quando o garçom voltou com a garrafa, ela a recusou.

"Não quero", decidiu. "Tem algum papel para eu embrulhar?"

"Desculpe, minha senhora."

"Bom, não posso sair na rua com isso."

Ela ficou olhando para ele. Então lhe entregou o dinheiro, mas ele não pegou. O garçom pegou. Ela enfiou as notas restantes na bolsa descuidadamente. Trouxeram-lhe a garrafa embrulhada e ela perguntou ao homem da mesa vizinha para que lado ficava o Hartley.

"Para a esquerda", ele disse.

"Esquerda."

"Isso."

Ela disse boa-noite ao maître. Ele assentiu com a cabeça.

"Boa noite."

Lá fora, ela virou à direita e um minuto depois passou pela vitrine, indo na outra direção. Foi vista sentada no Hartley, comportada, fumando um cigarro. O vinho estava num balde de gelo ao lado da mesa.

Wiberg era agora Sir Bernard Wiberg, embora parecesse um rei árabe — mil camelos seriam amarrados ao seu túmulo. Estivera duas vezes em Estocolmo, para a entrega do prêmio Nobel, e tinha a honra de ter publicado os vencedores. De fato, ele havia sido um fator para a vitória deles. Cuidara para que os nomes deles fossem mencionados muitas vezes, mas não demais, nem com muita ousadia, porque isso poderia perturbar o fluxo de opinião, principalmente por ter de passar pelo painel de juízes suecos, mas Wiberg conseguia ajudar um escritor a se tornar notável — tinha instinto para essas coisas, assim como para publicidade e promoção. Certos livros podiam atrair atenção, certos escritores em determinado momento. Mesmo a excelência, ele sabia, precisava ser vendida com antecipação.

Ao contrário de outros homens ricos, ele não se perguntava se era verdadeiramente tão melhor que o homem de pés no chão por quem passava na rua. Tinha talvez um medo enterrado nas profundezas de perder todo o seu dinheiro, mas isso não era nada comparado ao medo que tinha de uma mulher. Ele fumava charutos Cohiba e às vezes levava uma caixa para Baum em Nova York. Ele cuidava do peso. Sua esposa estava ali para lembrá-lo de não comer uma porção de coisas de que ele mais gostava. Ela às vezes dizia, quando ele reclamava, Ah, tudo bem, mas só esse pedacinho. Num grande jantar, ela apenas olhava para ele prestes a comer algo proibido e acenava com o dedo discretamente. Encarregava-se de todas as questões domésticas. Qualquer desejo do marido, ele comunicava através dela. A casa no campo era algo que ela o encorajara a comprar, embora ele não ligasse para o campo. Ela queria uma casinha perto de Deauville, mas ele não gostava da França. Gostava do Claridge, onde estava entre seus iguais, conversando com mulheres jovens de quando em quando. Gostava de sentar no estúdio de frente para o Bacon, que, por sinal, sua mulher detestava. Pintado por uma pessoa perturbada, ela disse.

"Ele não é tão perturbado quanto você pensa", disse Wiberg. "Bem ao contrário. Acho que ele é um homem essencialmente livre, se é que se pode chamar de livre alguém que é escravo dos próprios desejos."

"Que desejos?"

"Bebida. Amantes sádicos. E não são só desejos. As cores são fantásticas. O preto, a cor da carne, o púrpura. Quase dá para ouvir uma música assustadora, ou o silêncio."

"Detesto principalmente os dentes."

Eles tinham ido a uma exposição de retratos de Bacon.

"Ou do jeito que ele transforma rostos em pudins horrendos", disse ela.

Catarina ainda era muito bonita, embora não se apresentasse havia alguns anos. Seu corpo era bom, ela ainda tinha cintura e seu pescoço era liso. Parecia muito mais jovem do que era.

Ainda o chamava de seu *cochon*, e ele lhe era interessante a não ser quando se punha a falar demoradamente de si mesmo. O gosto dele por Bacon era inexplicável. Ele também tinha um Corot, muitas gravuras e uma pintura de Braque.

Wiberg nunca conheceu Bacon pessoalmente, só havia lido sobre ele, sua vida desordenada, os anos no Marrocos com rapazes bem baratos. Em Bacon havia o brilho de um detestável santarrão. Havia amor e repulsa da carne e uma incrível dissolução. Havia tudo o que acontecera no mundo durante a vida de uma pessoa. Bacon também tinha o dom da linguagem. Havia adquirido esse dom nas cozinhas e salas irlandesas e nos estábulos onde, quando menino, havia sido possuído pelos cavalariços. Sua eloquência vinha da frieza e reprovação do pai e da grande liberdade de encontrar sua própria vida na Berlim cheia de vícios e em Paris, claro. Ele pertencia ao baixo mundo com sua linguagem suja, intrigas e traições. Nunca se escondera nem tentara se encaixar em qualquer ideia de artista, o que lhe permitiu tornar-se um artista maior. Seus amantes haviam bebido ou se drogado até a morte e em meio a esse lixo todo, o gosto por roupas elegantes e o desprezo ao que os outros se prendiam, sua preguiça e as obsessões se espalharam pelas paredes e o libertaram. Ele nunca pintou em tela. Era sempre definitivo.

Havia uma soberba biografia esperando ser escrita, Wiberg sentia, mas só quando Bacon morresse. Bacon nascera em 1909, onze anos antes de Wiberg. Era questão de sorte.

Acontece que Enid Armour conhecia Bacon. Ela mencionou isso uma noite num jantar e Wiberg se interessou imediatamente. Ela estivera com ele ao menos duas vezes no clube em Soho aonde ele sempre ia. Henrietta Moraes o apresentara a ela. Como ele era?, Wiberg perguntou.

"Simpático. Nos demos bastante bem. Tive a esperança de que ele quisesse fazer um retrato meu e me tornasse famosa. Sei que você tem uma pintura dele."

"Eu devia ter comprado mais", Wiberg confessou.

Ela não estava com bom aspecto nos últimos tempos, ele pensou. Parecia um pouco gasta. Agora só a via de vez em quando, sempre socialmente, mesmo assim foi uma surpresa ela ter conhecido Francis Bacon, ainda que ela frequentasse esse tipo de gente. Enid continuava sozinha, pelo que ele sabia. No passado, ela havia sugerido diversas vezes que ele podia encontrar um cargo para ela — cuidar da publicidade talvez, mas ele sabia que seria o emprego errado para ela. Catarina ficaria sabendo e ele não queria defender a contratação dela. Seu glamour, porém, parecia um pouco fatigado. Havia mulheres sempre interessantes, mesmo depois de minguada sua atração, e ele sempre gostara da franqueza de Enid. Ela não tinha autopiedade.

"Acho que ultrapassei o meu auge. Só se pode confiar, realmente confiar, na sua aparência durante algum tempo", ela disse, desanimada.

"Todos temos o mesmo problema", ele disse.

Ele estava brincando?

"Você sempre vai ser bonito", ela disse.

"Cada vez menos, infelizmente."

"Enquanto tiver dinheiro", ela disse.

Ele soube que ela fizera uma cena em algum restaurante.

"É", ela admitiu, cansada.

"Com quem você estava?"

"Com ninguém."

"Ninguém?"

"Só estava jantando sozinha."

Ela sabia que andava mais descuidada consigo mesma. Bebera muito além da conta naquela noite e gastara muito dinheiro. Não se importava de lembrar. Tinha ido a algum outro lugar onde havia uma mulher com um cachorro, sentada numa banqueta. Ela estendeu a mão para afagar o animal.

"É um cachorro lindo. Como é o nome dele?"

Não se lembrava do que a mulher dissera.

"Eu tive um cachorro magnífico", ela disse. "Um cachorro de corrida. Um campeão, o cachorro mais lindo que eu já conheci. Já viu cachorros correndo? Eles literalmente voam. A coisa mais linda mesmo, e tão delicados… é incrível. Tão delicados e valentes." Ela sabia que estava ficando sentimental por causa da bebida. "Não dá para não gostar deles. Foi numa época em que eu não tinha preocupação nenhuma."

25. Il Cantinori

Bowman era amigo do casal Baum, embora ele e Robert Baum nunca tenham sido amigos íntimos. Exceto em festas ocasionais, raramente se encontravam à noite, mas estavam jantando num dos restaurantes favoritos de Baum, Il Cantinori, no salão que era como a sala de jantar da casa de alguém, mas cheia de toalhas brancas, flores, numa rua tranquila. O serviço era bom — claro que Baum era bem conhecido ali — e a comida excelente. Ele e Diana tinham acabado de voltar da Itália. Era sempre difícil, ela disse, voltar para casa. Ela adorava a Itália. Além de todo o resto, era um dos poucos lugares onde as esperanças para o futuro podiam ser restauradas. Campos e montanhas lindos, intocados. Casas enormes em que famílias viviam há quinhentos anos. Era profundamente consolador. Além da doçura das pessoas. Ela quis ir ao correio e perguntou onde ele ficava a um homem parado diante de uma loja. Ele estava explicando, quando um transeunte parou para dizer que aquele não era o melhor caminho e sugeriu outro. Os homens começaram a discutir até que finalmente o transeunte disse: *Signora, per piacere, viene*, e começou a levá-la por uma série de ruazinhas, através de uma praça até um prédio majestoso, como um banco nacional, onde ela comprou alguns selos.

"Onde mais no mundo fariam isso?", ela perguntou.

Ao longo dos anos, Diana havia se tornado uma figura influente e uma mulher de opinião, muitas vezes temida. Era uma pessoa séria. Chique e elegante eram para ela palavras depreciativas, de desdém até. O que ela queria de você eram suas opiniões políticas e, se tivesse alguma, sobre livros. Ia ao cinema porque gostava, mas não levava os filmes a sério. Teatro era outra coisa. Não era bonita — nunca havia sido e isso não tinha mais importância —, porém possuía um rosto invejável, mesmo com um ligeiro tom escuro sob os olhos, e uma posição social bem definida.

Era ferozmente leal e em troca esperava lealdade. Um jornalista que ela conhecia e que era seu amigo escrevera um longo artigo sobre Robert Baum, entrevistado em seu escritório e em diversos almoços. Baum era estiloso. Sua editora, sozinha ou com outras duas ou três, representava pelo menos metade da literatura norte-americana. Realmente não existia ninguém acima dele. Baum havia mudado pouco ao longo dos anos, embora usasse roupas mais caras e às vezes um chapéu de feltro. Era charmoso e às vezes dizia casualmente e sem nenhuma dificuldade: Ah, foda-se ele ou eles, como qualquer agente literário. Cuidava de seus autores, mas em particular nem sempre os reverenciava. O artigo o citava referindo-se a "escritores maiores" e "fraudes maiores". Também a "maiores escritores maiores". Diana achara aquilo embaraçoso. Numa recepção, encontrou o jornalista, que lhe perguntou: "Não está zangada comigo?".

"Não, apenas indiferente", Diana respondeu.

Ela nunca era evasiva. Tinha um ligeiro sotaque nova-iorquino, mas não era de Nova York como só pessoas de outros lugares podem ser; ela era o produto genuíno. Quando gostava de um autor ou batalhava por ele, era um coroamento para eles, embora não sem peso. Mas os respeitava e defendia. A uma garota que andara espalhando a editores histórias de um breve caso com Saul Bellow, ela disse com frieza:

"Olhe, isso simplesmente não se faz. Para trair um escritor importante, você precisa *conquistar* esse direito."

Nos anos anteriores à guerra, Diana havia crescido à base de uma dieta de política e acontecimentos correntes, num apartamento no limiar da respeitabilidade, no alto do Central Park West. Seu pai tinha uma pequena empresa de importação de têxteis e, como todo mundo, tivera que lutar muito durante a Depressão, mas a família se reunia para jantar todas as noites e conversava sobre o que estava ocorrendo na cidade e no mundo, assim como sobre o que ocorria na escola. Desde os oito anos de idade, ela lia o *Times* todos os dias, os quatro liam, inclusive a página do editorial. Nenhum outro jornal entrava na casa. No ensino médio, lia o *Daily News* no metrô com uma sensação de pecado.

Ela reverenciava o pai, cujo nome era Jacob Lindner. Gostava do cabelo dele, de seu cheiro, de suas pernas sólidas. A visão dele de manhã no pequeno quarto dos pais, ainda de camiseta enquanto terminava de se vestir, era uma das imagens primordiais de sua infância. Ela adorava a bondade e força dele. No fim, junto com um amigo de longa data, ele investiu muito mais do que devia em uma propriedade em Jersey City e os dois não conseguiram dar conta da hipoteca. O banco a executou e eles se viram destruídos. Ele não contou nada, a não ser para a mulher, mas todos sabiam. Vamos ficar bem, ele disse, de alguma forma.

Anos depois, no metrô, aconteceu uma coisa perturbadora com ela. Estava sentada na frente de uma sacoleira, uma pobre velha com todas as suas posses dentro de uma sacola plástica.

"Oi, Diana", a mulher disse baixinho.

"O quê?"

Ela olhou para a mulher.

"Como está o Robert?", a mulher perguntou. "Você ainda escreve?"

Ela não escrevia desde a faculdade. Devia ter escutado errado, mas de repente a reconheceu, era uma colega, uma garota que conhecera chamada Jean Brand, sua colega de faculdade, que se casara logo depois. Tinha sido muito bonita. Agora havia falhas onde os dentes eram perfeitos. Diana abriu a bolsa, tirou todo o seu dinheiro e enfiou na mão da amiga.

"Olhe. Pegue isto aqui", conseguiu dizer.

A mulher relutou em aceitar o dinheiro.

"Obrigada", disse baixinho. E depois: "Eu estou bem".

Diana pensou no pai. Ninguém o havia ajudado. Ele nunca se recuperou da perda. Vamos ficar bem, ele dizia.

Ela contou a história a Robert, a ninguém mais. Só contar já a perturbou. Conhecera Robert quando tinha dezoito anos. Ele se sentiu atraído por ela, mas ela era muito jovem — ele lhe deu quinze anos, no máximo. Ele já era um homem. Estivera na guerra. Quando se casaram, Diana não possuía quase nenhuma experiência. Não conhecera outro homem. Duvido que minha mãe tenha conhecido outro homem, ela disse, mas o que ela perdeu? Acho que nada.

O casamento a satisfez completamente, as intimidades que não podiam ser encontradas em nenhum outro lugar. Ela sabia que as opiniões a esse respeito haviam mudado, que as jovens eram muito mais livres, principalmente antes do casamento, e que eram comuns segundos e mesmo terceiros casamentos, muitas vezes mais felizes, mas tudo isso estava fora de sua vida. Ela e o marido eram inseparáveis. Ela havia se formado pelos padrões e ideais dele.

Corria uma suposição de que Baum tivesse se envolvido com uma mulher do escritório e que Diana ficara sabendo — ela sem dúvida saberia —, mas o que ela e o marido tinham dito a esse respeito ninguém soube ao certo. A mulher, que havia arrumado outro emprego, como publicitária, era alta, solteira, católica, chamada Ann Hennessy, de membros longos e personalidade um tanto reservada. Solteira com trinta e oito anos e com algum tipo de passado. Baum gostou de seu senso de humor. Tinha ido almoçar várias vezes com ela. Eram vistos juntos, mas nunca pareciam estar escondendo nada. Ela fora a Frankfurt duas vezes.

Bowman gostava muito de Diana, embora fosse sempre um pouco cauteloso com ela. Gostava dela, tinha certeza, mais do que ela gostava dele ou do que ela demonstrava, mas naquela noite no restaurante ela estava excepcionalmente aberta, como se os dois andassem sempre juntos.

"Eu adoraria morar na Itália", ela divagou em voz alta.

"Quem não gostaria, meu bem?", disse Baum.

"Uma coisa em que eu sempre penso, na Itália não segregaram os judeus. Mussolini não permitiu, digam o que disserem dele. Os alemães fizeram isso."

"Não, isso veio depois", disse Baum. "Mussolini deixou Ezra Pound falar no rádio. Ele achou que tudo bem."

"Ah, Ezra Pound", disse Diana. "Ezra Pound era maluco. Quem ouviu Ezra Pound?"

"Talvez não muita gente. Acho que foi em ondas curtas, mas de qualquer modo a ideia era essa."

"Não acho que deviam ter dado a ele aquele prêmio, o Bollingen. Deram assim que puderam. Era muito cedo para isso. Não se homenageia alguém que emporcalha os outros e estimula a ignorância e o ódio."

Baum havia lutado na guerra, mas conhecia e inclusive publicara autores que tinham evitado a guerra, que conseguiram dispensa ou de alguma forma não foram aprovados no exame físico, o que era apenas covardia. Era diferente de ajudar o inimigo, diferente de voltar à Itália, aportar em Nápoles e fazer a saudação fascista.

"Eu fui contra", ele disse.

"Foi, mas não falou nada. Não concorda comigo?", ela perguntou a Bowman.

"Acho que eu fui contra na época."

"Na época? Aí é que era crucial."

Foram interrompidos por um homem bem vestido, de terno escuro, que e aproximou da mesa e disse:

"Olá, Bobby." E para Diana: "Oi, querida".

Ele parecia próspero e atlético. O rosto bem barbeado quase brilhava. Era um amigo e antigo apoiador, Donald Beckerman.

"Não quero interromper o jantar", disse. "Queria que Monique conhecesse vocês. Meu bem", disse à mulher que estava com ele, "estes são Bob e Diana Baum. Ele é um grande editor. Esta é minha esposa, Monique."

Era uma mulher de cabelo escuro e boca larga, com ar de uma pessoa inteligente e incontrolável.

"Sentem um pouco, não querem?", Baum disse a eles.

"E como vão as coisas?", Beckerman perguntou quando se sentaram. "Algum best-seller novo?"

Ele era um de três irmãos que haviam feito negócios juntos, investimentos e que tinham ganhado muito dinheiro. O irmão do meio havia morrido.

"Eu sou Don", ele disse a Bowman, estendendo a mão.

O garçom se aproximou.

"O senhor vai jantar?", perguntou.

"Não, estamos naquela outra mesa. Só vamos ficar aqui uns minutos."

"Bobby e eu fizemos o cursinho juntos", disse Beckerman. "Éramos os dois únicos judeus da classe. Da escola inteira, acho."

Ele tinha um sorriso fascinante.

"Você foi a alguma das reuniões?", ele perguntou a Baum.

"Eu fui há uns sete, oito anos. Quer saber de uma coisa? Nada mudou. Foi terrível ver todos eles de novo. Fiquei só uma noite."

"Não viu o DeCamp?"

Era um colega rebelde de quem Baum gostava.

"Não, não vi. Ele não estava. Não sei o que aconteceu com ele. Você soube de alguma coisa?"

Enquanto conversavam, a esposa dele perguntou a Bowman: "Conhece Donnal há muito tempo?"

"Não. Não muito."

"Ah, sei."

Era a segunda mulher de Beckerman. Estavam casados havia pouco mais de dois anos. Moravam no grande apartamento de esquina que ele possuía num prédio luxuoso perto da armaria. Monique o tornara muito confortável. Pusera na rua grande parte da mobília da esposa anterior e se livrara de toda a louça.

"Joguei tudo fora", disse.

"Uma porção de pratos", Beckerman comentou. "Nossa casa era *kasher*."

"Eu não sou *kasher*", disse Monique.

Ela era da Argélia. Sua família era de colonialistas franceses, *pieds-noirs*, e quando a confusão começou eles voltaram para a França. Ela se tornou jornalista. Num jornal católico de direita, mas não tinha nada a ver com política, só escrevia resenhas de livros e teatro, às vezes entrevistava escritores. Conhecera Beckerman através de amigos.

Sentado ali, Bowman foi percebendo mais e mais que não era parte deles, que era um estranho. Eles eram um povo, de alguma forma se reconheciam e se entendiam, mesmo como estranhos. Levavam no sangue uma coisa que só eles sabiam. Tinham escrito a Bíblia com tudo o que brotara dela, o cristianismo, os primeiros santos, no entanto havia neles alguma coisa que atraía o ódio e os transformava em perseguidos, seus rituais antigos, talvez, seu conhecimento do dinheiro, seu respeito pela justiça — estavam sempre precisando de justiça. A inimaginável mortandade na Europa os atravessara como uma foice — Deus os abandonara —, mas nos Estados Unidos estavam incólumes. Bowman sentiu inveja deles. Não era mais a aparência que os distinguia. Eram seguros, de traços firmes.

Baum não era religioso e não acreditava num Deus que matava ou deixava viver de acordo com algum desígnio incognoscível independentemente de você ser honesto, devoto ou inútil no mundo. Bondade não tinha nenhum sentido para Deus, embora devesse existir o bem. O mundo seria um caos sem o bem. Ele vivia como vivia por essa razão e raramente pensava nisso. Em seus mais profundos sentimentos, porém, aceitava que era um membro de seu povo e que o Deus em que eles acreditavam sempre seria o seu também.

"Você costuma ir à França?", Monique perguntou.

"Não com muita frequência", Bowman respondeu.

Ela tinha uma compleição um tanto rústica, ele notou, e não era bonita, mas seria a que ele escolheria. Podia ter sido uma ex-namorada de Sartre, ele pensou, embora não fizesse a menor ideia de como elas eram. Sartre era baixo e feio, e fazia arranjos muito francos que ele imaginava que ela entendia.

Resolveu perguntar:

"Sente saudade de morar na França?"

"Sinto, claro."

"Do que você sente saudade?"

"A vida aqui é mais fácil", ela disse, "mas no verão eu vou para a França."

"Para onde?"

"Vou para Saint-Jean-de-Luz."

"O nome parece ótimo. Você tem casa lá?"

"Perto de lá", ela disse. "Você devia ir."

Não eram mais mulheres de um enxame leste-europeu, mães e esposas trabalhadoras. Agora eram mulheres glamorosas e inteligentes como na Viena do século XIX, uma estirpe de mulheres, Nova York era famosa por elas. Ninguém mais as chamava de judias. A palavra evocava rabinatos e piedade, aldeias retrógradas ao longo do Pale. Elas eram estilosas, ambiciosas, estavam no centro das coisas. Sua desenvoltura. Ele nunca tinha estado com nenhuma. Suas vidas eram cálidas, sem desdém pelo prazer ou por coisas materiais. Ele podia ter casado com uma e fazer parte daquele mundo, sendo lentamente aceito nele como convertido. Podia ter vivido entre eles naquela densidade familiar específica formada pelas eras, sendo uma presença familiar nas mesas *seder*, em festas de aniversário, funerais, usando chapéu e jogando um punhado de terra no túmulo. Sentia algum arrependimento de não ter feito isso, de não ter tido a chance. Por outro lado, não conseguia imaginar aquilo de fato. Jamais seria um deles.

26. Nada é um acaso

Um trem acabara de partir e na multidão que aos poucos subia a escada ele tinha quase certeza de que a vira, sem olhar na direção dele. Seu coração deu um salto.

"Anet!", chamou.

Ela o viu e parou, as pessoas passando em torno dela.

"Oi", ela disse. "Olá."

Foram para o lado.

"Como vai você?", ele perguntou.

"Estou bem."

"Vamos subir a escada."

Ele estava indo pegar o trem. Se tivesse sido um minuto antes, estaria parado na plataforma e embarcando enquanto ela descia, quase certamente por outra porta, e nunca a veria.

"Como vai você?", ele repetiu. "Está na escola? Faz tanto tempo."

"Não, eu ainda estou estudando, mas dei uma pausa. Vou ficar um ano parada."

Ela estava sem batom. Ouviu-se o guincho penetrante de outro trem chegando, o gemido dos vagões.

"E o que você vai fazer?"

"Que inacreditável. Na verdade, estou procurando trabalho."

"É mesmo? Que tipo de trabalho?"

Ela deu uma risadinha ao dizer:

"Na verdade, estava procurando trabalho em editoras."

"Editoras? Que surpresa. Como surgiu isso?"

"Vou me formar em literatura", ela disse, com uma pequena careta de descrédito.

Ela estava tão à vontade que o prazer de encontrá-la cresceu.

"Bom, que sorte a gente se encontrar, não é? Olhe, vou fazer uma coisinha amanhã para uma amiga editora inglesa, Edina Dell, mas vai ter mais gente. Só uns drinques. Por que não aparece?"

"Amanhã?", ela perguntou.

"É, por volta das cinco e meia. No apartamento. Lembra onde eu moro? Vou escrever aqui. Pronto." Ele escreveu num cartão.

Saíram juntos à rua para se despedir. Durante algum tempo, ficaram parados na esquina. Ele nem percebia os prédios em torno, o tráfego, as placas espalhafatosas das lojas. Ela ia para o leste. Ele ficou olhando ela se afastar, mais jovem e um tanto melhor que outras na multidão. Sempre gostara dela.

Duvidava que viesse. Ela devia ter sabido do processo e de suas consequências e considerá-lo um inimigo. Porém estava enganado.

Ela chegou um pouco tarde. Entrou na sala quase sem ser notada para encontrar pessoas bebendo e conversando, e também ao menos uma pessoa de sua idade, a filha de Edina, Siri, esguia e meio negra, com um grande cabelo afro. Edina estava com um vestido comprido de gaze violeta e se levantou. Pegou a mão de Anet e disse: "Quem é esta moça incrível?".

"Essa é Anet Vassilaros", disse Bowman.

"Você é grega."

"Não. Meu pai é", Anet respondeu.

"O grande amor da minha vida foi um grego", disse Edina. "Eu pegava o avião para Atenas para ir me encontrar com ele. Tinha um apartamento fabuloso da família lá. Jamais consegui fazê-lo voltar comigo. Você trabalha em alguma editora? Não, você ainda está estudando."

"Não, na verdade estou procurando trabalho em editoras."

"Acho que não vai ter de procurar muito."

Bowman apresentou-a a diversas pessoas. Esta é Anet Vassilaros, ele dizia. Havia duas outras mulheres da idade de Edina, mulheres que trabalhavam e cujos nomes ela não guardou. Havia um agente inglês, alto, Tony alguma coisa. Bowman tinha comprado flores e as distribuído por toda parte.

Ela gostou de Siri, que tinha a voz macia e estava numa escola em algum lugar de Londres.

"Ela é adotada?", Anet perguntou a Bowman quando teve a oportunidade.

"Não, é filha mesmo. O pai é sudanês."

"É realmente linda."

Tony tinha ido embora e se despedido dela. Às sete e meia, a maioria dos outros estava indo também. Anet estava pronta para sair.

"Não, não vá ainda", Bowman disse. "Não tivemos nem um minuto para conversar de verdade. Sente. Só vou ligar a televisão. No final do noticiário vai ter uma matéria com um dos meus autores."

Seria apenas alguns minutos. Ele tirou o som e quando se sentaram inevitavelmente pensou na mãe dela. Lembrou das imagens mudando silenciosamente na tela como saltos da realidade, o rosto da atriz pedindo e depois abrindo o casaco, desafiadora e submissa.

313

"Sabe, não tive a oportunidade de dizer para você o quanto senti pelo que aconteceu", disse Anet. "Estou falando da minha mãe e da casa. Não conheço de fato todos os detalhes."

"Não vale a pena."

"Não tem ódio dela?"

"Não, não", ele disse, tranquilo.

Estava sentado com a filha dela agora, com quem sempre tomara cuidado de não demonstrar atenção demais ou uma falsa afeição. Agora podia pensar livremente sobre ela.

"Quem é essa?", ela perguntou.

Era uma pintura na capa de um livro sobre Picasso que estava em cima da mesa, um retrato desconjuntado com olhos e boca fora de lugar.

"Marie-Thérèse Walter", ele disse.

"Quem é Marie-Thérèse Walter?"

"É uma modelo famosa de Picasso. Eles se conheceram quando ela tinha dezessete anos. Ele viu a jovem na entrada de uma estação de metrô e lhe deu seu cartão. Ela começou a posar para ele e ele se apaixonou. Tiveram um filho. Picasso era muito mais velho que ela — não estou contando uma boa parte —, mas quando ele morreu ela se suicidou."

"Quantos anos ela tinha?"

"Ah, devia ter seus sessenta. Acho que ela nasceu por volta de 1910. Picasso era de 1881. Li isso outro dia."

"Sabe como a Sophie chamava você? Lembra da Sophie? Ela te chamava de professor."

"É mesmo? Onde ela está agora?"

"Está na Duke."

"Sabe o que eu tenho a dizer para a Sophie?"

"O quê?"

"Ah, bom, não tenho nada a dizer para ela. Escute, quer fazer alguma coisa?", perguntou. "Fique aqui um minuto."

Foi até a cozinha. Ela ouviu a porta da geladeira abrir e, depois de alguns momentos, fechar. Ele voltou com alguma coisa na mão, um pedaço de papel branco pequeno, dobrado. Pôs em cima da mesa e desdobrou. Era um pacote de papel-alumínio por dentro. Ela o viu abrir o papel-alumínio, e dentro dele havia uma bolota de alguma coisa escura, como tabaco molhado.

"O que é isso?"

"Haxixe."

Houve um instante como numa dança, em que, antes mesmo de pegar na mão do seu par pela primeira vez, você já sabe, sem tê-lo tocado, se ele ou ela sabe dançar ou dança bem.

"Onde conseguiu?", ela perguntou, calma.

"Com o Tony. Aquele sujeito inglês alto. Ele me deu. É marroquino. Quer experimentar? Eu uso este cachimbinho."

Ele começou a colocar cuidadosamente um pouco do material marrom dentro da concha do cachimbo.

"Você fuma muito?"

"Não", ele respondeu. "Nunca."

"Não aperte demais. Você devia ter dito que fumava o tempo todo."

"Você ia saber que era mentira", ele disse.

Acendeu um fósforo e tocou na concha, sugando a haste. Nada aconteceu. Acendeu outro fósforo e depois de algumas tentativas puxou um pouco de fumaça. Inalou, tossiu e passou o cachimbo para ela. Ela tragou e passou de volta para ele. Se alternaram sem falar. Em poucos minutos estavam altos. Ele sentiu um maravilhoso bem-estar e uma sensação de subir. Tinha fumado maconha uma vez ou outra, mas não muito, às vezes em jantares, às vezes na biblioteca, depois com a anfitriã e com um ou outro convidado. Lembrava-se de uma noite enlouquecida no apartamento de uma divorciada em que perguntara onde era o banheiro e ela o levara através de diversos quartos ao banheiro dela, acendera a luz e ele se vira num palácio de espelhos, frascos e cremes, vivamente iluminado. Havia toalhas empilhadas no chão.

"Quer que eu deixe você sozinho?", ela perguntara.

"Só um minuto", ele conseguira dizer.

"Tem certeza?"

E uma vez ganhara dois baseados de um romeno bonitão que ele conhecera por acaso. Fumou um com Eddins no escritório e os dois começaram a rir incontrolavelmente quando Gretchen entrou. Achavam que ela já tinha ido embora.

"O que vocês dois estão fazendo?", ela perguntou. "Eu sei o que vocês estão fazendo."

Bowman tentou parar de rir.

"O que é?", ela perguntou.

"Nada", ele disse e caiu na risada de novo.

"Vocês dois estão chapados", ela disse.

Aquilo era diferente. Ele sentia as coisas tremulando, mudando. Olhou para ela, fumando o cachimbo, as sobrancelhas, a linha do queixo. Observou-a com atenção. Ela tinha fechado os olhos.

"Você está usando perfume?", ele perguntou.

"Perfume?", ela disse, distraída.

"Está."

"Não."

Ele pegou o cachimbo. O haxixe estava quase acabando. Ele tragou e olhou para ver se havia brasa. Tocou a cinza. Estava fria. Ficaram sentados um momento em silêncio.

"Como você está?", ele perguntou.

Ela não respondeu. A tv estava ligada sem som.

Ela sorriu e tentou, mas não conseguiu expressar nada.

"A gente devia sair", ela disse.

"É muito tarde. Muito tarde. Os museus estão fechados. Não sei se é isso que você quer fazer afinal."

"Vamos sair", ela disse e se pôs de pé.

Ele tentou focar nessa ideia.

"Não dá. Estou muito chapado."

"Ninguém vai saber", ela disse.

"Tudo bem. Se você acha."

Ele se compôs. Sabia que não seria capaz de ir a parte alguma.

Havia pouca gente na rua. Seguiram por um pequeno trecho do quarteirão. Ele estava muito mole.

"Não, não quero andar", disse. "Vamos tomar um táxi."

Pareceu que um táxi parou imediatamente. Quando entraram, o motorista perguntou: "Para onde?".

"Anet."

"Diga."

"Onde você mora? Quer ir para casa? Ah", disse ao motorista, "dê uma volta por aí."

"Aonde o senhor quer ir?", o motorista perguntou.

"Siga em frente, não, cruze a Cinquenta e Nove em direção ao parque, não, não vá, não. Vá para a West Side Highway, e siga para o norte da cidade. Depois eu digo para onde."

Encostaram no banco enquanto o táxi rodava. Estava escuro e acompanhavam o rio. O outro lado era uma linha quase contínua de prédios, casas e apartamentos iluminados como colmeias, alguns muito grandes, maiores do que ele parecia lembrar. Ia explicar que antes não havia nada ali na outra margem, mas não era uma coisa interessante. Uma luz brilhou na superfície do rio. Ele se lembrou da corrida de táxi com Christine, na noite em que a conheceu. Carros passaram por eles. O colar da ponte George Washington parecia uma fileira de joias.

"Pra onde a gente está indo?", ela perguntou. "Rodando e rodando."

Ele mandou o motorista voltar.

"Tem razão, chega disto", disse a ela. "Está com fome?"
"Estou."

Depois de algum tempo, ele disse:

"Motorista, pegue a Noventa e Seis, por favor. Vá até a Segunda Avenida. Nós vamos a um lugar que eu conheço", ele disse a ela.

Por fim pararam no Eliot. Ele conseguiu pagar o motorista do táxi, contando o dinheiro duas vezes. Lá dentro, havia uma multidão. O *bartender* disse olá. As mesas da frente, que eram as melhores, estavam ocupadas. Um editor que ele conhecia o viu e quis conversar. A proprietária, que ele conhecia muito bem, disse que eles iam ter que esperar de quinze a vinte minutos por uma mesa. Disse que podiam comer no bar. Esta é Anet Vassilaros, ele falou.

O bar estava igualmente cheio. O *bartender*, Alberto — ele o conhecia —, estendeu um grande guardanapo branco no balcão diante de cada um e arrumou facas, garfos e um guardanapo dobrado.

"Algo para beber?", perguntou.

"Anet, você quer beber alguma coisa? Não", ele decidiu. "Acho que não."

Mas ele pediu um copo de vinho tinto e ela tomou um pouco. Em torno deles, corriam conversas. As costas das pessoas. Ele não era nada parecido com seu pai, ela estava pensando, ele era de um mundo diferente. Sentados lado a lado. As pessoas passando. O *bartender* pegava os pedidos de bebidas dos garçons, preparava e tocava a campainha. Ele veio com dois pratos prontos. A proprietária se aproximou enquanto eles comiam e se desculpou por não ter conseguido mesa para eles.

"Não, aqui está melhor", disse Bowman. "Eu já apresentei a você?"

"Apresentou. Anet."

O editor parou ao lado deles ao sair. Bowman não se deu ao trabalho de apresentá-lo.

"Você não nos apresentou", disse o editor.

"Achei que se conheciam", respondeu Bowman.

"Não, não nos conhecemos."

"Agora não posso apresentar", disse Bowman.

A proprietária voltou e sentou num banco ao lado deles. As coisas estavam ficando um pouco mais tranquilas. Fora uma noite movimentada — ela não tinha tido tempo de jantar. As pessoas que saíam paravam para dar boa-noite.

"Deixe eu convidar vocês para um drinque depois do jantar", ela disse. "Gostam de rum? Temos um rum muito bom. Vou servir a vocês. Alberto, onde está aquela garrafa boa de rum?"

O rum era forte, mas extremamente macio. Anet não bebeu nada e os três conversaram um pouco. Mais gente entrou e a proprietária os deixou. Eles voltaram ao apartamento. Tinham abandonado a festa e Anet se encolheu no sofá. Ele tirou o sapato dela delicadamente. Por alguma razão, sentia-se colonial, como se estivesse no Quênia ou na Martinica, o calor do rum. Ela adormeceu. Sentia-se completamente seguro. Pegou as pernas dela, passou um braço por baixo de Anet e levou-a para o quarto. Ela não protestou, mas quando a pôs na cama percebeu que ela não estava dormindo. Mesmo assim, saiu do quarto por alguns momentos. Olhou para o sofá onde ela estivera deitada. Parecia que tudo estava acontecendo de forma natural. Voltou ao quarto e silenciosamente, depois de tirar o sapato, se deitou ao lado dela. Antes de pensar em alguma coisa, ela se virou e se encostou no corpo dele, como uma criança. Ele passou o braço em torno dela e começou a acariciar lentamente suas costas, deslizando a mão por baixo da blusa. A sensação da pele nua dela era gloriosa. Queria tocar todo o seu corpo. Ali deitados, as cabeças próximas, depois de um momento começaram a se beijar.

Então foi ficando mais intenso e também mais incerto. Ele levantou a saia dela em vez de tentar tirá-la. Suas pernas eram incrivelmente jovens. Estava de calcinha e ele começou a tirá-la, porém ela resistiu. Ele a acariciou. Ela estava receptiva, mas quando ele tentou de novo, ela fechou a pernas.

"Não", disse. "Por favor."

Ela mudou de um lado para o outro e empurrou sua mão, mas ele era insistente. Por fim, não sem algum alívio, ela cedeu. Tornou-se mais ou menos parceira dele naquilo e acabou sentindo que ele atingia o clímax, sem se dar conta na hora. Ficaram deitados quietos, juntos.

"Tudo bem com você?"

"Tudo."

"Tem certeza?"

"Tenho."

Depois de alguns momentos:

"Onde é o banheiro?", ela perguntou.

Quando voltou, ela havia tirado a saia. Entrou na cama outra vez.

"Você é uma coisa incrível", ele disse.

"Você deve ter se decepcionado."

"Não", ele falou, "longe disso. Você não me decepcionou. Não teria como."

"Por quê?"

"Simplesmente não teria como", ele disse. E depois de uma pausa: "Tenho de viajar no fim da semana".

Foi uma inspiração súbita. Simplesmente veio.

"Preciso ir a Paris", ele disse.

"Ótimo."

"Por três ou quatro dias. Já esteve lá?"

"Quando eu era pequena nós fomos."

"Quer ir?"

320

"Para Paris? Ah, não posso."

"Por quê? Você não está fazendo nada além de procurar emprego."

"Preciso ir ver minha mãe nesse fim de semana."

"Diga que não pode. Diga que tem uma entrevista."

"Uma entrevista", ela disse.

"Diga que vai na semana que vem."

Deitado assim pertinho, podia sentir a cumplicidade dela.

"Ligue para ela amanhã. Assim não vai ser de última hora. Você já fez coisas assim."

"Não mesmo. Não gostaria que ela descobrisse."

"Ela não vai descobrir."

Ao ir para casa na manhã seguinte, ela quis tomar um banho e trocar de roupa. Pensou no que havia feito, trepado com o ex-namorado de sua mãe, Philip. Não havia pretendido fazer isso — não o via fazia quatro anos —, mas de alguma forma acontecera. Tinha sido uma surpresa. Sentiu um prazer ilícito e inteiramente adulto.

27. Perdão

Aterrissaram no começo da manhã, e desde o momento em que saíram do avião o ar pareceu diferente, talvez fosse imaginação dela. Tinham apenas bagagem de mão e não houve espera, os homens da alfândega com um gesto indolente mandaram que passassem. No grande saguão de chegadas, enquanto ele trocava algum dinheiro, Anet notou quase com surpresa que todos os jornais eram em francês. Saíram e encontraram um táxi.

Paris, a legendária Paris, rodavam por ela às oito da manhã numa estrada que foi ficando mais e mais cheia de tráfego à medida que seguiam. Não se deram ao trabalho de conversar. Encostaram no banco como haviam feito aquela primeira noite. O terno dele estava ligeiramente amassado, o colarinho aberto no pescoço. Ele olhava pela janela como um ator depois de uma apresentação. Ela estava um pouco cansada da viagem, embora também excitada. De quando em quando, trocavam uma ou duas palavras.

Depois de algum tempo, as primeiras casas dos *banlieues**

---

* *Banlieues*: subúrbios. (N. T.)

começaram a aparecer, primeiro separadas e distantes, depois formando grupos e quarteirões sólidos com lojas e bares de algum tipo. Em meio a longas filas de carros, entraram aos poucos na cidade e rodaram pelas ruas. Foram para um hotel na rua Monsieur le Prince, perto do Odéon. O restaurante onde ele um dia vira Jean Cocteau em sua primeira viagem a Paris ficava na *place*. Na direção oposta, ficava o bulevar onde tudo acontecia.

O quarto deles era num andar superior e dava para um espaço fechado e grande que na verdade era o playground de uma escola. Além dos telhados do outro lado, havia mais telhados, chaminés e a miríade de pequenas ruas, algumas das quais ele conhecia. Ficaram parados diante da janela que ia até o chão e com um peitoril de ferro do lado de fora.

"Parece familiar?"

"Ah, não. Eu só tinha cinco anos quando estive aqui."

"Está cansada? Com fome?"

"Com um pouco de fome."

"Então se apronte. Vou levar você para tomar café da manhã num lugar fantástico."

Numa grande brasserie no bulevar Montparnasse, meio vazia de manhã, pediram suco de laranja, croissant, manteiga fresca, geleia e o pão que só se encontra na França, com café. Dali, foram andando para Saint-Sulpice e seguiram por ruazinhas, Sabot, Dragon, onde as lojas estavam abrindo como flores, depois para o famoso Deux Magots, embora ela nunca tivesse ouvido falar do café. Era um dia lindo. Sentaram-se e tomaram um café, depois seguiram pelas calçadas estreitas com postes baixos de ferro, cruzando com estudantes e mulheres mais velhas, e seguiram o rio para ver Notre Dame. Ele havia mostrado a ela apenas uma parte do que conhecia.

Nessa noite, foram jantar no Bofinger, uma espécie de palácio, sempre cheio, a grande cúpula sobre o salão principal ressoando com o barulho, as luzes, os colossais vasos de flores. Não havia nenhuma mesa vazia. As pessoas sentavam em duplas, trios, em cinco, conversando e comendo. Uma visão assombrosa.

"Vou pedir um *fruits de mer* grande", ele disse. "Você gosta de ostras?"

"Gosto. Talvez", ela disse.

Os frutos do mar vieram numa grande travessa redonda com uma pilha de gelo moído sobre o qual brilhava uma fileira de ostras, ao lado de camarões, mexilhões, e pequenas conchas com uma espécie de lesma. As metades de limão cobertas com gaze. O vinho que ele pediu foi um Montrachet.

Ela experimentou uma ostra.

"Você precisa comer duas ou três para ter uma ideia."

Ele mostrou a ela. Primeiro um pouco de limão espremido.

Ela gostou mais da segunda. Ele estava na frente, tinha comido quatro ou cinco. Uma mulher de cabelo loiro-escuro na mesa ao lado se inclinou para eles.

"*Pardon*, o que é isso que estão comendo?", perguntou.

Bowman mostrou a ela onde estava no cardápio. Ela disse alguma coisa ao homem que a acompanhava e falou com ele de novo.

"Vou comer isso também", disse.

Mais tarde, a mesma mulher voltou a falar com eles. Estava mais familiar.

"Vocês moram em Paris?", perguntou.

"Só estamos viajando."

"É, nós também", disse a mulher.

Usava batom escuro. Era de Düsseldorf, disse.

"Você está a trabalho?", ela perguntou a Anet.

"Como?"

"Você trabalha?"

"Não."

"Eu trabalho num hotel. Sou gerente."

"O que está fazendo aqui?"

"Viemos para Paris apenas", ela explicou. "Para visitar. Se algum dia forem a Düsseldorf, precisam ficar no meu hotel. Vocês dois", disse ela.

"É um bom hotel?", Bowman perguntou.

"Muito bom. Que vinho é esse que estão tomando?", ela perguntou.

Ela chamou o garçom.

"Traga outra garrafa para eles", disse. "Ponha na minha conta."

Um pouco depois, deu a eles seu cartão. Era claramente dirigido a Anet.

Depois que ela e seu companheiro saíram, os dois tomaram a segunda garrafa. Ainda havia gente esperando mesa. O som geral de conversas e talheres não diminuía nunca.

No táxi, um acariciou a mão do outro. A cidade era cintilante e vasta. As lojas, iluminadas ao longo das avenidas por onde passavam. No quarto, ele a tomou nos braços. Sussurrou para ela e a beijou. Deixou as mãos deslizarem por suas costas. Anet tinha vinte anos. Ele a conhecera quando ela era ainda mais jovem, uma menina, na festa de aniversário, correndo com as amigas em torno do lago ao sol, de top e calcinha, chutando a água, espirrando água uma na outra, gritando fodida-babaca! Ele tinha ficado surpreso com a linguagem. Ele a carregou para a cama.

Dessa vez foi completo. As mãos dele espalmadas de cada lado dela, pressionadas contra o lençol, e ele meio erguido, se sustentando nos braços.

Ouviu-a fazer um som como de mulher, mas não era o fim. Parou um momento e começou de novo. Continuou por um longo tempo. Ela ficou exausta.

"Não consigo", ela disse.

O quarto cheio da luz da manhã. Ele se levantou e fechou a cortina, mas havia uma abertura por onde o sol entrava e atravessava a cama. Ele empurrou as cobertas e a faixa de sol transpassou o alto das pernas dela. Os pelos púbicos brilhavam. Ela estava adormecida, mas depois de um minuto ou dois, talvez sentindo o ar, ou sua nudez, ela se virou. Ele inclinou o corpo e beijou a curva de suas costas na cintura. Ela não estava totalmente acordada. Ele separou suas pernas e ajoelhou-se entre elas. Nunca havia estado mais seguro, firme. Dessa vez, penetrou com facilidade. A manhã com sua tranquilidade. Ele ficou imóvel, esperando, imaginando apressadamente tudo o que viria em seguida. Estava mostrando a ela. Nenhum movimento, como se fosse proibido. Por fim, ele começou, devagar no início, com uma paciência infinita que aos poucos foi cedendo. Ele estava com a cabeça inclinada, como se pensasse. O fim ainda estava longe. Longe, longe. A faixa de luz se deslocara para os pés da cama. Ele achou que conseguiria esperar, mas de repente sentiu que vinha vindo. Sua mão estava no corpo dela, os joelhos prendendo suas pernas. Gritos tênues de crianças no playground. Minha nossa!

Depois, ela tomou banho. A água estava boa, quente. Ela prendeu o cabelo e entrou, primeiro as pernas, depois o resto, devagar. Estava em Paris com ele, num hotel. Era um ultraje, ela sabia. Era assombroso como havia acontecido. Era também perfeitamente natural, ela não sabia por quê. Estava lavando os vestígios da viagem, do amor, de tudo, se renovando para o dia. Deitado na cama, ele ouvia esses sons agradáveis. Estava em seu eu anterior, em Londres, na Espanha, deitado sossegado, pleno, por assim dizer, com o que conseguira.

"Adoro este hotel", ela disse ao sair.

A Paris que ele mostrou a ela era uma Paris de vistas e ruas, a vista das Tuilleries, entrando na Place de Vosges, a rue Jacob, a rue de Francs-Bourgeois, as grandes avenidas e suas lojas luxuosas — os preços nas alturas —, a Paris dos prazeres comuns e a Paris da insolência, a Paris que acha que a pessoa sabe alguma coisa ou que não sabe nada. A Paris que mostrou a ela era uma cidade de memórias sensuais, cintilando no escuro.

Dias de Paris. Deixaram de lado os museus e o bairro dos estudantes, o bulevar Saint-Michel, as multidões apressadas, porém levou-a para ver, na mansão consagrada a isto, na rue de Thorigny, os quadros e as gravuras — muitos grotescos, mas outros soberbos — que Picasso havia feito de Marie-Thérèse Walter durante o longo caso amoroso deles nos anos 1920 e 30. Alguns pintados em uma única tarde inspirada, com poucos dias de intervalo. Ela era ingênua e dócil quando ele a conheceu, e ele a ensinara a fazer amor do seu jeito. Gostava de pintá-la pensativa ou dormindo, e as gravuras de Marie-Thérèse Walter são mais bonitas que qualquer encarnação, dignas de veneração. Na presença delas, as coisas adquiriam sua verdadeira importância, a de como a vida pode ser vivida.

Embora ele a tornasse icônica, ela não estava interessada em arte nem nos círculos a que ele pertencia, e Picasso acabou escolhendo outra mulher.

Ela se lembrava de ter ido tomar um drinque com um homem de quem Philip particularmente gostava, um editor, Christian alguma coisa, um homem grande de cabelo branco e unhas manicuradas. Foi no bar de um hotel, perto do escritório, aonde ele ia todas as tardes depois do trabalho e sentava em uma das poltronas de couro para beber e conversar. Ela teve a impressão de alguém sólido e perfumado de sabonete e colônia. Ele preenchia toda a poltrona. Era como um animal grande, sagrado, um touro cevado, mal podendo se virar em seu cubículo, mas bonito. Foi cordial com os dois, falou de Gide, de Malraux e de outros cujos nomes ela não conhecia.

"É escritora, mademoiselle?", ele perguntou.

"Não", ela respondeu.

"Você deve ficar de olho neste sujeito", disse, gesticulando na direção de Philip. "Você sabe disso."

"Sei", ela disse.

Ele estava fazendo a suposição que todos faziam e que a embaraçava um pouco, embora nem sempre. Na rua não a embaraçava, nem em restaurantes, mas em lojas sim.

No caminho de volta para o hotel, pararam e ela escreveu alguns cartões-postais no terraço de um restaurante que tinha uma divisória de vidro ao longo da calçada.

"Então, para quem está escrevendo?"

Ela estava escrevendo para sua colega de quarto — você não conhece — e para Sophie.

"Ah, Sophie de novo."

"Ela é ótima. Você iria gostar dela."

"Está mandando um para sua mãe?"

"Está brincando? Ela acha que eu estou fazendo a entrevista." Fez uma pausa, olhando o cartão que estava escrevendo, e disse: "Sabe, você devia me contar. Está com raiva dela? Não perdoou minha mãe ainda?".

"Estou em vias de", ele disse.

Ele estava fumando um cigarro sentado ali, um cigarro francês. Parecia mais gordo que o cigarro comum. Ele o colocou nos lábios, um pouco desajeitadamente, ela achou, deu uma tragada ligeira e um pouco de fumaça azulada deslizou pelo rosto dele, exalada.

"A fumaça a incomoda?"

"Não, o cheiro é bom."

"Você nunca fumou, não é?"

"Não, a não ser que conte fumar um pouco de maconha."

"Antigamente mulheres não tinham permissão para fumar."

"Como assim, não tinham permissão?"

"Podiam fumar, mas se considerava inadequado. Nenhuma mulher fumava em público."

"Quando isso? Na Idade Média?"

"Não, antes da guerra."

"Que guerra?"

"A Guerra Mundial. A primeira."

"Não acredito."

"É verdade."

"É incrível", ela disse. "Deixe eu experimentar uma tragada."

Ela pegou o cigarro, puxou um pouco e tossiu. Devolveu a ele.

"Tome."

"Forte, não é?", ele perguntou.

"Forte demais."

Iam jantar no Flo.

"Flow?", ela perguntou. "O que é isso?"

Ficava no fim de uma alameda escura onde não parecia muito provável haver alguma coisa como um restaurante. Finalmente chegaram.

"Ah", ela disse, ao ver a placa, "então é assim. Flo."

"O *w* é mudo", ele disse.

Ficaram num reservado muito próximo da cozinha, mas foi um bom jantar. No fim, viram uma briga. Ouviu-se um grande ruído de pratos quebrados e uma mulher de casaco preto gritava e batia no gerente. Ele tentava empurrá-la porta afora. Por fim conseguiu e ela ficou na rua, xingando, enquanto o garçom levava a bolsa para ela. Gritou mais alguma coisa para o gerente, que fez uma ligeira curvatura. Boa noite, madame, ele disse. *A demain.*

Onde ficava o Flo, Anet não fazia a menor ideia. Em algum ponto de Paris. Ela não falava francês e seu desenho da cidade eram algumas avenidas sem começo nem fim, algumas estações de metrô e placas — Taittinger, La Coupole —, e ruas que chamavam sua atenção. Tudo isso não se organizava, principalmente à noite e quando bebia. Estavam voltando de carro para o hotel, as lojas passando depressa, iluminadas como sempre. Pareciam familiares de alguma forma.

"Onde estamos?", ela perguntou.

"Não consigo ler as placas. Acho que estamos no bulevar Sebastopol."

"Onde é isso?"

"É um bulevar grande. Vai direto para Saint-Michel."

Ela jamais conseguiria fazer aquilo, pensou. Jamais conseguiria fazer aquilo sozinha. Ainda era incrível e tão fácil. Ela se lembraria por um longo tempo. Provavelmente poderia continuar com ele, se quisesse, durante alguns meses. Tivera namorados, dois, mas era diferente. Eram muito jovens. Trouxe os preservativos? — davam de graça no dispensário, só que às vezes eles acabavam. Queriam sempre uma porção, mas depois geralmente acabava tudo depressa. Ela viu alguma coisa familiar e tentou pensar onde estavam. Atravessavam o Sena. Viraram em outra rua. Acima dos prédios, o topo da torre Eiffel, brilhantemente iluminada, flutuava no escuro.

No quarto, ela se deitou vestida e deixou que ele tirasse sua roupa. Ele a acariciou por um longo tempo e ela deixou claro que era dele. Ele estava acompanhando o corte com a língua. Ele a virou e pôs as mãos em seus ombros, depois desceu ao longo do corpo como se fosse o pescoço de um ganso. Quando finalmente entrou nela, era como se estivesse falando. Pensava em Christine. Perdão. Ele queria que durasse bastante tempo. Quando sentia que estava indo longe demais, diminuía o ritmo e recomeçava. Viu que ela estava falando alguma coisa no lençol. Ele a segurava pela cintura. Ah, ah, ah. As paredes estavam desmoronando. A cidade estava ruindo como estrelas.

"Ah, meu Deus", ele disse depois. "Anet."

Ela ficou deitada nos braços dele.

"Você é uma coisa."

Tarde da noite. A completude absoluta. Ele tinha sorte, pensou. Dentro de um ou dois dias, provavelmente, ela ia começar a se cansar da ópera assim. Iria, de repente, perceber o quanto ele era velho, o quanto sentia saudade de seus amigos. Mas aquilo ficaria na vida dela. Ficaria na vida da mãe dela. Ele acariciou o cabelo dela. Ela foi relaxando para o sono.

Ela dormiu até as nove. O quarto estava silencioso. Ele tinha descido para dar uma olhada no jornal e ela se virou e dormiu mais um pouco. Quando saiu do banheiro, viu uma folha de papel no lado dele da cama. Ela o pegou e ao ler seu coração disparou. Vestiu depressa uma roupa e desceu para a recepção. O elevador estava em uso. Ela não podia esperar e desceu correndo a escada.

"Você viu Monsieur Bowman?", perguntou ao recepcionista.

"Ah, vi, sim. Ele saiu."

"Saiu para onde?"

"Não sei. Pegou um táxi."

"Quando foi isso?"

"Uma hora atrás. Mais."

Ela não sabia o que fazer. Não acreditava. Tinha perdido alguma coisa. Voltou ao quarto e sentou na cama com uma sensação de náusea. Olhou melhor e viu que as coisas dele haviam desaparecido. Olhou no banheiro. A mesma coisa. De repente, ficou apavorada. Estava sozinha. Não tinha dinheiro. Pegou o bilhete de novo e leu. *Estou indo embora. Não posso explicar agora. Foi muito bom.* Assinado com uma inicial, *P.* Dessa vez, ela caiu em prantos. Desabou na cama e ali ficou.

Ele tinha ido a uma locadora e alugado um carro, maior do que gostaria, mas era o que havia lá, e seria uma longa viagem. Saiu da cidade pela Porte d'Orléans e foi para o sul, na direção de Chartres e das cidades adiante, onde nunca estivera. O dia estava ensolarado e claro. Tinha uma vaga ideia de ir até Biarritz, com suas duas grandes praias como asas de cada lado e o mar quebrando em intermináveis ondas brancas. Havia pouco trânsito. Ele levantara cedo e recolhera silenciosamente suas coisas. Ela estava dormindo, um braço sob o travesseiro, uma perna nua à mostra. O frescor dela mesmo depois. Ele havia perdoado sua mãe. Venha e pegue sua filha, pensou. Na porta, parou e olhou para ela uma última vez. Pagou a conta do hotel enquanto esperava o táxi. Nem tentou imaginar o que ela faria.

28. Tivoli

Das pessoas que haviam começado com ele, mais ou menos na mesma época, Glenda Wallace se dera bem. Editora sênior, era determinada e direta, embora tivesse sido menos assim quando mais jovem, e ao longo da vida tivesse desenvolvido uma risada dura, amarga. Nunca se casou. Tinha um pai doente de quem cuidou durante anos. Depois que ele morreu, ela comprou uma casa em Tivoli, uma cidade à beira do rio Hudson, adiante de Poughkeepsie. Não tinha tido nenhuma ligação com a cidade, apenas a viu e a achou atraente, o pequeno setor de negócios, a sensação imperturbável e a estrada que descia para o rio, com casas antigas.

Como editora, tinha pouco a ver com ficção e raramente lia romances. Publicava livros de política e história, biografias também, e era muito respeitada. Ficara mais baixa ao longo dos anos, e um dia Bowman notou pela primeira vez que ela tinha pernas em arco. Ele a admirava e por ela morar lá e fazer o local parecer mais remoto foi que ele alugou uma casa de fim de semana em Tivoli no ano seguinte.

Ir de carro a Tivoli, para o norte, ao longo do rio Saw Mill, era agradável. A área era toda de florestas com pequenos núcleos comerciais, mas também era estranha. Wainscott e as cidades em torno tinham sido quase um lar e ele decidira ir para outro local não por medo de ver Christine ou sua filha, mas simplesmente para eliminar a possibilidade disso e deixar tudo para trás. Não queria ser lembrado do que acontecera. Ao mesmo tempo, não se importava de refletir sobre parte dos fatos, a parte de Paris.

A casa pertencia a um professor do departamento de economia da Bard que tinha obtido uma bolsa para a Europa e ficaria longe com sua família por um ano. A vida acadêmica tinha essas exigências. Era uma casa de aparência honesta, mas além da lareira não havia muita coisa na sala, um sofá, algumas poltronas, uma mesa pequena. Os pratos da cozinha eram de plástico e havia uma miscelânea de copos, mas a porta da cozinha dava para um pequeno jardim com cerca viva e com um portão de madeira para a rua.

A casa e seus magros confortos faziam a editoração parecer uma vida rica, embora não tão rica como já tinha sido. Ela mudara muito desde os dias em que eram apenas oito na empresa inteira e os escritores às vezes passavam a noite num sofá no fim do corredor depois de terem bebido em vários bares até três ou quatro da manhã. Havia sempre jantares e altas horas. Beber em Colônia, com Karl Maria Löhr, que nunca se cansava e depois de algum tempo não fazia mais nenhum sentido, mas que de alguma forma atraía escritores para si como numa provação. Noites no escuro alemão, rodando na neblina gelada. Não dava para lembrar onde se tinha estado ou o que fora dito, mas não importava. Havia uma espécie de intimidade. Depois, se conversava como amigos. Ele pensara às vezes em publicar livros. Provavelmente tinha o temperamento, porém não ia gostar da parte administrativa. Isso teria de ser território de alguém que gostasse, um sócio apropriado, perfeito, mas nunca o encontrou, não quando teria sido o momento certo.

O poder do romance na cultura da nação tinha enfraquecido. Acontecera aos poucos. Era algo que todo mundo via e ignorava. Tudo corria exatamente como antes, essa a beleza da coisa. A glória tinha se extinguido, mas caras novas continuavam aparecendo, querendo fazer parte, ser publicadas, o que havia preservado uma sugestão de elegância, como o sapato bonito e bem engraxado de um homem falido. Os que estavam no negócio fazia alguns anos, ele, Glenda e outros, eram como pregos cravados numa árvore que crescera em torno deles. Eram parte dessa coisa agora, incrustados ali.

Para tornar a casa mais confortável, ele mudou os móveis de lugar, empurrou a mesa e trouxe da cidade uma poltrona de couro. Pôs alguns livros, uma garrafa de uísque e alguns copos bonitos na mesa. Também comprou duas fotografias emolduradas de Edward Weston, uma delas de Charis, a legendária modelo e companheira de Weston. Tirou e guardou num armário o conjunto de persianas pequenas que havia nas janelas e pendurou no lugar delas cortinas de musselina transparente que deixavam entrar mais luz.

De manhã, comia um ovo quente. Punha o ovo numa panela com água fria e quando a água começava a ferver estava pronto. Batendo cuidadosamente com a faca à volta toda, ele removia o topo, punha um pouco de manteiga, sal e com uma colher comia a clara branca e quente, a gema mole. Depois, durante uma hora talvez, antes de se debruçar sobre um manuscrito, lia o jornal que trouxera com ele. Sua vida parecia mais simples e, nessa casa nua, quase penitente. Na semana seguinte, tirou um tapete navajo que estava guardado no armário e sentiu-se um pouco mais em casa.

Entre as primeiras pessoas que conheceu em Tivoli, estavam

um professor, Russell Cutler, e sua esposa, Claire, uma mulher ávida e com um ligeiro cecear. "Cá entre nós", dizia, engrossando um pouco as palavras. Cutler havia escrito livros acadêmicos, mas estava trabalhando num romance policial, não sem dificuldades. Sua mulher lia página por página e riscava coisas que reprovava ou que considerava sexistas. Ela exibia um pescoço longo, mãos longas e o sári escorregando do ombro na noite em que Bowman foi jantar com eles. Era uma mesa de jantar grande, coberta com uma toalha verde-escura estampada, ela havia escrito o menu e se dado ao trabalho de oferecer dois vinhos diferentes e duas tortas de fruta como sobremesa. Sua amiga Katherine, com um rosto felino marcante, também fora convidada e se dedicou a ajudar a anfitriã. À mesa, ela não pareceu tão disposta a falar, e sim a ouvir — quase como se esperasse um petisco — qualquer coisa que Bowman dissesse.

"Você é editor, a Claire me disse", ela por fim arriscou.

"Sou."

"Editor de livros?"

"É, eu edito livros."

"Deve ser uma vida maravilhosa."

"Sim e não. O que você faz?"

"Ah, eu sou apenas uma secretária aqui na Bard. Mas adoro Nova York. Vou a Nova York sempre que posso."

Ela havia aterrissado na Bard por acaso. Tinha ido para Nova York, que era o que sempre quis fazer, depois de um divórcio, mas não conseguira encontrar um trabalho de que gostasse. Tinha ficado com uma amiga, uma francesa que era pintora e que dissera que se ela fosse para Nova York poderia ficar com ela, mas, quando Katherine se mudou para a casa da amiga, esta disse que iria precisar cobrar um aluguel.

"Claro", Katherine respondera.

Era o que ela dizia para tudo. Em Houston, tinham ido buscar sua mobília para levarem embora. Claro. Tinha uma tendência aristocrática, repudiava infortúnios. Era uma secretária exemplar, bem vestida, atenciosa e eficiente. Era o seu aspecto e as possibilidades que ele sugeria. Adorava uma fofoca. Gostava de mímica. Lembrava de tudo. Embora parecesse uma mulher cujos maiores interesses eram roupas e festas, sua verdadeira paixão eram os livros. Adorava livros — ninguém gostava deles mais do que ela. Lia dois ou três por semana. Voltava da livraria com uma sacola de livros e começava a ler já ao tirar o sapato. Ainda estaria lendo quando Deborah, a moça com quem dividia a casa, voltasse tarde do ensaio da orquestra. Tratava a própria vida como uma tragicomédia, mas escrever era algo que levava a sério. Escondia o sonho de ser escritora, mas evitava dizer qualquer coisa a respeito.

Na manhã seguinte, em Germantown, no mercadinho, Bowman a viu parada num dos corredores estreitos. Quase não a reconheceu. Parecia mais jovem. Ele disse olá.

"Foi uma noite agradável com os Cutler", ele disse. "Você gostou?"

"Ah, gostei. Você foi incrível."

"Fui? Não percebi. O que você está comprando?"

"Não sei. Não fiz lista", ela se desculpou.

"Lindo dia, não?"

"Parece verão."

"Eu não tenho nada marcado. Vai fazer alguma coisa? Vamos almoçar."

"Ah, vamos!", ela exclamou. "Onde?"

Havia apenas duas escolhas e acabaram indo ao Red Hook. Havia pouca gente. Sentaram num reservado. Ela sugou as bochechas para ler o menu, uma espécie de pose sofisticada.

"O que está fazendo?", ele perguntou.

"Como?"

Ao mesmo tempo, sentiu que ela estava mais à vontade.

"Vou comer a carne seca com purê de batatas", ele disse. "De onde você conhece os Cutler?"

"Ah, Claire. Conheci a Claire numa palestra. Três professores estavam explicando os poemas de Wallace Stevens. Quando terminou, perguntei se ela havia entendido. Cá entre nós, ela disse, nem uma palavra."

"É, cá entre nós. E o marido dela?"

"Russell? Ele não sabe nada de nada. Gosta de fazer seu próprio vinho."

"Foi o que nós bebemos?"

"Ah, não. O vinho dele não dá para beber. Eu cuspo fora."

"De onde você é, Katherine?"

"Ah, de uma cidade de Oklahoma da qual você nunca ouviu falar. Hugo."

"Você cresceu lá?"

"Bom, cresci", ela disse, "mas fui embora no dia que me formei no ensino médio, fui para a cidade e tive um pequeno acidente."

"O que aconteceu?"

"Eu me casei. Tinha dezoito anos e me casei com o primeiro homem que apareceu. Ele era bonito, mas no fim era um viciado em drogas, muito viciado. Eu não percebi, claro, com dezoito anos, mas foi isso que aconteceu. Ele perdeu todo o dinheiro. Tinha montes de dinheiro do pai. A gente morava numa casa enorme e precisamos mudar. Tínhamos quatro empregados, mais o jardineiro, que dormia na garagem."

Parecia que ela estava inventando, ao menos uma parte disso, mas ele resolveu acreditar.

"Ah, nossa, eles eram um problema", ela disse. "O namorado da empregada era um mexicano grandão que parava a picape na porta dos fundos, e eles carregavam ela até em cima com a carne do *freezer*. Eu tinha medo dele. Sempre que eu chegava e via a picape, eu dava meia-volta no carro e ia embora, ficava fora pelo menos por meia hora. Não queria pegar os dois em flagrante. Era horrível. A única de quem eu gostava era a arrumadeira, que fugiu para a Flórida e um dia telefonou de um shopping center dizendo que só tinha oito dólares e que a filha dela tinha entrado no concurso de miss Flórida. Se eu podia mandar algum dinheiro, que ela prometia devolver depois."

Katherine tinha consciência de sua bela aparência durante essa performance, porque era uma performance. Ela fez uma pausa.

"Você é casado?", perguntou como quem não quer nada.

"Ah, fui, há muito tempo. Estamos divorciados há anos."

"O que aconteceu?"

"Não aconteceu nada, na verdade. Quer dizer, do meu ponto de vista. Ela talvez tenha algum ressentimento."

"O que ela fazia?", Katherine perguntou.

"De trabalho, você diz? Ela não trabalhava. Não lia, isso era uma coisa."

"Não acha estranho gente assim? Como era o nome dela?"

"O nome dela era Vivian."

"Vivian!"

"Vivian Amussen. Muito bonita."

Ela sentiu uma pontada de infelicidade, quase de ciúme. Simplesmente automático.

"Amussen", disse, inteligente. "Como o rio."

"Não. Com dois *ss*."

Ela sentiu que ele estava perdendo o interesse.

"Você tem muita coisa para fazer?"

"Hoje, você diz? Tenho algum trabalho."

"Eu tenho um milhão de coisas para fazer."

"Eu não devia estar aqui te segurando", ele disse.

"Ah, você não está me segurando. Eu é que acho que estou sendo chata."

"Não está sendo nem um pouco chata."

"Então, você vai ver a palestra da Susan Sontag?"

"Quando?"

"Na faculdade. Hoje à noite."

"Eu não tinha pensado nisso. Você vai?"

"Vou."

"Talvez eu te veja lá."

Ela já estava pensando no que vestir. Resolveu usar um certo vestido de verão.

"O que achou da comida?", ela perguntou enquanto ele pagava a conta. "Olhe, deixe eu pagar a minha parte."

Ela encontrou a carteira, mas ele pôs a mão em cima dela e das notas que estava pegando.

"Não, não", ele disse. "É o meu almoço. Editores sempre pagam o almoço."

Ela sentiu uma coisa boa enquanto eles estavam parados ali, como se pudesse abraçar a si mesma. Sentiu que ele gostava dela como mulher. Isso era inegável. Sentiu que talvez fosse uma companhia para ele, embora no fim ele tivesse parecido bem abrupto — talvez fosse porque ela não o conhecia de fato.

Era um dia quente. Ainda estava claro lá fora enquanto as pessoas entravam e tentavam encontrar lugares vagos. O salão estava completamente tomado. Como um pássaro solitário alçando voo no meio do bando, uma mão acenou do centro da plateia. Ela havia reservado um lugar para ele. Ao entrar no palco sob uma onda de aplausos, Susan Sontag era uma figura dramática, vestida de preto e branco — calça preta, cabelo preto como um corvo com uma grande mecha branca e um rosto

340

ousado, firme. Falou durante meia hora sobre cinema. Muitos estudantes tomavam notas. Katherine ouvia atenta, o queixo ligeiramente projetado para a frente. No final, quando saíram, ela perguntou para ele, como se fosse algo confidencial:

"O que você achou?"

"Eu me pergunto o que todos aqueles meninos estavam anotando."

"Tudo o que ela dizia."

"Espero que não."

Logo na porta, encontraram Claire, sorrindo de alegria.

"Não foi maravilhoso?", ela exclamou.

"Uma performance e tanto", Bowman concordou. Estava com vontade de tomar um drinque, ele disse.

"Vou com vocês?", Claire perguntou, animada.

"Claro", ele respondeu.

Foram em dois carros — Claire com Katherine — ao Madalin Hotel, que ficava no centro de Tivoli e tinha um bom bar. Bowman chegou depois delas. Ele deixou o carro na frente de sua casa, apenas a dois quarteirões dali.

Era uma noite de fim de semana e havia uma multidão. Claire continuou falando de Susan Sontag. O que eles realmente achavam dela — na verdade o que Bowman achava dela.

"É uma figura do Antigo Testamento", ele disse.

"É uma pessoa tão poderosa. É isso que a gente sente."

"Toda mulher poderosa é perturbadora", ele disse.

"Você acha mesmo isso?"

"É o que todo mundo acha."

"Você acha?"

"Os homens acham", ele disse.

Ela ficou um pouco desanimada. Aquilo soava chauvinista.

"Acho que ela falou algumas coisas interessantes sobre cinema."

"Cinema."

"Que é a arte suprema do século."

"É, eu ouvi. Deve ser verdade. Soa um pouco exagerado."

"Mas você já não se sentiu transportado por alguns filmes? Não se lembra sempre deles?"

Ele estava ouvindo algo e naquele momento identificou claramente o que era, um ligeiro s entre os dentes, como se a ponta da língua dela não recuasse a tempo. Ela tinha dito *"tranthportado"*.

"Não achou incrível quando ela disse que se Wagner tivesse nascido hoje seria diretor de cinema?"

"Incrível não é a palavra. Eu me pergunto por que ela escolheu Wagner. Deixou de lado muitos outros. Deixou Mozart."

"É, pode ser", Claire concordou.

"A dança é mais importante que o cinema", ele disse.

"Você diz o balé?"

"Não, a dança. Se você sabe dançar pode ser feliz."

"Você está brincando, não está?"

"Não."

Continuaram conversando e bebendo. Katherine ficou chateada por Claire ter ido com eles e não parar de falar. Ah, Claire! ela disse várias vezes, ou então a ignorava. O barulho no bar era ensurdecedor.

Claire levou o assunto para outra direção.

"Quais são seus interesses?", perguntou a Bowman.

"Quais são os meus interesses?"

"É."

"Por que a pergunta?"

"Não sei."

"Meus interesses são arquitetura. Pintura."

"Eu quis dizer em termos pessoais."

"Como assim, pessoais?"

"Que me diz de mulheres?"

Houve uma pausa rápida e ele começou a rir.

"Qual é a graça?"

"Estou interessado, sim, em mulheres."

"Só estou perguntando. Kathy devia casar, não acha?", ela observou.

"Essas duas coisas estão ligadas?"

"Ah, nossa!, Claire, do que você está falando?", disse Katherine.

"Você é uma mulher muito desejável", disse Claire. "Não realmente", ela disse a Bowman. "Você não acha?"

"Você está deixando Katherine embaraçada."

Ele estava ficando aborrecido. Ali estava uma mulher implacável, pensou, e também sem muito senso de humor. Ficou imaginando que tipo de ligação elas teriam. Algum entendimento secreto que as mulheres sempre têm.

"Você concorda, não concorda? Ela é desejável."

Ele olhou para Katherine.

"É, eu diria que sim."

Quando Claire foi ao banheiro, Katherine se desculpou.

"Sinto muitíssimo por isso. Ela é louca. Você me perdoa?"

"Você não fez nada errado."

"Ela não está acostumada a beber. Eles só têm aquele vinho horrível. Eu sinto muito mesmo."

"Tudo bem. Sem problema."

"De qualquer forma, eu queria dizer que…"

Claire estava voltando.

"Olá de novo", ela disse.

"Chega de besteira", Katherine sussurrou.

"O quê?"

"Podemos ir embora?"

"O que está acontecendo? Não terminei o meu drinque."

"Eu terminei o meu."

"Estou vendo."

"Preciso mesmo ir", disse Bowman.

"Tão cedo?", Claire falou.

Katherine não disse nada. Fez uma expressão de aceitação.

"Boa noite", disse Bowman.

Ele passou no meio das pessoas no bar. Do outro lado da rua, havia uma multidão esperando para entrar no restaurante e pessoas que haviam saído e ficavam por ali. Estava quente. Havia música tocando em toda parte. Duas jovens sentadas numa pedra grande incrustada na calçada fumavam e conversavam. Havia uma porção de carros.

Uma hora depois, ele estava de pijama quando alguém bateu na porta.

"Pois não? Quem é?"

Bateram outra vez, de leve.

Ele abriu a porta e Katherine estava ali. Pelo visto, ela havia ficado no bar.

"Eu precisava vir me desculpar", disse. "Fiquei com tanta vergonha. Acordei você, não foi?"

"Não, eu estava acordado", ele disse.

Ela sentiu que ele a olhava com frieza.

"Eu só queria ter certeza de que você não pensa que fui eu que mandei ela dizer aquilo."

"Eu não achei isso."

"Só queria te dizer isso hoje ainda."

"Consegue voltar para casa direitinho?"

"Consigo."

"Tem certeza?"

"Tenho."

Ela se deu conta de que tinha sido um equívoco. Não sabia bem o que dizer. Agitou os dedos num gesto tolo de despedida e saiu depressa pelo portão.

29. Fim de ano

A cidade ficaria chata sem ela e sua vontade de viver uma vida um pouco diferente. Ela havia se cansado da vida de antes. Os encontros ocorridos nela não tinham sido felizes, embora ela conservasse o ânimo quase o tempo todo. Tivera um caso breve com um antropólogo visitante que viera dar um curso de uma semana e que ela conhecera no primeiro dia. Não contou nada disso a Bowman, a quem era fiel do jeito mais profundo, além do mais tinha sido apenas de segunda a sexta-feira. Ela já lamentava por isso. Quando Bowman veio buscá-la uma noite, ele notou por acaso um livro que o antropólogo havia escrito e dado a ela. Tinha uma dedicatória vulgar que ele analisou enquanto ela terminava de se vestir, mas já havia fechado o livro e não disse nada quando ela reapareceu.

Ela ia a Nova York sempre que podia e ficava com Nadine, sua amiga francesa, ouvindo as histórias dos infortúnios amorosos de Nadine. Robert Motherwell a quisera como amante, mas ela insistiu que precisavam casar, portanto nada aconteceu. Ela teve um marido, mas estava se divorciando.

"Foi o maior erro da minha vida, *de toute ma vie*", ela disse com seu ligeiro sotaque. "Se eu tivesse aceitado, teria sido pior do que agora? Eu teria ao menos as lembranças do amor, os *souvenirs*. Agora não tenho nem marido nem lembranças."

Tinha cinquenta e dois anos, mas agia como se fosse mais jovem.

"Eu era muito inocente quando era jovem", disse. "Você não ia acreditar. Tinha dezenove anos quando casei. Não sabia nada naquela época, absolutamente nada."

Quando o marido não se mostrou disposto a fazer amor, ela disse, não conseguia entender por quê.

"Quando menina, eu imaginava que ficava duro o tempo todo." Ela riu da própria ingenuidade. "Mas teve uma coisa que eu aprendi que era a coisa mais importante."

"É!", Katherine falou. "O quê?"

"Quer mesmo saber?"

"Quero. Diga."

"Nunca dê o seu melhor para um homem", disse Nadine. "Eles passam a contar com isso."

"É, foi exatamente o meu erro."

"Não dá para relaxar", disse Nadine. "Claro que às vezes não dá para evitar, mas nunca é uma coisa boa."

Katherine contou tudo isso a Bowman enquanto comiam ostras e bebiam. Ela confiava nele. Adorava conversar com ele.

"Você nunca quis escrever?", ela perguntou.

"Não. Como editor você tem de fazer o contrário. Tem de se abrir para a escrita dos outros. Não é a mesma coisa. Eu posso escrever. No começo quis ser jornalista. Posso escrever uma contracapa, mas nada brilhante de fato. Para fazer isso é preciso deixar de lado a escrita dos outros."

"Tem algum escritor favorito?"

"Como assim?"

"Com quem já trabalhou."

Depois de um momento, ele disse:

"Tenho."

"Quem?"

"Bom, a escritora que eu mais valorizo mora na França. Mora lá há anos. Só me encontro com ela de vez em quando, mas sempre com muito prazer. Como dizem, ela é para valer."

"Deve ser maravilhosa", Katherine conseguiu dizer.

"É. Dedicada e maravilhosa."

"Quem é?"

"Raymonde Garris."

Katherine conhecia o nome. Sentiu-se esmagada por ele. Parecia o nome de uma mulher indescritivelmente fascinante. Seria uma maravilha conhecê-la, conhecer qualquer um deles. Então, uma noite, no jantar, lá estava Harold Brodkey, que havia escrito contos sobre orgasmos. Harold Brodkey! Ela mal podia esperar para contar a Claire.

Ou contar de sua ida ao Frick.

Estava usando um sapato vermelho novo que estava pequeno para ela. Teve de tirá-lo no banheiro, para descansar.

"Gostou?", ele perguntou quando se preparavam para sair.

"Gostei. Foi absolutamente maravilhoso", ela disse. "E a gente aprende tanta coisa."

"Como assim?"

"Não sei. Aprende o que vestir quando vão pintar seu retrato. Aprende como carregar um cachorro."

Ele olhou para ela, reprovador.

"Você sabe que eu não entendo nada de arte", ela disse. "Só sei o que você me diz."

Ela não estava sendo irônica. Gostava da autoridade masculina, principalmente da dele.

"Nadine vai ficar impressionada de termos ido ao Frick. Ela me imagina indo só a bares e sentando com a saia levantada."

Juntos saíram para o começo da noite. Ela segurava o braço dele. O céu estava de um azul profundo, de chuva, não restava quase nenhuma luz, mas as nuvens ainda estavam lustrosas. Janelas se acendiam em cada prédio da avenida e do outro lado do parque.

Mais tarde, no outono, ela o encontrou numa sexta-feira à noite no bar do Algonquin, onde ele gostava de ir. Era uma sala pequena, mais como um clube, atrás da recepção e sempre cheio àquela hora. Era como se houvesse uma grande festa no hotel, se derramando dos elevadores e quartos, e o bar fosse uma espécie de refúgio, mais calmo, embora lotado. Havia muitos homens de terno e gravata. Ela acabara de ler pela primeira vez *O amante*, de Marguerite Duras, e falava a respeito.

"Ah, meu Deus, a imagem daquela moça não é de matar? Na balsa, com um vestido de seda cor de sépia. Era ela mesma, Marguerite Dura."

"Durás", disse Bowman.

"Durás? É assim que se pronuncia?"

"É."

"Achei que não se pronunciava o *s* final em francês", ela disse, lamuriosa.

Ele não conseguiu deixar de se comover com ela.

"Bowman?", ele ouviu alguém chamar atrás deles. "É você?"

Magro, sorridente, com uma barriguinha, era Kimmel. Bowman sentiu um inexplicável calor interno.

"Está vendo, eu falei", Kimmel disse à mulher que estava com ele.

"O que você está fazendo aqui?", Bowman perguntou.

Rindo de novo, com os cotovelos soltos, Kimmel se dobrou numa gargalhada.

"Kimmel, que diabo você está fazendo aqui?", Bowman insistiu. "Não acredito."

"Quem é essa?", perguntou Kimmel, ignorando-o. "Sua filha? Seu pai e eu fomos colegas no navio." Ele se voltou para a loira. "Donna, quero que conheça meu velho amigo, Phil Bowman, e a filha dele. Desculpe, não guardei seu nome", ele disse, sorrindo, com charme.

"Katherine. Não sou filha dele."

"Eu bem que achei", disse Kimmel.

"Meu nome é Donna", disse a mulher, se apresentando.

Tinha um rosto atraente e parecia um pouco grande demais para suas pernas.

"O que você está fazendo em Nova York? Onde está morando?", Bowman perguntou.

"Estamos numa pequena viagem de negócios", disse Kimmel. "Moramos em Fort Lauderdale. Estávamos em Tampa, mas nos mudamos."

"Meu ex-marido mora em Tampa", disse Donna.

"Conte para eles com quem você era casada", disse Kimmel.

"Ah, eles não querem saber."

"Querem, sim. Ela era casada com um conde."

"Eu tinha vinte e oito anos, sabe?", ela disse para Katherine. "Eu ainda estava solteira e conheci esse cara alto em Boca Raton que tinha um Porsche. Era alemão e tinha montes de dinheiro. A gente meio que começou e eu pensei: por que não? Meu pai praticamente me deserdou. Eu lá tentando matar todos esses caras, ele me disse, e você casando com esse aí. Acontece que depois que a gente casou ele não tinha dinheiro nenhum — a mãe dele é que tinha. Ela só falava alemão comigo. Eu tentei aprender alemão, sabe, mas não adiantou. Ele era bom, mas só durou uns dois anos."

"E aí vocês se encontraram?", Bowman disse.

"Não, não foi logo depois."

"Donna ficou muito próxima do governador durante um tempo", Kimmel disse.

"Ei", ela falou.

"O que aconteceu com a Vicky?", Bowman perguntou.

"Vicky?"

"Em San Diego."

"Sabe, me encontrei com ela depois", disse Kimmel. "Eu sabia que não ia funcionar. Ela era burguesa demais para mim."

"Burguesa?"

"E o pai dela era um assassino."

Ele olhou para Katherine.

"Seu pai, não sei se ele te contou dos dias em que era um valentão no Pacífico, durante a guerra. A gente estava se preparando para invadir Okinawa. Todo mundo escrevendo cartas de despedida, só que eles tinham interrompido o correio. Todo mundo desesperado. O nosso superior falou: Senhor Bowman! O navio depende do senhor. Traga a correspondência! Foi assim. Como a mensagem para o Garcia."

"Mensagem para quem?", Donna perguntou.

Kimmel deu uma gargalhada.

"Pergunte para ele."

E ficou sério.

"Me conte, Phil, o que você anda fazendo?"

"Eu sou editor."

"Achei mesmo que você ia acabar comandando uma frota. Sabe, você não mudou nada. A não ser a aparência", disse ele.

"É verdade", Donna perguntou, "que este aqui foi lançado do navio numa explosão?"

"Três deles", disse Kimmel. "Bati um recorde."

"Você não foi exatamente lançado", disse Bowman.

"O maldito navio estava explodindo."

"Bom, nós conseguimos chegar ao porto. Brownell e eu."

"Brownell!", Kimmel exclamou.

Ele olhou no relógio.

"Ei, precisamos ir. Temos ingressos para um espetáculo."

"O que vocês vão ver?", Katherine perguntou.

"O que nós vamos ver?", ele perguntou a Donna.

"*Evita*."

"Isso mesmo. Foi ótimo ver você."

Apertaram-se as mãos e próximo à porta Kimmel acenou o braço num largo adeus. Tchauzinho, Donna acenou.

E assim os dois foram embora. Tudo tinha voltado tão depressa. O passado parecia estar ali a seus pés, o passado negligenciado. Ele se sentiu estranhamente renovado.

"Quem era esse?", Katherine perguntou.

"Era o Camelo", Bowman respondeu.

Ele não pôde deixar de sorrir.

"Camelo?"

"Bruce Kimmel. Era meu colega de cabine no navio. A tripulação o chamava de Camelo. Ele andava como um camelo."

"Você esteve na Marinha", ela disse. "Eu não sabia. Na guerra."

"É, nós dois."

"E como foi?"

"Difícil explicar. Na verdade, eu pensei em continuar na Marinha."

"Adorei ouvir você e o Camelo. Faz tempo que vocês se conhecem?"

"Bastante tempo. Aí, ele pulou do navio no meio do oceano durante um grande ataque. Foi a última vez que eu vi o Camelo."

"Até hoje? Que incrível."

Nadine estava ansiosa para finalmente conhecer Bowman. Katherine vinha à cidade para ir a uma festa com ele uns dias antes do Natal, ela esperava que fosse mais que uma festa. O rumo das coisas parecia certo para isso. Ela sabia que ele não estava saindo com ninguém e Natal era como Carnaval, nas festas tudo podia acontecer. As festas do Natal não eram como outras festas, eram mais alegres e mais autênticas.

Estava previsto neve para o dia que ela vinha, o que tornava tudo ainda mais perfeito. Talvez ela não conseguisse voltar para a casa de Nadine depois. Ela usaria o roupão dele de manhã e os dois olhariam juntos uma cidade coberta de branco.

Com neve a caminho, todo mundo foi liberado do trabalho mais cedo. Ela correu para casa. A neve já estava começando a cair. Nunca imaginou que ela fosse interferir. Debora entrou para contar que já havia quase dez centímetros de neve nas estradas, o ônibus que devia ter saído às quatro da tarde já estava atrasado. Uma hora depois, Katherine telefonou para dizer que não ia conseguir chegar a Nova York.

"Ah, meu Deus", ela exclamou, "isso é terrível."

"É só uma festa", Bowman disse, sem saber que estava tudo planejado. "Não é tão importante."

"É, sim", ela gemeu.

Ela estava arrasada. Nada a consolava.

Nevou pesado nessa noite em Nova York, começo de uma tempestade imensa. Convidados chegaram tarde à festa e alguns resolveram não ir, mas muitos estavam lá. Casacos e botas de mulher empilhavam-se no quarto. Ouvia-se um piano. Mas as linhas de ônibus não estavam funcionando, alguém disse. Na sala, muita gente rindo e conversando. Pratos de comida foram colocados num longo balcão aberto para a cozinha. Havia um grande presunto caramelizado num suntuoso tom de marrom, cortado e sendo consumido em fatias. Na televisão, dois apresentadores, um homem e uma mulher, acompanhavam o desenrolar da tempestade, mas não se podia ouvi-los por causa do barulho. Havia uma estranha sensação de irrealidade com a neve caindo mais e mais pesadamente lá fora. Era quase impossível enxergar o outro lado da rua. Havia apenas as luzes borradas dos apartamentos entre os flocos brancos irrequietos.

Bowman ficou à janela. Estava sob o encanto de outros natais. Relembrou o inverno durante a guerra, no mar, longe de casa, a rádio das Forças Armadas tocando canções natalinas, "Noite Feliz", e todo mundo pensando em casa. Mesmo com toda profunda nostalgia e a desesperadora saudade, havia sido o Natal mais romântico de sua vida.

Alguém parado atrás dele também observava em silêncio. Era Ann Hennessy, que fora assistente de Baum e agora trabalhava em publicidade.

"Neve no Natal", Bowman comentou.

"Uma coisa maravilhosa, não é?"

"Quando a gente é criança, você quer dizer."

"Não. Sempre."

Na cozinha, estavam dando risada. Um ator inglês acabara de chegar com casaco de gola de pele depois de sua última apresentação. O anfitrião fora cumprimentá-lo e se despedir dos convidados que estavam com medo de não conseguirem voltar para casa.

"Acho que eu também vou antes que fique pior", Bowman decidiu.

"É, também acho", ela disse.

"Como você vai? Vou ver se consigo um táxi. Posso te deixar."

"Não, tudo bem", ela disse. "Eu pego o metrô."

"Ah, acho que você não devia pegar o metrô hoje."

"Eu sempre pego."

"Pode haver atrasos."

"Eu desço a apenas um quarteirão de casa", ela disse, como para tranquilizá-lo.

Ela foi se despedir do anfitrião e de sua mulher. Bowman a

viu pegar o casaco. Ela tirou um cachecol colorido de uma das mangas e enrolou habilmente no pescoço. Pôs um gorro de tricô e enfiou o cabelo dentro dele. Ele a viu erguer a gola enquanto ela ia para o hall. Ele continuou à janela para vê-la aparecer na rua, mas ao que parece ela se manteve junto da fachada do edifício, seguindo sozinha.

Na verdade, ela não era solitária. Fazia alguns anos se envolvera com um médico que tinha abandonado a medicina. Ele era brilhante — ela nunca sentiria atração por homens pouco inteligentes — mas instável, com grandes mudanças de humor. Irrompia em fúria e depois implorava seu perdão. Ela ficara emocionalmente exausta. Era uma jovem católica do Queens, brilhante nos estudos, tímida na juventude, mas com a postura de alguém que segue seu caminho indiferente às opiniões. O estresse de seu relacionamento com o médico é que a fizera desistir do trabalho como assistente de Baum. Ela não explicou os motivos. Disse apenas que aquilo acabara sendo mais do que ela se sentia capaz de fazer, e Baum a conhecia suficientemente bem para aceitar isso e o fato óbvio de que ela tinha uma vida pessoal turbulenta.

Bowman não sabia de nada disso. Apenas sentia uma estranha ligação com ela, provavelmente por causa do sentimentalismo da época ou de algum encanto nela que ele não percebera antes. Era melhor não ter visto sua casa nem quando ela deixou o prédio. A neve caía, alguém o chamava.

30. Um casamento

No verão de 1984, numa tarde de domingo, Anet se casou com Anders, filho de um advogado de Nova York e de sua esposa venezuelana. Quatro anos mais velho que Anet, de cabelo escuro e o sorriso cintilante da mãe, ele tinha se formado em matemática, mas resolvera acatar sua ambição de longa data e se tornar escritor. Ele estava trabalhando como bartender, e foi durante esse período aventuroso de sua vida que ele e Anet resolveram se casar. Estavam juntos havia mais de um ano.

O casamento foi no Brooklyn, no jardim de uns amigos. Anet não era religiosa, de qualquer forma não uma grega ortodoxa, mas em consideração ao pai eles incluíram alguns detalhes da cerimônia grega. Iam usar as coroinhas que os casais gregos usam, e as alianças ficariam no dedo da mão direita, não da esquerda. Havia uns quinze, dezesseis convidados, sem contar o irmão mais novo de Anders, Tommy, e Sophie, a dama de honra. Os demais eram jovens casais e algumas garotas desacompanhadas. Era uma tarde muito quente. Uma mesa com jarras de chá gelado e limonada havia sido montada de um lado. Haveria drinques depois, na recepção. Várias mulheres estavam se abanando enquanto esperavam.

William Anders e Flore, sua mulher, gostavam muito de Anet. Ele percebia que ela era um pouco reservada, mas talvez fosse apenas com ele. Era um advogado da mais absoluta probidade. Não era homem de atitudes precipitadas. Curador de várias e extensas propriedades, tinha clientes que representava havia anos e que eram seus amigos, mas com a namorada do filho algo acontecera desde aquele primeiro olhar que tudo revela. Ele mesmo podia tê-la escolhido, e talvez fosse isso que ela sentia e o que lhe inspirava cautela, mas naquele dia no casamento ele sentiu que ela retribuiu seu olhar sem reservas.

Vários convidados já estavam sentados nas filas de cadeiras, inclusive Christine e o marido. Ela usava um chapéu de aba larga que sombreava seu rosto e um vestido estampado do que pareciam ser folhas azuis. Todo mundo a notou. Na fotografia da festa de casamento, ela parecia uma mulher de trinta anos parada com um pé na frente do outro, como uma modelo. Na verdade ela tinha quarenta e dois e ainda não estava inteiramente preparada para permitir que a juventude saísse de cena.

Ao fundo, alguma música de fita, um quarteto de cordas. Anet achava monótono quartetos de cordas, mas sentiu que era a coisa certa para a ocasião, e de qualquer forma na casa quase não se ouvia a música. Tommy a vira de relance em um dos quartos ao sair da casa para o jardim. De pé, com o vestido de noiva branco que alfinetavam no lugar. Estava envolvida demais para notá-lo ou sorrir para ele, nervosa demais, mas orgulhosa por se casar diante de seus pais, principalmente de sua mãe, com quem mantivera más relações durante um bom tempo, embora aquilo já estivesse praticamente esquecido, isto é, não se falava mais a respeito.

Foi Christine quem tinha ido pegá-la no aeroporto Kennedy. No táxi, sentaram-se em tenso silêncio. Christine fervia de raiva. Não que pensasse que sua filha era inocente, embora de certa forma pensasse, sim, mas nunca teria imaginado uma coisa tão sórdida como Anet ir para a cama com seu ex-namorado. Por fim, ela disse:

"Então, me conte o que aconteceu. Eu sei o que aconteceu, mas quero que você me conte."

"Não quero falar agora", Anet disse com voz abafada.

"De quem foi a ideia de ir para Paris? Foi sua?"

Anet não respondeu.

"Há quanto tempo isso estava acontecendo antes de irem para lá?", Christine perguntou.

"Não estava acontecendo nada."

"Nada? E você acha que eu vou acreditar?"

"Acho."

"Então, como foi que ele largou você? Por quê?"

"Eu não sei."

"Você não sabe. Bom, mas eu sei."

Anet ficou quieta.

"Ele queria provar que você é uma vagabundazinha. Nem precisou tentar muito. Sabe, ele é trinta anos mais velho que você. O que ele fez? Falou que te amava?"

"Não."

"Não. Alguém mais sabe dessa história?"

Anet fez que não com a cabeça. Começou a chorar.

"Você é uma idiota", Christine disse. "Uma menininha idiota."

Isso foi seis anos antes e agora seu pai entrou para perguntar se estava pronta. Ele a dava em casamento, ia levá-la ao jardim pelo braço. Parados lado a lado, a música do quarteto cessou e foi substituída pelos conhecidos acordes da marcha nupcial. Todas as cabeças se voltaram para Anet, quase mágica de branco, saindo da casa com seu pai. Tinha um ar calmo e até de prazer no rosto, embora o lábio inferior estivesse tremendo. Ela baixou a cabeça por um instante para controlar o tremor. Seu futuro marido sorria enquanto ela caminhava para ele, Sophie sorria, quase todo mundo sorria.

Durante a cerimônia, quando chegou a hora das coroas que pareciam entrelaçadas com fitas penduradas, o ministro falou:

"Ó Senhor, coroa este casal com glória e honra."

Eles puseram as coroas, depois a trocaram um com o outro, fizeram a mesma coisa com os anéis, três vezes, de noiva para noivo, de noivo para noiva, para simbolizar o entrelaçamento de suas vidas, enquanto todos assistiam em um arrebatado silêncio. No final, beberam juntos, marido e mulher, na mesma taça de vinho. Houve aplausos, congratulações e abraços antes de o casal entrar na casa, onde champanhe e um bufê estavam à espera.

31. Sem fim

Ele perguntou, mais ou menos por impulso, se ela gostaria de ir jantar com Kenneth Wells e a mulher dele, nenhum dos quais ela conhecia e que estavam ali por alguns dias para falar do livro que ele estava escrevendo e quebrar a monotonia do campo. Parecia a ocasião propícia.

"Você conhece o casal?", Bowman perguntou. "Acho que vai gostar deles."

Ele não conseguiu esconder que durante algum tempo sentira atração por Ann, não sabia bem até que ponto. Mas não quis um romance, um caso. O trabalho deles era muito próximo. Sentiu que seria grotesco. Por outro lado, ali estava ela, ele agora via, de salto alto e com seu jeito tranquilo, permitindo que ele pensasse sobre ela.

Naquela noite ela chegou ao restaurante usando calça preta, uma camisa branca de babados, e Wells se levantou como um colegial obediente quando ela se juntou à mesa.

"Adoro seus livros!", ela disse.

Michele Wells estava tomando um copo de vinho. Wells tinha pedido um *old fashioned* de burbom.

"O que é isso?", Ann perguntou.

Ele descreveu brevemente.

"Meu pai tomava", ele explicou.

"Vou experimentar."

"Você nunca tomou?", ele perguntou com algum prazer.

"Não, vai ser a primeira vez."

"Faz algum tempo que não ouço isso", disse Wells. "Na verdade, meu pai, quando morreu, estava bebendo *scotch*. Teve um infarto e uma noite pediu uma bebida. Queria *scotch* com um pouco de água e perguntou à enfermeira se ela traria para ele. Beberam seus drinques e conversaram um pouco e, quando terminaram, meu pai disse a ela: Que tal uma saideira? Ela serviu, ele estava bebendo e aí morreu."

Wells estava estimulado pela presença de outra mulher. O cabelo grisalho penteado para trás fazia com que parecesse germânico. Não havia muita coisa a fazer em Chatham à noite além de ver televisão.

Tinham assistido *Reviver o passado em Brideshead*.* Michelle disse: "O ator que faz Sebastian é maravilhoso".

Wells fez uma observação vulgar.

"Achei que ia ser uma noite de corpo limpo e mente limpa", ela disse.

"Ah, é, eu lembro", ele admitiu.

Na verdade, Michelle gostava de conversas obscenas em particular, principalmente quando tinham um sabor literário ou histórico. Ele às vezes se referia à xoxota dela como Concessão Francesa e avançava a partir daí. Tinha se apaixonado pela esposa antes de vê-la, contou. Vira um par de pernas atrás de alguns lençóis pendurados para secar no vizinho.

---

* Série de televisão britânica de 1981, baseada no romance homônimo do escritor britânico Evelyn Waugh (1903-1966) e transmitida também nos Estados Unidos. (N. T.)

"Nunca se sabe pelo que eles sentem atração", disse Michelle. "No minuto seguinte, estávamos partindo para o México."

Quando o garçom trouxe os cardápios, Wells tirou os óculos para ler com mais atenção. Depois, fez uma porção de perguntas sobre os pratos e como eram preparados, sem nenhuma pressa. Sua espontaneidade e maneira de se comportar permitiam que fizesse isso.

"O que todo mundo vai querer, tinto ou branco?", Bowman perguntou.

Escolheram um tinto.

"Qual o melhor vinho tinto de vocês?"

"O Amarone", disse o garçom.

"Então traga uma garrafa."

"Muito bom vinho", disse Wells. "Vem do Vêneto, talvez a parte mais civilizada da Itália. Veneza foi a grande cidade do mundo durante séculos. Quando Londres era imunda e se expandia, Veneza era uma rainha. Shakespeare situa lá quatro peças dele, *Otelo, O mercador de Veneza, Romeu e Julieta...*"

"*Romeu e Julieta* não é em Verona?", disse Ann.

"Bom, fica perto", disse Wells.

Quando a comida chegou, ele voltou toda sua atenção para o que estava no prato. Comeu como um padre privilegiado e respondia mastigando.

"Nunca fui a Veneza", disse Ann.

"Não?"

"Não, simplesmente nunca fui lá."

"A época de ir para lá é janeiro. Sem multidões. Além disso, leve uma lanterna para ver as pinturas. Ficam todas em igrejas sem iluminação elétrica. Você pode pôr uma moeda e acender uma luz, mas só dura quinze segundos. Você precisa levar sua própria luz. Se for lá me diga e eu conto o que você deve ver. O cemitério é a melhor coisa, o túmulo de Diaghilev."

Ann pareceu fascinada com cada palavra.

"O túmulo de Diaghilev não é a melhor coisa", disse Bowman.

"Bom, chega perto. Eu proponho um jogo, a melhor coisa de Paris, a melhor de Roma, a melhor de Amsterdã. O vencedor leva um prêmio."

"Que prêmio?"

O prêmio seria Ann Hennessy, Wells pensou, mas não estava bêbado o suficiente para dizer isso.

Foi um jantar muito agradável. O Amarone estava encorpado e pediram outra garrafa. O rosto de Ann brilhava. Ela era o catalisador da noite. Bowman nunca havia notado como suas mãos eram elegantes. Achava que ela havia sido amante de Baum, embora tivesse uma dignidade que combatia essa suspeita. Olhando para ela, ele diria que tinha sido, sim. Depois, viu que estava enganado, quando todos pararam na rua escura para longas despedidas e ela manteve as mãos juntas diante do corpo como uma mocinha; alguma coisa — a animação — havia desaparecido dela. Ele acenou para um táxi e ela entrou antes dele sem dizer uma palavra.

"Adorei a noite", ele comentou enquanto rodavam.

Ela não disse nada.

"Você foi maravilhosa", ele disse.

"Fui?"

"Foi."

Depois de algum tempo, ela começou a procurar as chaves na bolsa.

Seu apartamento ficava na rua Jane. O prédio não tinha porteiro, apenas duas portas de vidro trancadas.

"Gostaria de subir?", ela perguntou inesperadamente.

"Sim", ele disse. "Por alguns minutos."

Ela morava no terceiro andar e subiram a pé. O elevador

estava quebrado. Ela acendeu a luz ao entrarem no apartamento e tirou o casaco.

"Quer tomar um drinque?", perguntou. "Não tenho muita coisa aqui. Tem *scotch*, acho."

"Tudo bem. Tomo um pouco."

Ela encontrou a garrafa e um copo, mas não tomou nada. Serviu Bowman e sentou-se quase na ponta oposta do sofá. Ele então percebeu que ela estava um pouco embriagada, mas havia recuperado parte do glamour simples da calça e da camisa de babados. Ela ficou sentada, olhando para ele. Queria conversar. Havia algumas coisas que queria dizer, mas não disse. Ficou em silêncio. Bowman se sentia incomodado e, por falta do que fazer, chegou mais perto dela no sofá e calmamente a beijou. Ela pareceu considerar o assunto.

"Eu devia ir para casa", ele disse.

"Não, não vá", ela disse. "Pode…" Não terminou a frase. "Não vá."

Ela se abaixou e tirou o sapato. Seu instinto era não abraçá-lo. Não se sentiria confortável fazendo isso. Levantou-se sem pressa e foi para o quarto. Ele sentiu que ela ia se deitar e apagar. Depois de alguns minutos, foi até a porta do quarto.

"Quer deitar aqui na cama comigo?", ela perguntou.

Na plataforma de Hunters Point, onde ele pegava o trem da manhã quase todas as sextas-feiras na primavera e no outono, ele foi até o trecho em que os vagões de trás parariam quando o trem chegasse. Faltavam quinze para as quatro e ainda havia poucas pessoas. Um velho de terno de linho com um lenço de bolso no peito, camisa azul e gravata, lia a página dobrada de alguma coisa com uma lupa, um viúvo que vivia sozinho ou talvez um homem que nunca se casou, mas que homem, naquela idade, nunca havia se casado? Ele ia descer em Southampton, como fazia provavelmente havia anos. Caminhando no escuro do anoitecer.

O trem entrou na estação. Os passageiros desciam ruidosamente a escada da rua. Bowman embarcou e sentou junto a uma janela. Era consolador ir para o campo. O fim de semana à frente. Os condutores com seus bonés duros, azuis, conferiam os relógios. Finalmente, com um ligeiro tranco, o trem começou a se movimentar.

Ele ficou lendo por algum tempo, depois fechou o livro. Os subúrbios comerciais e armazéns tinham ficado para trás. Nos cruzamentos, havia o tráfego vespertino, filas de carros à espera com os faróis acesos. Os bulevares lotados. Casas, árvores, lugares desconhecidos passavam, entroncamentos, lagos misteriosos. Tinha passado por ali muitas vezes. Não conhecia nada a respeito.

Havia deixado Tivoli no ano anterior — o professor voltara da Europa —, de qualquer forma, tinha sido apenas um interlúdio. Ele prometeu ver Katherine em Nova York, mas sua vida estava se separando da dela. Alugou uma casa perto da primeira que havia alugado em Wainscott. Sua vida anterior, ele sentia, estava voltando. Ann Hennessy veio para um fim de semana. Havia uma certa estranheza, que se desfez durante o jantar.

"Tenho uma garrafa de Amarone em casa", ele mencionou.

"É, eu notei."

"Notou? O que mais você notou?"

"Muito pouco. Estou excitada demais."

"Bom, o Amarone vai te acalmar."

"Dificilmente."

Mas levou ao assunto Veneza.

"Eu adoraria ir para lá", ela disse.

"Existe um guia maravilhoso de Veneza — acho que está

fora de catálogo — escrito por um homem chamado Hugh Honour. Um historiador. É um dos melhores guias que já li. Pode ser que eu tenha um exemplar. Ele tem um companheiro chamado John Fleming. São conhecidos como Honra e Glória. São ingleses, claro.

"Não gosto da palavra 'gay'", ele disse. "Eles são eminentes demais para serem chamados de gays. Talvez privadamente se chamem de gays. Os imperadores romanos não eram gays. Eles nadavam nus em piscinas com rapazinhos treinados para o prazer, mas parece estranho chamá-los de gays. Depravados, viciados em prazer, pederastas, mas não gays. Isso destrói a dignidade da perversão."

"Não tinha pensado nos imperadores romanos."

"Bom, Cavafy então. Não parece certo chamar Cavafy de gay. Ou John Maynard Keynes. Cavafy era um transviado. Acho que ele mesmo usa a palavra. Gay não parece certo. Mas existem certas práticas gays. Você conhece?", ele perguntou de repente.

"Acho que sim", ela disse. "Não tenho certeza."

"Não estou sugerindo nada", ele disse.

"Tudo bem."

Embora ela esperasse, ele não continuou.

Foi o primeiro de muitos fins de semana. Eles se tornaram uma espécie de casal informal. Isso não ficava evidente no trabalho, onde preferiam não demonstrar, mas nas noites e no campo. Então tinham lazer e nenhuma responsabilidade. Ela dormia com uma camisola branca simples que ele erguia delicadamente acima do quadril, onde ficava a meio caminho ou puxava por cima da cabeça dela e tirava. A pele dela nua era fresca. Ela deixava o braço ao longo do corpo, a mão aberta. Ele se deitava na palma estreita.

Em junho, a água ainda estava fria demais para nadar. Se depois de um minuto ele reunia coragem para mergulhar, um segundo depois tinha se arrependido. Mas os dias eram bonitos e longos. As praias ainda estavam vazias. Às vezes, por causa das nuvens, o sol ficava apenas numa parte da água, deixando-a praticamente branca, enquanto o restante dela permanecia azul-profundo ou cinza.

Em julho, o mar estava mais quente. Eles iam nadar logo cedo. No estacionamento, uma van branca com a lateral cortada vendia café, sanduíches de ovo frito e, mais tarde, bebidas frias. Algumas crianças estavam sempre por ali, caminhando descalças pelo asfalto. A praia não estava cheia a essa hora e se estendia a perder de vista em ambas as direções. O maiô de Ann era vermelho-escuro. Seus braços e pernas tinham perdido a palidez urbana.

A temperatura da água estava perfeita. Eles nadaram juntos uns quinze ou vinte minutos e depois saíram para se deitar ao sol. Ventava pouco, o dia ia ser quente. Ficaram deitados com as cabeças próximas. Ela abriu os olhos um momento, o viu, fechou os olhos de novo. Por fim, os dois se sentaram. O sol batia forte em seus ombros. Havia chegado mais gente, algumas pessoas com guarda-sol e cadeiras.

"Quer entrar de novo?", Bowman perguntou, pondo-se de pé.

"Tudo bem", ela disse.

Entraram direto na água e, quando ela estava pela cintura, ele mergulhou, braços estendidos, a cabeça entre eles. A água estava verde-empoeirada, pura e sedosa com ondas leves. Dessa vez não nadaram juntos, e sim em direções opostas. Ele foi para o leste, caindo aos poucos num ritmo constante. O mar passava em torno dele, ao lado dele, por baixo dele, de um jeito só dele. Havia poucos nadadores, as cabeças solitárias aparecendo mais para dentro. Ele sentiu que podia avançar uma grande distância, estava cheio de energia. Com a cabeça debaixo da água, podia ver o fundo, liso e ondulado. Avançou muito e por fim virou e começou a voltar. Embora estivesse cansando, podia ficar nadando mais, permanecer mais tempo naquele mar, naquele dia. Por fim saiu, cansado mas animado. Perto dele, um grupo de crianças de dez, doze anos corria para a água numa longa fila irregular, menina com menina, menino seguindo menino, os rostos e os gritos cheios de alegria. Ele começou a caminhar na direção de Ann, que havia saído antes e estava sentada com seu maiô vermelho-brilhante, podia identificá-la de longe.

Com uma sensação de triunfo — ele não conseguia explicar por quê —, ficou se secando diante dela. Eram quase onze horas. O sol tinha um peso terrível, como uma bigorna. Caminharam juntos até o carro estacionado na rua. As pernas dela pareciam ainda mais bronzeadas quando se sentou ao lado dele. As maçãs de seu rosto estavam queimadas. Quanto a ele, estava completamente feliz. Não queria mais nada. A presença dela era miraculosa. Era a mulher de trinta anos das histórias e peças de teatro que por alguma razão, circunstância ou sorte nunca encontrara um homem. Desejável, vital, ela escorregara da rede, o fruto que caía ao chão. Ela nunca tinha falado do futuro deles. Nunca mencionava, a não ser com entusiasmo, a palavra "amor". Porém, parado diante dela nesse dia, ao sair do mar, ele quase havia dito a palavra, quase havia ajoelhado a seu lado e falado do amor que sentia por ela. Quase tinha falado quer casar comigo? Aquele era o momento, ele sabia.

Estava inseguro de si e dela. Era velho demais para se casar. Não queria um compromisso tardio, sentimental. Já conhecia demais esse lado. Tinha se casado uma vez, integralmente, e fora um erro. Tinha se apaixonado loucamente por uma mulher em Londres, e isso de alguma forma se apagara. Como por destino, no encontro mais romântico de sua vida, conhecera uma mulher e fora traído. Acreditava no amor — a vida inteira acreditara no amor —, mas agora parecia tarde demais. Talvez pudessem continuar para sempre como estavam, como as vidas na arte. *Anna*, ele passara a chamá-la assim, *Anna, venha, por favor. Sente aqui do meu lado.*

Wells havia se casado de novo com ainda menos segurança. Tinha visto as pernas de uma mulher e falado com ela no quintal vizinho. Tinham fugido juntos, e sua mulher constituíra sua vida em torno da dele. Talvez fosse essa a questão, organizar a vida. Talvez pudessem viajar. Ele sempre quisera ir ao Brasil, ao lugar onde Elizabeth Bishop vivera com sua companheira brasileira, Lota Soares, perto dos dois rios, um azul, outro marrom, que se juntavam e sobre os quais ela escrevera. Sempre quisera voltar ao Pacífico, onde estava a única parte ousada de sua vida e viajar por ele, por sua vastidão, passando por grandes nomes esquecidos, Ulithi, Majuro, Palau, talvez visitar alguns túmulos, de Robert Louis Stevenson ou de Gauguin, a dez dias de barco do Taiti. Ir de navio até o Japão. Planejariam juntos as viagens e ficariam em pequenos hotéis.

Ela tinha ido visitar os pais. Era outubro, ele estava sozinho. As nuvens nessa noite estavam azul-escuras, um azul que raramente se via cobrindo a lua escondida, e ele pensou, como sempre pensava nas noites no mar ou à espera de zarpar.

Estava contente de ficar sozinho. Tinha feito o jantar e sentado depois para ler, um copo ao lado, como havia feito numa salinha pequena na rua Dez, Vivian já dormindo e ele sentado e lendo. O tempo era infinito, as manhãs, as noites, toda a vida pela frente.

Muitas vezes ele pensava na morte, mas geralmente por pena de um animal, de um peixe, da relva que morria no outono, das borboletas-monarca penduradas nas árvores se alimentando de seiva para o grande voo fúnebre. Será que tinham consciência da morte de alguma forma, da força que exigiria, da força heroica? Ele pensava na morte, mas nunca foi capaz de imaginá-la, a não existência enquanto tudo ainda existe. A ideia de passar deste mundo para outro, o próximo, era fantástica demais para acreditar. Ou de que a alma subiria de algum jeito desconhecido para se juntar ao reino infinito de Deus. Lá você encontraria de novo todos aqueles que conheceu um dia, assim como aqueles que nunca conheceu, os incontáveis mortos em número sempre crescente, mas jamais tão grande quanto o infinito. Os únicos que não estariam lá seriam aqueles que não acreditam em nada depois, como dizia sua mãe. Não haveria algo como o tempo — o tempo passado numa hora, como o tempo do instante em que se cai no sono. Haveria apenas alegria.

O que você acreditasse que ia acontecer era o que aconteceria, disse Beatrice. Ela iria para algum lugar bonito. Rochester, ela dizia, como piada. Ele sempre o tinha visto como um rio escuro e longas filas dos que esperavam o barqueiro, esperavam com a resignação e a paciência que a eternidade exigia, despidos de tudo, menos de uma última posse, um anel, uma fotografia, uma carta que representava tudo o que havia de mais querido e para sempre abandonado e que eles de alguma forma esperavam que, por ser tão pequeno, pudessem levar com eles. Ele tinha aquela carta, de Enid. *Os dias que passei com você foram os melhores dias da minha vida...*

E se não houvesse rio nenhum, mas apenas filas intermináveis de gente desconhecida, gente absolutamente sem esperança, como na guerra? Teria de se juntar a eles e esperar para sempre. Ele se perguntou então, como sempre fazia, quanta vida ainda lhe restava. Tinha certeza apenas de uma coisa: o que viesse depois era igual para todos os que viveram. Ele iria para onde todos tinham ido e — era difícil de acreditar — tudo o que conhecera iria com ele, a guerra, o sr. Kindrigen e o mordomo que servia o café, a Londres daqueles primeiros dias, o almoço com Christine, seu corpo fantástico como uma entidade à parte, nomes, casas, o mar, tudo o que ele conhecera e as coisas que jamais conhecera mas que estavam lá mesmo assim, coisas do seu tempo, todos os anos, os grandes transatlânticos e seu invencível glamour, prontos para zarpar, a banda tocando quando se afastavam, a água verde se expandindo, o *Matsonia* deixando Honolulu, o *Bremen* partindo, o *Aquitania*, o *Île de France* e os pequenos barcos seguindo atrás. A primeira voz que ele ouviu, a de sua mãe, estava além da memória, mas ele se lembrava da plenitude que era estar junto dela quando criança. Lembrava-se de seus primeiros colegas de escola, do nome de todos, das salas de aula, dos professores, dos detalhes de seu próprio quarto em casa — da vida além de qualquer avaliação, da vida que se abrira para ele e que ele possuíra.

Quando estava arrancando ervas daninhas no jardim naquela tarde, tinha visto, abaixo do seu calção de jogar tênis, pernas que pareciam pertencer a um homem mais velho. Deu-se conta de que não devia mais andar pela casa assim de calção quando Ann estivesse lá, talvez nem mesmo com o quimono de algodão que mal chegava aos joelhos, ou de camiseta. Precisava tomar cuidado com essas coisas. Sempre saía e voltava de terno. Chegaria com aquele da Tripler & Co., azul-meia-noite com risca de giz.

Foi o terno que ele usou no funeral de sua tia em Summit. Ele foi com Ann — pedira que ela fosse com ele. O funeral foi às dez da manhã. Foi rápido e eles foram embora logo depois. Tinham chegado no trem da manhã. Atravessando os pântanos à luz azulada da manhã, Nova York à distância parecia uma cidade desconhecida, um lugar onde se podia viver e ser feliz. No caminho, ele falou de sua tia, Dorothy, irmã de sua mãe e de seu tio maravilhoso, Frank. Descreveu o restaurante deles, o Fiori, com seu plush vermelho e casais que apareciam para jantar depois do trabalho, a caminho de casa, e outros que chegavam tarde, esperando não serem vistos. Há anos não existia mais, no entanto parecia muito real para ele naquela manhã, como se pudessem pegar o carro e ir jantar lá, sentar com um drinque ouvindo o *Rigoletto* e a garçonete trazendo filés ligeiramente tostados com um pedacinho de manteiga derretendo em cima. Ele queria levá-la lá pela primeira vez.

Sua cabeça foi para outro lugar, para a grande cidade funerária com seus *palazzos* e canais tranquilos, com os leões que eram sua temida insígnia.

"Sabe", ele disse, "estou pensando em Veneza. Não tenho certeza se Wells estava certo sobre a melhor época de ir para lá. Janeiro é muito frio. Tenho a sensação de que seria melhor ir antes. E daí se está cheio de gente? Posso me informar com ele sobre hotéis."

"Como assim?"

"É. Vamos em novembro. Vai ser muito divertido."

Nota sobre o autor

James Salter é autor de muitos livros, entre eles os romances *Solo Faces, Light Years, A Sport and a Pastime, The Arm of Flesh* (relançado como *Cassada*) e *The Hunters*; as memórias *Gods of Tin* e *Burning the Days*; a coletânea de contos *Dusk and Other Stories*, que recebeu o prêmio PEN/Faulkner em 1989, e *Última noite*, que ganhou o REA para conto e o PEN/Malamud; e *Life is Meals: A Food Lover's Book of Days*, escrito com Kay Salter. Ele mora em Nova York e no Colorado.

ESTA OBRA FOI COMPOSTA PELO GRUPO DE CRIAÇÃO EM ELECTRA E
IMPRESSA PELA PROL EDITORA GRÁFICA EM OFSETE SOBRE PAPEL PÓLEN SOFT
DA SUZANO PAPEL E CELULOSE PARA A EDITORA SCHWARCZ
EM JUNHO DE 2015